Ulrike Barow
Baltrumer Eiszeit

LEDA

Ulrike Barow
Baltrumer Eiszeit
Inselkrimi

1. Auflage 2016

ISBN 978-3-86412-096-1

Leda-Verlag, Rathausstraße 23, D-26789 Leer
info@leda-verlag.de
www.leda-verlag.de

Satz: Heike Gerdes
Titelillustration: Carsten Tiemeßen
Druck und Bindung: GGP Media GmbH, Pößneck
Printed in Germany

Ulrike Barow

Baltrumer Eiszeit

InselKrimi

LEDA

Handlungen und Figuren dieses Krimis sind frei erfunden. Eventuelle Übereinstimmungen mit lebenden oder verstorbenen Personen sind zufällig und nicht beabsichtigt.

Tulpensonntag

Liebe Güte, wo war sie hier hingeraten? Das sollte ein Hafen sein? Antonia Gohres' Blick fiel über die weite, weiße Fläche, auf der einige wenige Autos standen. Die meisten trugen Werbeaufschriften von Handwerksbetrieben. *Maler Ubben – Norden*, *Möbel Kleemann – Aurich* und *Klempner Haddinga aus Emden* las sie im Vorbeigehen. Ob die Besitzer dieser Fahrzeuge alle auf Baltrum waren? Dann musste da ja ganz schön was zu tun sein.

Sie ließ den Parkplatz hinter sich und stieg die Treppe hoch auf den gepflasterten Damm, der das Hafengelände vor Hochwasser schützte. Gleich dahinter, dort, wo im Sommer die Strandkörbe standen – sie hatte ein Bild davon im Internet gesehen –, nichts als Leere, gähnende, weiße Leere. Antonia fror trotz ihrer dicken Winterjacke. Der Ostwind nutzte jede Öffnung, um darunterzukriechen. Sie ging weiter, dorthin, wo der Damm an dem großen Gebäude endete, in dessen Obergeschoss sich das Hafenrestaurant befand. Es hatte geschlossen, das hatte ihnen ihr Chef schon während der Anreise mit missmutigem Gesicht prophezeit, aber sie sah, dass ein paar Menschen in das Haus gingen. Sollte auch sie dort Schutz vor dem eisigen Wind suchen? Es dauerte noch ein wenig, bis die kleine Fähre, die sich unendlich langsam durch den Hafenschlauch zu kämpfen schien, anlegen würde.

Antonia folgte den Leuten und fand sich bald in einem zwar ungemütlichen, aber immerhin warmen Aufenthaltsraum voller Stimmengemurmel wieder.

Wenn es nur nicht so abgestanden riechen würde. Das würde sie bestimmt nicht lange aushalten. Sie zog sich einen freien Stuhl heran und ihr Handy aus der Tasche. Ob Severin angerufen hatte? Im Auto hatte sie ihr Telefon auf Anordnung ihres Chefs ausstellen müssen. Nein. Keine Nachricht. Warum meldete ihr Freund sich nicht? Sicher war er wieder mit seinem LKW unterwegs. Hoffentlich passierte ihm nichts bei dem Mistwetter.

Plötzlich entstand Unruhe. Die Wartenden am Nachbartisch standen wie auf Kommando auf, packten Bücher, Thermoskannen und Brotboxen in ihre Taschen und verließen eilig den Warteraum. Das Schiff hatte angelegt.

Also wieder raus in die Kälte. Ihr Chef würde sich sicher schon wundern, wo sie abgeblieben war, und einen ekeligen Spruch absondern von wegen ›Nix mehr los mit der Jugend von heute‹ und so. Aber das war ihr egal.

Tatsächlich, als sie sich der Anlegestelle näherte, sah sie, wie ihr Chef sich ungeduldig umschaute. Aber vielleicht galt dieser suchende Blick auch dem Auto ihrer Kolleginnen. Die beiden schienen noch nicht angekommen zu sein.

Sie schob den Ärmel ihrer Jacke zurück und sah auf die Uhr. Noch eine Viertelstunde, dann würde die Fähre zur Insel ablegen. Die Horrorvorstellung, mit Hennes Ollrich und ihrem Chef allein nach Baltrum übersetzen zu müssen, bescherte ihr arge Bauchschmerzen. Sie schloss die Augen, vergrub die Hände in den Jackentaschen und drückte ganz fest die Daumen. Sie war sicher, dass ihr das schon so manches Mal bei der Erfüllung ihrer Wünsche geholfen hatte. Nur bei Severin hatte es leider bisher nicht geklappt.

Hier funktionierte es tatsächlich. Als sie die Augen wieder öffnete, parkte gerade Sabine ihren blauen Panda neben dem roten Kombi der Klempnerfirma.

»Da sind sie«, sagte Antonia aufgeregter, als ihr lieb war.

Ihr Chef, Gereon Müller, registrierte die Nachricht

mit einem kurzen Kopfnicken. »Wurde auch Zeit. Das Schiff legt gleich ab. Sollen die Damen man sehen, dass sie ihr Gepäck verstaut und ihre Nuckelpinne abgegeben kriegen.«

»Das Gepäck können wir doch …«, wandte Hennes ein, wurde aber sofort von Müller unterbrochen.

»Nichts da. Wenn die Ladys meinen, dass sie bummeln müssen oder das Schiff auf sie wartet, dann irren die sich. Nein, nein, das werden die brav selber machen, verstanden?«

Typisch. Das Auto von Sabine und Britta war eben nicht so schnell wie der BMW vom Chef. Und von Köln her konnte eine ganze Menge passieren. Besonders bei Eis und Schnee. Selbst an einem stinknormalen Sonntag ohne Ferienreiseverkehr. Aber was hieß schon stinknormal? Wenn Antonia ihrem Chef glauben durfte, war dieser Sonntag ein ganz besonderer Tag. Der nur von dem Montag getoppt werden würde.

»Nun mal hurtig, hurtig. Wir haben noch eine knappe Viertelstunde. Nicht erst Kaffee trinken!«, rief Müller den beiden Frauen zu, die gleichzeitig aus dem Auto stiegen. Antonia sah Sabine zusammenzucken. War es der scharfe Ton des Chefs oder der eisige Wind, der über das Hafengelände fegte und alle umklammerte? Antonia trug wenigstens feste Schuhe, Jeans und ihre dickste Winterjacke. Sabine setzte dem Wind nur ein dünnes Jäckchen, Rock und Pumps entgegen.

»Wir beeilen uns ja«, schnaufte Britta und zog einen Koffer aus dem Auto. »Ging leider nicht eher, der Emstunnel war gesperrt. Ihr müsstet gerade durch gewesen sein, da sind zwei Autos zusammengestoßen. Beinahe direkt vor uns.« Suchend schaute sie sich um.

Hennes lief auf sie zu. »Gib her. Hol du den nächsten.«

»Hennes, was habe ich gesagt?« Gereon Müllers Stimme hatte jetzt etwas Gelangweiltes. Und etwas, aus dem Hennes ganz sicher schließen konnte, dass der Chef mit ihm nicht fertig war.

Und richtig. »Wir üben das noch mal. Das mit den Anordnungen! Und dem Befolgen.«

Am meisten wunderte es Antonia, dass Hennes darauf überhaupt nicht reagierte. Er trug einfach Brittas Koffer zu dem Holzcontainer, in dem sich bereits einige Gepäckstücke stapelten.

»Dein Auto bringst du zur Garagenvermietung«, erklärte Hennes ruhig. »Dort vorne in dem Häuschen sitzt jemand. An den kannst du dich wenden. Da bezahlst du und gibst den Schlüssel ab. Die nehmen das Auto mit in den Ort und stellen es sicher unter. Am Mittwoch bringen sie es wieder zum Anleger. Aber nun zügig. Das Schiff legt gleich ab.«

»Danke für die Auskunft. Geht ruhig an Bord. Ich bringe schnell das Auto weg.« Britta hielt Antonia eine Umhängetasche vor die Nase. »Hier, die kannste mit reinnehmen.« Sie zwinkerte ihr zu. »Wenn sie zu schwer ist, lass dir vom Chef helfen.«

Die hatte gut Zwinkern. Britta war die Einzige, die die Launen des Chefs nicht zur Kenntnis nahm, meistens fröhlich im Büro erschien und diesen Status bis Feierabend aufrechterhielt. Antonia wünschte sich sehnlichst das gleiche dicke Fell. Vielleicht würde sie Britta nach dem Patentrezept fragen. Irgendwann mal. Wenn sie nicht schon vorher die Brocken hinwarf.

Der Steg führte vom Anleger steil nach unten auf die *Baltrum III.* Ob es glatt war? Krampfhaft hielt Antonia sich am Geländer fest. Sie sah sich bereits unkontrolliert herunterrutschen und mit einem satten Aufprall auf dem Schiffsdeck landen.

»Junge Frau, würden Sie mich bitte vorbeilassen? Ich habe jede Menge mitzunehmen. Der Kapitän fängt Sie auf, falls Sie ins Rutschen kommen.«

Sie drehte sich um und sah einen Mann mit einer grünen, vollbepackten Klappkiste hinter sich. »Entschuldigung«, murmelte sie und nahm allen Mut zusammen. Es glückte. Ein paar entschlossene Schritte und sie stand auf der Fähre. Das hätte ihr gerade noch gefehlt, dass der Mann in der blauen Uniform, der unten am Steg die Gäste in Empfang nahm, hätte einschreiten müssen ...

Der aber lächelte sie freundlich an und sagte dann zu dem Mann mit der Kiste: »Sie haben einen Dreiviertelmeter unter Normalnull gemeldet. Bei dem Ostwind wird die Fahrt durch das Eis nicht einfacher.«

»Denn sieh man zu, dass du loskommst«, erwiderte der Mann. »Ich möchte nicht am Festland übernachten müssen. Hauptsache, die Geschäfte auf der Insel haben genug zu essen für alle gebunkert. Und zu trinken. Dann können wir unbesorgt einfrieren.«

Antonia überlegte, ob sie den Kapitän bitten sollte, auf Britta zu warten. Wenn der plötzlich ablegte und ihre Kollegin auf dem einsamen Anleger zurückließe – kein guter Gedanke. Sie schaute zum Häuschen der Garagenvermietung. Alles klar. Britta war auf dem Weg.

Sie schauderte, als sie Müller, Hennes und Sabine folgte und die Treppe in den unteren Salon hinabstieg. Einfrieren? Was meinte dieser Mann? Etwa, dass sie auf diese Insel fuhren ohne Klarheit darüber, ob sie wieder zurückkonnten? Quatsch! Davon hatte der Chef nichts gesagt, als er seinen Angestellten den Betriebsausflug als beschlossene Sache vorgestellt hatte. Wie hatte er es genannt? Die Insel aufmischen. Nun denn. Der Mann kannte sich aus. Immerhin hatte er seit drei Jahren dort ein Häuschen, in dem sie nun alle wohnen würden. Und er, der große Innendesigner, würde sich kein Geschäft entgehen lassen, nur weil er nicht wie geplant die Insel wieder verlassen konnte.

Sie schaute aus dem Fenster. Die Wasserlinie war ihr hier im Bauch des Schiffes näher, als ihr lieb war. Wobei das Wort Wasser eigentlich gar nicht zutraf. Denn was sie sah, war Eis. Dicke, übereinandergetürmte Schollen, dann wieder eine glatte, zusammengefrorene Fläche, soweit das Auge reichte. Allerdings wäre sie bis jetzt nie auf die Idee gekommen, dass diese Eismassen die Schifffahrt beeinträchtigen könnten. Es war ihr normal vorgekommen. Es war halt Februar.

Kurz nachdem Britta sich zu ihnen auf die Bank gesetzt hatte, hörte Antonia ein paar Befehle, dann kam Bewegung in das Schiff. Es legte ab. Sie hörte ein Knirschen, dann ein Krachen, als der spitze Bug der Fähre die blanke Eisfläche teilte. Und es beschlich sie das ungute Gefühl, dass die Metallhaut nicht lange den scharfen Kanten der Eisblöcke standhalten würde.

»Dat scheppert janz schön.« Hennes' Gesicht leuchtete. »Aber et hätt noch immer jot jejange, oder?«

»Wo ist denn hier die Toilette?« Sie konnte es kaum aushalten.

»Auf dem Hinterschiff«, sagte Müller. »Treppe hoch. Raus. Hinten Treppe wieder runter.«

Antonia zögerte. »Wie ganz raus? Nach draußen? Und wo dann?«

»Ich erinnere mich, dass ich dir den Weg vor gut zehn Sekunden beschrieben habe.« Ihr Chef stöhnte genervt auf. »Was ist daran denn so schwierig? Auch eine Praktikantin sollte wissen: Wo Toilette drauf steht, ist auch Toilette drin.«

»Es ist wirklich ganz einfach«, sagte jemand. »Ich gehe mit und zeige es dir.«

Sie sah einen Typ, etwa in ihrem Alter, mit wilden Ringellocken und einer quadratischen Hornbrille, auf der Nachbarbank gerade seine Jacke anziehen. Er nickte ihr zu.

»Donnerwetter, noch nicht mal angekommen und schon wartet ein Verehrer.« Sabine Schäfers Stimme hallte durch das Unterdeck.

Meine Güte, war das peinlich. Alle Leute rundherum wussten jetzt, wo es sie drückte. Und der hilfsbereite Knabe mit der orangefarbenen Jacke hatte nicht unwesentlich dazu beigetragen. Aber wenn sie ablehnte, würde alles nur umso peinlicher. Also ließ sie ihn vorausgehen und folgte stillschweigend.

Es war genau, wie ihr Chef gesagt hatte. Treppe rauf, raus in die Kälte, nach hinten, Treppe runter.

»So, da wären wir.« Der Typ zeigte auf eine weiße Metalltür und lachte. »Hier bist du richtig. Wenn ich dir weiterhelfen ...«

»NEIN, DANKE!«

Sie quetschte sich an den Containern vorbei, die dicht nebeneinander auf dem Achterdeck standen. Darüber schwangen starke Ketten von einem Kranhaken herab.

Im Toilettenraum war es kalt und eng, aber es gab wenigstens ein Klo. Und sogar Papier. Sie atmete tief durch. Hier würde sie sitzenbleiben, bis dieses Schiff den Baltrumer Hafen erreicht hatte. Keinesfalls würde sie sich wieder dem Gelächter ihrer Kollegin und ihres Chefs aussetzen.

Warum war sie überhaupt mitgekommen? Suchend schaute sie an der beigen Plastikwand hoch, als sei dort eine Antwort zu finden. Mitten im Winter auf eine Nordseeinsel. Zu nichts hätte sie noch weniger Lust gehabt. Aber Müller hatte sie einfach eingeplant und keinen Widerspruch zugelassen. Wenigstens konnten sie kostenlos in seinem Haus übernachten. Für Essen und Trinken, so hatte er gesagt, nein, angeordnet, müsse aber jeder selbst sorgen.

Und jetzt saß sie hier mit vor Kälte zitternden Beinen auf einer kleinen Fähre auf einem noch kleineren

Damenklo und traute sich nicht raus. Doch je länger sie saß, desto ungemütlicher wurde es. Es nützte nichts, sie musste einfach wieder in die Wärme, wenn sie nicht Gefahr laufen wollte, am Deckel festzufrieren. Energisch zog sie ihre Hose hoch und schob den Anorak darüber. Die konnten sie alle mal.

Sie war keine zwölf mehr, hatte vor drei Monaten ihr Abi hinter sich gebracht und würde was mit Mode studieren. Zumindest war das ihr Wunsch. Also ein bisschen mehr Selbstbewusstsein bitte, liebe Antonia, befahl sie sich, als sie die Tür zum oberen Salon öffnete. Ein Schwall warmer, abgestandener Luft kam ihr entgegen. Aber wie hieß das Sprichwort? Es ist noch keiner erstunken, aber schon mancher erfroren. Sie spürte, wie die Wärme ihre Ohrläppchen erreichte und brennen ließ. Sie stieg die Treppe hinunter zu den anderen.

»Hat sie es tatsächlich geschafft ...!«, sagte Sabine laut. »Wir dachten schon, wir müssten dir zu Hilfe eilen, weil du festgefroren wärest.«

Antonia schoss das Blut in die Wangen. Der Betriebsausflug hatte kaum begonnen und schon reichte es ihr. »Ich gehe nach oben.« Sie zog ihre Tasche von der Bank, drehte sich um, wollte weg, und sah aus einem Augenwinkel den Mann, der ihr geholfen hatte. Er lächelte sie freundlich an. Sie war versucht, zurückzulächeln, auszubügeln, dass sie ihn kurz zuvor angepflaumt hatte, aber warum sollte sie? Nachher dachte der Knabe noch, sie wolle die frisch geknüpfte Bekanntschaft intensivieren. Und genau das wollte sie nicht. Schließlich hatte sie Severin. Auch wenn der zu Hause in Köln war. Und auf Baltrum würde sie genug mit ihren eigenen Leuten zu tun haben. Der Chef hatte bereits auf der Autofahrt zur Küste erzählt, was er in den nächsten drei Tagen alles mit ihnen vorhatte.

Sie würde oben ihren Platz suchen. Dort war es zwar

genau so feuchtwarm wie unten, aber wenigstens war sie vor den dummen Sprüchen der anderen sicher. Außerdem hoffte sie, dort dem durchdringend kreischenden Ton der sich teilenden Eisschollen zu entkommen. Im Unterdeck, direkt an der Wasserlinie, war es einfach unheimlich.

Das Schiff zitterte, kämpfte sich stöhnend durch die Eismassen. Zwei Jahre zuvor bei der Ausflugsfahrt nach Helgoland in den Sommerferien hatte ihr Schiff das Wasser wie mit einem Messer zerschnitten. Es hatte nicht ein einziges Mal geschaukelt. Es war auch viel größer gewesen. Aber was jetzt hier ablief, das konnte einem richtig Angst machen.

Wieder einmal klammerte sie sich mit beiden Händen am Geländer fest und war heilfroh, als sie die letzte Stufe erreicht hatte. Im gleichen Moment knallte es. Sie spürte, wie sich das Schiff aufbäumte, und fast hätte sie durch den Ruck das Gleichgewicht verloren.

Sie hörte das Stöhnen der Passagiere, erschrockene Schreie, ein heftiges Fluchen und dann – nichts mehr. Bewegungslos lag das Schiff im Eis. Totenstille herrschte an Deck. Alles, was auf den Tischen gelegen hatte, fand sich nun in wilder Unordnung darunter wieder. Eine umgekippte Colaflasche rollte hin und her und entleerte sich unaufhaltsam. Ein Gast starrte auf die Flasche, tatenlos. Der Inhalt von Kaffeebechern verteilte sich auf Bänken, Jacken und Taschen. Ein Hund begann voller Angst zu jaulen.

Erst die Stimme des Kapitäns brachte wieder so etwas wie Normalität zurück. Er erklärte, dass sie sich festgefahren hatten und dass sie ein paar Meter zurücksetzen würden, um in einem neuen Versuch das Eis zu durchbrechen.

Das Brummen der Motoren dröhnte durch das Schiff wie eine Kampfansage und ließ es erzittern. Antonia spürte, dass sich die Fähre rückwärts bewegte, um dann auf einem leicht veränderten Kurs Bug voran wieder Fahrt aufzunehmen. Die Gäste hoben ihre Sachen vom Boden, putzten mit Hilfe der Besatzung Flecken weg und bald setzte fröhliches Erzählen ein, als ob nichts gewesen wäre. Ob sie es wagen konnte, sich einen Kaffee zu holen? Oder würde der bei nächster Gelegenheit den gleichen Weg wie seine Vorgänger nehmen? Auf dem Weg zum Kiosk merkte sie, wie wackelig ihre Beine waren.

Leider erledigte sich der Gedanke an einen Kaffee relativ fix. Die Kaffeemaschine hatte den Kampf des Schiffes mit dem Eis nicht überstanden. Statt Getränke und heiße Würstchen zu verkaufen, kniete der Mitarbeiter mit Kehrblech und Schaufel hinter dem Verkaufstresen und beseitigte die Scherben.

Dann eben nicht. Sie suchte sich einen freien Platz neben einer älteren Dame, der man den Schreck noch ansehen konnte. Die Hände der Frau zitterten, als sie ein Taschentuch hervorzog und sich damit über die Augen wischte.

»Wenn ich das geahnt hätte«, hörte Antonia sie mit einem leisen Seufzer sagen. Antonia antwortete nicht. Sie hatte keine Lust auf ein Gespräch. Stattdessen holte sie ihr Handy raus und öffnete ihr Lieblingsspiel. Irgendwie musste sie die Zeit ja rumkriegen. Mit nervtötender Langsamkeit bahnte sich die *Baltrum III* den Weg durch das Eis. Was hatte ihr Chef gesagt? Eine halbe Stunde dauerte die Überfahrt? Inzwischen war eine gute Dreiviertelstunde vergangen und der Baltrumer Hafen nicht in Sicht.

Es dauerte eine weitere halbe Stunde, da sah sie endlich die Hafeneinfahrt vor sich. Noch ein paar Meter und sie hätte endlich wieder festen Boden unter den Füßen. Doch was war das? Das Schiff wurde langsamer und stoppte schließlich ganz. Dann setzte es zurück. Sie würden jetzt nicht nach Neßmersiel zurückfahren, oder?

Immer und immer wieder steuerte der Kapitän das Schiff vor und zurück, bis er mit der Maschinenkraft des Schiffes endlich die Eisschollen zwischen Rumpf und Kaimauer so weit weggedrückt hatte, dass es anlegen konnte. Sie waren angekommen.

*

Antonia drehte die Heizung auf und ließ sich aufs Bett fallen.

Das Zimmer war gemütlich eingerichtet. Zumindest nach ihrem Geschmack. Alles war wunderbar aufeinander abgestimmt: Die hellen Möbel, die silbern schimmernde Designerlampe unter der Decke und die dunkelrote Überdecke mit dem abstrakten Vogelmotiv auf dem Bett passten perfekt zu den nicht zu grellen orangefarbenen Fenstervorhängen. Dazu ein flauschiger hellbeiger Teppichboden. Das konnte Müller. Dafür hatte er ein Händchen.

Gereon Müller befasste sich als Innenarchitekt hauptsächlich mit der Ausstattung von Wohnungen im gehobenen Segment, wie er auf seiner Homepage darlegte. Es ging also um schöne Dinge. Genau damit würde sie sich während ihres angedachten Modedesignstudiums ebenfalls beschäftigen. Auch da kam es darauf an, Stoffe, Schnitte und Menschen miteinander in Harmonie zu bringen. Und das machte ihr schon seit ihrer Kindheit großen Spaß. Sie hatte mit Hilfe ihrer Oma ihren Puppen ständig neue Klamotten genäht.

Also konnte ihr mit dieser Stelle eigentlich gar nichts Besseres passieren. Hatte ihr Chef Müller neulich auch behauptet. Wenn nur die miese Stimmung dort nicht wäre. Aber letztendlich hing sie am Geldbeutel ihrer Eltern und – ja, es war dämlich, aber Fakt – wer die

Musik bezahlt, bestimmt, was gespielt wird. Ein Satz, der sie seit Jahren verfolgte!

Daher kam Aufgeben gar nicht in Frage. Hatte ihr Vater beschlossen. »Stell dich nicht so an. War schon schwer genug, die Stelle überhaupt für dich zu finden«, wiederholte er sein Credo, als sie sich mal wieder über ihren Chef beschwerte.

Wenn sie erst ihr Studium beendet hatte, dann würde sie ihr eigenes Geld verdienen. Richtiges Geld. Viel Geld. Und Geld bedeutete Unabhängigkeit. Das war das Wichtigste. Aber bis dahin würde es wohl eine ganze Weile dauern.

Sie wühlte in ihrer Handtasche. Irgendwo mussten die Tabletten sein. Ihre Kopfschmerzen wurden langsam unerträglich.

Bald lag der Inhalt ihrer Tasche ausgebreitet auf dem Bett. Sie sah ihre Haustürschlüssel und das Portemonnaie, das zwar schick aussah mit den grellgrünen Schmucksteinen auf dem braunen Leder, aber leider ständig leer war. Daneben lag ihr ganzer Stolz, ihr Handy. Ob Severin wohl angerufen hatte? Ein kurzer Blick, dann musste sie erkennen, dass er sich immer noch nicht gemeldet hatte. Er war LKW-Fahrer, ständig unterwegs, doch sie konnte einfach nicht begreifen, dass er keine Gelegenheit hatte, ab und zu mal bei ihr durchzuklingeln. Wenn er in Köln war und sie beide sich trafen, war es immer wunderschön. Das passierte nur viel zu selten. Sie hätte gar kein Problem damit, wenn er sie bitten würde, mit ihm zusammenzuziehen. Aber offensichtlich hatte **er** ein Problem damit. Gespräche in diese Richtung hatte er jedenfalls erfolgreich abgeblockt.

Als sie den Koffer öffnete, fiel ihr als Erstes ihr Bikini-Oberteil entgegen. Sie würden schwimmen gehen. Hatte Müller gesagt. Sie legte es zusammen mit den anderen Sachen in den schmalen Schrank. Das schwarze Oberteil mit dem Spitzenbesatz im Ausschnitt hängte sie sorgsam auf einen Bügel, gleich neben die eng geschnittene schwarze Samthose. So konnten die Sachen bis abends ein wenig aushängen. Zu guter Letzt blickten sie nur noch zwei Knopfaugen, umgeben von wuscheligem Fell, aus dem Koffer heraus an. Du musst drin bleiben, sagte sie liebevoll und strich der Katze über die Ohren. Heute Abend ist anderes angesagt. Hatte ihr Chef ebenfalls angeordnet.

Die Tabletten fand sie in der Seitentasche ihres Koffers. Wenigstens hatte sie nun die Chance, den Abend ohne Kopfschmerzen zu überstehen.

*

Wir sind im Winterschlaf. Ab Ende März haben wir wieder geöffnet.

Meine Güte, hatten die denn gar keinen anderen Text? Nichts als abgeschlossene Türen und dunkle Fenster. Und ihr Magen meldete sich unerbittlich mit heftigem Knurren. Ihrem Chef musste es ähnlich gehen. Von Restaurant zu Restaurant schaute er verkniffener unter dem Rand seiner Kapuze hervor.

»Dann gehen wir eben in den *Seehund.* Hoffe mal, dass wir da einen Platz bekommen.« Müllers Schritte wurden ausgreifender und als sie bei dem kleinen Lokal Licht sahen, war er kaum zu halten.

Sabine Schäfer fiel etwas zurück, obwohl sie ihre Pumps gegen ein Paar feste Schuhe getauscht hatte. Es sah schon seltsam aus, dachte Antonia, wie ihr Chef, groß, schlank und vom intensiven Fitnesstraining gestählt, seine Truppe durch die Nacht führte. Na ja, Nacht vielleicht nicht. Es war erst sechs Uhr abends. Aber es war dunkel. Hennes Ollrich neben ihr schnaufte. Er hatte Mühe, seinen überzähligen Kilos den nötigen Schwung zu verleihen.

Und Britta? Die versuchte gar nicht erst mitzuhalten. »Lauft ihr vor und reserviert einen Platz für mich. Der Arzt hat mir Rennen verboten«, erklärte sie fröhlich. »Was ist, Antonia, gehst du mit mir?«

Nichts lieber als das.

Britta hakte sich bei ihr ein. »Sollen die man. Der Meister bestimmt den Weg und die Vasallen folgen.«

Antonia war froh, dass ihr Chef inzwischen zu weit entfernt war, um das zu hören. Er hätte zwar ziemlich sicher nicht Britta angepfiffen, dafür hätten aber die anderen seine schlechte Laune aushalten müssen.

Obwohl der *Seehund* eines der wenigen Lokale auf Baltrum war, das geöffnet hatte, war es nicht voll. Als Antonia und Britta eintrafen, saßen Gereon Müller, Sabine und Hennes bereits an einem der Tische im Schankraum. Zu Antonias großem Bedauern war nur ein Platz neben ihrem Chef frei. Sie hätte viel lieber neben Britta gesessen. Antonia vertiefte sich in die Speisekarte. Gab es hier Vegetarisches? Sie atmete auf. Super. Antonia bestellte Kartoffeltaschen mit Frischkäse und Kräutern und natürlich erfolgte genau das, was sie erwartet hatte.

»Na, will das Fräulein mal wieder die Tierwelt schützen«, kam es von ihrem Chef. »Ich hätte gerne das Rinderfilet, medium, genau auf den Punkt«, fuhr er an die Bedienung gewandt fort. »Den Salat knackig frisch und die Soße zum Fleisch hausgemacht, wenn ich bitten darf.«

Der junge Mann nickte nur und schrieb auf, was die anderen bestellten.

»Na, Leute, was sagt ihr zu unserem Ausflug? Ist doch super hier, oder?«, fragte Müller in die Runde, nachdem die Bedienung an einen anderen Tisch gegangen war.

»Ich habe zwar nicht viel von der Insel gesehen«, sagte Britta, »aber ich freue mich jetzt bereits auf einen ausgedehnten Spaziergang morgen nach dem Frühstück.«

Hennes zuckte zusammen. »Ausgedehnt? Geht das nicht ein wenig kürzer?«

Britta lachte. »Du musst nicht mitkommen. Ich jedenfalls werde mir die Insel genau ansehen.«

»Dem steht nichts im Wege, nicht mal Menschen«, ergänzte Sabine. »Hier ist wirklich gar nichts los. Im Vergleich zu Köln ein echter Kulturschock. Kann natürlich sein, dass die Einwohner hier im Dunklen nicht mehr rausgehen und dass morgen früh die Straßen gut gefüllt sind. Ich glaube aber nicht daran.«

Sabine hatte recht. Auf dem Weg zum *Seehund* war ihnen kaum jemand begegnet. Dazu die Stille – keine Stimmen, kein Motorengeräusch, keine Musik – nur ab und zu ein dummer Spruch ihres Chefs. Sonst nichts.

»Wer hier wohin geht und wie lange, werden wir besprechen.« Gereon Müller wedelte mit der Hand um Aufmerksamkeit. »Schließlich soll dieser Ausflug das Gemeinschaftsgefühl stärken. Das bedeutet natürlich, dass dieser Abend nach dem Essen für euch nicht zu Ende ist, sondern dass wir hinterher einen trinken gehen. Schließlich müssen wir für die nächsten Tage üben. Was dann morgen anliegt, hört ihr zum Frühstück.«

In das betretene Schweigen brachte der Ober den ersten gut gefüllten Teller und stellte ihn vor Antonia ab. Im Weggehen drehte er sich wieder um und fragte Gereon Müller: »Möchten Sie das Steak jetzt serviert haben, oder soll ich es gleich wieder mit in die Küche nehmen, so wie beim letzten Mal?«

Antonia zuckte zusammen. Ihr Chef hätte sie fast gerammt, als er seinen Stuhl nach hinten schob und aufsprang. »Was soll denn die Anmache? Sie werden es doch fertigbringen, mir mein Essen ohne einen blödsinnigen Kommentar zu servieren.«

»Gereon, setz dich hin.«

Erstaunt sah Antonia Britta an. Was wagte die?!

»Gereon, der Mann wird schon seinen Grund haben. Ich möchte jetzt in Ruhe essen, sonst kannst du dir die nächsten Tage in die Haare schmieren.« Brittas Stimme hatte einen scharfen Ton angenommen. So scharf, wie Antonia sie in den drei Monaten in denen sie jetzt bei *MüllerInside* beschäftigt war, noch nie gehört hatte.

Das Wunder geschah. Der Chef schwieg. Als sein Essen kam, bedankte er sich beinahe freundlich und machte sich über sein Steak her.

Antonia schmeckte gut, was die Küche für sie zubereitet hatte, und auch die anderen aßen mit Genuss.

Sabine war die Erste, die sich wieder zu Wort meldete. »Warst du schon öfter in diesem Laden? Hat der Mann dich wiedererkannt? Oder hat er dich mit jemandem verwechselt? Ich weiß, es geht mich nichts an, aber …«

»Du hast es genau erfasst. Es geht dich nichts an.« Gereon Müller schaute sich suchend um, dann fuhr er fort: »Ist doch logisch, dass man essen geht, wenn man hier ein Häuschen hat. Ich werde bei meinen Aufenthalten wohl kaum selber kochen. Kann sein, dass ich schon mal hier gewesen bin. Aber im Sommer hat man eben mehr Auswahl an Lokalitäten.« Er zog einen Fünfzigeuroschein aus der Hosentasche. »Seid ihr so weit? Können wir? Wir wollen wie gesagt schließlich nicht den ganzen Abend hier verbringen. Herr Ober, zahlen!«

»Einzeln oder zusammen?«, fragte der Mann.

Antonia war sich sicher: Hätte ihr Chef seinem Befehl ein verbindliches ›Bitte‹ angehängt, hätte die Stimme des Mitarbeiters um einiges freundlicher geklungen.

»Einzeln natürlich.« Ungeduldig hielt Müller der Bedienung das Geld unter die Nase. Es dauerte eine Weile, bis der Mann mit der Abrechnung fertig war. Inzwischen waren alle Tische besetzt. Ein stetiges Murmeln und hin und wieder ein Lachen füllte die Räume. Für Antonia hätte sich der Ober ewig Zeit lassen können.

Sie mochte nicht gehen. Im *Seehund* war es gemütlich und vor allen Dingen warm. Auf einem Regal stand eine Sammlung von Suppenschüsseln in allen Formen und Größen. Eine davon erinnerte sie an die Sonntage bei Oma. Da hatte es immer Suppe zum Mittagessen gegeben. Und immer aus so einer großen Schüssel. Rindersuppe. Jeden Sonntag.

Aber es half nichts. Die anderen standen bereits auf. Antonia zog die Kapuze über ihre dunkelbraunen Haare und kramte ihre Handschuhe aus der Anoraktasche. Der Ostwind schien stärker zu sein als vorhin. Sie war gespannt, was der Chef mit ihnen vorhatte. Er hatte ja bereits angedroht, dass der Abend länger werden würde. Antonia hoffte inständig, dass außer dem *Seehund* kein Lokal mehr offen war, aber als sie die Straße geradeaus Richtung Marktplatz gingen, sahen sie eine beleuchtete Reklame. *Alte Liebe*.

»Versuchen wir es da.« Gereon Müller bog links ab, ohne auf eine Reaktion der anderen zu warten. »Dann können wir gleich fragen, ob die morgen und übermorgen abends geöffnet haben. Schließlich sind wir mit einer Aufgabe hier!«

»Müssen wir hier rein?«, flüsterte sie Britta zu.

»Wenn du nicht willst, dann lass es! Tu's einfach nicht!«, flüsterte Britta zurück.

Ha, die hatte gut reden. Die konnte sich das erlauben.

»Komm, Mädel, ich geb einen aus.« Hennes umfasste ihren Arm und zog sie in die Kneipe. Sie folgte ihm. Was blieb ihr anderes übrig.

An der Theke saßen ein paar junge Leute, jeder mit einer Kippe zwischen den Fingern, und unterhielten sich lauthals. Antonia blieb stehen. War das hier eine Raucherkneipe? Bitte nicht. Der Raum schien zwar eine gute Lüftung zu haben, aber wenn sie nur ein klein wenig Zigarettenrauch einatmete, egal ob draußen oder drinnen, wurde ihr schlecht. Sie konnte es einfach nicht ertragen. Ihr Vater hatte geraucht. Bis die Ärzte Lungenkrebs festgestellt hatten. Gott sei Dank in einem frühen Stadium. Er hatte es überlebt, aber es war damals eine verdammt harte Zeit gewesen.

»Ob dat hier wohl ’n Kölsch giet?«, riss Hennes sie aus ihren Überlegungen.

»Kölsch habe ich leider nicht«, erklärte der freundliche Wirt bedauernd. »Das läuft zu wenig. Wie wäre es mit einem leckeren Pils?«

»Wat? Echt? Kein Kölsch? Weeste wat?« Gereon Müllers Stimme hallte unangenehm durch die gemütliche Kneipe. »Dat Pils kannste dir inne Haare schmieren. Wir wollen hier Rosenmontag fiere. Mit Pils? Dat geht gar nich! Wennste morgen kein Kölsch has, kommen wir nich. Dann wird im *Sturmeck* abgefeiert. Da kriejen wir dat nämlich!«

»Wenn Sie meinen, gehen Sie gerne zu meinen Kollegen.« Der Wirt nahm ein Glas aus dem Regal und öffnete mit ruhiger Hand den Zapfhahn. »Allerdings könnte ich bis morgen eine Kiste Kölsch besorgen. Falls es für Sie okay ist, mit Flaschen vorliebzunehmen. Für heute würde ich Ihnen jedoch ein ganz normales Pils empfehlen.«

»Na gut. Fünf Pils«, grummelte Müller.

Sabine winkte ab. »Für mich Orangensaft.«

»Eins will ich dir sagen. Du machst hier nicht meine Feier kaputt. Es wird getrunken, was ich …« Gereon Müller blickte seine Sekretärin wütend an.

»Lass sie doch!« Auch Hennes stand der Ärger ins Gesicht geschrieben. »Wenn sie nicht will …«

Widerstrebend beugte Müller sich und bestellte. Der Wirt quittierte es mit einem Kopfnicken.

Nicht lange, da standen vier Bier und der Orangensaft vor ihnen. Sie nahmen ihre Getränke von der Theke und stellten sich an einen der runden Tische am Eingang.

»Prost, meine Herrschaften. Auf einen gelungenen Betriebsausflug.« Gereon Müller hob sein Glas. »Und solange ihr alle macht, was ich sage, wird es bestimmt wunderbar.«

Bei dem letzten Satz beschlich Antonia das Gefühl, dass der Chef sie besonders intensiv beobachtete. Sie fühlte sich unbehaglich.

Die anderen schienen nichts bemerkt zu haben. Hennes hatte sein Glas mit einem kräftigen Zug beinahe geleert, Britta wühlte in ihrer Handtasche, dann nahm sie eine Schachtel Zigaretten raus. »Wunderbar, dass es hin und wieder noch eine Raucherkneipe gibt«, sagte sie und zündete sich mit einem tiefen Zug eine an.

Antonia konnte es fast nicht mehr ertragen.

»Antonia, du siehst so blass aus. Was ist mit dir?« Britta schaute sie aufmerksam an. »Bevor du hier zusammenklappst, leg dich lieber hin, damit du morgen fit bist.«

»Genau. Morgen. Rosenmontag. Da wird gefeiert, bis die Schwarte kracht.«

Auch das noch. Sie mochte gar nicht daran denken. Sie würde ihr Bett bestimmt nicht zu sehen kriegen. Wenn hier auf dieser verlassenen Insel alles so lief, wie sie es von Köln gewohnt war.

Sie nahm all ihren Mut zusammen. »Ich … ich glaube, ich gehe wirklich.«

»Toni, das wirst du uns nicht antun«, protestierte ihr Chef.

Sie hatte nichts anderes erwartet. Sie hasste es, wenn er sie *Toni* nannte. Sie war erwachsen. Sie siezte ihn. Er aber hatte nichts Besseres zu tun, als sie von Beginn an zu duzen und sie *Toni* zu nennen.

»Ich bin einfach müde. Ich weiß nicht, warum«, endete ihr kläglicher Erklärungsversuch.

»Ich werde kontrollieren, ob du wirklich schläfst«, lachte Müller.

Sie legte das Geld für ihr Getränk auf den Tisch und nahm sich fest vor, um nichts in der Welt zu vergessen, ihre Zimmertür abzuschließen. Dass der Kerl seinen dummen Sprüchen Taten folgen lassen würde, daran hatte sie keinen Zweifel. Schließlich wäre es nicht der erste Versuch.

*

Antonia atmete tief durch, als sie die Tür der *Alten Liebe* hinter sich schloss. Aber nun gab es ein neues Problem. Rechts oder links? Was war der kürzeste Weg, vor allem aber der richtige Weg zum Haus? Die Straßenlaternen waren an, aber in der Nähe sah sie kein beleuchtetes Fenster, obwohl es nicht sehr spät war. Es musste so gegen zehn herum sein. Sie war den anderen auf dem Weg zum *Seehund* einfach gefolgt, ohne auf die Richtung zu achten, das erschwerte ihr nun die Orientierung.

Was sollte sie machen? Kurz kam ihr der Gedanke, wieder reinzugehen und zu fragen. Oder einfach so zu tun, als wolle sie doch bleiben. Aber allein daran zu denken jagte ihr schon einen Schauer über den Rücken.

So schwer konnte es ja eigentlich nicht sein, Müllers Haus auf dieser kleinen Insel zu finden. Aber irgendwie sah alles gleich aus. Überall diese geklinkerten Gebäude, und der Schnee verdeckte zusätzlich alle Möglichkeiten der Orientierung. Sie überlegte. Rechts musste der *Seehund* sein. Von dort waren sie gekommen. Ganz sicher. Oder doch nicht?

Etwas quietschte hinter ihr. Erschrocken blieb sie stehen.

»Entschuldigung. Ich wollte Sie nicht überfahren. Hab Sie einfach nicht gesehen«, hörte sie eine Stimme aus dem Dunkel.

»Ist schon gut. Nichts passiert«, erwiderte sie und wollte weitergehen.

»Bist du nicht die vom Schiff? Der ich die Toilette gezeigt habe?«

Bitte nicht. Nicht der schon wieder. Sie reagierte nicht, lief einfach weiter. Doch der Typ gab nicht auf. Er schob sein Rad einfach neben ihr her. »Ich bin Bernd. Bernd Hagener, und wohne hier. Und du?«

»Antonia«, rutschte ihr heraus. »Ich mache hier Urlaub. Mit Freunden«, schob sie nach. Der sollte nicht denken, dass sie hier allein auf weiter Flur war. Auch wenn es im Moment so aussah.

»Waren das die vom Schiff?« Er lachte. »Interessante Truppe. Der eine, der Große mit den kurzen Haaren, der hat wohl das Sagen bei euch, oder?«

Gut erkannt. Aber sie würde einen Teufel tun, ihm zuzustimmen. Also schwieg sie.

»Ich bin auf dem Weg zur *Alten Liebe*. Was ist? Kommst du mit?«

Energisch schüttelte sie den Kopf. »Nein. Ich bin müde und will nach Hause. Schlafen.«

»Wo wohnst du denn? Hast du es weit?«, fragte er freundlich.

»Wir wohnen im Haus von meinem Chef. In der Nähe von diesem Supermarkt. Und – nein danke, du musst mir nicht zeigen, welchen Weg ich nehmen muss. Ich weiß bestens Bescheid.« Sie wollte endlich weiter und nicht länger in der Kälte stehen.

Wieder lachte – wie hieß er noch? – Bernd. »Alles klar, ich lasse dich in Ruhe. Aber einen Tipp hätte ich. Wenn du wirklich schnellstmöglich in deine Unterkunft willst: Umdrehen, dann rechts, nächste Straße wieder rechts. Noch dreißig Meter, dann stehst du vor dem Markt. Von da aus findest du das Häuschen bestimmt.« Mit diesen Worten wendete er sein Rad und fuhr los. Nach wenigen Sekunden hatte ihn die Dunkelheit verschluckt.

Sie folgte Bernds Rat. Und tatsächlich, einige Minuten

später stand sie vor dem Haus ihres Chefs. Wenigstens war er so nett gewesen, allen einen Schlüssel auszuhändigen. Damit hätte sie bei seinem Gerede von ›Gemeinschaftsgefühl stabilisieren‹ gar nicht gerechnet.

Die Sehnsucht, sich in ihrem Bett einzukuscheln, wurde fast übermächtig. Vorher würde sie jedoch einen Blick auf ihr Handy werfen. Schauen, ob Severin angerufen hatte.

Rosenmontag

Bernd Hagener streckte seinen großen Zeh unter der Bettdecke hervor. Kalt war es. Und zwar nicht nur in seinem Zimmer, stellte er mit einem Blick durch das Fenster fest.

Die kahlen Äste der Kastanie reckten sich gegen einen beinahe blauen Himmel. Ob es bald wieder schneien würde? Das passierte so gut wie nie, wenn die Temperaturen unter minus zehn Grad fielen, hatte ihm ein alter Insulaner erklärt. Mit dieser außergewöhnlichen Kälte hatten sie seit gut zwei Wochen zu kämpfen. Auch tagsüber wurde es nicht wesentlich wärmer. Da nützte es auch nichts, wenn die Sonne ab und zu rauskam.

In den Tagen davor allerdings, als es noch nicht so kalt gewesen war, hatte es geschneit und gestürmt. An manchen Stellen lag der Schnee einen guten Meter hoch, und an anderen war die Straße wie freigefegt. Doch die Schneedecke, die Gräser, Bäume und Sträucher eingehüllt hatte, wurde täglich dünner. Sie fror einfach weg und war trocken und somit keineswegs geeignet, einen Schneemann zu bauen. Den Versuch hatte er gestern erfolglos abgebrochen.

Aber glatt war es beinahe überall.

Er schoss hoch. Verdammt. Schon acht Uhr. Er war für sichere Wege verantwortlich. Das hatte er seiner Tante versprochen. Schnell zog er sich an und rannte die Treppe hinunter. Aus der Küche roch es einladend nach Kaffee. Aber der musste warten. Erst hatte er seinen Job zu erfüllen.

Er packte den Kübel mit dem Sand, den er einige Tage zuvor vom Strand geholt hatte, auf die Wippe, legte eine Schaufel dazu und fuhr über das Grundstück bis zum Fußweg. Der Strandsand war sehr salzhaltig, also bestens geeignet, um die Wege rutschfest zu bekommen. Allerdings schob der Wind das Zeug oftmals wieder zur Seite. Deshalb kontrollierte Bernd jeden Morgen, wo er nachlegen musste.

Auch sein Nachbar Enno, links von ihm, und Simone auf der gegenüberliegenden Straßenseite waren schon dabei. »Wenn die Gemeinde ebenso fleißig streuen würde, dann wäre alles viel einfacher«, rief sie herüber. »Aber die verschickt nur Strafandrohungen wegen Pflichtverletzung durch die anderen.«

»Sollen die man erst einmal bei sich selber anfangen«, schloss Enno sich an.

Bernd nickte. Er konnte nicht viel dazu sagen. Es war sein erster Winter auf der Insel. Seine Nachbarn kamen von hier. Die hatten jahrzehntelange Erfahrung mit solchen Dingen.

Nach gut zwanzig Minuten hatte er es geschafft, den Fußweg um das Grundstück herum zu sichern. Sein Magen meldete sich. Eigentlich hatte er kaum erwartet, dass es ihm so gut gehen würde nach dem gestrigen Abend. Es war spät geworden in der *Alten Liebe*. Sein Freund Jens hatte an der Theke gesessen und ganz plötzlich, nach einigen Bieren und dem ein oder anderen Tequila, war es zwei Uhr gewesen und der Wirt hatte sie freundlich, aber nachdrücklich gebeten zu gehen.

Das Inselklima machte es wohl, dass er einfach mehr vertragen konnte. Er fühlte sich jetzt fit für Brötchen, Kaffee und Ei. Selbst die Aussicht auf die unausweichliche Unterhaltung mit seiner Tante konnte ihn heute nicht schocken.

Er brachte Schaufel und Sand in den Schuppen hinten im Garten, zog im Hausflur Jacke und Schuhe aus und schlurfte in die Küche. Hier war es warm und gemütlich. Mit wohligem Seufzer ließ er sich auf die Eckbank fallen.

»Guten Morgen, mein Lieber.« Seine Tante stand am Herd und nahm gerade die aufgebackenen Brötchen heraus.

»Guten Morgen, Tante Helga.«

»Wie oft soll ich dir noch sagen …«

Bernd lachte. »Schon gut – Helga. War ein Spaß. So. Die Wege sind begehbar, wie versprochen.«

Helga Schorz-Küfler stellte die Kaffeekanne auf den Tisch. »Okay, dann bedien dich, lieber Neffe.« Neben die Kanne legte sie einen Zettel. »Hier, der Einkaufszettel. Für den *Inselmarkt*. So kannst du deinen neuen Arbeitsplatz gleich ein wenig besser kennenlernen.«

»Danke auch.« Bernd biss hungrig in sein Brötchen.

»Und – erzähl: Wie war es gestern Abend?«, fragte sie neugierig.

»Hm«, nuschelte Bernd. »Echt cool. Jens und ich haben jede Menge Spaß gehabt. War richtig was los in der *Alten Liebe*. Besonders an einem Bistrotisch bei der Tür.« Er lachte bei dem Gedanken. »Da waren Gäste, die sind gestern mit dem Schiff angekommen, die haben sich zum Schluss richtig gefetzt. Einer von denen, so ein Großer, der hatte ein unglaublich lautes Wort. Und zwei Frauen, von denen eine den Großen pausenlos anhimmelte.«

»Männer anhimmeln – das sollte man den Frauen in der heutigen Zeit grundsätzlich verbieten«, warf Helga ein.

»Geht's noch? Das macht das Leben erst lebenswert. Warte mal, bis ich erst im *Inselmarkt* die Frauen beglücke. Dann kommen die nicht mehr wegen Salami und Milch, sondern meinetwegen!«, protestierte Bernd.

»Na gut, und was passierte dann?«

»Zu der Truppe gehörte noch ein anderer. Auch groß,

aber dicker, mit Glatze. Der trank ein Bier nach den anderen und zum Schluss fing er an zu singen. Kölner Karnevalslieder. Hat Jens gesagt.«

»Heile heile Gänsche, es wird bald widde gut ...«

Er konnte es nicht glauben. Seine Tante war auf den Küchenstuhl geklettert, schmetterte mehr laut als schräg ein Lied und schwenkte schunkelnd ein Küchenmesser. »Tante Helga! Komm da sofort wieder runter. Sonst sage ich kein Wort mehr.« Wie gerne hätte er in Ruhe gefrühstückt. Aber seine Tante flippte manchmal völlig aus. Und meistens dann, wenn er es gar nicht gebrauchen konnte. Wie würde der nächste Satz heißen? Genau.

»Ich bin eben Künstlerin!«

»Was machst du denn da?« Sein Onkel Paul stand in der Tür.

»Ich bringe dem Jungen Mainzer Liedgut, also Mainzer Kultur bei. Schließlich ist heute Rosenmontag«, juchzte Helga übermütig.

»Dir ist klar, dass wir extra unsere Heimat verlassen haben, um diesem Treiben zu entgehen?«, fragte Paul entgeistert.

»Jaaa, du hast völlig recht, aber wenn Kölner meinen, ihre Sitten und Gebräuche hier verbreiten zu müssen, dann werde ich einen Gegenpol schaffen. Um der Gerechtigkeit willen. Was ist, Bernd? Gehen wir beide heute Abend feiern?«

Bernd blickte starr auf seinen Teller. Er hatte Angst, dass Helga das Entsetzen in seinen Augen entdecken würde.

»Nun lass den Jungen in Ruhe.« Paul Schorz lächelte seinen Neffen an. »Gibt's hier was zu essen? Ich habe eine halbe Stunde Zeit, bis meine nächste Patientin kommt. Und ich würde mich wirklich sehr freuen«, wandte er sich an seine Frau, »wenn du von deiner Bühne wieder runtersteigen würdest.«

»Schlechte Laune, dein Name ist Mann.« Helga hörte zwar auf zu singen und kletterte mit wackeligen Beinen vom Stuhl, aber Bernd ahnte, dass sie so leicht nicht aufgeben würde. Er wartete nur auf einen neuen Anlauf. Tatsächlich, nachdem auch sie sich am Brotkorb bedient hatte, sagte sie: »Also, ich habe keine Antwort auf meine Frage.«

»Du, du meinst so richtig mit Verkleiden?«, hakte er vorsichtshalber nach.

Sie überlegte. Nur kurz. Aber Bernd erschien es wie eine Ewigkeit.

»Nein, muss nicht sein. Einfach feiern genügt auch.« Sie seufzte und starrte auf ihre Kaffeetasse. »Ich hätte nie geahnt, wie sehr ich den Karneval einmal vermissen würde. Es ist einfach das Gefühl von Heimat, das für mich mit diesen besonderen Tagen verbunden ist. Das erkenne ich immer mehr, je länger ich von Mainz weg bin. Wenn Karneval ist, erwischt mich das Heimweh besonders hart.«

»Aber es gibt schließlich jede Menge karnevalsfreie Tage im Jahr«, erwiderte Paul. »Sogar in Mainz. Ich hatte gehofft, dass du auf der Insel sehr glücklich bist in deinem neuen Leben.«

»Warum fährst du denn nicht im nächsten Jahr zu den tollen Tagen nach Mainz zurück?«, wunderte sich Bernd. »So weit ist es schließlich nicht.« Er sah, dass sein Onkel ihn entsetzt anblickte.

»Ach, ich weiß nicht.« Sie schlug mit der flachen Hand auf den Tisch. »Wir, Paul und ich, haben vor zwei Jahren beschlossen, uns hier ein neues Leben einzurichten. Und da ist Karneval eben kein Thema. Da hat dein Onkel recht. Ich werde das schon hinkriegen. Nimmst du mich trotzdem heute Abend mit?«

»Alles klar. Bin dabei.« Was nützte es. Er würde seine Tante ins Schlepptau nehmen, bis sie ihre eigenen Leute zum Feiern gefunden hatte. Bei ihrer Kontaktfreude würde das vermutlich nicht sehr lange dauern.

Man opfert sich eben, dachte er betrübt. Schließlich haben mich die beiden aufgenommen, als sonst keiner was von mir wissen wollte, und dafür muss ich mich hin und wieder erkenntlich zeigen. Eine kleine, gemütliche Insel sei genau das Richtige für ihn, hatten sie beschlossen und ein Zimmer für ihn freigemacht. »Wenn du hier Blödsinn machst, fällt es wenigstens sofort auf«, hatten sie erklärt.

»Paul, wie ist es mit dir?« Dass sein Onkel ihn begleitete, dagegen hatte er gar nichts. Im Gegenteil: Der war echt cool drauf.

Doch der winkte ab. »Was ich eben gesagt habe, gilt auch jetzt. Kein Karneval mehr. Nie wieder. Keine Funkenmariechen, keine Büttenrede, kein Helau. Gönn mir eine heimelige Runde Fernsehen mit Rosamunde Pilcher, dann bin ich zufrieden.«

»Übrigens – was du gerade vorgeschlagen hast, Bernd …« Helga überlegte. »Die Idee, mich in Mainz blicken zu lassen, ist nicht verkehrt. Meine Verwandtschaft besuchen und mit meinen ehemaligen Kolleginnen von der Zeitung um die Häuser ziehen – ein wohltuender Gedanke. Und nicht zu vergessen die Karnevalszeit. Gute Laune vom elften November bis Aschermittwoch!« Seine Tante winkte mit dem Einkaufszettel. »Nun zum Ernst des Alltags. Es wird zwar noch keine ganz frische Ware im Markt sein, das Frachtschiff legt gerade erst an, aber ich brauche nun mal nötig ein paar Zutaten fürs Mittagessen. Den Rest kannst du heute Nachmittag holen. Ich muss dringend einen Text für die *insel-liebe* schreiben.«

»Gibt's was Neues?«

»Eigentlich nicht. Ich stelle nach und nach die verschiedenen Sparten des Kultur- und Sportvereins vor, was du sicher bereits festgestellt hast, wenn du meine Seite verfolgst. Am Freitag habe ich beim Volleyball für Erwachsene und Jugendliche zugeschaut und darüber will ich schreiben.«

»Spannendes Thema«, lächelte Bernd.

»Mehr passiert hier schließlich nicht«, antwortete sie trübselig. »Ich wünsche mir echt nichts mehr, als einmal so ein richtiges Knaller-Thema. Etwas Spannendes. Nicht wieder so was, ob die Insel pleite ist und so.«

»Klar. Dein Name kommt ganz groß raus und die Macher der *Bild-Zeitung* wollen dich unbedingt in ihrer Redaktion haben.« Paul schaute starr auf seinen Teller. Der Vorwurf in seiner Stimme war nicht zu überhören. »Und schwupps – wärst du tatsächlich wieder am Festland. Was dir sicher nicht schwerfiele, wenn ich dich so höre.«

Helga antwortete nicht, sondern fing an, den Tisch abzuräumen.

Sein Onkel war gleich darauf verschwunden. Auch Bernd machte sich auf den Weg.

Das Leben hier tat ihm gut. Zumindest das, was er bisher kennengelernt hatte. Das Winterleben. Er war gespannt, was ihn im Sommer erwartete. Auf jeden Fall seine Arbeit als Lebensmittelverkäufer. Eine ganz neue Erfahrung. Auf Baltrum hatte sich sein Vorleben noch nicht weiter herumgesprochen. Nur seinem neuen Freund Jens hatte er erzählt, warum er die Sozialstunden abgerissen hatte. Und der hatte geschwiegen.

Bernd holte sein Fahrrad aus dem Schuppen, klemmte den Einkaufskorb auf den Gepäckträger und fuhr los. Er musste aufpassen. An manchen Stellen hatte der Wind die Straße freigeschoben und man fühlte sich sicher, doch wenige Meter weiter fand sich der Schnee von eben dem gleichen Wind zu Haufen zusammengefegt, oder der Boden war spiegelglatt, dort, wo sich Eis auf die Steine gesetzt hatte. Es war ruhig auf den Straßen, kaum ein Mensch zu sehen. Nur zwischen *Inselmarkt* und *Sindbad* bemerkte er eine Gruppe, die ihm bekannt vorkam. Es waren Antonia und ihre Leute. Er hatte das Gefühl, dass sie miteinander stritten, war sich aber nicht ganz sicher. Egal. Sollten sie. Wenn sie nichts Besseres zu tun hatten. Die verschwanden auch wieder. Er lehnte sein Rad an die Hauswand, zog den Einkaufszettel aus der Hosentasche und betrat den Laden.

*

»Ist denn hier gar nichts los, verdammt noch mal?« Gereon Müller starrte auf den Zettel in der Tür des *Sindbads.* Geschlossen. Dabei hatte er sich so auf das Schwimmen gefreut.

Zumindest hatte er beim Frühstück von nichts anderem geredet. Antonia war sich sehr sicher, dass es ihrem Chef dabei weder um die körperliche Ertüchtigung noch die kuschelige Wärme in einer der Saunen gegangen war, sondern einzig und allein um den Anblick seiner knapp bekleideten weiblichen Mitarbeiterinnen. Sonst hätte er ganz anders reagiert, als Hennes todesmutig festgestellt hatte, dass er nicht mitkommen wollte. Aber nein, Müller hatte seinen Buchhalter nur mit einem kurzen Blick gestreift und »Mach doch, was du willst« gemurmelt.

Antonia war unglaublich erleichtert. Ihr Flehen zu Poseidon, sich an diesem Tag woanders aufzuhalten, hatte gewirkt. Sie würden ihre Badesachen zurückbringen und dann …? Wer weiß? Einfach nur auf dem Bett rumfaulenzen und Ostfriesentee trinken? Allein? Warten, bis es Abend wurde? Sie konnte sich eine ganze Menge vorstellen.

»Sollen wir gehen?« Langsam wurde ihr kalt. Aber ihr Chef konnte seinen Blick kaum von dem Plakat lösen.

Als ob er auf ein Wunder hoffte und ein Mitarbeiter sie plötzlich und unerwartet mit einladendem Lächeln hereinbitten würde.

»Müssen wir wohl. Nützt nichts, wenn wir uns hier die Füße abfrieren«, sagte Britta.

»Dann kann ich anfangen, mich zu schminken«, fügte Sabine hinzu.

Der Chef schaute seine Sekretärin ungläubig an. »Sabine, es ist nicht einmal Nachmittag. So alt bist du nicht, dass du Stunden vorher anfangen müsstest, Farbe aufzutragen. Außerdem sieht das sowieso keiner heute Abend.«

»Verdammt noch mal ...« Sabine Schäfer drehte sich zu Gereon Müller um. Ihre Stimme war laut. »Ich habe mir das Scheißkostüm nicht ausgesucht. Ich wäre lieber als ... lieber als ... – na, zum Beispiel als ... ach, weiß ich auch nicht, gegangen. Aber zumindest nicht mit diesem Vollschutzanzug. Was meinst du, wie wir darin schwitzen werden!«

Was war denn nun los? Sabine, die nie in Frage gestellt hatte, was immer der Chef von sich gab, wurde aufmüpfig? Das muss am Thema Schminken liegen, überlegte Antonia. In ihr Aussehen ließ die sich einfach nicht reinreden.

»Na siehst du. Ist also völliger Quatsch, sich Farbe aufzulegen.« Müller ließ seine Sekretärin stehen und zeigte auf den Tennisplatz. Hier war die Schneeschicht unberührt. »Da hier geschlossen ist, und der Cobigolfplatz und das *Strandcafé* ebenfalls, gehen wir an den Strand.«

Antonia zog ihre Jacke fester um den Körper und hängte die Badetasche über die Schulter. Das mit dem Wegbringen war wohl nichts. Aber am Strand musste sie sich wenigstens nicht ausziehen und im Bikini vor ihrem Chef herumtänzeln. Hoffte sie zumindest.

Ein eisiger Ostwind empfing sie, als sie durch das Deichschart beim *Strandhotel Wietjes* die Mauer erreichten, die die Insel zum Nordwesten hin vor Sturmfluten schützen sollte. Dicke Eisschollen hatten sich am Strand mannshoch übereinander getürmt.

»Ein toller Anblick, oder?« Britta Warth zeigte hinunter zur Buhne, die sich unterhalb des *Strandhotels* ins Meer streckte. Dort, wo das Salzwasser den Schnee von den Basaltsteinen gespült hatte, saßen Hunderte von Möwen dicht beisammen, wie um sich zu wärmen. Ab und zu erhob sich einer der mächtigen weiß-grauen Vögel, um gleich danach zwischen den Eisschollen in freies Wasser zu tauchen und mit einem Fisch im Schnabel wieder aufzusteigen.

»Das werden wir uns aus der Nähe ansehen. Auf zur Ostspitze.« Müller hüpfte fast die Stufen hinunter zum Strand.

Der würde doch nicht …? Gegen den Wind? Das durfte nicht wahr sein. Schlagartig fühlte sich Antonias Tasche einige Kilo schwerer an.

Mit Genugtuung sah sie, dass Britta einfach stehen geblieben war. »Ich bleibe«, rief sie gegen den Wind.

»Wirst du nicht«, war die Antwort des Chefs. »Wie willst du in deinem Job weiterkommen, wenn man das Gefühl nicht los wird, dass du bei der kleinsten Anstrengung aufgibst? Bei der Kleinen«, er deutete auf Antonia, »kann ich ausnahmsweise einmal darüber hinwegsehen, wenn sie abends die Segel streicht. Ich sagte: ausnahmsweise. Und auch nur, wenn mein Kätzchen wenigstens heute Abend richtig loslegt. Aber du, Britta, bist eine erwachsene Frau, die eigentlich wissen sollte, wo es langgeht. Kommst du nun?«

Der ewige Gleichmut war aus Brittas Gesicht verschwunden und hatte einem unbändigen Zorn Platz gemacht. Trotzdem klangen ihre Worte eher bedächtig.

»Danke für den Hinweis, lieber Gereon. Ich werde darüber nachdenken. In Ruhe. Darum ziehe ich mich zurück. Viel Spaß bei der Wanderung.« Damit drehte sich um und war kurz darauf nicht mehr zu sehen.

»Na, gut, dann sind wir eben zu dritt. Das kommt alles in mein geistiges Tagebuch. Wer mitläuft, läuft mit. Ha, gut gesagt, oder? Und die Wahrheit. Antonia, dies ist eine Lehre fürs Leben.«

Zähneknirschend umfasste Antonia ihre Tasche und folgte dem Chef.

Vorsichtig bahnten sie sich einen Weg durch die Eisschollen und gingen bis an die Wasserkante. Sie musste aufpassen, dass die Ausläufer der flachen Wellen nicht ihre Schuhe erreichten. Die Sonne ließ die Eiskristalle erstrahlen und verwandelte den Strand in eine eisige Wunderwelt. Wenn nur der Wind nicht wäre. Sie fühlte ihre Nase und ihre Lippen kaum mehr, trotz des dicken Schals, mit dem sie sich so gut wie möglich vermummt hatte. Müller und Sabine waren bereits einige Meter voraus, offensichtlich in ein Gespräch vertieft. Sie hätte ebenso gut bei Britta bleiben können. Die beiden beachteten sie gar nicht.

Eine Muschel, fast so groß wie ihre Handfläche, blau-grau und gewellt, fiel ihr ins Auge. Sie war wunderschön. Die würde sie Severin mitnehmen. Antonia bückte sich, hob sie auf und versuchte den Reißverschluss ihrer Badetasche zu öffnen. Es war nicht einfach. Ihre Handschuhe wollte sie auf gar keinen Fall ausziehen. Dann lieber die Muschel am Strand lassen. Doch nach ein paar vergeblichen Versuchen klappte es.

Gerade als sie die Muschel an ihrem Badehandtuch vorbei in die Tiefe ihrer Tasche schob, hörte sie einen Schrei. Erschrocken blickte sie auf und sah, wie sich Sabine zusammenkrümmte und ihre Arme fest um den Bauch schlang. Lautes Weinen durchschnitt die Stille.

»Sabine, so ist es nun einmal. Ich kann nichts dran ändern. Damit musst du alleine klarkommen.« Müller streckte die Hand aus.

Sabine machte einen Schritt zurück und wäre beinahe auf einer Eisscholle ausgerutscht, die das Meer angetrieben hatte. Müller konnte sie gerade noch auffangen. Doch sie wand sich aus seinen Armen und schrie: »Hau ab. Ich will dich nie wieder sehen.«

Müller erstarrte. »Okay, meine Liebe. Überleg es dir gut. Zumindest erwarte ich heute Abend deine Anwesenheit. Aber ganz ehrlich – du solltest daraus kein Drama machen. Komm ...« Er reichte ihr erneut seinen Arm. »Antonia hat auch keine Lust mehr. Wir gehen zurück.«

Ganz langsam richtete Sabine sich wieder auf, nickte Müller zu und setzte sich in Bewegung. Schritt für Schritt, gehalten von ihrem Chef. Als die beiden näher kamen, sah es aus, als wäre ein sehr miteinander vertrautes Ehepaar unterwegs.

»War vielleicht ein bisschen viel, das lange Feiern gestern Abend – zumindest für die meisten von uns«, rief Müller Antonia zu.

Sie hatte immer gedacht, dass sie die Grenzen von Müllers Arroganz bereits kennengelernt hatte. Aber sein Gesichtsausdruck belehrte sie eines Besseren. Oder Schlechteren?

»Ich habe beschlossen, dass wir nach Hause gehen und eine Pause machen. Ihr wollt sicher die Rosenmontagsumzüge im Fernsehen verfolgen. So als Einstimmung für heute Abend, oder?«

Nein, wollte sie nicht. Aber sie war sicher, dass genau das ihren Chef überhaupt nicht interessierte. Abgesehen davon – das mit der Pause hätte er schon eher haben können, dachte Antonia. Dafür hätten wir uns nicht mindestens einen Strandkilometer lang abmühen müssen. Gemeinschaftsgefühl kann man auch beim Monopoly am Kamin stärken.

Der Rückweg mit dem Wind von hinten, kaum spürbar, entschädigte sie für die Hintour. Sie sah das Blau des Himmels, das Meer, das mit leichtem Geschaukel eine Eisscholle nach der anderen im Sand ablegte. Sie hörte das Krächzen der Möwen und war überrascht über die Vielfalt und Menge der Muschelschalen. Sie konnte nicht verhindern, dass einige von ihnen mit lautem Knirschen unter ihren Schritten zerbrachen. Am liebsten hätte sie viel mehr eingesammelt, aber dann hätte sie wieder den Anschluss verloren. Außerdem: Sie war bis Aschermittwoch hier, da hatte sie bestimmt genügend Zeit, um auf Schatzsuche zu gehen. Sofern ihr Chef sie frei herumlaufen ließe.

*

Gereon Müller tickte nicht ganz richtig. Das war Britta Warth klar geworden, als er von ihnen verlangt hatte, ins Ostdorf zum Restaurant *Sealords* zu laufen, um dort etwas zu essen, bevor sie die *Alte Liebe* unsicher machten. Gegen den eiskalten Ostwind ankämpfen auf den glatten Straßen – viel zu ungemütlich.

Für Sabine war es natürlich gar keine Frage gewesen, ob sie Gereon begleiten sollte. Kein Wunder, so wie die in den verknallt war. Ob die wohl meinte, dass der Mann sein restliches Leben mit ihr verbringen würde? Dass der Aufstieg in die Oberklasse wartete? Wobei Sabine in diesem Fall allerdings Oberklasse und Gereon sträflich miteinander verwechselte. Das kapierte die nur nicht. Als sie im Auto zusammen nach Neßmersiel gefahren waren, war Britta das bei einigen von Sabines Äußerungen sehr klar geworden.

Antonia hatte sich den beiden auf dem Weg ins Ostdorf angeschlossen. Warum auch immer.

Hennes und Britta hatten sich geweigert, über die Möglichkeit so eines Spaziergangs auch nur nachzudenken. Sie hatten sich in Müllers Küche ein Fertiggericht aufgewärmt und dann auf die anderen gewartet. Mit Hennes konnte man gut reden. Sie verstanden sich, hatten die gleichen Ziele. Und die gleiche Abneigung gegen Müller. Und Britta war sicher, dass die nächste Zeit einige Veränderungen mit sich bringen würde.

Sie prostete Hennes zu und wünschte sich nichts mehr, als den Abend hier mit ihrem Kollegen in gemütlicher Runde beschließen zu können. Doch es dauerte nur eine gute Viertelstunde, bis sich die Küchentür mit Schwung öffnete und das auffordernde Grinsen ihres Chefs keinen Zweifel daran ließ, dass sie jetzt ihr Kostüm anzuziehen und mit in die *Alte Liebe* zu kommen hatte. Brittas Laune sackte rekordverdächtig schnell in den Keller. Musste sie wirklich? Bei Hennes schien die Karnevalsstimmung ebenfalls auf dem Nullpunkt angelangt zu sein.

Nur ihr Chef dampfte geradezu vor Energie. »Los, meine Herrschaften! Umziehen«, rief er übermütig. »In fünf Minuten will ich alle fertig verkleidet an der Haustür sehen.«

Britta konnte es einfach nicht zusammenbringen. Als Mensch war Müller nichts wert, aber als Innenarchitekt große Klasse. Sonst hätte sie es bestimmt nicht so lange bei ihm ausgehalten. Er hatte einfach ein besonderes Gespür für Stoffe und Farben, was seine Kunden durchaus zu schätzen wussten. Er hatte einen Namen in Köln. Aber warum es ihm dann nichts ausmachte, genauer gesagt, warum er ihnen geradezu befahl, sich an diesem Abend in seltsame Kostüme zu zwängen, nur damit sie in Stimmung kamen, das würde ihr für immer ein Rätsel bleiben. Das mussten die Kölner Gene sein, anders konnte sie es sich nicht erklären.

Sie ging in ihr Zimmer, nahm ihr Kostüm vom Haken und zog es an. Als ihr aus dem Spiegel ein rosa Schweinchen mit einer weißen Nase und schwarzen Nasenlöchern entgegenblickte, stieg ihre Stimmung sogar ein wenig. Die Nacht würde vorbeigehen. Mitgefangen, mitgehangen. Sie hatte es so gewollt. Britta war mitgefahren, also würde sie auch mitfeiern.

Unten erwarteten sie bereits eine Katze mit beigeweißem strubbeligem Fell und ein grauer Esel mit einem weißen, ausladenden Bauch und abstehenden Ohren. Paulchen Panther kam gerade die Treppe herunter. »Seid ihr so weit?«, hörte sie die Stimme ihres Chefs hinter der rosa Maske. Eine lange schwarze Krawatte hing ihm fast bis in den Schritt.

Als sie das Haus verließen, fand sich auch ein Igel mit Weste, einer blauen Jacke und einer dunklen Hose ein. Sabine.

Britta war froh, als vor ihnen die Lichter der *Alten Liebe* auftauchten.

»Prosit Colonia«, grölte ihr Chef durch den Raum und Hennes gleich darauf: »Alaaf!«

Das konnte heiter werden. Zum Glück waren nicht allzu viele Leute in der kleinen Kneipe, denen sie auf den Sack gehen konnten mit ihrem Karnevalsgehabe. Aber andererseits – es war schließlich Rosenmontag. Es würde bestimmt voll werden. Auf dem Plakat draußen hatte sie gelesen, dass Karaoke im Angebot war. Hoffentlich musste sie nicht zu später Stunde ans Mikrofon. Das würde garantiert innerhalb kurzer Zeit sämtliche Gäste aus dem Lokal treiben. Hinten links in der Ecke saßen ein paar Leute und spielten Karten. Auch eine Möglichkeit, Karneval zu feiern.

»Ein Bier«, rief sie dem Wirt zu, der hinter der Theke die Gläser polierte.

»Kölsch?«, fragte er freundlich und hielt eine Flasche in die Höhe.

Gereon und Hennes nickten gleichzeitig. »Erst machen wir die Kiste leer und dann sehen wir weiter«, rief ihr Kollege.

Britta war froh, sich für das Schweinchenkostüm mit dem nur angedeuteten Rüssel entschieden zu haben. Er würde ihr beim Trinken nicht im Wege sein. Sabine hatte es da schon schwerer mit ihrer dicken, vorstehenden Igelnase, die die Schnauze, beziehungsweise den Schlitz für den Mund verdeckte. Sie würde nur mit einem langen Strohhalm trinken können. Aber die war sowieso erst einmal damit beschäftigt, immer enger an Paulchen Panther zu rücken. Britta musste lachen. Sie konnte zwar das Gesicht ihres Chefs nicht sehen, aber seine Körperhaltung drückte beinahe Verzweiflung aus.

»Man muss de Feste fiere, wie se falle.« Hennes hatte Britta seinen Arm, oder sagte man bei einem Esel besser Vorderbein, um die Hüfte gelegt und schaukelte mit der Musik.

»Genau so ist es«, stimmte sie ihm zu. Sie wollte ihm gerade vorschlagen, sich dennoch an einen ruhigen Platz neben dem Stammtisch zurückzuziehen, als sie sah, wie Gereon Sabine mit einer harschen Bewegung wegdrückte und auf sie zukam. »Mein Gott, geht die mir auf den Keks«, fauchte er. »Los, ihr beiden. Stimmung jetzt.« Und mit einem lauten »Alaaf« setzte er die Flasche Kölsch an und trank sie in einem Zug leer. Es war bereits seine dritte.

Wo war eigentlich Antonia? Britta hatte ihre Kollegin in dem niedlichen Katzenkostüm schon eine Weile nicht mehr gesehen. Da kam sie. War wohl auf der Toilette gewesen. Kein kurzweiliges Unterfangen, wenn man erst das Kostüm ausziehen und hinterher wieder anziehen musste. Aber statt sich zu ihnen zu gesellen, setzte sich Antonia zu dem jungen Mann, den Britta schon auf der Fähre gesehen hatte.

Auch Gereon hatte es mitbekommen. Er tänzelte auf die beiden zu. »Toni, mein Kätzchen«, trällerte er, »du bist so kuschelig. Katzen und Panther gehören einfach zusammen.«

Britta sah, wie Antonia zurückschreckte, sich dann einfach wegdrehte und ihr Gespräch mit dem jungen Mann wieder aufnahm. Aber der Chef ließ nicht locker, legte seinen Arm um Antonia und rieb seinen Pantherkopf an ihr, bis der junge Mann genervt sagte: »Dürfen wir uns jetzt mal alleine unterhalten, Antonia und ich?«

»Ich gebe dir zwei Minuten, min Jong. Dann bin ich mit einem neuen Bier wieder hier«, antwortete Müller lauthals. Und an Antonia gewandt: »Du gehörst zu uns, Toni. Vergiss das nicht!«

Antonia reagierte nicht.

»Na, warte, das klären wir.« Gereon orderte ein weiteres Kölsch, umklammerte die Flasche mit seinen rosa Pantherpranken und schob sich wieder energisch zwischen Antonia und den jungen Mann.

Britta hatte keine Lust darauf, zu erleben, wer als Gewinner aus dieser Situation herauskäme. »Hennes«, flüsterte sie ihrem Kollegen zu, »zwei Plätze rechts von der Theke sind frei. Ich habe keinen Bock auf diese Szene. Dahinten ist es ruhiger.«

Er nickte, und sie zogen um. Doch wenn sie gemeint hatten, dass sie nicht mitbekommen würden, wie Gereon lauthals versuchte, Antonia wieder zurückzuholen, hatten sie sich geirrt. Seine Stimme dröhnte durch das Lokal, bis der Wirt um Ruhe bat und die Musik lauter drehte.

Brittas Blick fiel auf den Igel. Sabine hatte ihre Bemühungen um Müllers Aufmerksamkeit aufgegeben und saß seit geraumer Zeit bewegungslos in einer Ecke neben dem Ausgang, den Blick starr auf Gereon gerichtet, der immer noch auf das Kätzchen einredete.

»Spätestens in drei Minuten sollte dir klar sein, wohin du gehörst«, hörte Britta ihn rufen, dann drehte Gereon sich um und kam auf sie und Hennes zu. »Die hat nichts gelernt«, sagte er ärgerlich.

»Lass sie doch. Komm. Drinkste ene met?«, versuchte Hennes seinen Chef abzulenken. »Ist nur einmal im Jahr Fastelovend.«

Doch Gereon war offensichtlich nicht nach Ablenkung oder Beruhigung. »Ein Schnaps für mich, egal was, irgendwas Klares, möglichst hochprozentig«, rief er dem Wirt zu, dann sagte er: »Wenn ihr das so locker seht, dann will ich euch langsam und zum Mitschreiben mal erklären, was Solidarität bedeutet.« Er stupste mit dem Finger dem Esel auf die Brust. »Könnte auch für dich eine wichtige Lehrstunde sein.«

»Nee«, wiegelte Hennes ab, »dat muss gez echt nicht.«

Zu Brittas Erstaunen nahm Paulchen Panther das Thema nicht mehr auf. Stattdessen forderte er den Wirt auf, endlich vernünftige Musik zu machen. »Du wirst doch ein paar Kölner Schlager da haben. Das ist einfach Pflicht zu Karneval.« Als der Wirt tatsächlich nickte und eine neue CD auflegte, rief er: »Britta, jetzt wird getanzt.«

Das hatte ihr gerade noch gefehlt. Sie schüttelte den Kopf. »Mir ist schon warm«, sagte sie, wohl wissend, dass so eine Abfuhr die Laune ihres Chefs nicht gerade verbessern würde.

Doch er erwiderte nur: »Na gut, dann nicht. Wo bleibt mein Schnaps?«

»Tja, wer nix weed, weed Weet.«

Britta stöhnte. Hennes und seine Sprüche. Was hatte er mal gesagt? Das seien die Kölner zehn Gebote und mit denen käme man durch jede Lebenslage. Aber ob dieser Spruch auf den Wirt zutraf? Er machte ihr einen sehr netten und kompetenten Eindruck. Inzwischen hatte sich allerdings der Laden gut gefüllt und der Mann hatte alle Hände voll zu tun. Da dauerte es eben einen Moment, bis jeder mit Getränken versorgt war.

»Was is nun? Polonäse?« Gereon Müller gab einfach nicht auf. Er klopfte sich auf die Schenkel und sang: »Scheißegal, scheißegal, ob de Huhn bis oder Hahn.«

Britta antwortete gar nicht erst, sondern schaute sich das Treiben in der Kneipe an. Sie waren die Einzigen in voller Kostümierung. Die anderen Gäste nahmen es mit dem Karneval nicht so genau. Nur mit dem Trinken. Der Wirt schob ein Bier nach dem anderen über den Tresen. Der Zigarettenqualm wurde dichter. Sie wunderte sich, dass Antonia es aushielt. Das Mädel saß immer noch bei dem anderen Typen.

Hoffentlich ging der Abend schnell vorüber. Hennes in seinem Eselskostüm sah zwar lustig aus, war es aber offensichtlich nicht. Er hatte zumindest die letzte halbe Stunde kaum ein Wort gesagt.

»Ich will keine Polonäse. Und der Wirt vermutlich auch nicht«, versuchte sie ihrem Chef klarzumachen. »Lass uns einfach nur nett zusammensitzen und quatschen.«

»Blödsinn. Jetzt geht es rund. Ein Lied zwo, drei vier: M'r losse den Dom in Kölle …« Paulchen Panthers Versuch, sich laut singend mit auf die Bank zu quetschen, wurde von der Frau rechts neben ihnen unterbrochen.

»Wenn ich mal raus dürfte … Wird mir einfach zu eng hier.« Die Frau mit den halblangen dunklen Haaren zwängte sich an ihnen vorbei, kramte ihr Portemonnaie aus der Tasche und versuchte, die Aufmerksamkeit des Wirtes auf sich zu lenken, indem sie heftig mit den Armen wedelte.

»Helga, du willst doch nicht schon gehen?«, fragte der Wirt erstaunt.

»Ist nicht meine Welt. Was sagt der Deckel?«, antwortete sie kurz angebunden.

»Sieben Euro achtzig«, rechnete der Wirt.

Die Frau legte einen Zehn-Euro-Schein auf die Theke. »Passt so. Tschüss.«

›Nicht meine Welt‹ ... Die Frau hat es gut, dachte Britta. Sie kann gehen. Nein, meine Welt ist das auch nicht, was hier gerade abläuft. Nicht mehr lange, dann bin ich weg.

Sie schwitzte unter dem Kostüm. Britta hatte das Gefühl, dass langsam aber sicher auf ihrer Haut ein juckender Hitzepickel nach dem anderen erblühte. Energisch schob sie die Pranke ihres Chefs von ihrer Taille. Sie konnte seine Nähe nicht ertragen. Weder als Wärmequelle noch als Mann.

Sie sah, wie die Frau am Ausgang zögernd bei Sabine stehen blieb und sie ansprach. Britta konnte nicht verstehen, ob Sabine antwortete, hatte jedoch den Verdacht, dass ihre Kollegin weinte. Das Igelgesicht strahlte eine abgrundtiefe Traurigkeit aus. Gleichzeitig war Britta sich bewusst, dass dieser Eindruck Blödsinn war. Man konnte an einem Kostümkopf nicht ablesen, wie es dem Träger darunter ging. Dennoch.

Warum war Sabine überhaupt noch da? Sie an ihrer Stelle wäre längst gegangen, statt den ganzen Abend irgendwo herumzustehen und sich von fremden Leuten anquatschen zu lassen. So schön konnte einfach kein Mann sein, sich seinetwegen derart zu erniedrigen. Gereon schon gar nicht!

Die Frau beugte sich zu Sabine, redete und streichelte immer wieder über die blaue Jacke. Dann nahm sie Sabine in den Arm und drückte sie fest an sich. Sabine legte den Kopf auf die Schulter der Frau, so standen sie reglos, als ob es nur eine Person wäre, halb Igel, halb Frau. Es dauerte eine ganze Weile, bis die Frau zum Abschied nickte und die *Alte Liebe* verließ.

*

Holger Klaar nahm seine Taschenlampe aus dem Fahrradkorb. Vorsichtig, mit einer Hand fest am Geländer, tastete er sich den Steg hinab zur *Elli Hoffmann-Röser*, dem Rettungsboot der DGzRS. Das Schiff lag ruhig. Sie hatten nachmittags eine Rinne in das Eis um die *Elli* herum geschlagen. Eine Knochenarbeit. Aber notwendig. Das Eis hatte Kraft. Wenn sie nicht rechtzeitig eingegriffen hätten, wäre das Schiff davon eingeschlossen worden. An eine Fahrt nach Neßmersiel war zwar nicht mehr zu denken, aber sie mussten dafür sorgen, dass das Eis nicht die Bordwände eindrückte. Noch einmal leuchtete er alles ab, dann ging er zufrieden zurück zu seinem Rad. Morgen würden sie wieder ranklotzen müssen.

Er musste aufpassen, dass er auf der Hafenstraße nicht ins Rutschen kam. Eine Schneeschicht überdeckte die zugefrorenen Pferdeköttel, so dass sie schlecht auszumachen waren. Zumal das vordere Licht seines Rades nicht das hellste war. Genauer gesagt funktionierte es meistens gar nicht. Nur manchmal flackerte es für eine Sekunde auf, bevor es wieder in den Ruhemodus fiel. Er nahm sich fest vor, sein Rad am nächsten Tag zu Max zu bringen. Max reparierte alles, was Räder hatte.

Er bog rechts ab, fuhr am Nationalparkhaus, in dem sich die Ausstellung über das Leben im niedersächsischen Wattenmeer befand, vorbei und gleich wieder links. Zwischen den Häusern würde ihn der Wind aus Osten nicht so heftig packen wie auf der Straße, die am Heller und am Spielteich entlang zum Ostdorf führte. Und da musste er hin. Seine Frau hatte ihn für verrückt erklärt, als er mit Jacke und dicker Mütze im Wohnzimmer gestanden und gesagt hatte, dass er dringend nach dem Boot schauen musste.

»Du warst doch schon nach der *Tagesschau* da«, hatte sie kopfschüttelnd geantwortet. »Glaubst du wirklich, dass das Schiff innerhalb von vier Stunden einfriert? Ich jedenfalls steige jetzt ins warme Bettchen.«

Er war einfach gegangen. Sie konnten am nächsten Morgen ausschlafen, also auch ein wenig später ins Bett gehen. So lange würde die Kontrollfahrt zu Hafen schließlich nicht dauern. Er war als Vormann der Rettungsgesellschaft für das Schiff verantwortlich, da musste so etwas einfach sein.

Es war still im Ort. Kein Wunder um diese Uhrzeit. Und um diese Jahreszeit. Er strampelte an der Inselglocke vorbei, überquerte den Marktplatz, sah Licht im *Sturmeck* und hörte Fetzen von Musik. Dann fuhr er weiter Richtung Rathaus und *Inselmarkt.* Gleich dahinter tauchte die Silhouette des Schwimmbades auf.

Plötzlich bemerkte er eine Bewegung auf der weißen Brücke, die vom Höhenweg zum Bad führte. Er bremste, schaute nach oben. Im gleichen Moment wirbelte etwas über das hölzerne Geländer und landete mit einem satten Klatscher direkt vor ihm auf der vereisten Klinkerstraße. Klaar sprang vom Rad, ließ es einfach fallen und starrte ungläubig auf das, was vor ihm lag. Das war – ein Igel. In Menschengröße. Schwarze Knopfaugen über einer dicken Nase guckten Holger Klaar an, als er sich über ihn beugte. Der Igel trug eine braune Hose, ein weißes Hemd mit grüner Weste und eine blaue Jacke. Das war selbst für einen Igel eine außergewöhnliche Zusammenstellung, fand Klaar.

»Hallo? Wer sind Sie?«, versuchte er Kontakt aufzunehmen. »Hallo, nun sagen Sie doch was. Was ist passiert?«

Doch der Igel schwieg. Klaar sah nur ein leichtes Zucken des rechten Armes, hörte ein dumpfes Schnaufen aus der aufgeklappten Schnauze, dann fiel der Kopf zur Seite.

Meine Güte, was sollte er tun? Hatte er sein Telefon …? Ja. Mit zitternden Fingern wählte er die Nummer der Baltrumer Polizei. Er war nicht ungeübt im Umgang mit Notfällen, aber es war mit Sicherheit das erste Mal, dass ihm ein Igel vor das Fahrrad gesprungen war. Zumindest einer in dieser Größe.

Im gleichen Moment hörte er ein Poltern auf der Brücke. Er griff zur Taschenlampe und richtete den Strahl nach oben. Im Lichtkegel tauchte der Kopf eines Pinguins auf. Schwarz mit einem kräftigen gelben Schnabel. Ja, klar, was denn sonst? Ein Pinguin auf einer weißen Brücke, der zügig in die Dunkelheit davonwatschelte.

»Röder. Polizei Baltrum.«

Klaar atmete auf. »Michael? Würdest du bitte kommen? Mir ist ein …« Wie sollte er es beschreiben, ohne dass der Inselpolizist ihn für bekloppt oder besoffen hielt?

»Wer ist am Apparat? Nennen Sie mir den Grund für Ihren Anruf.«

»'tschuldigung. Ich bin's. Holger. Holger Klaar. Du musst sofort kommen.«

»Was ist mit dir, Holger? Es wäre schön, wenn du dich zu dieser Uhrzeit ein wenig präziser ausdrücken würdest.«

Klaar bemerkte leichte Ungeduld in der Stimme des Inselpolizisten und überlegte eine Sekunde. »Ein Igel ist von der weißen Brücke gefallen und ein Pinguin ist auf der Flucht. Der Igel braucht dringend ärztliche Hilfe.«

Es folgte eine kurze Pause, dann hakte Röder nach: »Willst du mich … Bist du betrunken, oder was?«

»Nein.« Er versuchte es noch einmal. »Er – er ist da einfach runtergeflogen, ich meine gefallen, oder geschubst worden. Ein großer. Ein richtig großer. Ein Mensch. In einem Kostüm. Der atmet nicht mehr, glaube ich. Aber ich will ihn nicht ausziehen, um nicht noch mehr kaputtzumachen. Wann kommst du endlich?«

»Bin gleich da. Ich alarmiere nur erst den Rettungsdienst.«

Klaar hatte das Gefühl, Stunden seien vergangen, als neben ihm das Rad des Polizisten quietschend zum Stehen kam.

»Die Ärztin kommt gleich«, sagte Röder und kniete sich über den Igel, der bewegungslos auf der Straße lag. »Wäre besser gewesen, du hättest die 110 gewählt. Dann hätten die Kollegen in der Wittmunder Leitstelle das gleich mit erledigen können.«

»Die hätten mir doch nie geglaubt«, wandte Klaar ein.

»Wer weiß? Am Festland ist der Karneval schon bis in den hohen Norden vorgedrungen. Wäre denen vermutlich gar nicht so ungewöhnlich vorgekommen.«

Holger Klaar fiel es wie Schuppen von den Augen. Ja, logisch! Es war Rosenmontag. Das ging normalerweise völlig an ihm vorbei. Und die Gäste, die um diese Zeit auf die Insel kamen, waren eigentlich eher Karnevalsflüchtlinge. Mit Konfetti und Kostümen hatten die nichts am Hut. Da mussten der Pinguin, und nicht zu vergessen der Igel, sich wohl verlaufen haben.

»Gib mir Licht.« Michael Röder tastete das Fell ab. »Hier ist ein Reißverschluss.« Im Schein der Taschenlampe versuchte der Polizist vorsichtig, den Igelkopf von dem restlichen Kostüm zu lösen. Im gleichen Moment tauchte der Krankenwagen mit der Ärztin darin auf.

»Was gibt das hier?«, fragte sie gespannt, nachdem sie ihre Tasche aus dem Fahrzeug gezogen hatte. »Ich soll einen Igel …?«

»Hier liegt er. Gut, dass du kommst. Der Reißverschluss ist offen, du kannst das Kopfteil des Kostüms abziehen. Soll ich helfen?«

Ellen Neubert schüttelte den Kopf. »Später. Erst einmal werden Maik und ich schauen, was los ist. Du weißt ja: eingespieltes Team.« Sie winkte den Krankenwagenfahrer herbei. »Maik, bring gleich ein paar Decken mit. Wir müssen sehen, dass die Person nicht auskühlt. Und wer von euch klärt mich in kurzen Worten auf, was passiert ist?«

Holger Klaar berichtete, wie der Igel von der Brücke gestürzt war, genau in dem Moment, als er mit seinem Fahrrad darunter hatte durchfahren wollen.

»Da können wir ja froh sein, dass du rechtzeitig gebremst hast, und wir es nicht mit zwei Opfern zu tun haben.« Ellen Neubert zog behutsam den Igelkopf ab. »Es ist eine Frau!«

Das Gesicht war äußerlich unversehrt. Doch Holger Klaar sah das Blut, das sich in der Igelmaske gesammelt hatte und nun in einem schmalen Band auf die Straße lief. Ob sie noch lebte? Zumindest war sie bewusstlos, denn wer konnte mit weit geöffneten Augen den Strahl einer Taschenlampe ertragen? Sie reagierte auch nicht auf die Bemühungen der Ärztin. Sollte sie den Sprung tatsächlich nicht überlebt haben? So hoch war die Brücke schließlich nicht.

»Was ist mit ihr?«, fragte er, als er die Spannung nicht mehr aushielt.

Ellen Neubert schüttelte leicht den Kopf, stellte weitere Untersuchungen an, dann stand sie auf. »Exitus. Ich gehe mal von Schädelbruch aus. Wir bringen sie in die Leichenhalle.«

»Holger hat mir erzählt, dass er einen Pinguin, also ich gehe mal davon aus, einen Menschen im Pinguinkostüm – berichtige mich, wenn ich verkehrt liege – auf der Brücke gesehen hat«, sagte Röder. »Also ist es möglich, dass nicht etwa Alkohol bei ihrem Abflug eine Rolle gespielt hat. Wir sollten sie so schnell wie möglich zur genaueren Untersuchung ans Festland schaffen. Wie ist es mit euch?«

»Mit dem Rettungsboot läuft gar nichts mehr. Die Eisdecke ist zu dick. Die anderen Jungs und ich sind schon froh, wenn wir eine Rinne um das Schiff herum eisfrei halten können«, erklärte der Vormann.

»Also werden wir die Leiche morgen mit der *Baltrum III* rübergeben«, beschloss Röder. »Außerdem wäre es nicht schlecht, wenn mein Freund Kleemann aus Aurich zur Verstärkung rüberkäme. Einen Hilfssheriff habe ich in kalten Winterzeiten schließlich nicht. Außerdem wird wohl die Spurensicherung hier erscheinen.« Er holte sein Handy heraus und bat den Baltrumer Gemeindebrandmeister Axel Meinders um Hilfe beim Absperren und Sichern des Unglücksortes. Dann machte er einige Fotos. »Bringt ihr die Leiche weg? Ich werde die Umgebung in Augenschein nehmen. Vielleicht befindet sich der Pinguin in der Nähe.«

»Wir kümmern uns drum«, erwiderte die Ärztin. »Dann hoffen wir mal, dass die Fähre morgen noch ihrem Namen alle Ehre macht und nicht eine Liege draus wird.«

Holger Klaar überlegte, was die Ärztin wohl gemeint haben könnte, dann lachte er auf. Aber nur kurz. Es war einfach nicht korrekt, neben einer Toten zu stehen und zu lachen.

*

Die Tote war abtransportiert und lag in der Leichenhalle unterhalb der evangelischen Kirche. Die Feuerwehrleute waren schnell zur Stelle gewesen und hatten die Brücke, einen Teil des Höhenwegs und die Straße mit Flatterband abgesperrt. Axel Meinders und ein weiterer Feuerwehrmann hatten sich zur Wache für die nächsten zwei Stunden bereiterklärt. Danach würde der Inselpolizist die Lage im Auge behalten. Jetzt galt es für Oberkommissar Michael Röder, die Identität der

Toten herauszufinden. Er beschloss, einen Versuch im *Sturmeck* zu machen. Dort hatte er bei seiner Fahrt zum Unfallort Licht gesehen.

Tatsächlich. Die Gaststätte war immer noch beleuchtet. Durch die Fenster sah er ein paar Leute an der Theke sitzen.

»Oh, der Hüter des Gesetzes kontrolliert persönlich«, schlug ihm entgegen, als er den Raum betrat.

»Wäre sicher sinnvoll, aber ich bin aus einem anderen Grund hier.« Er fragte, ob einer von ihnen als Tiere verkleidete Menschen gesehen habe, doch alle verneinten.

»Hier war es den ganzen Abend ruhig«, sagte der Mann hinter der Theke. »Es waren zwar jede Menge Gäste da, aber nicht, um eine Karnevalsparty abzuhalten, sondern um einfach nur ein Bier zu trinken. Frag mal in der *Alten Liebe*. Die hatten, glaube ich, auch geöffnet.«

Genau das würde er tun. Er hoffte, dass der Wirt, Uwe, da war und ihm weiterhelfen konnte. Röder fuhr zurück, an seiner kleinen Polizeiwache vorbei, und wünschte sich, bald genau dort zu sein, wo seine Frau Sandra sich in diesem Moment aufhielt. Nämlich im Bett in der Dienstwohnung gleich neben der Wache. Aber er hatte es ja so gewollt. Als Polizist auf einer kleinen Nordseeinsel war man eben im Winter Tag und Nacht Ansprechpartner bei Unregelmäßigkeiten. Allerdings waren die Kollegen vom Festland immer schnell zur Stelle, wenn er Hilfe brauchte. Und er hatte das Gefühl, dass sich da wieder etwas zusammenbraute. Holger hatte ihm noch einmal beschrieben, was genau er mitbekommen hatte. Dass sich zu dem Zeitpunkt des Zwischenfalls auch ein Pinguin auf der Brücke aufgehalten habe. Und dass dieser Pinguin, anstatt zu Hilfe zu kommen, einfach verschwunden sei.

Je näher Röder der Kneipe kam, desto lauter hörte er

die Musik. Na, prima. So musste er den Wirt wenigstens nicht aus dem Bett trommeln.

»Moin.« Keine Reaktion. Röder versuchte es um einige Dezibel lauter.

Es half. Uwe drehte die Musik leiser und begrüßte ihn schuldbewusst. »Hat sich jemand beschwert?«

»Geht schon«, winkte Röder ab. Er sah sich um. Vier Mann – alles Insulaner – saßen an der Theke und an den Tischen sah er einige fremde Gesichter. Nur der Stammtisch links von der Theke war leer. Leer bis auf – er konnte es nicht glauben, sah zwei Mal hin – bis auf eine große, wuschelige Katze. Sie saß fast unbeweglich vor einem Glas Weizen. Darin steckte ein langer Trinkhalm. Wäre auch sonst schwierig mit dem Trinken, überlegte Röder. Er nickte dem Wirt zu und setzte sich neben die Person, die in dem Katzenkostüm steckte.

»Guten Abend. Können Sie mir ein paar Fragen beantworten, bitte? Röder ist mein Name. Polizei Baltrum.«

Die Katze sprang auf, schlug mit der rechten Pfote das Bierglas um, umrundete den Tisch und hüpfte mit holprigen Bewegungen und wackelndem Schwanz aus dem Lokal. Die Jungs an der Theke johlten laut und klatschten. »Nun mal los, Michael. Jetzt geht's auf Katzenjagd. Bevor die Jäger sie erwischen. Nicht, dass sie abgeschossen wird!«

Auch Röder war aufgesprungen. »Nützt nichts – muss hinterher«, rief er dem Wirt zu, der wütend mit einem Feudel und einem leeren Eimer auf ihn zukam.

»Bezahlt hat sie auch noch nicht«, schnaubte Uwe. »Wer nicht vernünftig saufen kann, soll es besser lassen.«

Sie? Wieso war Uwe klar, dass die Katze eine ›Sie‹ war? Röder würde ihn befragen. Aber jetzt musste er sehen, dass er die Katze wieder einfing. Irgendetwas stimmte hier nicht.

»Reden wir später drüber. Jetzt lass mich erst mal

durch.« Er umrundete den Wirt und sprintete zur Tür. Er musste die Person finden. Sie war womöglich der Schlüssel zur Identität der Toten von der Brücke.

Vor der Tür der Kneipe blieb er stehen und starrte in die Dunkelheit. Hatte hier irgendwo ein Fellpuschel an einer der Hausecken Schutz gesucht? Wo sollte er suchen? War die Katze links ab im Westteil der Insel unterwegs? Oder war sie gen Osten gelaufen? Lief sie überhaupt, oder saß sie in einer gut geschützten Ecke und wartete, bis er seine Suche aufgeben würde? Die Katze hatte einen entscheidenden Vorteil: Sie wusste, wo sie hinmusste. Wenn ihr nicht der konsumierte Alkohol die Sinne vernebelt hatte. War die Katze eine Inselkatze, oder kam sie vom Festland? Und noch wichtiger: Warum war sie abgehauen, als er in die Kneipe gekommen war?

Plötzlich fiel sein Blick auf eine Vertiefung im Schnee, die nicht einem Schuhabdruck, sondern einer großen Tatze ähnlich war. Er schaute genauer hin. Die Spur führte ein wenig nach links auf *Juttas Modeladen* zu … und dann? Er blieb stehen, versuchte die Spur mit den Augen zu verfolgen. Doch es war sinnlos. Der scharfe Ostwind hatte den Schnee von der Straße gefegt, so dass nur die blanken Steine zu sehen waren.

Es hatte keinen Zweck. Erst musste er Näheres im Lokal in Erfahrung bringen, sonst würde seine Suche einem Stochern im Nebel gleichen. Er ging zurück in die Kneipe, wohl wissend, dass sein Erscheinen entsprechend gewürdigt werden würde. Genau so war es auch.

»Na, war der Kater erfolgreich? Hat er das Kätzchen eingefangen?«, war noch das Harmloseste, was er sich anzuhören hatte.

»Leute, ich brauche Informationen über den heutigen Abend.«

»Und warum? Was ist passiert?«, fragte einer der Jungs und nahm einen kräftigen Zug aus dem Bierglas.

Sollte er erzählen, was passiert war? Warum nicht? Es würde sich schnell genug rumsprechen. »Eine Person in einem Igelkostüm ist vor einer guten Stunde von der weißen Holzbrücke gefallen und verstorben. Ich muss jetzt dringend ermitteln, wo die Person gewohnt hat und wie und wo sie den Abend verbracht hat. Wenn es euch möglich ist, erzählt mir, was hier alles so abgelaufen ist.«

»Ich bin erst vor einer halben Stunde gekommen«, sagte einer von ihnen. »Ich habe nichts gehört und gesehen. Tut mir leid, dass ich nicht weiterhelfen kann. Ich wollte nur ein Tagesabschlussbier trinken und jetzt gerne wieder gehen.«

»Bitte geben Sie mir Ihren Namen und Ihre Anschrift. Falls sich Fragen ergeben«, bat Michael Röder den Mann. Er hoffte, dass die anderen Gäste mehr dazu beitragen konnten, den Abend für ihn nachvollziehbar zu machen.

Der Mann bezahlte, gab dem Inselpolizisten seine Daten und war gleich darauf verschwunden.

»Was ist mit Ihnen?«

Einer der Gäste an dem hinteren Tisch zuckte mit den Schultern. »Wir waren mit uns selbst beschäftigt.« Er hob eine Karte hoch. »Wir haben Skat gespielt. Da bleibt kein Platz für andere Dinge. Zumindest, wenn man es richtig macht.« Er lachte.

»Ich möchte Sie trotzdem bitten, einen Moment zu bleiben. Falls sich die eine oder andere Frage ergibt.« Röder wandte sich an den Kneipenwirt. »So, nun zu dir. Wer war alles hier?«

Uwe zählte ein paar Namen von Insulanern auf, die im Laufe des Abends dagewesen waren, und Röder notierte sie in seinem kleinen schwarzen Notizbuch. »So, kommen wir zu der Katze. War sie alleine hier?«

»Nein. Da waren noch ein Esel, ein Igel, ein Schwein und Paulchen Panther. Die kamen zusammen mit der

Katze rein«, sagte Uwe, als wäre es die normalste Sache der Welt, diverse Tiere mit Getränken zu versorgen. Keine Regung war auf seinem Gesicht zu sehen.

Die anderen, die an der Theke saßen, fingen schallend an zu lachen. »Hast du ... hast du gesehen, wie der Panther versucht hat ...« Dem jungen Mann versagte die Stimme.

Dabei hätte Röder zu gern erfahren, was der Panther hätte oder nicht. »Jungs! Bitte! Kommt mal wieder bei.« Doch es dauerte eine ganze Weile, bis die Männer sich wieder beruhigten. Röder war klar: Ein einziges falsches Wort, und das Gejohle ginge vorne los. »Wisst ihr, wo die wohnen?«

Die Männer schauten sich an, dann sagte einer: »Keine Ahnung. Ich hatte nur das Gefühl, dass die gar nicht so lustig waren, wie sie sein sollten.«

»Wie kommst du darauf?«

»Tja, zu Beginn war bei denen alles okay. Der Panther schrie immer ›Alaaf‹ und der Esel ›Prosit Colonia‹. Manchmal auch umgekehrt. Erst machten die anderen mit, aber dann ging der Panther dem Esel und dem Schwein, glaube ich, ziemlich auf den Keks.«

»Das stimmt. Im Gegensatz zum Igel«, nickte der Wirt. »Der hat zu Anfang kein Blatt Papier zwischen sich und diesen Panther gelassen. Einmal hat ...«, jetzt er gluckerte auch er vor Lachen, »der Igel bei einem verzweifelten Kussversuch seine Nase mit dem schwarzen Knubbel drauf in das Maul von dem Panther gesteckt. Das war echt zum Schießen. Daraufhin war aber Ende Gelände mit den beiden. Da hat der Panther den Igel nicht mehr an sich rangelassen. Hat sich jedes Mal mit wehender Krawatte weggedreht und sich anderweitig unterhalten. Dann hat der Panther versucht, das Kätzchen und Bernd zu trennen, was ihm aber nicht gelungen ist. Dieser Bernd und die Katze schienen sich übrigens zu kennen. Die haben sich ziemlich schnell von den anderen abgesetzt. Das war noch okay. Aber dann hat die Katze wohl entschieden, dass sie ihr Kostüm ausziehen wollte, und da ist der Panther ausgerastet. Sie hat es dann gelassen, aber wenn ich den Bernd nicht gebremst hätte, hätte der dem Panther mit Sicherheit einen auf seine dicke weiße Nase gegeben.«

»Bernd?«, fragte Röder.

»Bernd Hagener. Der Neffe von der Schorz-Küfler. Aus dem Ostdorf. Neu auf der Insel. Der kam übrigens mit seiner Tante rein. Hat mich echt gewundert. Jungvolk mit Tante? Erstaunlich! Er hat allerdings seine Tante allein an der Theke sitzen lassen und sich um das Kätzchen gekümmert. Die Tante war nicht so ganz lange da. War wohl nicht das passende Volk anwesend.«

Röder schaute in seine Notizen. Die Namen hatte ihm Uwe bereits genannt.

»Jedenfalls hatte die Truppe mit dem Panther im Laufe des Abends immer wieder ordentlich Zoff«, erinnerte sich ein anderer. »Ich weiß nicht, worum es im Detail ging. Den Esel konnte ich sowieso nicht verstehen. Der sprach wie vom anderen Stern.«

»Der hatte so Kölner Sprüche drauf«, schaltete der Wirt sich ein. »Jedes Mal, wenn der Panther sich über meine Bierpreise beschwerte, rief der laut so was wie: ›Wat nix kost, dat is nix.‹ Das ist aber das Einzige, was ich mir gemerkt habe. Dabei habe ich der Truppe extra Kölsch besorgt, weil die das unbedingt trinken wollten. Der Esel und das Schweinchen haben übrigens hier gesessen.« Der Wirt zeigte auf das andere Ende der Theke. »Und Paulchen hat ständig versucht, sich dazwischenzudrängeln.«

»Wann sind die Leute gegangen?«, fragte Röder.

»Warte mal ... Der Igel war, glaube ich, zuerst weg. Bin mir aber nicht sicher. War echt viel zu tun hier. Wann genau und in welcher Reihenfolge der Esel und das Schwein gegangen sind, oder ob einer von den Gästen mal zwischendurch eine Zeit lang draußen war – frag mich nicht.«

»Sag mal, war eigentlich auch ein Pinguin hier?«

Der Wirt schaute ihn fragend an. »Wie kommst du darauf? Reicht es nicht, wenn ein halber Bauernhof hier auftaucht? Nein, ein Pinguin war bestimmt nicht hier. Zumindest keiner in Menschengröße. Fehlt dir einer?«

»Schon gut. War nur 'ne Frage«, wiegelte er ab. »Und wie ging es mit diesem Bernd und der Katze weiter?«

Uwe überlegte. »Wo du es sagst: Wo ist Bernd abgeblieben?« Er kramte in einer Kiste. »Hier sammele ich jeden Abend die bezahlten Deckel. Aber der von Bernd ist hier nicht drin. Sollte der etwa auch nicht ...? Ist sonst nicht üblich bei dem.« Ratlos schaute der Wirt den Polizisten an. »Tut mir leid. Ich kann dir nicht weiterhelfen. Am besten fragst du Bernd. Vielleicht weiß der, wo sein angebetetes Kätzchen nächtigt. Ist eigentlich erstaunlich, dass der sie hier hat sitzen lassen, nachdem er sich anfangs so rührend um sie gekümmert hat.«

Genau das würde er tun. Bernd Hagener fragen. Auch wenn die Uhr bereits weit nach Mitternacht zeigte. Aber erst würde er seine Kollegen vom Festland unterrichten und absprechen, wie vorzugehen war.

*

»Paul Schorz«, meldete sich eine verschlafene Stimme.

»Michael Röder. Polizei Baltrum. Entschuldigen Sie die nächtliche Störung, aber es ist wichtig. Wohnt bei Ihnen ein Bernd Hagener?«

»Was hat er angestellt?«

»Nichts«, beruhigte der Inselpolizist, obwohl er sich da eigentlich gar nicht sicher war. Zu verworren erschienen ihm die Ereignisse der Nacht. Außerdem – was sollte die Frage? War Bernd Hagener ein Typ, der gern mal etwas anstellte? »Es geht um eine Ermittlung. Ist er zu sprechen?«

»Moment. Ich schaue, ob mein Neffe zu Hause ist. Bleiben Sie dran.«

Aus der Ferne hörte Röder ein: »Schatz, was ist denn los? Was geisterst du hier nachts rum?« Es folgte keine Antwort.

Es dauerte eine Weile, dann war Paul Schorz wieder dran. »Ich gebe Ihnen seine Handynummer. Haben Sie was zu schreiben? Er wartet auf Ihren Anruf.«

Wieder hörte er aus dem Hintergrund, diesmal etwas schärfer: »Nun sag schon, was ist passiert? Hat er was angestellt?«

Schon wieder diese Frage. Röder würde darauf zurückkommen. Ganz sicher. Aber jetzt sagte er nur: »Ich notiere. Und noch eins – es wäre notwendig, dass Ihre Frau morgen früh bei mir auf der Wache vorbeikommt. Ich habe auch an sie ein paar Fragen.«

Paul Schorz versprach, die Bitte weiterzugeben.

Nun zu Bernd Hagener. Röder hoffte, dass er von dem jungen Mann wenigstens erfahren würde, wo das Kätzchen wohnte und wer sich dahinter verbarg. Er hatte Glück.

Bernd Hagener berichtete ihm, wie er Antonia kennengelernt hatte und dass er sie am Abend zuvor auf der Straße wiedergetroffen hatte. »Sie hat mir erzählt, dass die ganze Truppe im Haus von ihrem Chef wohnt und dass das Haus in der Nähe des Lebensmittelmarktes hinter dem Rathaus liegt. Um welches Haus es sich genau handelt, weiß ich allerdings nicht.«

»Das grenzt die Suche zumindest schon mal ein«, sagte Röder erleichtert. »Danke erst einmal für die Auskunft. Für ein ausführlicheres Gespräch möchte ich Sie morgen früh gerne auf der Polizeistation sehen. Ich brauche Informationen über den heutigen Abend.«

»Was ist denn eigentlich passiert, dass Sie mich nachts aus dem Bett telefonieren?«, fragte Bernd Hagener.

»Ich habe mich schon gewundert, dass Sie gar nicht fragen. Tatsache ist: Eine Frau, die in einem Igelkostüm steckte, ist heute Nacht von der weißen Brücke gefallen und gestorben.«

Es dauerte einen Moment, bis der Inselpolizist merkte, dass die Verbindung unterbrochen war. Gern hätte er Hagener gefragt, warum der das Kätzchen so einfach allein in der Kneipe hatte sitzenlassen. Aber das würde er morgen nachholen, wenn alle ausgeschlafen waren. Jetzt musste er erst einmal versuchen, die Karnevalstruppe zu erreichen. Wer war die Frau? Gab es Angehörige, die ebenfalls auf der Insel waren? Wenn nicht, wo konnte er die erreichen? All das galt es jetzt abzuklären.

Veilchendienstag

Sie saß mit ihrem Katzenkostüm auf einer Eisscholle, wollte weglaufen, konnte sich aber nicht bewegen. Mit Entsetzen stellte sie fest, dass das Fell festgefroren war. Sie versuchte aufzustehen, immer wieder. Immer wieder. Wollte sich abstützen, doch in Sekundenschnelle klebte auch ihre Tatze an der Scholle. Erst die linke, dann die rechte. Sie wollte schreien, doch der scharfe, eiskalte Wind verwehte ihre Stimme. »Hilfe«, wimmerte sie. »Warum hilft mir keiner?« In ihren Traum mischte sich ein dumpfes Pochen. Waren es die Eisschollen, die unter ihrer Gegenwehr zerbrachen? Nein, das Geräusch passte nicht. Was war es dann? Langsam, ganz langsam verblasste das Bild und machte der Realität Platz. Antonia tastete nach der Nachttischlampe. Licht würde ihr helfen, in der Wirklichkeit aufzutauchen.

Neun Uhr. Kein Wunder, dass sie so müde war. Es war spät geworden am Abend zuvor. Ein grässlicher Abend. Als sie sich aufrichtete, hatte sie den Traum schon beinahe vergessen. Sie wunderte sich nur über das Zittern in ihrem Körper. Obwohl sie eingekuschelt unter einer dicken Bettdecke gelegen hatte, wollte das Zittern einfach nicht aufhören. Und auch das Klopfen nicht.

»Antonia? Bist du wach? Wir wollen frühstücken, bevor der Polizist gleich wieder in der Tür steht.«

Sie stöhnte. Es waren kaum vier Stunden vergangen, nachdem der Polizist sie von Sabines Tod unterrichtet hatte und sie danach endlich eingeschlafen war. Aber sie musste wohl aufstehen. Er hatte ja angekündigt, dass er noch einmal mit allen sprechen wolle. Antonia dachte mit Unbehagen an die Situation, als Britta sie nachts aus ihrem Zimmer geholt hatte. Sie hatte sich gerade erst aus dem verdammten Kostüm befreit und geduscht gehabt, als sie diesem Polizisten erklären sollte, warum sie abgehauen war. Sie hatte sich bedeckt gehalten. So bedeckt, dass er angekündigt hatte, am nächsten Tag wiederzukommen. Nun war es fast so weit. Sie hatte keine Lust. Weder auf Brötchen und Kaffee noch auf diesen Röder, der sie so durchdringend angeschaut hatte, während er seine Fragen stellte.

»Antonia, kommst du endlich?«, rief Britta ungeduldig.

»Einen Moment«, maulte sie. »Muss mich nur anziehen.« Sie schob die Decke zur Seite und hob die Beine aus dem Bett. Sofort umfing sie klirrende Kälte. Warum hatte sie nur vor dem Hinlegen die Heizung ausgemacht? Sie schaute auf das kleine, runde Thermometer, das draußen am Fenster angebracht war. Minus zehn Grad. Am besten war es eindeutig im Bett. Ging aber nicht. Der Polizist wartete.

Im Badezimmer war es einigermaßen warm. Sie fuhr sich mit nassen Händen durchs Gesicht.

Heute wird mich keiner zu einem Spaziergang überreden, beschloss sie. Niemals! Wer sollte auch? Ihr Chef bestimmt nicht. Allerdings – so genau konnte man das bei dem nie wissen! Aber die anderen haben mit Sicherheit auch keine Lust, in der Einöde rumzulaufen, überlegte sie. Das Einzige, was wir heute machen werden, ist abreisen!

Sie erinnerte sich, wie oft sie ins Rutschen gekommen war, nachdem sie aus der Kneipe abgehauen war. Schon nach kurzer Zeit war ihr die Eiseskälte die Beine hochgezogen. Wie gut, dass der Weg nicht so weit gewesen war.

Also ganz klar: Ein Spaziergang würde nicht stattfinden, höchstens der Gang zum Hafen, ab aufs Schiff und dann nichts wie fort von diesem ungemütlichen Fleckchen Erde. Eigentlich hatten sie bis Aschermittwoch bleiben wollen, aber unter diesen Umständen?!

Antonia zog Hose und Pullover an und folgte dem Geruch des Kaffees. In der geräumigen, supermodern eingerichteten Küche saß Britta, die sich ihren Teller mit Rührei, Schinken und Speck gefüllt hatte. Die Küche war ein Traum. Mit drei verschiedenen Kaffeemaschinen.

»Jede Zubereitung braucht ihre eigene Maschine«, hatte Müller auf ihre verwunderte Nachfrage erklärt. »Schließlich will ich den Unterschied schmecken, wenn ich Espresso oder Cappuccino trinke.«

Zu Hause kannte Antonia nur die Maschine mit der Thermoskanne, in die genau zehn Tassen passten. Oben Kaffeemehl in den Filter, kaltes Wasser in den Behälter, anstellen, fertig. Hier musste man je nach Nutzung einen Mahlgrad auswählen, die Bohnen mahlen und dann mit der Hand aufschütten. Sie hatte allerdings geschmacklich bisher keinen Unterschied feststellen können. Wahrscheinlich fehlte ihr da der Sinn für das Elitäre.

»Hast du morgens immer so einen großen Appetit? Auch wenn nachts deine Kollegin ums Leben gekommen ist?«, konnte sich Antonia nicht verkneifen. Sie selbst verspürte überhaupt keinen Hunger und der Kaffeeduft verursachte ihr eine leichte Übelkeit.

»Wenn uns der Chef schon den Einkauf erledigen und bezahlen lässt, will ich was davon haben«, antwortete Britta mit vollem Mund.

»Wo ist Hennes?«

Britta zuckte mit den Schultern. »Was weiß ich? Er hat auf mein Klopfen nicht geantwortet. Genau wie gestern Nacht. Willst du dir nichts zu essen holen?«

Nee, eigentlich nicht, dachte Antonia, aber ohne Essen

ist es auch irgendwie nichts. Wer weiß, wann ich wieder etwas bekomme.

»Hast du eine Ahnung, wann die Fähre geht?«, fragte sie Britta, während sie sich nun doch einen Löffel Rührei aus der Pfanne nahm und auch eine Scheibe Speck dazulegte.

»Ich habe zwar keine Ahnung, ob der Polizist uns reisen lässt«, antwortete Britta, »aber wenn, dann können wir die Insel gegen Mittag verlassen, schätze ich. Wir fragen gleich mal, ob der Chef einen Fahrplan hier hat.«

Antonia setzte sich zu ihrer Kollegin und schmierte sich ein Brötchen. »Möchtest du Kaffee?«, fragte Britta und griff nach der Kanne.

Antonia schüttelte den Kopf. Essen ging ja, aber Kaffee wollte immer noch nicht passen. »Was der Polizist wohl von uns will?«

»Der will wissen, wer Sabine umgebracht hat!«

Erschrocken schaute Antonia Britta an. »Ist sie nicht aus Versehen ...?«

»Was glaubst du denn? Hast du nicht mitgekriegt, was mit der los war? Fix und fertig war sie. Hat aber nichts gesagt. Sie hat mir allerdings auf dem Weg in die *Alte Liebe* zugeflüstert, dass sie mir unbedingt etwas erzählen müsse. Aber so weit ist es nicht mehr gekommen.«

»Und du hast keine ...?«

»Nein.« Britta biss genussvoll in ihr Brötchen. »Irgendjemand hat dafür gesorgt, dass keiner mehr von ihrem Geheimnis erfährt.«

»Hoffentlich ist diesem Jemand klar, dass wir nichts wissen. Sonst sind wir die Nächsten«, murmelte Antonia gedankenvoll.

»Wat soll dä Quatsch?« Die zwei Frauen erschraken. Hennes stand im Raum.

»Wo warst du heute Nacht?«, ignorierte Britta seine Frage.

»In meinem Zimmer. Ich habe geschlafen. Wieso? Was ist los?«

»Sabine ist tot«, erklärte Britta. »Sie ist heute Nacht von einer Brücke gefallen.«

»Und warum …« Hennes starrte die beiden Frauen an, »warum habt ihr mich nicht geweckt und mir Bescheid gesagt?«

»Das habe ich versucht, lieber Hennes«, erwiderte Britta scharf. »Kann es jedoch sein, dass irgendetwas dich daran gehindert hat, die Tür zu öffnen, als ich geklopft habe?«

»Wieso, was willst du damit sagen?« Hennes machte einen Schritt auf Britta zu. »Wollt ihr mich bitte mal aufklären?«

»Das überlassen Sie getrost mir.« Jetzt tauchte hinter Hennes' kräftiger Gestalt der Polizist in seiner Uniform auf.

Antonia hatte kein Klingeln oder Klopfen gehört. War die Haustür nicht verschlossen gewesen? Sie hätte sich am liebsten in ihrem Bett verkrochen. Nicht nur die miese Stimmung unter den Kollegen machte ihr zu schaffen.

Ungebeten zog der Polizist den letzten freien Stuhl unter dem Tisch hervor, setzte sich und holte ein Notizbuch aus der Tasche. »Wie angekündigt möchte ich gerne von Ihnen erfahren, wie Ihrem Empfinden und Ihrer Erinnerung nach der gestrige Abend abgelaufen ist. Ich habe zunächst ein paar Fragen, die Sie alle gemeinsam betreffen. Dann möchte ich mich mit jedem einzeln unterhalten.«

Sprachlos starrte Antonia den Mann an. Glaubte der etwa auch …?

»Moment, Moment, Moment. Nun mal ganz langsam.« Auch Hennes hatte sich an den Tisch gesetzt. »Gerade erfahre ich, dass meine geschätzte Kollegin tot ist, und nun wollen Sie uns einer Intensivbefragung unterziehen? Ich verstehe das alles nicht.«

»Weil der Verdacht nahe liegt, dass Sabine Schäfer gestoßen worden ist. Ganz einfach«, erklärte der Polizist.

Hennes schaute seine Kollegen ratlos an. »Glaubt ihr wirklich, was der Schanditz sagt? Sabine war betrunken, wie wir alle, da verliert man schon mal das Gleichgewicht.«

»Halt – Sabine hat keinen Tropfen Alkohol getrunken. Also sei vorsichtig mit dem, was du behauptest!«, forderte Britta ihn auf.

»Schon gut, dann ist sie eben ausgerutscht.« Unwillig schüttelte Hennes den Kopf. »Kein Wunder bei den Straßenverhältnissen hier. Ein Unfall eben. Deswegen müssen wir nicht hierbleiben. Ich habe die Nase nämlich gestrichen voll nach diesem lausigen Abend. Daher habe ich keine Zeit und keine Lust mehr, auf mein Verhör zu warten. Ich bin sicher, Gereon wird es genauso sehen. Wir packen unsere Koffer und dann geht's ab nach Kölle.«

Michael Röder lehnte sich zurück und musterte Hennes. Fast hatte Antonia das Gefühl, im Gesicht des Polizisten so etwas wie Schadenfreude zu sehen.

»Sie werden gar nichts. Das Schiff fährt nicht. Bis auf weiteres sind wir eingefroren. Und das kann dauern. Tagelang. Wochenlang. So, jetzt komme ich zu meiner ersten Frage: Wer hat in welchem Kostüm gesteckt?«

Für ein paar Sekunden breitete sich Schweigen in der Küche aus. Dann wechselte Hennes' Gesichtsfarbe von einem dezenten Blass in ein kränkliches Dunkellila. »Das ist jetzt nicht wahr, oder? Sie behaupten also, dass wir hier festsitzen werden? Für unbestimmte Zeit? Sagen Sie, dass das nicht wahr ist. Sagen Sie, dass Sie sich das nur ausgedacht haben, damit …«

»Hennes!«, schaltete sich Britta ein. »Halt die Luft

an. Der Polizist wohnt auf dieser Insel. Der weiß, was Sache ist. Das hat mit uns persönlich nichts zu tun. Auch wenn es mir missfällt, hier zu bleiben – das ist Natur!«

Antonia konnte ihrer Kollegin nur zustimmen. Auch wenn sich alles in ihr sträubte, zu begreifen, dass sie nicht zurück nach Köln konnte. Was würde Severin dazu sagen?

»Bitte beruhigen Sie sich«, fuhr der Inselpolizist fort, »und konzentrieren Sie sich auf die Beantwortung meiner Fragen. Noch einmal: Wer hat in welchem Kostüm gesteckt?«

Antonia überlegte. Sollte sie anfangen? Doch ehe sie etwas sagen konnte, erklärte Britta dem Polizisten bereits, wer welche Verkleidung getragen hatte. Der Beamte machte sich Notizen.

»In welcher Reihenfolge haben Sie das Lokal verlassen?«, war die nächste Frage.

»Ich bin zuerst gegangen«, antwortete Hennes.

»Und ich kurze Zeit später.« Britta schaute Antonia an. »Und du?«

»Der Polizist hat mich noch gesehen.« Antonia überlegte. »Aber Hennes, du bist nicht zuerst gegangen, sondern die Sabine. Nicht lange, nachdem die Frau neben ihr sich verabschiedet hatte.«

»Genau.« Britta nickte. »Kurz darauf ist der Chef hinterher, um sie zurückzuholen. Der hat einen Aufstand gemacht, als er merkte, dass Sabine weg war. ›Ihr bleibt! Ich komme zurück!‹, hat er geschrien und weg war er. Aber er hat seine Drohung tatsächlich wahrgemacht und ist zurückgekehrt.«

»Wie lange war er Ihrer Meinung nach draußen?«, fragte Röder.

Hennes antwortete: »Schätze mal, so eine knappe halbe Stunde.«

»Wie ging es weiter?«

»Na, ja. Zu Anfang war der stinksauer, dann wollte er unbedingt, dass ich Karaoke singe, und als ich mich weigerte, hat er sich mit einem Bier an die Theke gesetzt und ist kurzfristig eingeschlafen.« Hennes lachte. »Wir haben die Gunst der Stunde genutzt und sind gegangen. Antonia wollte nicht. Die saß ja mit ihrem Süßen zusammen.«

»Das ist nicht mein Süßer.« Beinahe hätte sie noch gesagt: »Ich liebe Severin.« Aber das hätte Hennes bestimmt nur wieder zu einem blöden Spruch angeregt. »Der Chef ist dann aufgewacht, hat wortlos seinen Deckel bezahlt und ist gegangen. Kurz darauf war Bernd auch weg.«

»Und das Kätzchen blieb allein zurück.« Britta schaute sie mitleidig an.

»Na gut«, entschied der Polizist. »Dann werde ich jetzt mal den Herrn Müller danach befragen, wie sich seine Suche nach Frau Schäfer abgespielt hat. Falls Sie ihn aus dem Bett kriegen.«

*

»Ich gehe heute Abend zum Zumbakurs in die Schule. Wie immer dienstags.« Sandra Röder stand am Herd und knetete einen Hefeteig. »Aber erst muss der Rosinenstuten in den Ofen. Wann kommt Arndt?«

Ihr Mann schaute auf die Uhr. Er ging davon aus, dass sich die Besatzung des Polizeihubschraubers in der nächsten halben Stunde melden würde. »Der wird bald da sein. Bin gespannt, wer sonst noch mitkommt.« Er gähnte. Zu gerne hätte er sich für ein paar Stunden abgelegt. Die Nacht war lang geworden. Aber an Schlaf war jetzt nicht zu denken. Er musste wieder zurück zur weißen Brücke, wo die Männer von der Feuerwehr dafür sorgten, dass keiner das abgesperrte Gelände betrat.

»Na, Platz zum Übernachten habt ihr reichlich in

dieser Jahreszeit. Kommt nur darauf an, wer bereit ist, die Herren aufzunehmen«, sagte Sandra.

»Arndt kann in der Dienstwohnung übernachten. Ein zweiter Kollege ebenfalls. Sollten mehr kommen, werden wir schon etwas finden. Sonst konnten wir uns immer an Birgit und Henning wenden. Aber Familie Ahlers hat ihr Hotel im Moment geschlossen und macht Urlaub. Das habe ich gerade eben erfahren. Und bauen wollen sie ebenfalls, wie man so hört. Eine Wellness-Abteilung. Sogar von einem Schwimmbad spricht man.«

»Damit werden die jetzt aber bestimmt nicht mehr anfangen. Spätestens im Mai ist Baustopp und bis dahin sind es nur drei Monate«, entgegnete Sandra.

»Dann wird es wohl erst im Herbst etwas werden.« Sein Telefon klingelte. »Das werden die Kollegen sein.« Doch es war Helga Schorz-Küfler, die nachfragte, ob es recht sei, dass sie und ihr Neffe jetzt und auf der Stelle auf der Wache erschienen.

Er vertröstete sie um eine Stunde. Röder wollte Arndt dabeihaben, wenn er mit den beiden sprach. Vorher jedoch würden sie die Männer von der Spurensicherung zur Brücke begleiten.

»Dann kannst du eine Runde mit Amir drehen, bis die Herren da sind. Ich kann den Rosinenstuten nicht alleine lassen.«

Sandra hatte recht. Für ihn gab es im Moment nichts zu tun, also konnte er die Zeit nutzen und mit dem Hund nach draußen gehen. Er hatte mit der Ärztin abgesprochen, dass die Tote mit dem Hubschrauber zur Rechtsmedizin nach Oldenburg gebracht werden sollte. Die Hoffnung, dass die Fähre ihren Weg durch das Eis finden würde, hatte er begraben. Die Besatzung tat ihr Möglichstes, aber manchmal war die Natur eben stärker. Er nahm Amir an die Leine, schnappte sich sein Fahrrad und bog beim Hotel *Wietjes* auf den Höhenweg ein.

Der Blick auf den Strand war grandios. Er verlangsamte seine Geschwindigkeit, konnte sich kaum losreißen von dem glitzernden weißen Wall, der sich dort aufgetürmt hatte. Allerdings schien Amir die Schönheit der Natur weit weniger zu beeindrucken. Röder wäre beinahe umgefallen, als der Heidewachtel kräftig an der Leine und damit ihn aus seinen Gedanken riss.

»Ist ja gut. Es geht weiter.« Von weitem sah er das Absperrband im Wind flattern. »Amir, bei Fuß.« Die Aufforderung, nicht so heftig an der Leine zu ziehen, schien Amir kaum zu interessieren. Röder war sich nicht einmal sicher, ob dieser Hund überhaupt wusste, was der Befehl bedeutete, obwohl Sandra und er mit Amir ganz zu Anfang eine Hundeschule besucht hatten. Aber wie hatte damals schon der Ausbilder gesagt: Immer wieder üben. Nicht nachlassen – sonst verlernen Herrchen und Frauchen alles.

»Amir, verdammt. Was soll das denn?« Der Hund zog immer heftiger an der Leine. Der Polizist stellte sein Rad ab und folgte Amir stolpernd die Schräge hinunter vom Höhenweg zum Grundstück, auf dem die *Villa Christine* stand. Dann stoppte der Hund plötzlich, jaulte leicht auf und blieb wie angewurzelt stehen. Vermutlich war ihm mal wieder eines der unzähligen Kaninchen vor die Nase gelaufen und dann in einem der Löcher verschwunden.

Es war jedoch kein Kaninchen, das den Instinkt des Hundes erregt hatte, sondern eine tote Möwe, die zerrupft am Fuß des Deiches lag. Der Körper des Tieres war aufgerissen und die Innereien lagen daneben.

»Nimm lieber Sandras Leckereien.« Der Polizisten nahm die Leine kürzer und wollte gerade zurückgehen, als er gut zwei Meter weiter eine bauchige grüne Flasche sah, die sich deutlich auf dem schneebedeckten Boden abzeichnete. Das war an sich nichts Außergewöhnliches. Immer wieder blieben Flaschen zurück, wenn feierwütige Menschen sie geleert hatten. Aber etwas war anders. Neben der Flasche lagen zwei leere Sekttulpen und eine verwelkte rote Rose.

Er schaute hoch. Nicht weit entfernt spannte sich die weiße Brücke über die Straße, von der in der Nacht zuvor ein Igel gefallen war. Hatten die Dinge etwas mit dem Tod des Igels zu tun? Nein, nicht ›Igel‹ – Sabine Schäfer hieß die Tote. Fast hätte er sich versprochen, als er die Kollegen in Köln kontaktiert hatte. Sie hatten zugesagt, sich um die Benachrichtigung der Familie zu kümmern.

Wie sollte er entscheiden? Die Fundstücke sicherstellen oder vor Ort liegenlassen, bis Arndt und seine Leute da waren? Denn dass er seinen Fund zur Untersuchung ans Festland schicken würde, daran bestand für ihn kein Zweifel. Hatten sich hier zwei Menschen zu einem Rendezvous verabredet? War die Sache aus dem Ruder gelaufen? Natürlich war es möglich, dass alles gar nichts miteinander zu tun hatte, aber das Risiko, eventuelle Beweisstücke zu ignorieren, wollte er nicht eingehen. Er musste das Zeug eintüten. Auch wenn die Kollegen nicht mehr weit waren. Nur wie, wenn man keine Tüten dabeihatte? Nach Hause gehen und welche holen? Da konnte in der Zwischenzeit wer weiß was passieren. Das würde er dann sicher ziemlich schlecht erklären können. Sandra musste helfen. Er griff nach seinem Handy.

Sie versprach, Sicherungsbeutel einzupacken und so schnell wie möglich zu kommen. Auch wenn sie ihren Rosinenstuten dafür allein lassen musste. Auf seine Frau war eben Verlass. Was er von sich selbst im Jahr zuvor nicht immer hätte sagen können. Zumindest nicht in privaten Dingen. Aber es war vorbei. Seitdem spielte Sandra wieder die wichtigste Rolle in seinem Leben.

»Moin, Michael. Rosenmontag gut überstanden?« Ein Insulaner winkte vom Höhenweg herunter.

Er winkte zurück. »Alles klar.«

Röder schaute sich nach Fußspuren im Schnee um, die ihm einen Hinweis auf das Geschehen der Nacht geben könnten, doch er erkannte schnell, dass es vergebens war. Es gab zwar hier und da Spuren, ältere, neuere, aber alle waren überdeckt oder verweht.

Wieder zog Amir an der Leine und bellte kurz auf. Diesmal vor Freude. Sandra war angekommen. Röder übergab ihr den Hund, machte ein paar Fotos und packte die Fundstücke ein. Er war gespannt, was Arndt von der ganzen Sache halten würde. Wichtig wäre auch, zu erfahren, was die Rechtsmedizin zu der Leiche zu sagen hatte. Aber noch lag die Tote auf Baltrum in der Leichenhalle und wartete darauf, zusammen mit den Dingen, die nun im Korb des schon etwas altersschwachen Polizeifahrrades lagen, ans Festland zur genauen Untersuchung geflogen zu werden.

Eine gute halbe Stunde später kam der erlösende Anruf. Der Polizeihubschrauber *Phönix* würde in absehbarer Zeit landen. Michael Röder benachrichtigte die Ärztin und sie versprach, sich darum zu kümmern, dass die Leiche zum Flugplatz transportiert wurde.

In der Wache angekommen packte er die Fundstücke in einen Bananenkarton und fuhr zum Flugplatz. Schon aus der Ferne hörte er das dumpfe Schlagen der Rotoren. *Über den Wolken* ... Reinhard Mey war als junger Mann auf Baltrum gewesen. Hatten ihm ältere Insulaner erzählt. Dazu gab es doch auch ein Lied ... Genau: *Ich wollte immer mal nach Barbados*. Nur leider war der Liedermacher da nie hingekommen, wenn man dem Text Glauben schenken durfte. Es reichte eben nur für einen Urlaub im Friesennerz auf Baltrum.

Schnee wirbelte auf, als der Hubschrauber zum Landeanflug ansetzte. Noch ehe die Rotoren richtig zum Stillstand gekommen waren, wurde die rechte Tür geöffnet. Es war jedoch nicht sein Freund und Kollege Arndt, der ausstieg, sondern ein Mann, den er nicht kannte. Offensichtlich ein Neuzugang in der Auricher Dienststelle. Mit einem kräftigen Hopser landete der Mann auf festem Boden. Röder konnte sich ein Lachen kaum verkneifen. Es sah aus, als sei eine dicke, runde Kartoffel heruntergeplumpst. Eine Kartoffel mit einem Kopf, der von einer gelben Wollmütze mit einem dicken, schwarzen Bommel darauf gewärmt wurde.

Auf kurzen Beinen stapfte der Mann energisch auf ihn zu. »Marvin Lingenberg. Arndt hat mich gebeten, mitzukommen. Du bist sicher Michael.«

Natürlich. Wer sonst würde wohl in Dienstklamotten hier auf die Jungs warten? Egal. »Der bin ich. Schön, dass ihr da seid.« Mit Freude begrüßte er vor allem Arndt Kleemann, der ihm seit vielen Jahren in Notfällen hilfreich zur Seite stand.

Auch drei Mitarbeiter der Spurensicherung, unter ihnen der Leiter, Martin Brinkmann, stiegen aus dem Hubschrauber. Nachdem die Rotoren zum Stillstand gekommen waren, warfen die Männer einen Blick auf die Tote und begutachteten die Fundsachen. »Wir schicken die Tüte zusammen mit der Leiche rüber. Dann können sich die Kollegen vom Festland schon einmal damit beschäftigen«, sagte Brinkmann. Gemeinsam mit der Ärztin und Maik Bernhard, dem Krankenwagenfahrer, schoben sie Sabine Schäfers Leichnam in den Helikopter. Den Bananenkarton mit den Fundstücken stellte Röder dazu.

»Wo beginnen wir?«, fragte Arndt Kleemann.

»Wir bringen eure Reisetaschen zur Wache. Dann sollten wir die Brücke in Augenschein nehmen, damit die Spurensicherer ihr Werk tun können. Danach geht es zur Wohnung der Toten«, antwortete Röder. Sie verstauten alles, was die Männer an Gepäck aus dem

Hubschrauber geladen hatten, auf dem Fahrradanhänger und machten sich auf den Weg. Gleich darauf startete die schwere Maschine.

»Außerdem erwarte ich Helga Schorz-Küfler und ihren Neffen Bernd Hagener auf dem Revier. Die waren gestern auch in der *Alten Liebe.*«

»Wo waren die?« Marvin Lingenberg stolperte in ein Kaninchenloch und wäre beinahe gestürzt, wenn Arndt ihn nicht im letzten Moment festgehalten hätte.

»In einer der drei Kneipen, die im Winter hier geöffnet haben«, erklärte Röder.

»Das ist ja schlimmer als in meiner Heimat«, stöhnte Marvin.

»Marvin kommt aus Friedrichroda. Aus dem Osten.« Arndt schubste seinen Kollegen leicht an. »Er ist der Liebe wegen nach Aurich gezogen und seit einigen Monaten bei uns. Und nun dachte ich, es sei eine gute Möglichkeit, ihm die Insel zu zeigen.«

Auf dem Weg zur Wache erzählte Michael Röder seinen Kollegen, was er bislang in Erfahrung gebracht hatte. »Die kostümierten Karnevalisten sind wirklich eine seltsame Truppe. Ich habe das Gefühl, keiner kann den Chef, Gereon Müller, ausstehen und trotzdem sind die mit dem auf eine einsame Insel gefahren, um feiertechnisch die Sau rauszulassen. Allerdings hat mir die eine Frau, Britta Warth, erzählt, dass sie eigentlich gar keine andere Chance hatten. Die klare Ansage ihres Chefs war: Wer nicht am gleichen Strang zieht, kann gleich loslassen.«

»Das hast du aber schön gesagt. Wird man hier zum Lyriker, wenn im Winter die Einsamkeit über einen hereinbricht?« Marvin Lingenberg zeigte auf das ausgeräumte Schaufenster des *Modemöwchens.* »Was anderes bleibt einem doch kaum übrig. Außer Saufen vielleicht.«

»Na«, erwiderte Röder, »zwischen Dichten und Saufen

gibt es eine ganze Bandbreite von Dingen, die man hier machen kann. Der Kultur- und Sportverein hat mehr als zwanzig Sparten. Meine Frau Sandra muss nachher zum Beispiel zum Zumbakurs. Und es gibt viele weitere Vereine und Gruppierungen. Wenn du willst, kannst du jeden Abend unterwegs sein. Da könnt ihr in Dunkeldeutschland bestimmt nicht mithalten.«

Marvin schwieg, bis sie auf der kleinen Polizeistation angekommen waren, dann platzte es aus ihm heraus: »Michael ... Ich bin bestimmt ein lustiger Vogel, für jeden Spaß zu haben und echt nicht kleinlich. Aber dies ›Dunkeldeutschland‹ – ich kann es nicht mehr hören. Wenn irgendwas in den Augen anderer Leute nicht richtig läuft, wenn man etwas sagt, was anderen nicht passt – immer kommt der gleiche Spruch. Ob du es glaubst oder nicht – wir haben bei uns selbst zu DDR-Zeiten bereits elektrisches Licht gehabt. So. Das war mein Wort zum Sonntag.«

Röders Entschuldigungsversuch ging in Sandras fröhlichem Willkommen unter. »Arndt. Schön, dich zu sehen. Warum hast du deine Frau nicht mitgebracht? Ich dürste nach einem Gespräch unter Freundinnen.« Sie hatte die Tür der Wache geöffnet und nahm Arndt Kleemann in den Arm. Dann begrüßte sie Marvin Lingenberg. »Schon wieder ein neues Gesicht. Dann schafft mal schön. Aber wehe, ihr findet heraus, dass ein Mord passiert ist. Darauf hat hier keiner Lust. Ach ja – wenn der Magen knurrt: Ich habe Rosinenbrot gebacken. Es ist noch warm. Kaffee gibt's auch.« Damit ließ sie die Männer allein in dem kleinen Wachraum.

»Gut zu hören. Kommen wir drauf zurück, wenn wir wieder da sind«, rief Arndt hinter ihr her.

Endlich kam Röder dazu, sich angemessen zu entschuldigen. »War nicht so gemeint, Marvin, werde den Ausdruck aus meinem Sprachschatz streichen.«

Marvin schüttelte den Kopf und lächelte. »An dem Mann ist wirklich ein Lyriker verloren gegangen. Ich hätte einfach ›vergessen‹ gesagt. Also lasst uns auf den Grund unseres Besuches zurückkommen.«

»Du hast recht. Auf zur Brücke.«

Als Erstes schickten sie dort die zwei Feuerwehrleute nach Hause, die trotz der Kälte ausgeharrt hatten. Dann machten sich die Männer in den weißen Anzügen akribisch ans Werk. Doch es war nicht viel, was die Techniker der Polizei in ihren Sicherungsbeuteln verstauten. Auch Fußspuren waren auf dem gefrorenen Untergrund kaum zu sehen. Nur ein Knüppel mit einem verdickten Ende fand die besondere Aufmerksamkeit der Ermittler. Er lag etwas abseits der Brücke und bei genauem Hinsehen fanden sich an zwei Stellen, an denen das Holz ein wenig aufgesplittert war, dunkle Fasern. »Sollte mich nicht wundern, wenn hiermit jemand nachgeholfen hätte«, überlegte Röder.

Sorgsam tüteten die Männer den Stock ein und suchten auch das Gelände außerhalb des abgesperrten Gebietes noch einmal genau ab. Hier war die Spurenausbeute ebenfalls eher gering.

»Ich glaube, das wäre es wohl«, entschied Martin Brinkmann. »Wo geht es nun hin?«

Michael Röder begleitete die Kollegen von der Spurensicherung zu dem Haus, in dem die Tote gewohnt hatte. Arndt Kleemann und Marvin Lingenberg würden auf der Wache auf Frau Schorz-Küfler warten.

*

»Was ist denn nun schon wieder?« Gereon Müller strich sich missmutig durch die Haare. »Wir haben eine lange Nacht hinter uns. Können Sie uns nicht in Ruhe lassen?«

»Können wir nicht«, war Röders kurze Antwort, als er sich an Müller vorbeischob. Im Zimmer der Toten herrschte, der Inselpolizist konnte es nicht anders bezeichnen, Chaos. Die Kleidungsstücke der Frau lagen verstreut auf dem Bett und auf dem Fußboden. Röders erster Eindruck war, dass die leichten Blusen und zarten Röcke so gar nicht zu einem Inselaufenthalt passten.

In der Reisetasche befanden sich nur einige wenige Stücke.

»Hat hier jemand was gesucht und gefunden, oder gesucht und nichts gefunden?«, überlegte Röder.

»Vielleicht hat es aber immer so ausgesehen, wenn die Frau auf Reisen ging. Hier liegt jedenfalls ihre Handtasche.« Martin Brinkmann öffnete den Reißverschluss der bunt bedruckten Ledertasche und häufte den Inhalt auf eine freie Stelle des Bettes. »Der Menge nach zu urteilen ist alles da. Bis auf das Portemonnaie.«

»Das haben wir unter dem Kostüm in ihrer Hosentasche gefunden und sichergestellt«, erklärte Röder. »Eine Handtasche hätte gestern Abend vermutlich nicht zu ihrem Auftritt gepasst und musste deshalb wohl zu Hause bleiben. Insofern deutet nichts auf einen Raubüberfall hin. Die Börse war gut bestückt.«

»Ich glaube, irgendjemand war oder ist hier schwanger.« Einer der Kollegen stand in der Tür zum Badezimmer und hielt einen Schwangerschaftstest in die Höhe. »Und da ich diesen Teststreifen in Sabine Schäfers Kulturtasche gefunden habe, tippe ich mal ganz stark auf sie. Bin gespannt auf die Untersuchungsergebnisse der Rechtsmediziner.«

»Und wenn ich raten sollte, wer der Vater ist, habe ich seltsamerweise Müllers Gesicht vor Augen«, ergänzte Röder. »Und das Interessante dabei ist die Frage, warum uns Müller und Konsorten nichts davon berichtet haben.«

»Wahrscheinlich war es so frisch, dass sie bisher keinem davon erzählt hat. Oder alle wussten es und hatten

Gründe, nichts zu sagen. Aber das herauszufinden, ist eure Aufgabe, liebe Kollegen.« Martin Brinkmann lächelte. »Wir erledigen hier die Restarbeiten und ziehen wieder los. Haarproben der Kostüme nehmen wir mit. Informierst du die Hubschrauberbesatzung, dass wir in einer halben Stunde am Flugplatz abgeholt werden möchten?«

Röder tat, worum er gebeten worden war. Kurz darauf hatten die Spurensucher ihre Utensilien wieder verpackt und waren auf dem Weg zum Flugplatz.

Er beeilte sich, zur Wache zurückzukommen. Michael Röder war gespannt, ob die Kollegen inzwischen Besuch gehabt hatten. Doch die Wache war bis auf die beiden Auricher leer. So hatte er Gelegenheit, sich kurz aufzuwärmen und den Kollegen zu berichten, was die Spurensicherung in Sabine Schäfers Zimmer vorgefunden hatte. Sie beschlossen, ihr Wissen um eine mögliche Schwangerschaft nicht weiterzugeben, bis sie Gewissheit von der Rechtsmedizin hatten.

Kurz darauf erinnerte sie energisches Klopfen an die nächsten Aufgaben. Helga Schorz-Küfler steckte ihren Kopf herein. »Passt es jetzt?«

Die drei Männer rückten zusammen. »Gerne«, erwiderte der Inselpolizist.

»Dann erzählen Sie mir, was es Neues gibt.« Helga Schorz-Küfler zückte ihr Handy. »Ich nehme das Gespräch auf, wenn's recht ist. Dann habe ich zu Hause etwas zum Nachhören.«

Die Männer schauten sich ungläubig an. Dann sagte Arndt Kleemann: »Wenn hier einer was aufnimmt, dann sind wir das.« Er stellte sich und Marvin vor, dann zeigte er auf Michael Röder. »Mein Kollege wird Sie jetzt zum gestrigen Abend befragen. Eine gute Erinnerung wird uns sicher weiterhelfen. Also konzentrieren Sie sich bitte mehr auf Output als auf Input.«

»Ich bin Journalistin. Ich dachte, Sie würden mir, bevor mein Neffe hier gleich auftaucht, erste Neuigkeiten über den Todesfall mitgeben.« Helga Schorz-Küfler wedelte aufgebracht mit dem Telefon durch die Luft. »Was soll ich denn sonst hier?«

»Wie ich sagte ...«, begann Arndt Kleemann erneut, wurde jedoch sofort von der Journalistin unterbrochen.

»Ja, ja. Input, Output. Hören Sie mir damit auf.«

Michael Röder beugte sich zu Helga Schorz-Küfler. »Bitte erzählen Sie mir und meinen Kollegen genau, was Sie gestern von den anderen Gästen mitbekommen haben. Das ist jetzt das Wichtigste!«

»Nur wenn Sie mir versprechen, mich auf dem Laufenden zu halten. Verdammt noch mal: Endlich passiert hier mal was und Sie machen dicht. Unglaublich.«

»Frau Schnurz- ..., äh, Schorz-Küfler«, schaltete sich Marvin Lingenberg ein. »Wenn ich Sie so höre, könnte ich glauben, Sie hätten bei dem Todesfall nachgeholfen, nur damit hier was los ist.«

»Sie haben wohl nicht alle Tassen im Schrank. Der eine sperrt mich angeblich aus Versehen ein und der andere hält mich für eine Mörderin.« Helga Schorz-Küfler war aufgesprungen, wurde aber von Marvin Lingenberg sanft wieder auf den Stuhl geschoben.

»Keiner verdächtigt Sie hier und einsperren werden wir Sie auch nicht. Wie Sie eben ganz richtig hörten, habe ich Todesfall und nicht Mord gesagt. Wir wissen nicht, wie der Sturz von der Brücke zustande gekommen ist. Wir warten auf Erkenntnisse aus der Forensik. Also, wie sieht es aus: Wollen Sie uns helfen?«

Sie nickte und begann mit ihrem Bericht über den gestrigen Abend. Jetzt waren es die Kommissare, die das Gespräch aufnahmen.

Michael Röder hoffte, dass die Befragung möglichst lange dauerte, denn ihm war klar: Spätestens wenn die Schorz-Küfler gegangen war, würde Arndt fragen, was es mit dem angeblichen Einsperren auf sich hatte. Tatsache war: Die Frau wohnte bereits eine ganze Weile auf der Insel, aber Röder hatte erst einige Wochen zuvor die nähere Bekanntschaft mit der selbsternannten Inseljournalistin gemacht.

Das hieß, sie hatte ihn in seiner Wache besucht und sich vorgestellt. Der Besuch endete damit, dass sie sich unbedingt die kleine Zelle ansehen und darin für einen kurzen Moment eingeschlossen werden wollte. Gerade hatte er den Schlüssel im Schloss umgedreht, als Sandra ihn um Hilfe bat. Das Badezimmer stand unter Wasser, weil sich der Schlauch der Waschmaschine gelöst hatte. So vergaß er unglücklicherweise die Schorz-Küfler für eine Weile. Erst nach einer guten Viertelstunde ließ er sie wieder frei. Aufgebracht behauptete sie, sie habe wie verrückt an die Zellentür geklopft und den Notfallknopf gedrückt und dass diese Sache ein Nachspiel haben würde.

So hatte der Beginn ihrer wunderbaren Freundschaft unter keinem guten Stern gestanden. Und genau das würde er seinen Kollegen erklären müssen. Möglichst beiläufig. So, als ob es ganz normal wäre, einen Besucher in der Zelle zu vergessen.

»Ich habe mir die Leutchen in der Kneipe mit einem – sagen wir mal – inneren Abstand angesehen«, endete ihr Bericht. »Ich habe beim Kommen und Gehen der Gäste nur darauf gehofft, dass endlich ein paar nette Bekannte von mir auftauchen. Leider Fehlanzeige. Daher kann ich nicht allzu viel zur Aufklärung beitragen. Ich weiß nur, dass es total bescheuert aussah, wie dieser Zoo sich in der *Alten Liebe* zusammengerottet hatte. Ich bin durchaus karnevalsfreundlich eingestellt, aber was die da ablieferten – primitiv. Der Panther machte auf Stimmung und der Esel spielte zu Anfang das Echo vom Panther. Hinterher hat er sich abgesetzt. Genau wie das Schweinchen. Und der Igel saß in der Ecke am Ausgang, hatte seine Pfoten über der blauen Jacke gefaltet und heulte. Ich habe mich zu ihm gesellt und versucht, mit ihm, oder ich sollte besser *ihr* sagen, zu reden. Alles habe ich versucht. Ich habe sie sogar in den Arm genommen, obwohl ich die Frau gar nicht kannte. Sie tat mir leid. War aber ziemlich sinnlos. Die hat nur in ihr Kostüm geschluchzt.«

»Sie hat Ihnen also nicht erzählt, was sie bedrückt hat?«, fragte Marvin Lingenberg.

»Nein. Hat sie nicht. Und wenn, dann habe ich es nicht verstanden«, bestätigte die Journalistin. »Aber noch einmal: Es sah einfach total fremd aus, was die fünf dort in der Kneipe veranstalteten. Es ging trotz deren Kostümierung eine ungute Stimmung von denen aus. Ich war froh, als ich weg war.«

»Und Ihr Mann kann bestätigen, dass Sie nicht allzu spät wieder zu Hause waren?«

Röder befürchtete einen neuen Ausbruch, doch sie blieb bemerkenswert ruhig, als sie sagte: »Nein. Kann er nicht. Er vatte einen anstrengenden Tag hinter sich und chlief bereits. Wir haben nur kurz miteinander gesprochen, nachdem Sie angerufen haben. Sie müssen also meinem Wort glauben. Abgesehen davon – es ist völlig gleichgültig, wann ich zu Hause war. Oder wollen Sie mir wirklich unterstellen, ich hätte etwas mit dem Tod der Frau zu tun?« Helga Schorz-Küfler schaute die Männer ungläubig an.

»Wir glauben nichts, wir wissen nichts«, antwortete Marvin Lingenberg. »Wir stellen lediglich fest, dass Sie eine der letzten waren, die mit der Toten gesprochen haben.«

»Was aber noch lange nicht …« Die Journalistin war aufgestanden. Mit hektischen Bewegungen verstaute sie ihr Telefon in der Umhängetasche.

»Nein!!« Auch Marvin Lingenberg hatte sich erhoben. »Unsere Arbeit besteht nun einmal darin, Fragen zu stellen, Antworten miteinander zu vergleichen und letztendlich den Weg der Wahrheit zu finden. Ob es Ihnen passt, oder nicht. Danke!!«

»Wie Sie meinen«, sagte die Frau. »Passen Sie nur auf, dass Sie sich auf Ihrer Suche nicht verirren. Darf ich jetzt gehen?«

»Dürfen Sie. Wann kommt Ihr Neffe?«

Sie zuckte mit den Schultern. »Ich schätze, er wird gleich da sein. Bis dann. Und denken Sie daran, mich zu informieren. Ich möchte ungern die Rahmenrichtlinien der Pressefreiheit aus der Schublade ziehen müssen. Auf Wiedersehen.«

Als Helga Schorz-Küfler die Wache verlassen hatte, atmete Arndt Kleemann tief durch. Dann wandte er sich an seinen Freund und Inselkollegen: »Sag mal, wovon hat die Tante eben geschwafelt? Du hast sie eingesperrt?«

Als Sandra mit einem Tablett voll Rosinenbrot, Butter und Marmelade in den Wachraum kam, fand sie drei Männer mit hochroten Gesichtern. Wildes Gelächter schlug ihr entgegen.

*

Antonia Gohres hatte die Nase gestrichen voll. Von der Insel, der Polizei und ihrem Chef. Sie brauchte dringend Ablenkung. Sie drückte die Fernbedienung ihres kleinen Fernsehers in der Hoffnung, dass gerade jetzt eine ihrer Lieblingsserien lief, und ließ sich in den Sessel fallen. Sie zappte sich durch die Programme und blieb schließlich bei *How I met your mother* hängen. Besser als nichts. Auch wenn sie die Folge schon dreimal gesehen hatte. Sie nahm ihr Telefon und versuchte, Severin zu erreichen, aber vergeblich. Seine Nummer war ständig besetzt. Sie musste ihm doch sagen, dass es nicht ihre Schuld war, dass sie hier auf dieser verdammten Insel festsaß. Was wäre, wenn er bei ihren Eltern anklingelte und sie war nicht da? Ob er wohl unterwegs war? Oder hatte er ohne sie Rosenmontag gefeiert und lag nun in Sauer? Was da ablief in Köln, das wusste sie nur zu gut. Sie mochte gar nicht darüber nachdenken. Nützte aber nichts. Leider wollten die Gedanken einfach anders als sie.

Sollte sie sich besser zu den anderen gesellen? Zu Britta, die mit stoischer Ruhe die Fragen dieses Inselpolizisten beantwortet hatte? Oder zu Hennes, der ständig einen weisen Spruch auf den Lippen hatte, um nur ja zu dokumentieren, was für ein waschechter Kölner Jung er war? Oder gar zu ihrem Chef, der sich auf massiven Druck des Polizisten doch aus dem Bett gequält und zugegeben hatte, seiner Sekretärin in der Nacht gefolgt zu sein? Nee, dann lieber fernsehen.

Was hatte der Polizist gesagt? Es könne Wochen dauern, bis das Schiff wieder fahren könne? Aber irgendwie mussten die Insulaner versorgt werden. Oder hatten die alle die Schränke vollgepackt, weil ihnen die Situation nicht unbekannt war? Was passierte aber, wenn etwas Dringendes gebraucht oder jemand ernsthaft krank würde? Käme ein Hubschrauber? Dann könnte sie mitfliegen, weg von dieser einsamen Insel. Sie wollte es wissen. Musste erfahren, wie sowas funktionierte. Hatte dieser Bernd ihr nicht gestern …?

Sie wühlte in ihrer Handtasche. Suchte nach der Telefonnummer. Bis ihr einfiel, dass sie die gestern Abend gleich in ihr Handy eingespeichert hatte. Eigentlich machte sie so etwas nicht. Was für eine Katastrophe, wenn Severin einmal ihr Handy nahm und die fremde Nummer entdeckte! Das wollte sie auf keinen Fall riskieren. Aber jetzt war Not am Mann. Sie musste

Bernd erreichen. Nicht, dass der Hubschrauber ohne sie wegflog. Auch wenn sie eigentlich sauer auf Bernd war. Weil er gestern Abend einfach abgehauen war. Aber immerhin war er der einzige Insulaner, den sie kannte. Der wusste sicher, was möglich war. Er musste ihr helfen.

Es dauerte nur ein paar Sekunden, dann hörte sie Bernds Stimme, aber bevor sie etwas fragen konnte, sagte er: »Bin gerade bei der Polizei. Melde mich später.« Gleich darauf war das Gespräch unterbrochen.

Ob ihre Kollegen wussten, wie das hier ablief? Sollte sie die fragen? Vielleicht wollten die ebenfalls weg und sie könnten zusammen fahren. Das Auto von Sabine musste schließlich wieder nach Köln. Antonia hatte keinen Führerschein, obwohl sie ihre Eltern immer wieder darum gebeten hatte, ihr das Geld vorzuschießen. Bis jetzt vergeblich. Sie glaubte, dass ihre Mutter ganz froh war. So konnte sie wenigstens keinen Unfall bauen. Lächerlich. Alle ihre Schulfreunde fuhren locker auf bundesdeutschen Straßen herum. Nur sie nicht.

Aber es war schließlich nicht ihr Problem, wer Sabines Panda zurückbrachte. Sollte der Chef sich drum kümmern. Sie wollte einfach nur weg von hier. Ein Zug würde wohl von einem Festlandsbahnhof aus fahren. Aber das würde sie herausfinden. Ebenso, wo so ein Hubschrauber eigentlich auf dem Festland landete. In Neßmersiel? Das konnte sie sich kaum vorstellen. Obwohl – Platz war genug am Hafen.

»Antonia?« Der Chef. Sollte sie antworten? Sie würde es müssen. Vielleicht hatte er schon neue Informationen.

»Ja?« Mehr brachte sie nicht heraus. Brauchte sie auch nicht, denn Müller stand bereits in ihrem Zimmer.

»Ich will zur Reederei und fragen, wann die endlich den Mumm aufbringen, ihr Schiff fahren zu lassen. Du kommst mit. Habe keine Lust, alleine hier über die

Insel zu stapfen. In zehn Minuten sehe ich dich in der Küche.« Schon war er wieder verschwunden.

Sie fragte nicht, warum er nicht einfach bei der Reederei anrief. Er ließ sein Mobiltelefon doch sonst nicht aus den Augen. Nicht mal an dem Abend, den ihr Chef den *Einstellungstest* genannt hatte. Er hatte sie in sein Büro bestellt, eine Flasche Sekt geöffnet und ohne Zögern in ihre Bluse gegriffen. Nach dem ersten Schock, der sie zu kurzer Bewegungslosigkeit verdammte, war sie aufgesprungen und weggelaufen.

Warum sie den Job trotzdem bekommen hatte, wusste sie bis heute nicht. Müller ließ zwar immer mal wieder einen dummen Spruch los, hatte aber keinen weiteren Annäherungsversuch unternommen. Die Angst allerdings, die war da. Auch am Abend in der Kneipe. Darum war sie sitzen geblieben. Auch als Bernd schon lange weg gewesen war. Sie hatte gehofft, dass ihr Chef bereits eingeschlafen war und nicht auf sie wartete. Je länger sie ausharrte, desto größer war die Chance. Und desto mehr hatte sie getrunken. Zum Schluss hatte sie nicht einmal mehr darüber nachgedacht, dass sie eigentlich ihr Katzenkostüm hatte ausziehen wollen. Sie hatte einfach nur dagesessen und gewartet und getrunken.

Sie hatte Severin nie etwas von ihren Ängsten erzählt. Der hätte den Mann auf offener Straße ... Wirklich komisch, dass Severin nicht ans Telefon ging.

Antonia zog ihre Stiefel und die dicke Jacke mit dem Kaninchenfell an. Die hatte sie erst ein paar Tage zuvor supergünstig im Internet gekauft. Superschick und superwarm. Dazu Schal, Mütze und Handschuhe.

Ein paar Zimmer weiter wohnte Britta. Sie klopfte, aber ihre Kollegin schien nicht da zu sein. Auch bei Hennes hörte sie keine Antwort. Dann würde sie eben mit Müller allein durch die verschneite Landschaft laufen müssen.

Sie stieg die Treppe hinunter. Die Tür zur Küche war angelehnt. Eine leise Stimme erregte ihre Aufmerksamkeit. Sie verhielt ihren Schritt, lauschte. Es war Hennes, der offenbar telefonierte. Leider verstand sie kein Wort.

Sollte sie reingehen? Warum nicht? Wenn er gewollt hätte, dass keiner mithörte, wäre er in seinem Zimmer geblieben. Sie schob die Tür auf. Im gleichen Moment beendete Hennes das Gespräch und schaute sie aufmerksam an. »Was willst du?«

»Ich will nachsehen, ob ihr etwas vom Frühstück übriggelassen habt.«

»Im Mantel?«, fragte er ungläubig. »Na, denn. Jedem Dierche sein Pläsierche.«

Sie versuchte ein Lächeln. »Nein. Das mit dem Frühstück war ein Scherz. Das habe ich bereits hinter mir. Der Chef will Informationen einholen, wie wir hier wegkommen. Ich soll ihn begleiten. Kommst du mit?«

»Das könnte ich mir glatt überlegen«, lächelte Hennes. »Ein Spaziergang tut bestimmt gut.«

»Du hast so recht, mein lieber Hennes.« Auch Müller war aufgetaucht. »Aber manches geht eben nicht. Du bleibst hier und kümmerst dich um unsere Kundschaft in Köln. Loyalität, mein Lieber. Genau aus diesem Grund bezahle ich schließlich meine firmentreuen Mitarbeiter. Und das nicht schlecht.«

Antonia sah Hennes höhnisch grinsen und dachte an ihr eigenes monatliches Entgelt in dieser Firma. Nichts, aber auch gar nichts gab man ihr für ihre Arbeit als Praktikantin. Gut, sie hatte mit schönen Dingen zu tun, aber sie hatte bisher nie etwas allein entscheiden dürfen. Sie stand daneben, wenn der Chef Ideen zu einer Wohnungsgestaltung ausbrütete. Sie stand daneben, wenn Sabine Stoffe und Möbel bestellte, und sie stand daneben, wenn Hennes die Rechnungen schrieb. Aber vielleicht durfte sie ja jetzt die Stoffe bestellen, jetzt, wo Sabine … Im gleichen Moment schämte sie sich für diesen Gedanken.

»Toni, kommst du?«

Ihr Chef war bereits draußen. Also folgte sie ihm und prüfte vorsichtig, ob es glatt war.

»Stell dich nicht so an. Du musst nur fest auftreten«, war Müllers Kommentar.

Sie schlurfte hinter ihm her und zog sich die Kapuze ein wenig fester ins Gesicht. Beim Nachbarhaus sah sie eine dick eingepackte Gestalt, die den Weg vom Haus zur Straße fegte.

»Na, Hansi, hat deine Frau dich wieder vor die Tür geschickt?«, rief Müller dem Mann zu. » Die hat echt Glück, dass der Wind immer mal wieder Schnee vor die Tür bläst, oder?«

Die Gestalt drehte sich um, langsam, ganz langsam, und starrte Antonia und ihren Chef fassungslos an.

»Hat dir der Wind auch die Sprache verschlagen, lieber Nachbar?«, lachte Müller.

Der Mann stützte sich auf seinen Besen, holte tief Luft, wollte etwas loswerden, doch die Stimme versagte ihm. Wieder atmete er ganz langsam ein, während sich auf seinem Gesicht dunkelrote Flecken ausbreiteten. Dann keuchte er: »Hau ab, hau bloß ab. Und nimm deine Freundin gleich mit.«

Ob der wirklich denkt, ich sei die Freundin von Müller?, überlegte Antonia. Das wäre echt das Letzte. Aber es musste wohl so sein, schließlich war sonst weit und breit kein Mensch zu sehen.

Müller legte seinen Arm um Antonia. »Hübsches Mädel, findest du nicht, Hansi?«

Der Mann machte einen Schritt auf sie zu, nur um sich dann wieder auf sein Arbeitsgerät zu stützen. »Ich will Ihnen mal was sagen, Fräulein: Seh'n se, dass Sie von diesem Mann wegkommen. Er ist es nicht wert.

Das Einzige, was der kann, ist, anderen Leuten seinen Willen aufzwingen. Der hat nur bis jetzt nicht gemerkt, dass so was mal nach hinten losgehen kann.«

»Antonia, wir müssen weiter.« Müller gab sie frei und stapfte energisch los.

Sie hatte beinahe Mühe, ihm zu folgen. Antonia war gespannt, ob ihr Chef einen Kommentar ablassen würde. Und tatsächlich ...

Er wurde langsamer und wartete, bis sie aufgeholt hatte. »Man muss sich echt die Nachbarschaft ansehen, wenn man ein Haus kauft. War ein richtiger Fehler von mir, dass ich das nicht gemacht habe. Ich wollte das Haus unbedingt haben und da habe ich ohne weitere Nachforschungen zugeschlagen. Echtes Proletenpack, dieser Hansgerd und seine Frau.«

Was sollte sie sagen? Sie kannte die Leute nicht. Sie wusste nur, dass es bestimmt ebenfalls nicht einfach war, eine Person wie Müller in der Nachbarschaft zu haben.

Sie ließen das Deichschart beim Hotel *Fresena* hinter sich, dann bogen sie ab und gingen an der großen Kirche vorbei Richtung Hafenstraße. Links von ihnen lag der Flugplatz verlassen da.

»Wird Zeit, dass da Leben draufkommt.« Müller zeigte auf die weiße Fläche, unter der sich die Rollbahn versteckte.

Antonia musste ihm recht geben. Wenn es keine andere Möglichkeit gab, würden sie eben fliegen! Ein paar Meter weiter hatte das Nationalparkhaus seine Türen geöffnet. Ein großes Schild wies auf die Öffnungszeiten hin. Antonia wunderte sich. Um diese Jahreszeit? Wo doch fast alles hier geschlossen hatte? Hofften die Mitarbeiter auf das Interesse der paar Karnevalsflüchtlinge? Sie wurde langsamer, blieb stehen. Zu gerne wäre sie jetzt dort hineingegangen und hätte sich die Ausstellung angesehen. Immerhin hatte sie in Biologie immer recht gute Noten gehabt. Sogar die Abi-Note war eine der besseren gewesen.

»Gleich zwölf. Leg mal 'nen Schritt zu.« Gereon Müller hatte sich umgedreht und holte sie mit energischem Winken aus ihren Träumen. »Hoffentlich haben die von der Reederei noch offen.«

Es war gar nicht so einfach, auch wenn der Wind diesmal nicht von vorn, sondern nur von der Seite angriff. Es war eben lausig kalt. Der Hafen lag verlassen da. Keine Fähre war zu sehen.

»Im Sommer liegen hier jede Menge Sportboote. Dann herrscht richtig Leben.« Müller zeigte auf eine weite, halbrunde, von Eis bedeckte Fläche direkt am Ende der Hafeneinfahrt. »Jetzt sind nicht einmal die Stege im Wasser.«

Fast hatte sie das Gefühl, dass etwas Wehmut in seiner Stimme klang.

»Los, komm«, forderte er sie auf, »es wird Zeit. Du kannst dich später lange genug in das hier vorherrschende Nichts vertiefen.«

Im Schalterraum der Reederei empfing sie lauschige Wärme. Antonia blieb gleich an der Eingangstür stehen und schaute sich um. An der Wand standen in Glaskästen die Schiffe der Flotte in Kleinformat. Es gehört schon was dazu, im Sommer Gäste und Insulaner mit allem Nötigen zu versorgen, überlegte sie. Man gut, dass jetzt kaum jemand da war. Bis auf die Einwohner natürlich. Aber sicher hatte der große Einkaufsmarkt genügend Waren auf Lager. Das musste doch wohl, oder?

Ein Mann, der vor ihnen dran gewesen war, verabschiedete sich und verließ freundlich grüßend den Auskunftsschalter. Jetzt war ihr Chef an der Reihe. Sie blieb stehen. Er würde sowieso das Gespräch führen, da brauchte sie sich gar nicht einzumischen.

Und genau so war es. Ohne eine Begrüßung durch

die Mitarbeiterin der Reederei abzuwarten, legte Müller los. »Ich möchte morgen von dieser Insel runter. Am liebsten heute schon. Wann ist das möglich? Und erzählen Sie mir nichts von Eisgang, sondern zeigen Sie mir Alternativen, wenn Sie nicht in der Lage sind, Ihre Besatzung entsprechend zu schulen.«

Die Frau hinter der Glasscheibe hatte Müller bis hierhin freundlich angesehen, aber nun entglitt ihr das Lächeln. »Entschuldigung«, erwiderte sie ruhig. »Können Sie das in Höflich wiederholen? Mir ist klar, dass Festländer bei Wetterlagen, die sie nicht gewohnt sind, gerne mal ängstlich reagieren. Das dürfen die auch. Nur frech – das muss nicht sein. Ändert auch nichts an der Lage.« Sie stand auf. »Na, wie isses? Wollen Sie es noch einmal versuchen oder möchten Sie sich erst beruhigen und morgen wiederkommen?«

»Ich möchte Ihren Vorgesetzten sprechen.« Gereon Müller hatte sich auf die Ablage vor der Scheibe gestützt.

»Der ist nicht da. Jetzt ist Mittagspause. Aber zu Ihrer Beruhigung – alles Wissenswerte finden Sie auf unserer Homepage. Dort werden Sie jedoch nicht fündig, was den nächsten Abfahrtstermin anbelangt. Das weiß nur Petrus und der verrät uns das nicht. Darf ich jetzt bitte ebenfalls die Mittagspause einläuten?«

»Das wird Folgen haben«, schimpfte Müller. »Ich komme wieder.«

»Hoffentlich mit besserer Laune«, rief die Frau hinter ihnen her, als sie den Schalterraum verließen.

Meine Güte, was konnte der Chef ekelig sein. Und das nicht nur zwischendurch, wenn ihm was nicht passte. Nein, der Mann war bis auf wenige erstaunliche Ausnahmen eigentlich immer so ekelig, dass Antonia kein Problem damit hatte, zu glauben, dass er Sabine in einem Anfall von Jähzorn von der Brücke geschubst hatte.

Sie erschrak. Glaubte sie das wirklich? Aber das hieße dann ja – das hieße dann, dass sie neben einem Mörder herlief. Verstohlen schaute sie ihn an. War der wirklich in der Lage, einen Menschen im Zorn, im Suff oder was auch immer, zu töten?

»Ich gehe jetzt was essen. Was ist – kommst du mit?«

Nein, würde sie nicht. Wenn ihr Chef ihr schon die Wahl ließ. »Danke«, sagte sie so freundlich wie möglich. »Ich habe keinen Hunger. Sabines Tod, wissen Sie ...«

»Davon wird sie zwar nicht wieder lebendig, aber wenn du meinst ...« Ohne ein weiteres Wort bog Müller links ab in den Ort, als sie das Nationalparkhaus erreicht hatten.

Antonia ging weiter geradeaus. Ein kleiner Rundgang würde ihr gut tun. Hauptsache, der Chef war nicht mehr neben ihr.

Der Wind, der ihr nun entgegenkam, fuhr ihr unangenehm unter die Jacke. Sollte sie umkehren? Den kürzeren Weg nehmen? So eine tiefgehende Kälte hatte sie in Köln noch nie gespürt. Zumindest konnte sie sich nicht daran erinnern. Sie hatte keinen Blick mehr für die weiße Hellerfläche, den zugefrorenen Spielteich und die Häuser, die sich mit schneebedeckten Dächern hinter dem Deich versteckten.

Sie zwang sich gedanklich in ihr warmes Zimmer und als das nicht half, konzentrierte sie sich auf die Vorstellung, Wollsocken und eine Fleece-Jacke anzuziehen. Dann legte sie sich ihre Bettdecke um die Schultern. Gerade, als sie nach einem heißen Tee greifen wollte, riss eine Fahrradklingel sie aus ihren Fantasien. Sie machte einen Schritt zur Seite.

»Hallo. Keine Angst. Ich bin's nur.«

Bernd. Der Mann, der sie gestern Abend in der Kneipe alleine hatte sitzen lassen, bremste und sprang neben ihr vom Rad. »Was kann ich für dich tun? Konnte eben nicht reden. War auf der Wache.«

Das hatte er ihr bereits gesagt. Auf die Frage, wo er geblieben war nach dieser ach so lustigen Rosenmontagsfeier, war er ihr allerdings die Antwort noch schuldig. Nicht, dass sie den Rest der Nacht mit ihm hätte verbringen wollen. Natürlich nicht. Sie liebte Severin. Aber es hätte sie schon interessiert.

»Tut mir leid, dass ich plötzlich abgehauen bin. War nicht meine Absicht«, entschuldigte er sich, als hätte er nur auf ihre Frage gewartet.

Als keine weitere Erklärung kam, fragte sie: »Wie hast du mich gefunden?«

»Reiner Zufall. Die haben mich gehen lassen und ich bin auf dem Weg nach Hause. Ein Kaffee wäre jetzt gut. Wie ist es: Kommst du mit?«

Was sollte sie tun? Einknicken bei der Aussicht auf einen Kaffee?

»Los. Setz dich hinten auf mein Rad. Ist zwar verboten, aber die Polizisten haben jetzt Wichtigeres zu tun, als Verkehrskontrollen durchzuführen«, forderte Bernd sie auf.

Na denn. Der Gepäckträger wackelte bedrohlich unter ihrem Gewicht. Und Bernd schien mit dem Rad auf dem vereisten Weg auch nicht gerade sicher unterwegs zu sein.

»Halt dich an mir fest«, rief er ihr zu. Es blieb ihr nichts anderes übrig. Sie schlang ihre Arme um ihn und verbarg ihr Gesicht in seiner Jacke. Antonia schloss die Augen und erwischte sich bei dem Wunsch, dass diese Fahrt trotz der Wackelei nicht nur ein paar Minuten bis ins Ostdorf, sondern erheblich länger dauern möge.

Ihr Wunsch wurde nicht erfüllt. Bei einem der ersten Häuser hinter dem Spielteich verlangsamte Bernd seine Fahrt. »Wir sind da.«

»Darf ich vorstellen: Das ist Antonia Gohres«, sagte er, als sie in die Küche traten. »Meine Tante habe ich dir gestern in der *Alten Liebe* gezeigt, Antonia. Das ist mein Onkel Paul. Zieh den Mantel aus und setz dich. Ich mache uns einen Kaffee.«

Antonia grüßte freundlich, doch der Mann schien es kaum zu bemerken. Er nickte zwar, lächelte, aber das Lächeln schien seine Augen nicht zu erreichen. Ob es wirklich richtig war, wenn sie bliebe? Sie schaute sich um. Dieser Raum strahlte Behaglichkeit aus. Ganz anders als die Küche ihres Chefs. Überall stand etwas herum, hier ein paar Gläser, da eine Kanne mit Kochlöffeln darin, auf der Spüle einige Teller, die auf den Abwasch warteten. Aber die Wucht war der massive runde Küchentisch, auf dem eine dicke Kerze in einem hohen Glas flackernd Gemütlichkeit verbreitete. Sie zog ihre Jacke aus und rutschte auf die Eckbank. Gleich fühlte sie sich wieder in die Zeit mit ihrer Oma zurückversetzt. Auch dort hatte eine Eckbank in der Küche gestanden. Massiv, mit einem Sitz zum Aufklappen. In der Kiste darunter war ihr Spielzeug verstaut. Eine Barbiepuppe, jede Menge Brettspiele und Malbücher. Die allerdings später durch Barbies Freund Ken und diverse Kartenspiele ersetzt wurden. Ihr Opa hatte ihr nämlich zuerst *Siebzehn und Vier* und dann *Canasta* beigebracht. Sie war eine begeisterte Kartenspielerin geworden. Und genau das konnte sie sich hier in der Küche vorstellen: an diesem Tisch zu sitzen und mit Leuten, die man mochte, Karten zu spielen.

»Während mein Neffe beschäftigt ist, können Sie mir erzählen, wie es Ihnen geht.« Helga Schorz-Küfler griff nach einem Stück Papier und einem Kugelschreiber. »Haben Sie schon etwas über die Todesursache bei Ihrer Kollegin gehört? Ich gehe doch richtig in der Annahme, dass Sie das Kätzchen von gestern Abend sind und zu der bunten Tiergruppe gehören.«

Antonia zuckte zusammen. Alle Geborgenheit war in diesem Moment von ihr abgefallen, so plötzlich, als ob ein Windstoß einen wärmenden Umhang von ihren Schultern gefegt hätte. Sie spürte, dass die Eckbank hart und doch nicht so gemütlich war, sah, dass die Kerze unruhige, bedrohliche Schatten an die Wand warf und etwas Aufräumen der Küche sicher gut getan hätte.

»Tante Helga! Lass Antonia in Ruhe! Bitte!«, schnauzte Bernd, während er Kaffeemehl in den Filter löffelte.

»Aber warum? Die Öffentlichkeit hat ein Recht auf Information. Auch wenn die Polizei das mal wieder nicht wahrhaben will. Also suche ich mir das Wissen anderweitig«, erklärte Bernds Tante.

»Antonia, du sagst nichts, was du nicht sagen willst. Deswegen habe ich dich nicht mit hierher genommen. Echt nicht.«

Um ehrlich zu sein, war Antonia genau dieser Gedanke gerade durch den Kopf geschossen: War das Ganze ein abgekartetes Spiel zwischen Tante und Neffe?

»Frau Schäfer ist tot«, erwiderte sie vorsichtig, »das weiß ich. Und dass jemand einen Pinguin von der Brücke hat weglaufen sehen. So ein Kostüm hatten wir aber gar nicht dabei. Das haben wir der Polizei erzählt.«

»Gab es denn persönliche Probleme zwischen Frau Schäfer und den anderen aus Ihrer Truppe?« Helga Schorz-Küfler starrte Antonia durchdringend an.

Sie überlegte. Gab es da etwas? Bis auf den üblichen Stress mit Müller und dem, was Britta von einem Geheimnis erzählt hatte, fiel ihr nichts ein. Und wenn – Bernds Tante würde sie bestimmt nichts auf die Nase binden.

»Na gut, ich verstehe, dass Sie nicht das eigene Nest beschmutzen wollen. So einiges habe ich gestern ja schon mitbekommen«, sagte Helga Schorz-Küfler nach eine Pause.

»Können wir jetzt unseren Kaffee trinken? Ohne Verhör?«, schaltete Bernd sich ein.

»Gerne. Ich muss sowieso an den PC«, sagte seine Tante spitz und verließ die Küche.

»Und ich erwarte einen Patienten.« Auch Bernds Onkel stand auf. »Hoffentlich ist der nicht so anstrengend wie unsere Nachbarin mit ihrem dämlichen Köter. Sie behauptet, dass dieser Hund sich weigert, alleine zu Hause zu bleiben. Also kommt er mit und liegt so lange in meinem Büro. Ich warte nur darauf, dass er mal in die Ecke pinkelt.« Gleich darauf war er verschwunden.

Bernd öffnete die Kühlschranktür. »Komisch«, sagte er. »Mein Onkel ist normalerweise echt gut drauf. Ich habe bisher selten gehört, dass der über seine Kundschaft gemeckert hat. Aber egal – brauchst du Milch?«

»Ja, bitte.« Sie zog die Kaffeetassen zu sich heran und schenkte ein. »Aber spätestens, wenn die Milch auf dem Tisch steht, erzählst du mir, was gestern mit dir los war. Entschuldigen musst du dich übrigens nicht mehr. Das hast du schon.«

»Ja, ja, ich weiß«, sagte er, als er sich zu ihr setzte, »es war nur so: Ich hatte jede Menge getrunken. Und wenn ich merke, dass es zu viel wird, dann haue ich einfach ab. Ich schwöre mir immer, dass es das letzte Mal ist. Aber wie du siehst, ist es wieder geschehen. Außerdem konnte dir nichts passieren. Dein Chef hatte das Lokal bereits verlassen.«

»Klar. Aber konnte ich denn wissen, ob der nicht zu Hause auf mich wartet? Weißt du eigentlich, wozu mein Chef im Stande ist, wenn der ordentlich getankt hat? Und der hatte. Da warst du ein Waisenknabe gegen.«

»Wie? Hat der dich angefasst?« Bernd schaute sie aufgebracht an. »Ich hatte also doch recht mit dem Gefühl, dass der dich nicht aus den Augen gelassen hat.«

»Nein.« Sie kicherte. »In der Kneipe kam er nicht ran. Ich hatte ja dieses dämliche Kostüm an.«

»Aber später, da hat er es versucht?«, hakte Bernd nach.

»Mensch, Bernd ... Als ich nach Hause kam, war alles ruhig. Ich habe mich in mein Zimmer geschlichen und sofort abgeschlossen.«

Er lachte. »Tut mir leid. Auch wenn ich mich nicht schon wieder entschuldigen soll. Wie wär's? Sollen wir heute Abend in der *Alten Liebe* auflaufen und unsere Schulden bezahlen?«

Sie schüttelte den Kopf. »Ich glaube kaum, dass ich Bock darauf habe. Meine Kollegin ist letzte Nacht ums Leben gekommen. Nicht, dass ich jetzt den liebsten Menschen verloren hätte. Aber nach Feiern ist mir trotzdem nicht.«

»Okay, dann fahre ich kurz hin und bezahle unsere beiden Deckel. Als Wiedergutmachung. Aber jetzt sag mal: Was wolltest du von mir?«

»Ich ... Ich wollte eigentlich nur wissen, wie man von dieser Insel wieder wegkommt. Du bist doch Insulaner. Also, wie geht das?«

Bernd stand auf. »Ich wohne erst seit kurzer Zeit hier. Habe so eine Situation also noch nicht erlebt. Soll ich meine Tante fragen?«

Antonia überlegte. Wollte sie wirklich weg von Baltrum? Ja, schon. Natürlich. Oder? Sicher war: Sie wollte nicht mehr bei ihren Kollegen im Haus des Chefs bleiben. Antonia hatte ein ganz ungutes Gefühl. Natürlich traute sie keinem von ihnen einen Mord zu. Und es war außerdem bestimmt nur ein Unfall gewesen. Aber man konnte schließlich nicht wissen.

»Sag mal – ihr habt nicht zufällig ein Zimmer frei?«, hörte sie sich fragen.

»Prinzipiell ja. Wir haben eine Ferienwohnung. Nur ...

da ist kein Stück Tapete an der Wand. Der Maler hatte heute kommen wollen. Aber wie du siehst .... Im Notfall kann ich dir natürlich mein Zimmer ...« Bernd lachte.

Sie winkte ab. »Nein, danke. So schlimm ist es nicht. Ich gehe dann mal.«

Plötzlich wurde Bernd ernst. »Antonia, wenn du Angst hast – wir finden auf der Insel einen Platz für dich. Ehrlich.«

»Ich glaube nicht, dass es jemand auf mich abgesehen hat.« Sie zog ihre Jacke an. Antonia war sich nicht sicher, ob sie ihren eigenen Worten Glauben schenken sollte. Sabine war tot. Warum sollte sie also nicht die Nächste sein? Andererseits – warum sollte sie? Sie hatte keinem was getan.

Antonia verabschiedete sich mit einem flauen Gefühl.

*

Michael Röder zog das letzte Blatt aus dem Drucker. »Das sind die Aussagen der Kölner Gruppe um die Tote.«

Arndt nahm den ersten Zettel. »Hier haben wir die Aussage von Britta Warth. Die Truppe ist gegen neun Uhr in der *Alten Liebe* angekommen. Der Chef hat Getränke bestellt und gleich darauf angefangen, laut zu singen.«

»Ist echt ein Wunder, dass der Müller nicht umgebracht worden ist«, unterbrach ihn Marvin. »Solche Typen können einem tierisch auf den Sack gehen.«

»Tierisch. Das ist ein gutes Stichwort«, fuhr Arndt fort. »Um es noch einmal klarzumachen: Der Müller steckte in einem Paulchen-Panther-Kostüm. Der Ollrich in einem Eselskostüm. Die Tote, Sabine Schäfer, war ein Igel, Britta Warth war das rosa Schwein und Antonia Gohres das Kätzchen. Ein Pinguinkostüm taucht nicht auf und wird auch vom Wirt und den anderen Gaststättenbesuchern nicht erwähnt.«

»So ist es.« Röder reichte Marvin die anderen Aussagen. »Mit anderen Worten: Wenn der Igel wirklich von der Brücke gestoßen wurde, dann haben wir ein verdammt hartes Stück Arbeit vor uns. Genau genommen haben wir nichts. Keine Spuren im verharschten Schnee. Keinen Grund, wenn man den Aussagen der Truppe glauben darf. Nicht einmal eine Person, nach der wir fahnden können. Nur einen Holzknüppel, der vielleicht etwas mit dem Sturz zu tun hat.«

»Und einen Pinguin«, ergänzte Marvin. »Bist du, oder ist der Klaar eigentlich sicher, dass es sich um einen Pinguin handelte? Sollten wir da noch einmal nachhaken?«

»Der Mann ist zuverlässig«, sagte Röder. »Wenn der Pinguin sagt, meint der auch Pinguin. Ich will aber gerne mit ihm reden.«

»Aber – stellt euch das mal praktisch vor: Ein Pinguin hat Flügel. Wie soll der denn damit einen Knüppel halten können?« Marvin hatte die Arme ausgestreckt und hielt die Finger starr nach vorne. »Etwa so. Und dann mit Fell drüber. Das geht doch gar nicht.«

Arndt Kleemann lachte. »Ich denke, unter den Flügeln sind Löcher, durch die man die eigenen Arme nach draußen stecken kann. Ich kenne mich mit Karnevalskostümen so gar nicht aus. Aber wofür hat man Suchmaschinen? Marvin, entspann dich und gib mal ›Pinguin‹ und ›Karnevalskostüm‹ ein. Nach unserer Recherche nehme ich mir die Kölner vor. Vielleicht ist denen was eingefallen, was sie vergessen haben zu erwähnen«, überlegte Arndt. »Kann sein, dass sich ein Widerspruch ergibt zu dem, was sie heute Morgen gesagt haben. Wie hat sich die Lage bei den Angehörigen der Frau ergeben, Michael? Vielleicht können wir da ja ansetzen?«

»Die Kölner Kollegen haben mitgeteilt, dass sie mit der Mutter der Toten gesprochen haben. Sie wusste übrigens nicht, dass ihre Tochter schwanger war und schon gar nicht von wem.« Michael nahm sein Handy aus der Tasche. »Marvin, würdest du bitte noch einmal den Pinguin machen? Ich möchte das für die Nachwelt festhalten.«

»Leute – zurück zum Ernst des Lebens«, bat Arndt, doch in seinen Augen stand immer noch ein Lächeln. »So ein winzig kleiner Widerspruch, das wäre zumindest schon einmal ein Anfang. Wir wissen nicht einmal, ob die Frau nicht von selbst gefallen ist. Und davon abgesehen: Sollte der Pinguin nachgeholfen haben, müssten wir dem das erst einmal beweisen. Wenn wir ihn überhaupt finden. Und das wird schwer genug. Auf Fingerabdrücke, sprich Pinguinflügelabdrücke, können wir definitiv nicht zurückgreifen. Ich bin echt gespannt, ob die Rechtsmediziner hilfreich sein können. Aber Ergebnisse von der Untersuchung der Leiche und den Überresten der Freiluftparty wird es frühestens morgen geben.«

»Was kann ich übernehmen?«, fragte Marvin.

»Du kommst mit«, antwortete Arndt. »Zwei sehen und hören mehr als einer. So können wir uns die Leute getrennt vornehmen. Vielleicht reicht das schon, um den einen oder anderen etwas nervös zu machen. Und du, Michael, kümmerst dich um die Fahrräder.« Wusste er doch, dass sein Freund dafür gar kein Händchen hatte.

»Kein Problem«, erwiderte Michael zu seinem Erstaunen. »Mein letzter Hilfssheriff hat die Räder, kurz bevor er wieder wegfuhr, generalüberholt, gefettet und geputzt. Ich hole sie einfach aus dem Gartenhäuschen und – fertig! Hauptsache, ihr fahrt sie mir nicht kaputt. Die Straßen können glatt sein. Besonders die Pflasterung auf dem Marktplatz hat es bei dieser Wetterlage in sich. Darum benutze ich mein neues E-Bike nicht. Das ist einfach zu schnell auf Touren und der Sturz umso hässlicher. Es reicht schon, mit einem normalen Rad auf dem Pflaster zu landen.«

Arndt nickte. »Wem erzählst du das? Erinnerst du dich nicht, dass ich dort vor einigen Jahren schon mal die nähere Bekanntschaft mit eben diesen Steinen gemacht habe? Die Versorgung durch die Inselärztin war das Schmerzhafteste, was ich je erlebt habe. Ich bin bestimmt vorsichtig.«

»Und du, Marvin, kannst du Fahrrad fahren?«, erkundigte sich Röder.

Marvins Gesicht zeigte ganz plötzlich eine dunkelrote Farbe. »Was soll die Frage? Nur weil ich aus dem Osten bin? Oder spielst auf meine Bacchusfigur an?« Der Kollege strich sich liebevoll über seinen Bauch.

»Nein«, sagte der Inselpolizist, »darum geht es nicht. Weder Osten noch Bauch. Aber glaube mir – du wärest nicht der erste Kollege, der Schwierigkeiten damit hat. Einfach weil es manch einer nicht gewohnt ist. Am Festland sind die dienstlich und privat doch alle mit dem Auto unterwegs.«

Marvin atmete tief aus. Die rote Farbe wechselte zu einem dezenten Rosa. »Dann ist es gut. Was meinst du wohl, wie meine Frau und ich die freien Wochenenden verbringen? Auch wenn man es mir nicht ansieht, wir machen Radtouren durch ganz Ostfriesland. Erst letzte Woche sind wir bis Timmel und zurück gefahren. Trotz der Kälte und der Schneeverwehungen. Was eine echte Ostfriesin ist, wie meine Okka, die kennt da keine Gnade.«

»Alles klar«, lachte Röder und hob entschuldigend die Hände. »Was macht die Recherche?«

Marvin Lingenberg hatte die Seite eines Kostümverleihers aufgerufen und drei Augenpaare erblickten nach kurzem Suchen einen Pinguin mit einem weißen Bauch, gelbem Schnabel und großen gelben Füßen. »Schaut mal«, sagte Arndt, »es sieht so aus, als ob die Flossen aus einem relativ weichen, beweglichen Material sind. So könnte die Person, die darin steckt, ohne Probleme einen Knüppel umfassen.«

»Hoffen wir mal, dass uns dieses Wissen hilft.« Der Inselpolizist öffnete die Tür der Wache. »Denn man los, ihr beiden. Auf zum Gartenhäuschen. Und Marvin – vergiss deine Mütze nicht.«

»Danke fürs Erinnern.« Marvin drehte sich langsam um, griff bedächtig nach der gelben Mütze und zog sie sich über die Ohren.

Arndt Kleemann war sich nicht sicher, ob er mit seiner Frage ins Fettnäpfchen treten würde, dennoch interessierte es ihn zu erfahren, ob es sich um Vereinsfarben der Lieblingsfußballer seines Kollegen handelte, oder ob im Wollkorb von dessen Frau keine anderen Farben mehr vorhanden gewesen waren, als sie beschlossen hatte, ihrem Mann etwas Warmes für den Kopf zu stricken.

Ehe er seine Frage loswerden konnte, tippte Marvin fröhlich an seinen Bommel. »Borussia Dortmund. Genialer Fußballverein. Gelb-schwarz muss einfach sein, habe ich meiner Okka gesagt.«

Auf dem Weg zum Haus der Kölner, wie er sie in Gedanken nannte, erzählte Arndt seinem Kollegen, wie viel Leben im Sommer auf den Straßen herrschte. Dass die Geschäfte alle geöffnet hatten und dass vor dem gelben Eispavillon oft eine lange Schlange stand.

»Ich könnte mir das Sommerleben hier um einiges besser vorstellen, wenn mir bei diesen Minustemperaturen nicht gerade die Finger abfrieren würden«, sagte Marvin. »Es ist nun nicht so, dass ich aus meiner Heimat keine Kälte kenne. Friedrichroda liegt am Rennsteig, also ziemlich hoch und schneesicher. Nicht weit weg liegt Oberhof. Und wer schon mal die Bilder vom Biathlonstadion im Nebel gesehen hat, der friert schon vor dem Fernseher. Aber hier? Der Wind – das ist schon echt stark.«

»Das stimmt«, erwiderte Arndt. »Die letzten Winter haben wir kaum Minusgrade gehabt. Aber in diesem Jahr kommen wir schon seit vierzehn Tagen nicht mehr aus dem Eiskeller raus. Kein Wunder, dass die Nordsee zufriert.«

»Die Nordsee – das ist auch so ein Ding«, schnaufte sein Kollege. »Die Nordsee ist ein Meer und heißt See. Die Ostsee ebenso. Dafür heißen das Ewige Meer und das Große Meer bei Aurich Meer, obwohl sie Seen sind. Kannst du mir das erklären?«

Arndt lachte in seinen Schal. »Kann ich nicht. Hat sich wohl so ergeben. Schätze mal, das wird eine Aufgabe für lange Winterabende sein, das herauszufinden. Befrage einfach deinen Laptop, wenn wir das Gespräch mit den Kölnern hinter uns haben. Ich bin echt gespannt auf die Typen. Michael hat sie ja bereits kennengelernt.«

»Das muss es sein.« Marvin zeigte auf ein Haus, das etwas von der Straße zurück lag.

Auf den ersten Blick sah es beinah wie jedes andere Haus auf Baltrum aus. Weiße Fensterrahmen, rotes Dach und rote Klinker. Aber bei näherem Hinsehen fiel Arndt Kleemann eine gewisse Nüchternheit auf. Anders konnte er es nicht beschreiben. Kein Fensterschmuck belebte das Bild, so wie es bei anderen Häusern üblich war. Das Grundstück drumherum zeigte eine einsame Fläche ohne Baum und Strauch. Auch kein Ansatz eines Blumenbeetes, das den Blick im Sommer erfreut hätte, zeigte sich unter dem Schnee. Der Zaun wich erheblich von den ortsüblichen weißen Holzeinfassungen ab. Er war aus Metall. Spitze silberne Stangen rahmten das Grundstück ein. Arndt Kleemann beschlich das Gefühl, auf den Hof einer JVA abzubiegen.

»Meine Güte, sieht das doof aus. Kann denn hier jeder machen, was er will?«, raunte ihm sein Kollege zu.

»Keine Ahnung, ob es auf der Insel eine Zaunsatzung gibt.« Ihm war aufgefallen, dass die schöne Sitte, weiße Zäune zu setzen, in den letzten Jahren längst nicht mehr überall eingehalten wurde. Meistens nicht zum Vorteil des Gesamtbildes gab es neuerdings Lamellen und Sichtschutzzäune in allen Höhen und Farben.

Der Hauptkommissar stellte sein Rad ab und horchte. Obwohl alle Fenster zur Straße hin geschlossen waren, hörte er laute Stimmen.

»Da scheint sich jemand mächtig mit anderen in der Wolle zu haben.« Auch Marvin hatte sein Fahrrad an den Zaun gelehnt. »Lass uns lieber zügig nachsehen, was da los ist.«

Arndt Kleemann klopfte energisch an die Haustür. Es dauerte einen Moment, dann öffnete, recht zögerlich, eine Frau. Sie trug eine enge Stoffhose, einen goldmelierten Pulli, der ihre Figur betonte, und einen dazu passenden Lippenstift. Arndt dachte umgehend an seine Frau Wiebke, die kein Problem damit hatte, Fremde an der Tür in kuscheligem, weitem Strickpulli und Jogginghosen zu empfangen. Lippenstift trug sie sowieso nur, wenn sie in offizieller Mission unterwegs waren. Wie zuletzt bei einer der wenigen Familienfeiern, als seine Cousine zur Silberhochzeit geladen hatte. Wiebke war ihm richtig fremd vorgekommen und er hatte diesen Umstand auf der Fahrt zu *Köhlers Forsthaus* dummerweise angedeutet. Seine Frau hatte nur den Kopf geschüttelt und »Alles zu seiner Zeit!«, gemurmelt. War ihm aber den ganzen Abend irgendwie abwesend erschienen. Er hatte daraufhin vernünftigerweise nicht gefragt, was sie bedrückte. Erst als sie am nächsten Morgen in einem dunkelblauen Hosenanzug und Goldkettchen in der Küche erschienen war, hatte er ihr »Bleib so, wie du bist«, ins Ohr gemurmelt. Seitdem trug sie wieder Jogginghose und Strickpulli.

»Was ist?«, fragte die Frau misstrauisch.

»Hauptkommissar Kleemann und das ist Oberkommissar Lingenberg aus Aurich. Wir haben ein paar Fragen zum Tod von Frau Schäfer. Dürfen wir hereinkommen?«

»Gott sei Dank, dass Sie da sind. Wissen Sie, ich wollte mich gerade bei Ihnen melden. Ich habe keine Ahnung, ob es wichtig ist ...« Sie schob die beiden in die Küche und zeigte auf den Mann, der, eine offene Flasche Bier vor sich, am Küchentisch saß. »Reden Sie mit ihm. Aber vorher muss ich mit Ihnen sprechen.«

Der Mann nahm einen tiefen Zug, stellte die Flasche betont langsam ab, schaute aus dem Fenster und sagte: »Irre ich mich, oder fängt es wieder an zu schneien?«

Arndt Kleemann wusste im gleichen Moment, dass er diesen Mann nicht mochte. »Darf ich um Ihre Namen bitten?«

»Gereon Müller«, erwiderte der Mann, ohne seinen Blick von dem Fenster zu nehmen. »Und wer sind Sie?«

Noch einmal stellten sich die Kommissare vor, dann sagte Arndt Kleemann: »Herr Müller, wir würden uns tatsächlich gerne mit Ihnen unterhalten.«

»Wir haben Ihrem Inselfuzzy bereits alles erzählt, was wir wissen.« Erst jetzt wandte Müller sich den beiden Besuchern zu. Seine Stimme klang energisch durch die Küche, als er sagte: »Das Einzige, was ich hier und jetzt möchte, ist, von dieser Insel zu verschwinden, klar?«

»Wie Sie wissen, ist das aus verschiedenen Gründen nicht möglich. Es wird Ihnen nichts anderes übrig bleiben, als sich zu gedulden«, antwortete Kleemann. »Aber zunächst möchten wir uns mit der Dame unterhalten. Wenn möglich allein und praktischerweise gleich hier. Daher bitten wir Sie, den Raum zu verlassen. Aber gehen Sie nicht zu weit weg. Wir brauchen Ihre Aussage ebenfalls.«

Müller lachte. »Ich? Ich soll gehen, nur weil Sie …? Das meinen Sie nicht im Ernst, oder?«

»Und wie ernst wir das meinen«, schaltete Marvin Lingenberg sich ein. »Macht sich übrigens nicht sehr kooperativ, wenn Sie sich verweigern. Nur so als vorsorglicher Hinweis. Aber damit Sie in Ruhe darüber nachdenken können, dürfen Sie jetzt gehen.«

Arndt Kleemann zuckte innerlich ein wenig zusammen. Klar, dieser Müller war ein unangenehmer Bursche. Aber immerhin war es sein Haus und sie standen in seiner Küche. Also wäre ein wenig mehr Freundlichkeit seitens seines Kollegen wohl angebracht gewesen.

Gereon Müller riss die Schranktür auf, warf die leere Flasche in den Mülleimer und rannte fast aus der Küche. Dabei stieß er beinahe mit Britta Warth zusammen. »Pass auf, was du sagst«, zischte er ihr ins Ohr. »Die Jungs hier könnten sonst etwas in den falschen Hals kriegen. Die sind nicht so geübt wie ihre Kölner Kollegen.«

»Raus jetzt!« Beinahe wäre Arndt Kleemann dem Mann gefolgt. Gerade konnte er sich noch zurückhalten. Auch bei ihm war jegliche Freundlichkeit verflogen. Zwar war ihm völlig klar, dass es keine Rolle spielen durfte, ob er Gereon Müller mochte oder nicht. Dennoch – der letzte Satz grenzte an Beamtenbeleidigung und er würde sicher darauf zu sprechen kommen, wenn dieser Kerl weiterhin auf arrogant machte.

»Bitte setzen Sie sich hin«, sagte Marvin Lingenberg. »Und dann erzählen Sie uns, wie Sie heißen, was Sie mit Herrn Müller zu tun haben und was Sie beunruhigt.«

»Britta Warth ist mein Name und ich arbeite als Sekretärin bei Herr Müller.« Nervös stocherte sie mit der Hand in ihrer Hosentasche herum. »Mir ist etwas eingefallen, das Sie unbedingt wissen müssen. Sabine hat mir während der Autofahrt immer von ihrem tollen Kostüm vorgeschwärmt. Also, sie hat nichts Genaues gesagt. Nur dass ich mich überraschen lassen soll. Und dann war ich ziemlich enttäuscht, als sie in dem Igelkostüm zur Party erschien. So als Kölner hat man seine Ansprüche. Und da war wirklich nichts Besonderes dran. Nett. Ja. Aber mehr auch nicht. Sie sah so – kindlich aus, wenn Sie wissen, was ich meine. Wie gesagt, sie hat sich vorher nicht näher erklärt. Nur einmal, da hat sie eine Krawatte erwähnt. Aber das ist mir vorhin erst eingefallen. Und der Igel hatte nur dieses weiße Hemd und die grüne Weste, aber keine Krawatte.« Britta Warth kratzte an ihrem Hals, bei dem Versuch, ihre eigene imaginäre Krawatte zu lockern. »Aber Paulchen Panther. Ich habe es gewagt, meinen Chef darauf anzusprechen. Ob er das Kostüm von Sabine angehabt hat. Da hat der mich zusammengeschissen, das glauben Sie nicht. Der ... der Müller ist ein richtiges Arschloch. Normalerweise lass ich die Macken von Müller gar nicht an mich rankommen. Ich weiß, was ich kann, und damit fertig. Aber jetzt? Eine grauenhafte Situation. Sabine ist tot. Wir kommen hier nicht weg. Einfach Scheiße, alles!«

Eine Verwechslung? Das war wirklich ein neuer Denkansatz. Arndt war gespannt, was Gereon Müller dazu zu sagen hatte. »Danke, Frau Warth. Ist außer Herrn Müller noch jemand von Ihnen im Hause?«

»Soweit ich weiß, sind Hennes, also der Herr Ollrich, und auch Antonia Gohres in ihren Zimmern.«

»Würden Sie bitte ...«, Arndt Kleemann überlegte, »... den Herrn Ollrich zu uns schicken?«

Sie verschwand und kurz darauf stand Hennes Ollrich in der Küche. Die Beamten ließen sich erzählen, wie sein Verhältnis zu seinem Chef war und wie er die Lage beurteilte.

»Er ist einfach ein unangenehmer Mensch«, erklärte Ollrich. »Aber wat wellste maache? Wir sind bei ihm angestellt und sorgen dafür, dass die Firma läuft. Allein schon wegen des Geldes, das wir jeden Monat auf dem Konto sehen wollen. Da schauen wir ganz genau hin, das können Sie mir glauben. Wer da meint, das liefe immer problemlos, hat verloren. Da musste schon was für tun. Und wer dat nich will, muss gehen. Mache ich übrigens auch demnächst. Nix bliev, wie et wor. Habe ich dem Müller während unserer Fahrt hierhin übrigens mitgeteilt.«

»Und – wie hat Ihr Chef reagiert?«, fragte Marvin Lingenberg.

»Der hat nur gelacht. Er meinte, in meinem Alter finde ich woanders keinen Job mehr.«

»Wie alt sind Sie?«, hakte Arndt Kleemann nach.

»Achtundvierzig. Aber wie gesagt, ich habe bereits einen neuen Job.«

»Wollte Herr Müller Sie denn einfach so ziehen lassen?« Arndt Kleemann schaute Hennes Olbrich aufmerksam an.

Hennes Ollrich zögerte, dann sagte er: »Ich habe ihm klargemacht, dass ich gehe. Ob es ihm passt oder nicht!«

»Und was hat er gesagt?«

»Fragen Sie ihn selbst.«

»Das werden wir machen. Glauben Sie mir. Trotzdem hätte ich gerne eine ausführliche Antwort auf meine Frage«, forderte der Hauptkommissar erneut Ollrich auf.

»Wie gesagt, er hat gelacht und im gleichen Moment war die Sache offensichtlich für ihn erledigt«, antwortete Ollrich genervt. »Da hat er nämlich in seiner unnachahmlichen Art mit zweihundert Sachen einen LKW überholt, so brauchte er seine Aufmerksamkeit anderweitig. Und hinterher hat er das Thema nicht mehr angeschnitten.«

Arndt Kleemann beließ es erst einmal dabei. »Noch etwas – haben Sie gewusst, dass es womöglich eine, wie soll ich sagen, Kostümumbesetzung gegeben hat? Dass Frau Schäfer im Igelkostüm ihres Chefs aufgetreten ist?«

Hennes Olbrich schaute die beiden Kommissare erstaunt an. Ob dieses Erstaunen echt war oder nur gut gespielt – Arndt Kleemann konnte es nicht einschätzen.

»Nein, das wusste ich nicht«, erklärte Ollrich ruhig. »Außerdem glaube ich nach wie vor an einen Unfall.«

»Gut. Das wär's erst einmal. Falls Ihnen noch etwas einfällt, bitteschön.« Der Hauptkommissar drückte ihm eine Visitenkarte in die Hand. »Sie dürfen jetzt gehen. Bitten Sie Herrn Müller zu uns, wenn möglich.«

Mit dem Chef der Firma *MüllerInside* kamen ein Schwall Kälte und leichter Alkoholdunst in die Küche.

»Herr Müller, setzen Sie sich. Wir möchten uns vernünftig mit Ihnen unterhalten. Ich bin sicher, das schaffen Sie«, sagte Arndt Kleemann, bevor Müller auch nur die Chance hatte, etwas zu sagen.

Tatsächlich ließ sich Müller widerspruchslos auf einen der Küchenstühle fallen. Geht doch, dachte Kleemann und wünschte sich, dass das Gespräch in ruhigen Bahnen weiterliefe. Doch er hatte da so seine Zweifel. »Unsere Recherchen haben ergeben, dass Sie Frau Schäfer gefolgt sind, richtig?«

»Richtig. Genau wie ich es Ihrem Kollegen bereits mitgeteilt habe«, sagte Müller. »Ich bin raus, habe geschaut, ob sie nach Hause gegangen ist, sie dort nicht gefunden und bin zurück in die Kneipe. Ich hatte zwar keine Lust mehr auf diesen öden Haufen, der nichts, aber auch nichts an Gemeinsamkeit zu schätzen weiß, aber Rosenmontag ist nur einmal im Jahr.«

»Wenn Ihnen Rosenmontag so wichtig ist, warum sind Sie dann nicht in Köln geblieben?«, wunderte sich Marvin Lingenberg.

»Meine Güte, natürlich ist es in Köln schöner. Aber ich wollte hier mit meinen Leuten einfach mal die Post abgehen lassen. In einer ganz besonderen Umgebung die Sau rauslassen. Nicht einer unter Hunderttausend sein. Was ist denn bitte sehr daran so schwer zu verstehen?« Unruhig rutschte Müller auf dem Küchenstuhl hin und her.

»Na gut, das lassen wir jetzt mal so stehen«, sagte Kleemann. »Etwas anderes – Sie sind laut Ihrer Aussage direkt von der *Alten Liebe* zu Ihrem Haus und wieder zurück, ohne einen Umweg über die weiße Brücke zu machen?«

»Ja, verdammt noch mal.« Müller war aufgesprungen und schlug mit der flachen Hand auf den Küchentisch. »Ein Pinguinkostüm habe ich auch nicht!«

»Setzen Sie sich hin und beruhigen Sie sich. Stichwort: Kostüm. Was war mit dem Kostüm von Frau Schäfer?« Marvin Lingenberg hatte wieder sein Buch aufgeschlagen, bereit, sich Notizen zu machen.

»Ach, hat die Warth Sie auf den neuesten Stand gebracht? Hätte ich mir denken können. Aber ehrlich – was ist denn schon dabei? Das von Sabine gefiel mir eben besser. Da habe ich sie gebeten, ob wir nicht tauschen könnten. Und sie hat eingewilligt«, nuschelte Müller. »Von der Größe her war das schließlich kein Problem.«

»Mich interessiert, warum Sie die Fakten über die Tauschaktion nicht bereits meinem hiesigen Kollegen mitgeteilt haben. Konnten Sie sich nicht denken, dass das für die Ermittlungen äußerst wichtig sein könnte?«, fragte Marvin Lingenberg

Gereon Müller lachte zynisch auf. »Damit der in seinem einfachen Geist daraus etwas bastelt, was mit einem Mord zu tun haben könnte? Wissen Sie was, meine Herren: Die Frau ist gefallen. Besoffen. Ausgerutscht, was weiß ich. Darum war es völlig egal, in welchem Outfit sie von der Brücke gestürzt ist.«

»Erstens: Noch eine Beleidigung und Sie können die beschauliche Wache auf dieser kleinen Insel ein paar Stunden lang intensiv inspizieren«, entgegnete Arndt Kleemann. »Zweitens: Ich schätze, Ihr Schweigen hatte eher damit zu tun, dass die Art, wie diese Tauschaktion abgelaufen ist, nicht gerade das günstigste Licht auf Sie wirft.«

Gereon Müller lachte. »Sie denken, dass mir das auch nur im Ansatz etwas ausmacht? Ich wollte ihr Kostüm und ich habe es bekommen. Wenn sie sich geweigert hätte, dann wäre es eben anders gelaufen.«

Nein, ein schlechter Ruf macht ihm wohl wirklich nichts aus, überlegte Kleemann. Der spielt hier die Rolle *Gnadenloser Unternehmer* par excellence. Er hätte nur zu gerne gewusst, wie der mit seiner Kundschaft umsprang. Modell *In den Hintern kriechen*, oder war der bei Beratungsgesprächen tatsächlich so freundlich, wie es seine betuchten Kunden von ihm erwarten durften? Er würde es wohl nie erfahren. Seine Frau Wiebke hatte die gemeinsame Wohnung in Aurich nach eigenem Geschmack eingerichtet und wehe, wenn jemand versuchte, daran etwas zu ändern. Da hätte selbst ein freundlicher Gereon Müller keine Chance.

»Na, gut. Dann gehen Sie also nicht davon aus …« Arndt Kleemann war gespannt, wie der Mann auf seine Worte reagierten würde, »dass es tatsächlich ein Anschlag war und zwar auf Sie?«

»Quatsch! Meine Mitarbeiter wussten, wer in welchem Kostüm steckte, und sonst kennt mich kaum jemand. Also warum sollte es jemand auf mich abgesehen haben?«, erklärte Müller geringschätzig. »Da müssen Sie sich etwas anderes für Ihre Daseinsberechtigung ausdenken. Ich bin dann mal weg.« Müller verschwand, bevor Marvin Lingenberg oder Arndt Kleemann reagieren konnten.

Doch ehe sich die Kommissare wie geplant als Nächstes um Antonia Gohres kümmern konnten, stand der Mann wieder vor ihnen. »Entschuldigen Sie, haben Sie das ernst gemeint, dass ich …?«

Marvin Lingenberg nickte. »Wir müssen über die Möglichkeit nachdenken.«

Gereon Müller starrte auf die Erde und trommelte mit den Fingern auf den Türrahmen. Dann drehte er sich um und die Kommissare hörten nur ein Poltern auf der Treppe.

»Von Müllers Selbstsicherheit ist nichts übrig geblieben, oder irre ich mich?«, überlegte Marvin.

»Das Gefühl hatte ich auch.« Arndt erschrak, als im oberen Stockwerk eine Tür mit lautem Krachen zufiel. »Offensichtlich ist dem Mann soeben schockartig klargeworden, dass er selbst als mögliches Opfer nur knapp am Tod vorbeigeschrammt ist. Seine Fassade ist zumindest auffällig gebröckelt. So, wie dessen Augenlider und Mundwinkel gezuckt haben – das sah nicht nach innerer Ruhe aus. Kein Wunder, dass der Mann so schnell wie möglich von der Insel runter will. Nur, dass ihm das Eis einen Strich durch die Rechnung macht. Menschen, die ihr Leben in einer Großstadt verbringen, sind es einfach nicht gewohnt, dass das Wetter die Regierung übernimmt.« Und er würde ihm mit Sicherheit nicht verraten, dass eventuell am nächsten Tag bereits die ersten Personen mit Hubschraubern ans Festland gebracht würden. Schließlich waren außer den Kölnern noch weitere Karnevalsflüchtlinge auf der Insel, die meinten, dass das Bruttosozialprodukt dieser Republik ohne sie tierisch in den Keller gehen würde und dass sie deswegen ganz dringend wieder an ihren Arbeitsplatz zurück mussten.

»Dann wollen wir mal hören, was das Mädel zu berichten hat«, sagte er.

»Ich hole sie.« Sein Kollege verschwand und stand kurz darauf mit Antonia Gohres wieder in der Küche. Die junge Frau war in eine dicke Decke eingehüllt.

»Entschuldigung. Mir ist einfach kalt«, sagte sie statt einer Begrüßung. »Das Zimmer wird nicht richtig warm.«

»Schon in Ordnung.« Marvin Lingenberg zeigte auf einen Stuhl. »Nehmen Sie Platz.«

»Was wollen Sie von mir wissen?«, fragte sie zitternd.

»Wir wollten lediglich nachfragen, ob Ihnen etwas eingefallen ist, was vielleicht wichtig wäre.«

Antonia Gohres schüttelte heftig den Kopf. »Nein nichts!«, murmelte sie in ihre Decke.

»Kann es sein, dass Sie doch etwas loswerden wollen?«, hakte der Oberkommissar nach.

»Ich … – Ach, lassen Sie mich in Ruhe.« Sie sprang auf und rannte aus der Küche und die Treppe hoch. Gleich darauf hörten die beiden Kommissare wieder, wie eine Tür zuknallte.

»Warte mal. Ich gehe ihr nach. Da stimmt was nicht.« Arndt Kleemann folgte der jungen Frau und blieb dann an der Tür stehen, hinter der er sie vermutete. Er öffnete sie einen Spalt und sah Antonia Gohres auf dem Bett liegen, die Decke fest um sich geschlungen. Im Arm hielt sie ein Plüschäffchen.

Er trat ein. »Frau Gohres, bitte helfen Sie mir«, sagte er behutsam, schloss die Tür und wartete.

»Sie haben sich gestritten«, kam es nach einer Weile unter der Decke hervor. Plötzlich ging ein Ruck durch Antonia Gohres. Sie schob die Decke weg und setzte sich auf. »Ich weiß nicht, worum es ging. Aber als wir am Rosenmontagmorgen am Strand waren, Sabine, der Chef und ich, da sind die beiden vorausgelaufen. Die waren einfach schneller als ich. Ich habe gesehen, wie Sabine den Chef angeschrien hat. Und er hat zurückgeschrien. Dann haben sich beide ganz wütend auf den Rückweg gemacht. So, das war's, was ich sagen wollte.«

»Danke. Das war sehr gut«, antwortete Kleemann.

»Sehr gut? Was meinen Sie … Wenn mein Chef erfährt, dass ich Ihnen das erzählt habe?!« Sie zeigte in die Richtung, in der wohl Müllers Zimmer lag. »Was glauben Sie denn wohl? Wissen Sie was? Wenn mein Chef die Sabine von der Brücke geschubst hat, wegen des Streits, dann bin ich als Nächste dran. Der weiß doch nicht, was ich alles gehört habe. Beziehungsweise, dass ich gar nichts von dem mitbekommen habe, worüber die sich gestritten haben. Das wird mir immer klarer. Kann ich nicht wenigstens woanders unterkommen? Weit weg von Müller?«

Arndt Kleemann konnte spüren, wie heftig die Not an der jungen Frau nagte. Und er konnte ihr nicht versprechen, dass sie in diesem Haus in Sicherheit war. Dazu wusste er viel zu wenig. Er zog sein Telefon aus der Tasche. Mal schauen, ob Michael eine Idee hatte, wo man Antonia Gohres unterbringen konnte. Doch bevor er Michaels Nummer wählen konnte, klingelte es. Michael. Das musste Gedankenübertragung sein.

»Helga Schorz-Küfler hat gerade angerufen«, sagte sein Inselkollege. »Frau Gohres hat bei denen um eine Unterkunft gefragt und dieser Neffe von denen hat abgesagt, weil deren Ferienwohnung momentan renoviert wird. Aber unsere Journalistin hat ein Gästezimmer, das sie der Gohres zur Verfügung stellen würde. Mit Familienanschluss.«

»Und genau da liegt das Problem«, erwiderte Arndt Kleemann. Er verließ den Raum und telefonierte auf dem Flur weiter. Antonia Gohres musste nicht zwingend mitbekommen, was er mit Michael zu besprechen hatte.

»Ich habe so ein Gefühl, als ob die Schorz die Gunst der Stunde nutzt, um möglichst nah am Geschehen zu sein. Was meinst du? Sollen wir es wagen oder Frau Gohres lieber, ich sage mal, auf neutralem Boden unterbringen?«

»Schätze mal, das ist auch eine Frage des Geldes«, sagte Michael. »Bei der Schorz kann sie bestimmt umsonst wohnen, alle anderen Vermieter werden sich logischerweise die Übernachtungen bezahlen lassen. Ich denke, sie soll selbst entscheiden. Vom Aspekt der Sicherheit her ist es wohl egal.«

»Gut, ich spreche mit ihr.« Als Hauptkommissar Kleemann wieder zurück in das Zimmer kam, saß Antonia Gohres immer noch zitternd auf dem Bett. Erst als er ihr von dem Telefonat erzählte, wurde sie ruhiger. Sie stand auf, wuchtete ohne ein Wort ihren Koffer auf das Bett und öffnete die Schranktür. Arndt Kleemann schaute zu, wie ein Kleidungsstück nach dem anderen ohne große Sorgfalt im Koffer verschwand. Erst als sie ihre Kosmetiktasche und zuallerletzt das Katzenkostüm hineingeworfen und den Koffer zugeschlagen hatte, fragte er: »Was meinen Sie, was Ihre Kollegen zu Ihrem Auszug sagen?«

Sie zuckte mit den Schultern. »Das ist mir egal. Ich werde sowieso nicht mehr in diese Firma zurückgehen. Es würde mich jeden Tag an die schreckliche Zeit hier erinnern. Ich will einfach nur weg aus diesem Haus und weg von dieser Insel.« Sie nahm das Plüschäffchen, streichelte liebevoll über dessen Kopf und setzte es sorgsam in ihre Umhängetasche.

»Dann kommen Sie. Mal sehen, ob der Herr Müller auch eine Wippe hat, wie sich das für einen Baltrumer Hausbesitzer gehört.«

»Sie meinen so eine Karre für das Gepäck?« Antonia Gohres nahm ihren Mantel vom Haken, setzte eine dicke rote Strickmütze auf den Kopf und zog Handschuhe an. »Die borgt er sich immer von seinem Nachbarn. Keine Ahnung, warum der Mann das mitmacht. Wir haben den heute getroffen und er hat mich tatsächlich vor meinem Chef gewarnt.« Sie schlug sich die Hand vor den Mund. »Jetzt erzähle ich schon wieder was Schlechtes über meinen Chef. Wir sollten lieber abhauen.«

»Na gut«, sagte Arndt Kleemann, »ich gehe mit rüber und spreche mit dem Nachbarn. Den Weg zu Frau Schorz-Küfler finden Sie sicherlich alleine, oder?«

Die junge Frau schaute ihn zweifelnd an, widersprach aber nicht.

Er begleitete sie durchs Haus, und auf dem Weg nach draußen klopfte Antonia Gohres bei Britta Warth an und teilte ihr mit, dass sie nun gehen würde. »Wenn du schlau bist, ziehst du auch um. Wer weiß, was sonst noch alles passiert«, flüsterte sie ihr zu.

Doch Britta Warth winkte ab. »Wenn etwas passieren soll, wird es das auch. Man kann sich nicht immer verstecken. Außerdem habe ich nicht das Gefühl, dass ich auf der Abschussliste stehe. Aber wir bleiben in Verbindung. Wenn einer von uns die Möglichkeit sieht, diese Insel zu verlassen, sagen wir einander Bescheid. Deine Nummer habe ich. Mach's gut.« Und zu Arndt Kleemann gewandt fügte sie hinzu: »Tut mir leid, dass ich vorhin so aufgelöst war. Das kenne ich sonst nicht von mir. Es wäre schön, wenn Sie uns über neue Erkenntnisse auf dem Laufenden hielten. Schließlich war Sabine unsere – Kollegin.«

»Wir werden bestimmt Kontakt halten. Bis später.«

»Mach et jot ävver nit ze off.« Auch Hennes Ollrich hatte wohl mitbekommen, dass Antonia die Wohngemeinschaft verlassen wollte. Er stand vor seiner Zimmertür und winkte Antonia freundlich zu. Sie winkte zurück.

Auf dem Weg zum Nachbarn bat der Hauptkommissar seine Begleitung um die Übersetzung des Satzes.

Sie lächelte gequält. »Ich glaube, das heißt so viel wie *Mach es gut, aber nicht so oft*. Oder auch *Achte auf deine Gesundheit*. Was im Moment wohl besser passen würde. Aber ich weiß es nicht genau. Meine Eltern haben nie auf Kölsch mit mir gesprochen. Aber die Wünsche von Hennes, die kann ich echt gebrauchen.«

»Das glaube ich Ihnen sofort.« Sie hatten den kleinen Mann gar nicht bemerkt, der auf einen Piassavabesen gestützt an der Hausecke stand. »Denn mit solchen Leuten wie dem Müller ist es das Gegenteil: Die können wir hier wirklich nicht gebrauchen.«

»Warum«, fragte Arndt Kleemann, ohne sich vorzustellen, »leihen Sie ihm dann problemlos Ihre Wippe?«

»Weil«, erwiderte der Mann, »weil er sie damals schließlich gekauft hat, als meine alte den Geist aufgab. Er hat sie gekauft und mir einfach rübergeschoben. Allerdings musste ich ihm versprechen, dass er sie jederzeit nutzen dürfe und dass ich mich drum kümmere, dass sie immer funktionsbereit ist. Ich bringe sie auch zum Hafen, wenn der hohe Herr anruft und mitteilt, dass er kommt. Ansonsten habe ich aber meistens nur Ärger mit ihm.«

Arndt Kleemann wunderte sich nicht. Dass dieser Mann eine neue Wippe kaufte und dem Nachbarn gab, passte genau in das Bild, das er von Müller hatte. Das war nichts als reiner Eigennutz. So standen das Gefährt, stets in Schuss gehalten, und nicht zuletzt auch sein Nachbar bei An-und Abreise immer zur Verfügung. Schlauer Schachzug. »Darf ich fragen, was der Grund Ihres Ärgers mit Müller ist? Mein Name ist übrigens Kleemann. Polizei Aurich. Wie ist Ihr Name?«

»Hab mir schon gedacht, dass Sie so was Ähnliches sind.« Der Mann zeigte auf ein Schild, das an der

Hauswand angebracht war. »Hansgerd Ulrichs. Insulaner in vierter Generation. Also – wenn ich Ihnen alles aufzählen sollte, womit der mich schon aufgeregt hat, dann ständen wir noch morgen hier. Nehmen wir zum Beispiel den letzten Sommer. Er rief an, dass er kommen wolle. Ich habe ihm natürlich die Wippe zum Hafen gefahren. Ich habe sogar nach seiner Ankunft sein Zeug mit aufgeladen. Und das war nicht wenig, das können Sie mir glauben. Als wir dann hier angekommen waren, hat er verlangt – verlangt, nicht gebeten – dass ich die Sachen ins Haus trage. Jeden einzelnen Karton. Dabei ist der doch viel jünger und kräftiger als ich. Aber ich hab mich breitschlagen lassen. Gute Nachbarschaft und so.« Ulrichs lächelte. »Leider, leider ist mir dann einer der Kartons kaputtgegangen, als er mir aus den Händen fiel. Sehr tragisch. Sehr tragisch. Alles lag verstreut in der Gegend herum. Müller ist total ausgerastet. Weil sein teures Geschirr da drin gewesen ist. Sagt er. Ich musste dann auch gehen. Hatte leider keine Zeit mehr. Der wollte tatsächlich den Wert seiner Sammeltassen von mir ersetzt haben. Und seitdem ist unser Verhältnis noch etwas gestörter.«

»›Etwas gestört‹ ist gelinde ausgedrückt. Ihr bekriegt euch, wann immer es geht«, tönte eine Stimme aus einem geöffneten Fenster.

»Meine Holde«, sagte Ulrichs. »Sie versteht einfach nicht, dass man einen anderen Blickwinkel auf die Inselbegebenheiten hat, wenn man von hier kommt. Aber wie soll sie auch, sie ist selbst Zugereiste.«

»Genau. Vor vierzig Jahren! Aber immer noch vierzig Jahre zu wenig, um einem Eingeborenen klarzumachen, dass er hin und wieder unrecht hat.« Ein dumpfer Knall ließ die kalte Winterluft vibrieren. Das Fenster war zu, die Frau nicht mehr zu sehen.

»Wir gehen dann mal. Frau Gohres nimmt den Wagen

mit und bringt ihn später zurück.« Arndt Kleemann hatte keine Lust auf eine Grundsatzdiskussion, wer was nach wie viel Jahren auf dieser Insel zu sagen hatte. Er verabschiedete sich von Antonia Gohres, nachdem er ihren Koffer und eine Reisetasche auf die Wippe gehoben hatte, und ging zurück zum Haus von Gereon Müller.

Doch der Mann war nicht mehr da.

Marvin sagte, er habe die Haustür schlagen hören und Müller schnellen Schrittes um die Hausecke biegen sehen. »Den kriegen wir wieder«, sagte er, »aber zu einer wilden Verfolgungsjagd war ich im Moment nicht aufgelegt.«

*

Helga Schorz-Küfler schloss den Reißverschluss des Kopfkissens, legte zwei Handtücher auf das Bett und wischte über den runden Tisch aus gebeizter Fichte. Die Kleine konnte kommen.

Ein Blick auf die Uhr sagte ihr, dass sie genügend Zeit hatte, bis der Zumbakurs begann. Hoffentlich machten die Insulaner mit und sie konnte eine nette Geschichte daraus basteln. Sie würde hingehen. Auch wenn sich ihr Interesse durch die neuesten Ereignisse in eine ganz andere Richtung bewegte. Logisch. Endlich passierte mal was. Und was lag näher, als sich mit dem Todesfall zu beschäftigen? Von der Polizei würde sie nichts Wesentliches erfahren. Also musste sie selber Fragen stellen. Recherchieren. Wollte sie das? Und wenn ja, aus welchem Grund?

Sie ging in ihr Büro und nahm Zettel und Schreiber, um Ordnung in ihre Gedanken zu bringen. Das hatte bisher meistens geholfen. Sie schrieb ein großes WARUM oben auf das Papier.

Journalistenneugier? Jagdfieber? Wollte sie die Erste sein, die Neuigkeiten erfuhr und weitergab? In Erinnerung an ihre Zeit, als es ihr Beruf gewesen war, Artikel für die Zeitung zu schreiben? *Vielleicht!*, setzte sie nach kurzer Überlegung hinzu.

War es, um der Langeweile zu entkommen? Natürlich war es nett, die Theatergruppe, die Gymnastikfreunde und alle anderen Gruppierungen, die sich im Winter zu ihren Übungsabenden trafen, vorzustellen. Aber wirklich wichtig? Für den einen oder anderen Insulaner schon, aber für ihr Seelenheil?

Der Wunsch, den Polizisten einen Schritt voraus zu sein? Sie konnte ein kleines *ja* nicht wegdrücken. Besonders nachdem dieser Röder sie in der Zelle vergessen hatte. Sie war drauf und dran gewesen, die Geschichte online zu veröffentlichen. Paul hatte ihr jedoch abgeraten. »Wenn du jemals hier Fuß fassen willst, dann lass es lieber«, hatte er gesagt. Sie hatte auf ihn gehört und ihren beißenden Kommentar in den Tiefen des PC's versenkt. Aber wenn sie gehofft hatte, dass dieser Inselpolizist ihr Schweigen würdigen und sie in die Ermittlung einbeziehen würde, dann hatte sie sich getäuscht. Das war ihr bei ihrem Gespräch mit den Kommissaren klar geworden.

Oder war es dieser winzige nagende Zweifel, ob Bernd etwas mit der Sache zu tun haben könnte? Blödsinn. Warum sollte er? Nur weil er das Mädel unerklärlicherweise alleine in der Kneipe zurückgelassen hatte?

Sie nahm den Zettel, riss ihn in Fetzen und warf ihn in den Papierkorb. Wahrscheinlich war es von allem etwas. Sie würde Neutralität wahren, das war klar. Und sie würde ihre eigenen Fragen stellen.

Als es klopfte und das Mädel im Flur stand, wusste sie, wie und bei wem sie mit ihren Recherchen beginnen würde.

*

Verdammt. Sandra Röder schaute auf die Küchenuhr. Der Zumbakurs in der Schule begann bereits in einer halben Stunde. Aber erst musste sie einkaufen. Ihre Milchvorräte waren erschöpft. Und ohne Milch keine Pfannkuchen. Sie nahm die Stofftragetasche vom Haken an der Tür und steckte ihr Portemonnaie in die Manteltasche. Das Fahrrad würde sie stehen lassen. Andere Insulaner inklusive Michael und seine Kollegen sah sie unbekümmert fahren, als ob es keine Eisflächen gäbe, aber ihr war es einfach zu gefährlich. Sollte sie Amir mitnehmen? Nein, er würde vor der Tür des Marktes auf sie warten müssen und das war selbst für Hunde in dem kalten Ostwind kein Vergnügen.

Als sie die Wohnungstür hinter sich schloss, sah sie Bettina, auf dem glatten Pflaster vorsichtig Schritt vor Schritt setzend, an den von innen beleuchteten Schaufenstern von *Stadtlander* vorbeigehen. Jetzt, wo die Sonne hinter dem Horizont verschwand und es gerade anfing, dämmerig zu werden, konnte man die Sachen, die in den Fenstern lagen, gut erkennen. Bei hellem Tageslicht, wenn die Scheinwerfer ausgeschaltet waren, sah man kaum etwas von den Waren hinter den dunklen Scheiben.

Wie immer trug Bettina eine ihrer selbstentworfenen und -gestrickten Mützen mit dem dicken Bommel darauf. Diesmal leuchtete er in Rot. Bommelmützen schienen überhaupt der Renner des Winters zu sein. Selbst der neue Kommissar aus Aurich ließ es sich nicht nehmen, damit herumzulaufen. Sandra lächelte in sich hinein, als sie an das runde Gesicht unter der gelb-schwarzen Mütze dachte. Bettina stand die ihre definitiv besser. Der passende Schal durfte bei ihrer Freundin natürlich nicht fehlen und schlug leicht im Wind hin und her.

»Bettina? Warte auf mich«, rief sie ohne viel Aussicht

darauf, dass ihre Freundin sie bemerken würde. Bettina war schwerhörig, weigerte sich aber standhaft, einen Ohrenarzt am Festland aufzusuchen. Wie oft hatte Sandra bereits versucht, ihr klarzumachen, dass Hörgeräte zu nutzen nichts anderes war, als eine Brille zu tragen, nur eben für die Ohren? Aber ihre Freundin stellte sich taub, wenn Sandra das Thema anschnitt. Nein. Die war taub. Beinahe jedenfalls. Oder zumindest ein wenig. »Bettina, nun warte doch.«

Sandra holte sie einen Moment später auf dem Dorfplatz ein und knuffte sie in die Seite. Überrascht blickte ihre Freundin sich zu ihr um. »Du bist ja so aus der Puste. Warum hast du nicht gerufen? Dann hätte ich auf dich gewartet«, sagte Bettina vorwurfsvoll.

Sandra schüttelte nur den Kopf. Dann fragte sie: »Musst du auch in den *Inselmarkt*? Ich wohl. Milch kaufen. Bevor sie alle ist.«

»Ich komme mit«, lächelte Bettina.

Sandra wunderte sich, wie viele Fahrräder vor dem Markt standen. So viel konnte mitten im Winter doch gar nicht los sein. Zumal der Laden nur noch zehn Minuten offen hatte. Doch als sie den Markt betrat und einen Blick auf die Obst- und Gemüseabteilung warf, wurde ihr schlagartig klar, was die Kunden heute hergetrieben hatte. Der Kampf ums Überleben! Dort, wo sommers und winters Äpfel, Kartoffeln, Zwiebeln und Bananen lagen, sah Sandra nichts als leere grüne Kisten. Auch die Getränkeabteilung, etwas weiter hinten, war so gut wie geräumt. Sie beschleunigte ihren Schritt. Hoffentlich hatten ihre Vorgänger wenigstens einen Liter Milch im Kühlregal stehen lassen. Sie wollte diese Milch. Unbedingt. Und wenn sie es recht bedachte, nicht nur einen Liter. Wer wusste schon, wie lange sie noch vom Festland abgeschnitten waren. Ungeduldig nahm sie einen der Einkaufskörbe vom Stapel. Hätte sie man besser gleich einen Wagen von draußen mit hereingebracht.

Bettina stand vor dem Toilettenpapier und zog einen Zehnerpack nach dem anderen aus dem Regal. »Ein Paket gebe ich dir ab. Weil du meine Freundin bist. Der Rest gehört mir!«

Auch Sandra klemmte sich ein Paket unter den Arm.

»Ist bestimmt 'ne prima Tauschwährung«, lachte ihre Freundin.

Bettina hatte recht. Toilettenpapier war ebenso wichtig für das Überleben wie Milch. Und all die anderen Lebensmittel, die in den Regalen warteten. Noch. »Bis gleich.« Sandra ließ sie stehen und musste schnell feststellen, dass der Gang, dort, wo die Eier standen, blockiert war.

Ein Mann mit einem dicken grauen Bart verteidigte das letzte Paket. Er hielt es mit beiden Händen umklammert, während sich ein anderer drohend vor ihm aufbaute. »Das waren meine Eier. Ich war zuerst da!«

Eine Antwort bekam sie nicht mehr mit. Sie musste den Weg an der Fleischtheke vorbei nehmen. Hoffentlich kam sie rechtzeitig. Den Gruß der Fleischverkäuferin erwiderte sie nur flüchtig. Normalerweise war immer Zeit für einen Plausch. Aber was war heute schon normal? Sie bremste genau an der Stelle, wo sie die Milch zu finden hoffte. Aber – sie hatte es geahnt – sie sah nichts als ein leeres Regal. Und dort, wo sonst Sahne, Butter, Joghurt und die meisten Käsesorten einsortiert auf den Kunden warteten, fiel ihr Blick lediglich auf einen kräftig roten Fleck. Rote Grütze im Kampf unterlegen, vermutete sie. Nur dieser stinkende französische Camembert, von dem sie vor einiger Zeit aus Versehen eine Packung gekauft hatte, und drei Pakete Pfeffersalami standen erwartungsvoll im Kühlregal. Aber bestimmt nicht mehr lange, dachte Sandra und verstaute die Wurst in ihrem Korb.

In der Ferne, so ungefähr in Höhe des Weinregals, schob ein Insulaner seinen voll beladenen Wagen zur Kasse.

»Tja, der war vor dir dran zu hamstern«, sagte die Verkäuferin hinter der ebenfalls ziemlich geräumten Fleischtheke bedauernd. »Was suchst du denn?«

»Milch«, erwiderte Sandra kläglich.

»Ich frage mal, was wir an Vorräten im Kühlhaus haben.«

In der Theke lagen ein paar Würstchen und ein Schweinebraten. Den würde sie auf jeden Fall mitnehmen. Als Melanie Bader aus dem Lager zurückkam, atmete Sandra auf: Die Verkäuferin trug einen Umkarton Milch im Arm. »Unser letzter«, sagte sie schweratmend. »Allerdings haben wir noch haltbare Milch.« Sie zeigte auf einen Stapel hinter sich.

»Gut, davon nehme ich fünf Pakete. Und fünfmal frische Milch. Bis das alle ist, wird das Eis im Watt ja wohl getaut sein.«

Melanie Bader schaute auf die Uhr. »Wir machen gleich dicht. Dann wird aufgefüllt, was wir noch haben. Ein guter Tipp: Komm morgen gleich zu Beginn der Öffnungszeiten. Da findest du bestimmt einiges, was du brauchst. – Und für unsere Stammgäste haben wir natürlich immer unseren Notvorrat«, flüsterte sie verschwörerisch.

»Danke, Melanie – und pack mir bitte die restlichen Würstchen und das Stück Fleisch ein.« Jetzt musste sie sich aber erst einmal um ihre Freundin kümmern. Mal sehen, ob die immer noch mit dem Klopapier kämpfte.

Aber Bettina war nirgends aufzufinden. Na gut, dann nicht. Sandra konzentrierte sich wieder auf ihre eigenen Bedürfnisse. Wie wäre es mit Mehl? Wenn kein Nachschub aus der Luft kam, würde es bald kein Brot mehr geben. Sie rannte zurück in die Abteilung mit den

Backzutaten. Zumindest versuchte sie es, wich Kunden aus, stieß fast den Aufsteller mit der Schokolade um. Schokolade. Natürlich. Michael und sie aßen gerne ein Stück, abends vor dem Fernseher. Die passte immer in den Korb. Acht Tafeln waren okay. Gut, sie mochte Haselnuss nicht so gerne, aber in diesen Zeiten musste man nehmen, was man kriegen konnte. Jetzt zum Mehl. Gott sei Dank. Zwei Pakete waren da. Was brauchte sie? Hefe. Ohne Hefe kein Brot. Sie keuchte. Der Korb war so verdammt schwer und ständig rutschte ihr das Toilettenpapier aus den Armen.

Zurück am Kühlregal musste sie feststellen, dass auch die Hefe ausverkauft war. Egal. Würde sie morgen wiederkommen. Ganz früh. Und mitnehmen, was angeboten wurde. Vielleicht gab es Tiefkühlbrötchen? Besonders die mit den Körnern waren seit Jahren in ihrem Frühstücksritual fest verankert und sie hatte keine Lust, sich umzustellen, nur weil ihnen das Wetter einen Strich durch die Rechnung machte. Doch auch die Brötchentruhe war leer. Also erst mal zahlen. Sandra stöhnte. Sie war nicht die Einzige. Vor der Kasse wartete eine lange Schlange. Und der Korb wurde immer schwerer. Ein dumpfer Schlag in die Seite schreckte sie aus ihren Gedanken.

»Können Sie mich wohl vorlassen? Ich habe nur ein Teil.«

Eine stämmige Frau mit einer Flasche Cola in der Hand schob sich an der Reihe der Wartenden vorbei. Doch kurz vor der Kasse musste auch sie aufgeben. Es gab kein Durchkommen. Verfolgt von wütendem Protestgemurmel stampfte die Frau zurück und rief: »Macht endlich mal die zweite Kasse auf, verdammt!«

Als Sandra den Laden verließ und schwer bepackt am Rathaus vorbei nach Hause ging, wurde ihr klar, dass sie gerade eben ohne nachzudenken in genau das gleiche Hamsterrad gesprungen war wie die anderen Insulaner. Das Hamsterrad, dessen Besteigen sie eine halbe Stunde zuvor weit von sich gewiesen hätte. Aber außergewöhnliche Situationen verlangten eben nach außergewöhnlichen Maßnahmen. Morgen früh um neun würde sie vor dem Laden darauf warten, dass sich der Schlüssel im Schloss drehte. Michael würde sie mitnehmen. Zu zweit schaffte man mehr.

Anstrengender als jede Zumbastunde, dachte sie, als sie die Tasche auf den Küchentisch wuchtete. Amir begrüßte sie schwanzwedelnd. Sie strich ihm liebevoll über den Kopf. »Wenigstens haben wir für dich reichlich Vorrat im Schrank. Du musst nicht verhungern.«

Aus dem kleinem Dienstzimmer am Ende des Flures hörte sie die Stimmen von Michael und seinen Kollegen. Sie war gespannt, ob die Männer Neuigkeiten hatten.

Sandra räumte die Milch in den Kühlschrank und versuchte, ihren inneren Schweinehund zu einer Entscheidung zu bewegen, ob er nach draußen in die Kälte und zu ihrem Kurs oder ob er sich lieber mit einem Buch ins Wohnzimmer auf die Couch verziehen wollte. Er entschied sich für Zumba.

Oder Zappeln zur Musik, wie ihr Mann es gerne nannte.

Schnell packte sie ihre Sporttasche und machte sich wieder auf den Weg. Es war ruhig auf der Straße. Bis auf das Pfeifen des Windes war fast nichts zu hören. Sogar die Möwen hatten es aufgegeben, ihre spitzen Schreie gegen den Wind auszustoßen. Obwohl es bereits dunkel war, war kaum ein Fenster erleuchtet. Es schienen nicht viele Gäste auf der Insel zu sein und die Anzahl der Insulaner, die das ganze Jahr über hier wohnten, hielt sich ebenfalls in Grenzen. Zum Glück brannten die Straßenlaternen bereits, sonst wäre das Vorwärtskommen auf den vereisten Straßen noch schwieriger geworden. Sie musste sehr aufpassen, nicht auszurutschen. Trotzdem wäre sie fast gefallen, als sie in Höhe des *Seehofs* auf einem hochstehenden Klinkerstein umknickte.

Das Erste, oder besser die Erste, die sie sah, als sie bei der Schule ankam, war Helga Schorz-Küfler. Das muss jetzt nicht unbedingt sein, stöhnte sie innerlich. Seit ihr Mann die Frau in der Zelle vergessen hatte, wurde Sandra von der Journalistin in Sippenhaft genommen. Freundliches Grüßen war nicht mehr drin. Umso erstaunlicher war es, dass die Frau spontan auf sie zugelaufen kam.

»Hallo, Frau Röder, ach, sollen wir uns nicht duzen? Das machen doch alle. Gehst du zum Kurs?«

Helga Schorz-Küfler hatte ihr nicht einmal die Chance einer Abwägung gelassen. Sandra mochte so etwas nicht. Aber sie hatte keine Lust, ihr das zu erklären. Vielleicht war es sogar ganz gut, sich mit ihr zu verschwestern. Das glättete die Wogen und davon würde Michael sicher ebenfalls profitieren.

»Ja, du auch?«, sagte sie freundlich und zog die Tür auf.

»Ach, ich will eigentlich darüber schreiben. Auf meiner Seite. *insel-liebe*. Meine Leser möchten immer was Neues haben. Zumindest lese ich das aus ihren Kommentaren. Denen macht es einfach Spaß, etwas über das Leben auf der Insel zu erfahren. Und es ist natürlich Werbung.«

Im Klassenzimmer war es angenehm, aber nicht zu warm. Sie waren nicht die Ersten. Die anderen Kursteilnehmerinnen waren bereits umgezogen. Einen männlichen Teilnehmer gab es seit der letzten Übungsstunde nicht mehr. Das hatte Sandra erwartet, nachdem Bodo nach einer humorvollen, aber nicht ganz falschen Einschätzung seines Könnens die Schule beleidigt mit verkniffenem Gesicht verlassen hatte. Na ja, wenn jemand zu ihr gesagt hätte: »Der Körper soll dem Takt der Musik folgen. Nicht umgekehrt!«, wäre sie vermutlich auch beleidigt rausgestürmt.

Die Spartenleiterin schob gerade die Schulbänke und die Tische an die Wand. »Wie gut, dass es nur fünf Tische sind. Ein Hoch auf die kleine Schülerzahl«, rief sie und steckte die DVD mit dem Trainingsprogramm in das Gerät.

Sandra beeilte sich mit dem Umziehen. Wenn sie sich schon bis hierher durchgekämpft hatte, wollte sie nicht die Hälfte verpassen. Nur Helga Schorz-Küfler hatte sich nicht ausgezogen. Die stellte ihre Tasche ab, entnahm eine Kamera. »Achtung. Läääächeln«, rief sie in den Klassenraum.

Allerdings stieß die Aufforderung nur auf geringe Zustimmung. »Was soll das?«, rief eine der Kursteilnehmerinnen.

»Ich bringe einen Bericht über euch. Ein Foto macht sich da immer gut.«

»Ich möchte aber nicht, dass meine bestrumpfhosten Beine im Internet zu sehen sind«, beschwerte sich eine andere.

Auch die restlichen Frauen machten keine Anstalten, ein freundliches Gesicht aufzusetzen. Stattdessen bewegten sie sich weiter nach den lateinamerikanischen Rhythmen, die durch das Klassenzimmer hallten.

»Na, bitte. Wenn ihr nicht wollt, gehe ich eben später in die Turnhalle. Da probt die Theatergruppe.« Die Journalistin steckte die Kamera ein.

Gerade wollte sich Sandra an ihr vorbeischieben, da sagte Helga: »Warte. Habt ihr schon was Neues über den Brückenmörder?«

Entgeistert schaute Sandra die Frau an. Dachte die wirklich, dass sie etwas von ihr hören würde? Selbst wenn sie etwas wüsste, würde sie nichts erzählen.

»Ich meine doch nur. Weil eine aus der Gruppe bei mir wohnt. Die hat große Angst, dass sie ebenfalls zum Opfer wird. Da wäre es doch gut, wenn ich das arme Mädchen beruhigen könnte. Also – gibt es Neuigkeiten?«

Auch wenn damit ihre frisch geknüpften Beziehungen wieder den Bach runtergingen – auf diese Frage gab es keine Antwort. Sandra huschte zu den anderen und gleich darauf bewegte auch sie Arme und Beine im Takt der Musik.

Aschermittwoch

Es war nicht der Wecker, der den Inselpolizisten aus dem Schlaf holte, sondern sein Telefon, das unbarmherzig durch das Schlafzimmer schrillte.

»Ich weiß, wer der Mörder ist!«, hörte er Gereon Müllers aufgebrachte Stimme. »Es war mein Nachbar. Ganz bestimmt. Nehmen Sie ihn sofort fest, bevor hier ein Unglück geschieht.«

»Herr Müller, nun mal ganz langsam«, versuchte Michael Röder den Mann zu beruhigen. »Wissen Sie, wie spät es ist?«

Gleich darauf wusste Röder, dass er die genau falsche Frage gestellt hatte. Als Müller antwortete, platzte beinahe sein Trommelfell. »Verdammt noch mal – kommen Sie, bevor der Kerl abhaut.«

Klar. Abhaut. Wohin denn wohl? »Herr Müller, warum sind Sie so sicher, dass ihr Nachbar für die Tat verantwortlich ist?«

»Weil er wusste, dass ich ein Igelkostüm habe«, schnaufte Müller. »Es ist mir gerade wieder eingefallen. Der hat mir im Sommer ein paar Sachen reingetragen. Wobei er allerdings die Hälfte hat fallen lassen. Unter anderem einen Karton mit Geschirr. Und genau dieses Geschirr hatte ich zur Sicherheit mit dem Igelkostüm eingewickelt. Zur Sicherheit. Ha. Hat leider gar nichts gebracht. Die Dusseligkeit der Einwohner hier ist echt nicht zu überbieten. Jedenfalls muss der das Kostüm gesehen haben, als der Deckel von der Kiste herunterfiel.«

»Herr Müller, ich sehe immer noch nicht den Zusammenhang, ehrlich gesagt.« Wieder ein falscher Satz. Aber morgens um fünf war eben nicht die Zeit für Diplomatie. Zumindest nicht bei Röder.

»Weil er mich nicht leiden kann, liegt doch auf der Hand. Es sind schon Leute für weniger umgebracht worden. Jetzt machen Sie sich auf den Weg, aber zügig.«

»Moment mal«, protestierte der Polizist. »Wann wir was machen, das überlassen Sie bitte uns.« Auch seine Stimme war lauter geworden. Mit dem Ergebnis, dass Sandra sich mit lautem Gähnen zu ihm umdrehte. »Außerdem stellt sich mir die Frage, wie das Pinguinkostüm in Ihre Überlegungen passt. Sind Sie sicher, dass Ihr Nachbar so etwas besitzt?«

»Für das Ermitteln in dieser Sache sind Sie zuständig. Was ist? Kommen Sie nun, oder muss ich Ihren Vorgesetzten anrufen und ihm mitteilen, dass Sie Spuren nicht nachgehen, wenn die sich außerhalb Ihrer Dienstzeiten ergeben?«

Röder unterbrach das Gespräch. Er liebte solche Leute, die sich mit dem Dampfhammer Gehör verschaffen wollten. Leider kamen sie nur allzu oft damit durch. Aber nicht bei ihm. Er schaute auf die Uhr. Tatsächlich war es erst kurz nach fünf. Er könnte sich wieder hinlegen, aber die Lust auf Schlafen war ihm vergangen. Neidisch blickte er auf Sandra, die ihre Augen wieder geschlossen hatte, raffte seine Sachen zusammen und schlich aus dem Zimmer.

Er ging ins Bad, zog sich an, dann setzte er in der Küche Wasser auf. Bei einer Tasse Tee konnte er am besten denken. »Amir, wir haben es manchmal nicht leicht«, sagte er versonnen zu dem Heidewachtel, der neben dem Tisch in seinem Körbchen lag. Aber Amir hob nur kurz seine linke Augenbraue, um danach wieder in seligem Hundeschlaf zu versinken.

Was konnte dran sein an Müllers Geschichte? Gestern Abend hatten Arndt, Marvin und Röder lange zusammengesessen und diskutiert. Von der Theorie eines Unfalls bis hin zu sämtlichen Motiven, Sabine Schäfer oder auch Gereon Müller umzubringen. Sie mussten sich eingestehen, dass vieles möglich sein konnte, aber nichts war beweisbar. Auch nicht, dass Gereon Müller schuld am Tod seiner Angestellten war.

Sollte Röder seine Kollegen wecken? Nicht vorzustellen, dass er hier gemütlich an seiner Teetasse nippte und der Müller tatsächlich recht hatte. Andererseits waren die Schlussfolgerungen dieses Mannes genau so fantastisch wie die Szenarien, die sie durchgesprochen hatten.

Er erschrak nicht schlecht, als sich die Küchentür mit einem leicht schlurfenden Geräusch Zentimeter für Zentimeter öffnete. Sandra?

Nein, es war sein Freund Arndt, der seinen Kopf hereinsteckte. »Ich konnte nicht schlafen. Weiß der Teufel, warum. Und da ich meinte, dass ich ein Geräusch gehört hätte, bin ich der Sache nachgegangen. Und siehe da, du bist wach.«

»Möchtest du einen Tee?« Während Röder einschenkte, berichtete er Arndt von dem Grund seines frühen Aufstehens.

Arndt schwieg eine Weile, nahm einen Schluck Tee und sagte dann: »Ich bin genauso ratlos wie du. Aber ich denke, wir sollten möglichst zeitnah dem Ulrichs einen Besuch abstatten. Eine Anfrage schadet nicht. Obwohl – der Mann hat mir freiwillig erzählt, dass er das Geschirr zerdeppert hat. Das hätte er doch kaum getan, wenn eine Verbindung zu dem Kostüm so offensichtlich wäre. Das passt nicht zusammen. Trotzdem – was meinst du, wann sollen wir ihn uns vornehmen?«

»Ich denke, wir versuchen es um halb acht. Alte Leute schlafen ja meist nicht so lange, oder?« Röder lachte.

»Keine Ahnung. Bin noch nicht so weit, falls du das meinst. Heute war eine Ausnahme.« Arndt goss sich eine zweite Tasse Tee ein. »Sollen wir Marvin mitnehmen, oder darf er ausschlafen?«

»Lassen wir ihn pennen, auch auf die Gefahr hin, dass er uns böse ist. Wer weiß, was der Tag an Überraschungen bringt.«

*

Als sie ihre Räder am Gartenzaun der Ulrichs abstellten, sahen sie, dass bereits Licht in der Küche brannte.

»Na, dann müssen wir ihn wenigstens nicht aus dem Bett holen.« Michael Röder klopfte und gleich darauf stand Hansgerd Ulrichs in einem grauen, abgetragenen Bademantel, unter dem eine buntgestreifte Schlafanzughose hervorblinzelte, vor ihnen und schaute sie verblüfft an.

»Dürfen wir reinkommen?«, fragte Röder.

Ulrichs nickte. »Natürlich. An der Haustür ist es mir nämlich zu kalt. Aber ich will meine Frau eben vorwarnen. Die ist nämlich ebenfalls noch nicht angezogen.«

»Wir warten gerne, bis ihr fertig seid«, sagte Röder.

»Dann setzt euch schon mal ins Wohnzimmer. Da ist geheizt«, bemerkte Ulrichs, als er Röders skeptischen Blick sah. »Die Zeiten der ›Guten Stube‹ sind selbst bei uns vorbei.«

»Die habe ich aber miterlebt«, erzählte Arndt, als Ulrichs den Raum verlassen hatte. »Als ganz junger Spund bei der Polizei. Immer wenn wir auftauchten, führten uns die Leute nicht etwa in die ordentlich geheizte Küche. Nein. Wenn wir Polizisten zu den einfachen Familien in Moordorf kamen, wurde uns jedes Mal die große Ehre zuteil, im Wohnzimmer die Befragungen durchführen zu dürfen. Und das Wohnzimmer wurde bekanntlich nur bei größeren Feierlichkeiten geheizt. Du glaubst nicht, wie oft ich mich in diesen Jahren mit Erkältungen rumgeplagt habe. Trotz dicker Unterwäsche und einem selbstgestrickten Schal von meiner Mutter.«

»Kenne ich«, erwiderte Röder. »Mir hat damals sogar

ein Polizist abgeraten, den Berufsweg zu beschreiten. ›Geh lieber ins Büro‹, hat der damals gesagt. ›Da hast du es immer schön warm.‹ Aber was hat es genützt?«

»Was kann ich denn für euch tun?« Hansgerd Ulrichs stand wieder im Raum, dicht gefolgt von seiner Frau.

»Herr Ulrichs, bitte setzen Sie sich zu uns. Auch Sie, Frau Ulrichs«, bat Arndt Kleemann. »Wir haben eine Frage bezüglich des Kostüms, in dem Frau Schäfer zu Tode gekommen ist. Sie werden sicher mitbekommen haben, dass das ein Igelkostüm gewesen ist. Haben Sie das schon mal irgendwo gesehen?«

Hansgerd Ulrichs sah die beiden Kommissare erstaunt an. »Ich? Wo sollte ich das …?«

»Zweite Frage: Besitzen Sie ein Pinguinkostüm?«

Lore Ulrichs brach in schallendes Gelächter aus. »Du, du als Pinguin?!« Sie zeigte auf ihren Mann. »Das ist … Das ist einfach zu komisch. Obwohl – zur Jahreszeit würde es passen.« Die Frau konnte sich kaum beruhigen. Arndt Kleemanns nächste Frage ging in ihrem Gelächter unter.

Michael Röder wartete einen Moment, bis Lore ein Taschentuch aus der Hose gezogen und die Tränen abgewischt hatte. Er beobachtete Hansgerd, in dessen Gesicht sich keine Regung zeigte. »Noch mal, Hansi: Was weißt du über dieses Kostüm?«, fragte er energisch.

Ulrichs schwieg, wiegte leichte den Oberkörper hin und her. Nach einer Weile sagte er: »Was soll die Frage? Wer hat euch gesteckt, dass ich dazu was wissen könnte?«

Michael Röder tauschte einen kurzen Blick mit seinem Kollegen. »Das lassen wir mal offen. Also?«

»Nein. Keine Ahnung. Du?«, wandte Ulrichs sich an seine Frau. Aber auch sie schüttelte den Kopf.

»Na gut. Dann etwas genauer. Als Sie das Porzellan von Herrn Müller haben fallen lassen, ist Ihnen da nichts aufgefallen, das wie ein Igelkostüm aussah?«, fragte Arndt Kleemann.

»Ach, daher weht der Wind.« Ulrichs stand hektisch auf und reckte seine Faust zum Fenster. »Hätte ich doch wissen müssen, dass dieser Idiot mich da reinziehen will.« Er kam zurück und beugte sich über Michael Röder. »Ich will dir mal was sagen: Ich habe es nur scheppern gehört. Gleich darauf ist Müller ausgerastet. Ich hatte gar keine Gelegenheit mehr, auf irgendetwas anderes zu achten als darauf, dass ich aus seiner Schlagweite kam. So, reicht das? Und außerdem – mich hätte ein dämliches Igelkostüm überhaupt nicht interessiert. Ich habe mit Karneval nichts am Hut. Aber auch gar nichts.«

»Ist ja okay, Hansi«, versuchte Röder den Mann zu beruhigen. »Wir müssen allen ...«

»... Spuren nachgehen. Ich weiß. Schaue mir auch die Krimis im Fernsehen an.«

»Aber hast du damals nicht gesagt, der hätte das Geschirr in so dunkles Fell und eine blaue Jacke eingewickelt gehabt? Und dass das total muffelig gerochen hätte?« Lore Ulrichs konnte sich im letzten Moment wegducken, sonst hätte ihr Mann sie mit der flachen Hand getroffen.

Beide Polizisten sprangen auf. »Hansgerd, Schluss jetzt«, brüllte Röder. »Keine Gewalt! Niemals und nirgends! Verstanden?«

»Lass man, Michael. Das hat er nicht so gemeint.« Wieder wischte sich Lore Ulrichs Tränen aus den Augen, aber diesmal waren es keine Lachtränen.

»Also, was ist jetzt?« Langsam wurde Röder ungeduldig. Wenn Hansi nichts zu verbergen hatte, warum half er nicht, die Sachlage zu klären?

»Ja, verdammt noch mal«, schrie Hansgerd Ulrichs. »Ich habe dieses dämliche Kostüm gesehen. Aber deswegen habe ich noch lange kein Pinguinkostüm zu Hause. Und eines ist sicher – bei einem Mann wie Müller kommt einem durchaus der Gedanke, dass die Welt ohne ihn ein großes Stück besser ist. Aber ich habe ihn nicht umgebracht!«

»Natürlich nicht. Schließlich steckte Frau Schäfer in dem Igel. Was Sie natürlich nicht wissen konnten«, sagte Arndt Kleemann ruhig.

»Genau so wenig wie alle anderen, denen nicht unbekannt war, dass der Mann das Ding besaß. Wer weiß, wo er das überall rumerzählt hat. Und wer sagt Ihnen denn, dass nicht die Frau das Anschlagsziel war?«

Sicher war das möglich. Michael Röder fragte sich nur, warum dieser Mann erst, nachdem seine Frau die Tatsache ans Licht gebracht hatte, zugab, das Kostüm schon einmal gesehen zu haben. Im Moment würden sie hier nicht weiterkommen. Sie drehten sich im Kreise an diesem frühen Aschermittwoch. Röder nickte seinem Freund zu. »Hansi ... Wir werden uns wieder melden, wenn Fragen auftauchen.«

»Und dass Sie Ihre schlechte Laune nicht an Ihrer Frau auslassen, haben wir uns verstanden?« Arndt Kleemann zog seinen Schal fester um den Hals und schloss den Reißverschluss seiner Winterjacke. »Und auch nicht an Ihrem Nachbarn!«

Wenn es nach Michael gegangen wäre, hätte Arndt den letzten Satz ruhig weglassen können. Denn genau dieser Mann stand am Zaun des Nachbargrundstückes und schaute sie erwartungsvoll an.

»Haben Sie ihn festgenommen?«

Röder ersparte sich eine Antwort, doch Arndt Kleemann sagte: »Lassen Sie uns unsere Arbeit machen. Wir reden Ihnen auch nicht rein.«

Gereon Müller gab nicht auf. »Wann kann ich hier endlich weg? Sie müssen es doch wissen. Bevor ich nämlich ein zweites Mal umgebracht werde.«

»Immer mit der Ruhe«, antwortete Arndt Kleemann. »Noch geht hier gar nichts. Sie hören von uns.«

Gerade, als Röder sein Fahrrad nehmen wollte, klingelte sein Telefon. Eine Insulanerin war dran und erklärte zu seiner Verwunderung, dass man ihr einen Gartenzwerg aus dem Vorgarten und ein Futterhäuschen gestohlen hatte. Und sie bat ihn, sich darum zu kümmern. Er versprach es.

Als sie wieder auf der Wache ankamen, wartete bereits Marvin auf sie. Kaffeeduft zog durch den Raum und er hielt ihnen statt einer Begrüßung ein eng beschriebenes Blatt Papier entgegen. »Die Kollegen von der Rechtsmedizin gehen davon aus, dass die Verletzung am Hinterkopf von einem Schlag herrührt und nicht durch den Aufprall verursacht wurde. Und sie war tatsächlich schwanger. Das Partyzubehör, also die Gläser und die Sektflasche, werden noch untersucht. Da, lest mal. Ach – ich habe ein paar Namen eingegeben. Wusstet ihr, dass der Bernd Hagener vorbestraft ist?«

Dem Inselpolizisten ließ ein Gedanke keine Ruhe. Was war, wenn Holger Klaar sich geirrt hatte? Was, wenn der Mann sich den Pinguin nur eingebildet hatte und in Wirklichkeit Paulchen Panther auf der Brücke gewesen war? Konnte leicht passieren, so im Dunklen. Oder doch nicht? Nein, eigentlich konnte man diese Kostüme nicht verwechseln. Er würde ihn trotzdem fragen.

Er hatte seine Kollegen in der Wache zurückgelassen und war auf dem Weg ins Ostdorf. Als sein Telefon klingelte, bremste er vorsichtig ab, bevor er es aus der Tasche nahm. Der Bürgermeister war dran und bat ihn, kurzfristig in die Räume der Feuerwehr zu kommen. »Der Katastrophenstab tagt. Wir wollen sehen, wie wir die Gäste weg und lebenswichtige Güter auf die Insel bekommen.«

Gut. So viel Zeit musste sein. Er drehte um, fuhr am Tennisplatz vorbei, der einsam und verlassen auf den Sommer wartete, stieg vom Rad und stapfte vorsichtig die Schräge zur Feuerwehr hinunter. Nur nichts riskieren. Einen Polizisten mit gebrochenem Bein konnten Marvin und Arndt jetzt gar nicht gebrauchen.

Der Bürgermeister, Tino Middelborg, war bereits da, ebenso der Feuerwehrchef und ein paar andere Feuerwehrmitglieder.

»Ihr habt bestimmt im Moment Probleme, wenn ihr mit den Fahrzeugen die Schräge hochmüsst, oder?«, begrüßte er Axel Meinders.

Der winkte ab. »Wir räumen und streuen regelmäßig. Außerdem sind wir im Besitz von Schneeketten. Ist schließlich nicht unser erster Schneewinter.«

Kurze Zeit später erschienen der Leiter des Amtes für Küstenschutz, der Betreuer des Flugplatzes, ein Mitarbeiter der Reederei und andere für die Versorgung der Insel zuständige Personen im Unterrichtsraum der Feuerwehr, der direkt unter der Turnhalle lag. Auch die Ärztin, Ellen Neubert, war dabei.

»Wir warten jetzt auf Frau Schorz-Küfler, dann kann es losgehen.« Tino Middelborg bat die Anwesenden an den Besprechungstisch.

»Was will die denn hier?«, rutschte es Röder heraus. Die hatte ihm jetzt gerade gefehlt.

»Presse. Sie ist für die Öffentlichkeitkeitsarbeit zuständig.« Der Bürgermeister setzte sich an den Kopf der Runde. »Ich werde dauernd von Gästen und Vermietern angerufen, wie das mit dem Einsatz von Fliegern oder Hubschraubern ist, wann die Leute die Insel verlassen können und so weiter. Darum die Besprechung. Wenn wir die Eckpunkte festgelegt haben, kann sie alles veröffentlichen.«

Es klopfte, dann stand auch Helga Schorz-Küfler im Raum.

Der Bürgermeister bat den Mitarbeiter der Reederei um Lageauskunft und der stellte klar, dass die Schiffe erst einmal nicht würden fahren können. «Wie sind die Aussichten bei euch?«, wandte er sich sodann an den Leiter des Flugplatzes.

»Der Einsatz von kleinen Flugzeugen ist trotz der vereisten Piste bedingt möglich«, beschrieb der Mann die Lage. »Hubschrauber sind ab morgen einsatzbereit. Die Presse soll meine Telefonnummer öffentlich machen. Ich habe Kontakt zu der Firma *HeliFam.* Die kann uns nach Absprache Maschinen zur Verfügung stellen. Für die, die unbedingt weg wollen und bereit sind, zu zahlen. Die Feuerwehr Neßmersiel steht bereit, um am Hafen Landemöglichkeit zu schaffen.«

»Was kostet ein Platz im Heli?«, fragte Tino Middelborg.

»So um die achtzig Euro«, erwiderte der Flughafenchef. »Bestimmt werde ich gefragt werden, wer für die Kosten aufkommt.«

»Da kein eigentlicher Notfall vorliegt, werden die Gäste wohl selber für den Flug zahlen müssen«, machte der Bürgermeister deutlich. »Ich sehe keine Möglichkeit, dass dafür die Gemeinde ins Säckel greift.«

Natürlich schloss sich die Frage nach der Versorgung an. Michael Röder erzählte, was Sandra ihm von ihrem Einkauf im *Inselmarkt* berichtet hatte.

»Wir können kaum verhindern, dass es zu Panikeinkäufen kommt. Der Mensch ist eben so gestrickt«, sagte Axel Meinders. »Erst kürzlich habe ich von dem Eiswinter 1962 gelesen. Lebensmittellieferungen per Hubschrauber waren damals verboten. Bis auf Milch, Kindernahrung und so weiter. Aber Post wurde befördert. Da haben die Insulaner sich das Bier gut verpackt im Paket schicken lassen. Ihr seht also, es gibt immer Möglichkeiten, an lebenswichtige Dinge zu kommen.« Er lachte, wurde aber gleich wieder ernst. »Damals war es übrigens unglaublich wichtig, dass die Post auf die Insel kam. Anfragen für den Sommer kamen damals per Brief, und das natürlich im Winter. Da war noch nichts mit E-Mails, wie das heutzutage der Fall ist. Und wenn die Briefe nicht schnell genug beantwortet wurden, suchten sich die Gäste eben einen anderen Urlaubsort aus und die Insel blieb im Sommer leer. Hatte also weitreichende Folgen, so ein Eiswinter.«

Michael Röder schaute auf die Uhr. So eine Geschichtsstunde war ja hochinteressant, aber er wollte zu Holger Klaar. »Was ist nun mit den Eckpunkten?«, fragte er ein wenig ungeduldig.

Sie konzentrierten sich wieder auf das Tagesgeschehen.

»Im Krankheitsfall ist natürlich der Hubschraubereinsatz gesichert. Schlimmstenfalls kann es zu Wartezeiten kommen, denn auch die anderen Inseln sind ja vom Festland abgeschnitten«, sagte Ellen Neubert.

»Hoffen wir mal, dass nichts passiert.« Tino Middelborg schaute Röder an. »Wie steht es mit euren Ermittlungen? Gibt's was Neues?«

Michael Röder konnte förmlich spüren, wie Helga Schorz-Küfler bei dieser Frage in Anspannung geriet. Stocksteif saß sie am Tisch und kaute aufmerksam an ihrem Kugelschreiber. Als er lediglich sagte: »Wir arbeiten daran«, sackte sie wieder auf ihrem Stuhl zusammen. Eine winzige Bewegung, doch Röder würde sie nicht vergessen. War es nur journalistischer Eifer oder steckte mehr hinter dem Interesse der Frau?

»Was ist mit Wasser- und Stromversorgung? Könnte es da Schwierigkeiten geben?«, fragte Meinders.

»Ich denke nicht«, sagte der Mann von der EWE.

Auch der Mitarbeiter des Oldenburg-Ostfriesischen Wasserverbandes winkte ab. »Wir wissen nicht, was mit den Leitungen am Festland passiert, wenn die Wetterlage anhält, aber wir sind guten Mutes.«

»Was sagt der Wetterdienst? Hat jemand verlässliche Informationen?«, fragte der Bürgermeister in die Runde.

»Im Fernsehen, beim NDR, haben sie gestern gesagt, dass kein Ende abzusehen ist«, schaltete sich die Journalistin ein.

Der Bürgermeister lächelte. »Ich sprach von verlässlichen Informationen. Aber es könnte stimmen. Wenn ich die Wetterdienste vergleiche, ist nirgendwo die Rede von einem erlösenden Temperaturanstieg.«

»Wenn gar nichts hilft«, sagte der Gemeindebrandmeister, »dann fahren wir mit unseren Fahrzeugen durchs Watt. Wäre nicht das erste Mal. Schon in den zwanziger Jahren des letzten Jahrhunderts sind zwei Männer, einer aus Esens und einer aus Dornum, mit dem Auto nach Baltrum gekommen. Wenn das Wasser im Wattenmeer gleichmäßig zugefroren ist und sich die Eisschollen nicht durch den Wind aufgeschoben haben, dürfte das kein Problem sein.«

»Ich denke, das wird die letzte aller Möglichkeiten sein«, erwiderte der Mann vom Küstenschutz. »Im Watt hat sich das Eis durch den starken Ostwind teilweise ziemlich heftig aufgetürmt. Keine guten Voraussetzungen, um ans Festland zu fahren, geschweige denn zu laufen.«

Sie berieten noch eine ganze Weile, dann verabschiedete sich der Inselpolizist.

Auf dem Deich sah er einige Kinder mit ihren Schlitten. Die genießen die Wetterlage, dachte er, während er seine Kapuze fester um den Kopf zog. Eine andere Gruppe Kinder hatte die Schlitten hintereinandergebunden und ließen sich mit Pferdekraft über die Insel ziehen.

Im Ostdorf erwartete der Vormann der Gesellschaft zur Rettung Schiffbrüchiger den Polizisten bereits. »Tritt ein«, sagte er und führte Röder in ein gemütliches Wohnzimmer.

Mit wohligem Stöhnen ließ sich der Inselpolizist auf das Sofa fallen. Hier war es warm, gemütlich und vor allen Dingen windstill. Er würde diesen Raum nie wieder verlassen.

»Möchtest du etwas trinken?«, fragte ihn Holger Klaar freundlich.

»Ach, weiß nicht. Etwas Warmes?«, antwortete Röder.

»Dann mache ich uns einen Tee«, erwiderte Holger und verschwand.

Röder schaute sich um. Er war erst einmal hier gewesen. Zu Holger Klaars vierzigstem Geburtstag. Das war allerdings schon einige Jahre her.

An den Wänden hingen viele Bilder, die jedoch beinahe alle ein ähnliches Motiv zeigten. Rettungsboote der DGzRS. Aber am meisten verwunderte ihn das Klavier rechts von ihm an einer rot tapezierten Wand.

»Das ist meines.« Eva, Holgers Frau, war hereingekommen.

»Aha. Ich hätte mir auch nicht denken können …«

Eva lachte. »Nein. Holger spielt nicht Klavier. Sein einziges Hobby ist das Rettungsboot. Darüber vergisst er beinahe alles. Arztbesuche, Reparaturarbeiten am Haus. Bei den Kinder zurückzurufen …«

Das klang zwar wie ein leichter Vorwurf, aber ein Blick in Evas Gesicht zeigte Röder, dass sie ihrem Mann sein Hobby nicht verübelte. »Na, wenn man sich so sehr um anderer Leute Wohlergehen kümmert, sollte man sich auch um die eigene …«

»Das sage ich ihm immer wieder. Aber erst letztens,

da hat er glatt seinen Augenarzttermin abgesagt, weil mit dem Motor der *Elli* etwas nicht stimmte. Dabei ist es so schwierig, einen Termin zu kriegen.«

Aha. Augenarzttermin. Interessant.

Als Holger Klaar mit einem voll beladenen Tablett aus der Küche kam, sprach Röder ihn darauf an. Doch Holger winkte ab. »Meine Sehschärfe ist in Ordnung. Ich musste zum Augendruckmessen. Dadurch wird der aber nicht niedriger. Habe den Termin auf die nächste Woche verschoben.«

»Falls das Schiff fährt«, warf seine Frau ein.

Michael Röder legte ein Kandisstück in die Tasse und Holger goss Tee darüber. Als sich die Sahne wie eine Wolke in der kleinen Tasse verteilte, konnte er seine Frage loswerden. »Sag mal, bist du dir im Nachhinein ganz sicher, dass du außer dem Igel einen Pinguin auf der Brücke gesehen hast?«

Holger Klaar überlegte einen Moment, dann nickte er. »Glaube nicht, dass ich nicht wiederholt darüber nachgedacht habe, aber ja, ich bin mir ganz sicher, dass dort ein Pinguin war. Er war schwarz, doch sein weißer Bauch und der gelbe Schnabel waren gut zu erkennen. Dieser Pinguin zeichnete sich ganz eindeutig oberhalb des weißen Brückengeländers ab.«

Der Vormann schien von seiner Wahrnehmung sehr überzeugt zu sein. Ein Pinguin sah einem rosa Panther ja auch nicht gerade ähnlich. Damit war die Sache eigentlich erledigt und Röder hätte gehen können. Trotzdem sagte er nicht nein, als ihm Eva Klaar eine weitere Tasse Tee anbot. »Dreimal ist Ostfriesenrecht«, sagte er, dankbar, dass er noch nicht wieder in die Kälte hinaus musste. Er berichtete von der Sitzung und erklärte auf Holgers Nachfrage, dass sie in ihren Ermittlungen bisher keinen Schritt weitergekommen waren. Hier durfte er frei reden. Er vertraute den beiden. Doch nach einer guten halben Stunde und der dritten Tasse Tee wurde es Zeit. Seine Kollegen warteten.

Er verabschiedete sich, zog sich die dicke Kapuze über den Kopf und machte sich auf den Heimweg. Weißer Bauch, gelber Schnabel – Holgers Beschreibung glich genau dem Bild, das sie im Internet gefunden hatten. Röder war jetzt überzeugt, dass der Vormann sich nicht versehen hatte.

*

Es war gut, dass sie Müllers Haus verlassen hatte. In dieser Nacht hatte sie fest geschlafen, auch wenn ihr zu Anfang immer wieder Sabines Gesicht erschienen war. Antonia hatte für sich entschieden, dass der Tod ihrer Kollegin ein Unfall gewesen war. Zumindest hatte sie sich diese Version wie ein Mantra immer wieder vorgedacht, bis sie eingeschlafen war.

Am Morgen hatte Helga Schorz-Küfler, die Antonia seit gestern Nachmittag Helga nennen sollte, sie mit einem leckeren Frühstück begrüßt. Erstaunlicherweise hatte Helga nicht versucht, sie auszufragen, sondern hatte von ihrem Leben in Mainz erzählt und warum sie auf die Insel gezogen waren. Das war am Tag zuvor ganz anders gewesen. Da hatte Helga nicht lockergelassen, bis Antonia Müdigkeit vorgeschoben hatte. Sie hatte ihren Umzug schon fast bereut, als Helga sie endlich in Ruhe gelassen hatte.

Antonia schaute aus dem Fenster. Ihr war langweilig. Severin meldete sich nicht und Bernd? Wer weiß, wo der steckte. Zum Frühstück war er nicht aufgetaucht. Nur Paul, Helgas Mann, hatte einen Moment in der Küche gesessen, bevor er hinüber in seine Praxis gegangen war.

Sie nahm ihr Telefon vom Nachttisch. Ob es Britta wohl ebenso langweilig war? Ob sie Lust auf einen Spaziergang hatte? Antonia wählte, doch kurz bevor die

Verbindung stand, drückte sie das Handy aus. Sie war nicht ohne Grund gegangen. Britta gehörte zum engeren Kreis, also auch zu den Verdächtigen. Natürlich fiel ihr spontan kein Grund ein, warum Britta ihre Kollegin von der Brücke geworfen haben sollte, aber schließlich kannte sie nicht alle Geheimnisse. Was wäre, wenn sie sich durch einen Spaziergang mit Britta unnötigerweise in Gefahr begab?

Quatsch. Es war ein Unfall gewesen. Antonia wählte erneut und verabredete sich mit ihrer Kollegin.

»In einer Viertelstunde am Hotel *Fresena*«, schlug Britta vor.

Wo das Hotel war, wusste Antonia. Daran war sie schon einige Male vorbeigekommen.

*

Britta wartete bereits auf sie. »Lass uns rechts rum gehen, da schützen uns die Häuser vor dem Wind. Auf dem Rückweg laufen wir dann mit dem Wind.«

Bei der Schule hörten sie lautes Lachen. Jede Menge Kinder spielten Fangen auf dem Platz vor dem großen Schulgebäude. Antonia wunderte sich. Wie viele Kinder mochten hier wohl Unterricht haben? Es war ja richtig was los.

Ein auffälliges rundes, mit Reet gedecktes Gebäude weckte ihre Aufmerksamkeit. *Katholische Kirche Sankt Nikolaus. Nächste Andacht 20. März* stand im Schaukasten vor dem Eingang. Antonia lachte. »Na, da müssen sich die Gläubigen aber eine ganze Weile gedulden.«

»Tja, so geht es auch«, sagte Britta und zeigte auf die bleiverglasten Buntfenster. »Die Architektur passt wunderbar auf diese Insel. Es muss nicht immer gleich der Kölner Dom sein. Schau mal, dort: die Griffe an der Tür. Zeigen die nicht, wie Jona von dem Wal verschluckt wird?«

Antonia schaute genauer hin, wusste aber gleich, dass das nicht viel helfen würde. Ihre Eltern hatten sie zwar regelmäßig mit in den Gottesdienst genommen, aber die Geschichte mit diesem Jona musste einfach an ihrem Ohr vorbeigerauscht sein. Daher nickte sie lediglich.

Noch hörten sie die Kinderstimmen, aber je weiter sie sich entfernten, desto ruhiger wurde es. Sie gingen weiter bis zum Hotel *Strandhof*.

»Links oder rechts?« Britta schaute sie fragend an.

Eigentlich war es Antonia egal, aber wenn sie rechts herum gingen, wäre sie schon fast wieder zu Hause. Zu Hause …? »Lass uns links herum gehen. Eine Runde durchs Dorf, okay?«

Alles machte einen verlassenen, traurigen Eindruck. Rechts von ihnen, im Dünengelände, spielten ein paar Kaninchen. Wenn ich Kaninchen wäre, dachte Antonia, würde ich mich lieber in meine Höhle unter der Erde zu den anderen kuscheln, als draußen im Schnee herumzulaufen. Aber schließlich mussten die Tiere auf Futtersuche gehen, was bei dieser Wetterlage sicher nicht ganz einfach war. Das würden bestimmt einige der Fellknäuel nicht überleben.

»Genau jetzt würde normalerweise unser Schiff nach Neßmersiel ablegen«, unterbrach Britta Antonias Gedanken. »Stattdessen laufen wir auf dieser vereisten Insel rum. Der Chef hat übrigens angedeutet, dass er alles versuchen will, um hier wegzukommen.«

»Lässt ihn die Polizei denn fahren?«

»Warum nicht? Wenn es nur ein Unfall war, spricht nichts dagegen«, antwortete Britta.

Natürlich. Was sonst. Sie schlenderten weiter, bogen vor dem *Strandcafé* links ab, am Kinderspielhaus und den Sportanlagen vorbei. Wie es wohl war, wenn im Sommer das Leben tobte? Wenn die Leute, nur bekleidet mit Shorts und T-Shirt, eine Runde Cobigolf oder Tennis spielten? An einem grauen Holzhaus war ein buntes Schild angebracht. *Kite-Schule*. Das würde Antonia Spaß machen. Getragen vom Wind durch das Nordseewasser pflügen. Schwimmen und durch die Wellen tauchen. Und dann auf einer Decke im warmen Sand liegen.

Einmal wichen sie einem Radfahrer aus, der ins Rutschen gekommen war, sonst war es ruhig auf den Straßen. »Schau mal dort – die weiße Brücke. Müssen wir da lang?« Antonia blieb stehen. »Ich mag da nicht drunter durchgehen. Allein der Gedanke …«

»Dann gibt es nur den Weg da oben, Höhenweg heißt der, glaube ich, oder wir müssen umkehren und den Parallelweg an der Feuerwehr vorbei nehmen«, schlug Britta vor.

»Dann machen wir das«, stimmte Antonia erleichtert zu. Sie umrundeten das *Sindbad*, das bei genauem Hinsehen einen reichlich verkommenen Eindruck machte. Dort, wo wohl mal weiße Farbe gestrahlt haben musste, dominierten dicke schwarze Streifen von Schmutz und Bewuchs. »Ob das drinnen auch wohl so össelig aussieht?«, überlegte Antonia laut.

»Wir werden es nicht erfahren. Zumindest nicht in diesen Tagen«, erwiderte Britta.

Vor Müllers Haus verabschiedeten sie sich und verabredeten, dass sie in Verbindung bleiben würden.

Auf dem Weg ins Ostdorf richtete sich Antonias Blick mit Sehnsucht auf das Festland, das sich in der Ferne hinter dem zugefrorenen Wattenmeer abzeichnete. Wenn sie nur dort wäre …

Rechts von der Straße sah sie Schlittschuhläufer auf dem zugefrorenen Spielteich ihre Runden drehen. Es hätte so idyllisch sein können … Vor ein paar Jahren war sie mit ihrer Klasse auf der Eisbahn am Kölner Heumarkt gewesen. Es war das erste Mal gewesen, dass sie auf Kufen gestanden hatte. Der Tag zählte zu ihren schönsten Erinnerungen an ihre Schulzeit. Antonia stiegen die Tränen in die Augen.

Wieder zu Hause angekommen, wollte sie gerade ihren Mantel ausziehen, als sie aus der Küche Männerstimmen hörte. Ob Bernd jetzt da war?

Ja, aber er schien nicht allein zu sein.

»Das war echt eine coole Geschichte«, hörte sie ihn stolz sagen.

In der anderen Stimme klang ein wenig Besorgnis. »Hoffentlich fliegt das nicht auf, bevor wir fertig sind.«

Dann lachten beide. Es hatte etwas Verschwörerisches. Oder war es einfach nur überschwänglich? Sie konnte es nicht einordnen.

»Und wenn wir fertig sind, sollte möglichst keiner erfahren, wer dafür verantwortlich ist«, sagte Bernd. »Einmal vor dem Richter zu stehen, reicht. Keine gute Erfahrung, glaube mir. Der Mann war voreingenommen. Das hat mein Verteidiger auch festgestellt.« Diesmal lachte er nicht.

Sie flüchtete in ihr Zimmer. Was war das? Der nette Bernd hatte dunkle Stellen in seinem Lebenslauf? Sie warf sich aufs Bett und knuddelte ihr Äffchen.

Was hatte er getan? Es musste schon was wirklich Schlimmes sein, wenn ein Richter ihn verurteilt hatte. Aber was? Wenn er in der Vergangenheit gewalttätig geworden war, dann konnte es gut sein, dass er auch für Sabines Tod verantwortlich war. Hieß es nicht, wer einmal zuschlägt … Aber warum? Er hatte gewusst, dass Sabine in dem Igelkostüm steckte. Warum hätte er sie umbringen sollen?

Auf der anderen Seite – warum war er an dem Abend einfach abgehauen und nicht wiedergekommen? Er hatte seinen Alkoholkonsum als Grund genannt. Aber Antonia hatte überhaupt nicht das Gefühl gehabt, dass er am Rosenmontagsabend zu viel getrunken hatte.

War sie mit ihrem Umzug vom Regen in die Traufe geraten? Hätte sie besser bei ihren Kollegen bleiben sollen?

Und wiederum – musste man nicht jedem Menschen eine Chance geben? Vielleicht hatte er seinen Fehler eingesehen. Er machte einen so lieben Eindruck.

Aber was um alles in der Welt sollte sie tun, bis sie das genau wusste?

Sie hatte Hunger. Ob der andere Mann schon weg war? Helga hatte gesagt, sie dürfe sich jederzeit etwas zu essen aus der Küche holen. Aber Antonia wollte auf keinen Fall in das Gespräch der beiden Männer platzen. Obwohl – vielleicht brachte ihr das ihre fehlenden Antworten. Aber eigentlich ging es sie gar nichts an. Oder doch? Nein, lieber nicht.

Antonia wühlte in ihrem Rucksack. Da war sie. Eine Tafel Schokolade. Sie brach einen Riegel ab und steckte ihn heißhungrig in den Mund.

*

Als sie aufwachte, war es bereits dunkel. Siebzehn Uhr. In einer knappen Stunde würde Helga an die Tür klopfen, um sie zum Abendessen zu holen. Antonia zog sich an und kämmte sich die Haare. Ob Bernd da war? Sie würde nachsehen. Doch als sie zur Küche kam, fand sie den Raum leer vor. Keine Helga, die am Herd stand. Kein Bernd. Kein Paul. Was war los?

Ein extrem flaues Gefühl im Magen ließ sie darüber nachdenken, ob sie essen gehen sollte. Doch wohin? In der Speisekarte beim *Seehund* hatte gestanden, dass das Lokal mittwochs geschlossen hatte. Also zum *Sealords?* War sowieso viel näher. Sie öffnete die Kühlschranktür in der Hoffnung, etwas zu finden, doch Fehlanzeige. Außer einer Flasche Mineralwasser und ein paar Dingen wie Marmelade, Käse und Wurst, die zum Frühstück auf dem Tisch gestanden hatten, fand sich nichts.

Warum zum Teufel war keiner hier? Selten hatte sie sich so verlassen gefühlt. Was nützte es, hier zu wohnen, wenn keiner von der Familie zu Hause war? Ob Paul in seiner Praxis arbeitete?

Ihr Blick fiel auf eine Plastiktüte, die auf der Arbeitsplatte lag. Brot. Antonia atmete auf. Sie schnitt zwei Scheiben ab. War gar nicht so einfach. Zu Hause hatten sie immer fertig geschnittenes vom Bäcker. So fielen die beiden Scheiben recht unterschiedlich aus. Aber egal. Der Hunger fragte nicht nach Schönheit. Sie strich Margarine darauf, belegte sie mit Käse und trug sie zusammen mit dem Wasser und einem Glas in ihr Zimmer.

Als sie fertig gegessen hatte, fühlte sie sich besser. Natürlich hätte sie lieber etwas Warmes im Bauch gehabt, aber deswegen nach draußen? Nee, musste nicht sein. Aber langweilig war ihr trotzdem. Daran hatte auch ihr Abendessen nichts ändern können. Auf dem Flur hörte sie ein leichtes Rumpeln, dann ein Husten. Das war Paul, nicht Bernd. Sie hatte es schon häufiger bei ihm gehört. Ob der wusste …?

Sie ging raus, den Flur entlang bis zu seiner Praxis. Das Licht brannte, aber von Paul keine Spur. Ob er arbeitete? Die Tür zu seinem Behandlungszimmer war geschlossen. Sollte sie klopfen? Besser nicht. Er hatte erzählt, er fände es unprofessionell, wenn er während der Behandlung gestört würde. Aber sie hatte ihn im Flur gehört, also konnte er keinen Termin haben. Leise öffnete sie die Tür erst einen Spalt, dann weiter. »Paul?«

Sie erhielt keine Antwort. Der Raum mit der Massageliege war hell und nüchtern eingerichtet. Bilder mit mehr oder weniger Wasser hingen an den Wänden und bei Tageslicht hatte man bestimmt einen weiten Blick über die Insel. Links von der Tür stand eine rot-weiße Kommode, daneben ein Regal mit Laken und Handtüchern.

Als sie die nächste Tür öffnete, bot sich ihr ein anderes Bild. Ein breiter Schreibtisch aus dunklem Holz dominierte den Raum, darauf standen ein Laptop und ein Aufsteller mit Akten. Daneben lag ein Stapel Zeitschriften. Eine Wandlampe verbreitete Gemütlichkeit. Sie beschien eine Reihe Bücher in dem schweren Eichenholzschrank, der fast die ganze Wand einnahm. Antonia wunderte sich. Das Behandlungszimmer war frisch und nüchtern eingerichtet. Aber dieser Raum, der offensichtlich gleichzeitig Pauls Büro und Wartezimmer war, den also die Kunden als Erstes betraten, wirkte im ersten Moment düster und überladen. Doch der Ledersessel in der Ecke lockte sie unwiderstehlich an. Es hätte sie nicht gewundert, wenn Paul sich gerne mal hierhin zurückzog, um seine Ruhe zu haben. Antonia ließ sich in den Sessel fallen. Ob Paul etwas dagegen hätte, wenn sie sich eine der Zeitungen nähme? Sie stand wieder auf und griff nach der *Für Sie*. Super. Damit könnte sie die Zeit prima überbrücken, bis irgendjemand in diesem Haus mal auftauchte.

Ihr Blick fiel hinter den Schreibtisch und sie wunderte sich ein wenig. Im Behandlungszimmer war es beinahe hygienisch sauber, aber hier im Büro hätte dringend mal gesaugt werden müssen. Überall auf dem hellen Teppichboden waren dicke schwarze Haare verteilt. Die waren wohl von dem Hund der Nachbarin, von der er gestern erzählt hatte. Männer. Die denken, was man nicht gleich sieht, muss nicht gleich entfernt werden. Sollte sie ihm anbieten, morgen mal gründlich bei ihm sauberzumachen? Sozusagen als Dankeschön für die freundliche Aufnahme?

Und damit war es nicht genug. An der Wand lief eine Spinne. Es war so eine mit langen, dünnen Beinen. Antonia hasste die. Die machten in Windeseile ihre Netze. Ekelig. Egal. Sie würde sich morgen drum kümmern.

Sie kuschelte sich in den Sessel und schlug die erste Seite auf.

»Ist hier jemand?«

Sie sprang auf. »Paul? Ich bin's, Antonia. Ich habe dich gesucht.«

Sie hatte das Gefühl, dass der Mann nicht gerade freundlich auf ihren Besuch reagierte, doch seine Stimme klang warm, als er sagte: »Bleib ruhig sitzen. Das Abendessen findet, wenn überhaupt, später statt. Meine Frau ist mal wieder für ihre Homepage unterwegs.« Und mit einem Seufzer fügte er hinzu: »Sagt sie.«

Er setzte sich hinter den Schreibtisch, lehnte sich zurück und faltete die Hände über dem Bauch. »Und – fühlst du dich wohl bei uns?«

Sie konnte später nicht mehr sagen, ob es an der sonoren Stimme oder an der warmen Gemütlichkeit des Raumes gelegen hatte, jedenfalls erzählte sie Paul in diesem Moment alles, was sie bedrückte. Welche Gedanken ihr seit Sabine Schäfers Tod durch den Kopf gingen. Wovor sie Angst hatte. Wie sie im Flur ein Gespräch zwischen Bernd und einem Unbekannten belauscht hatte. Dass sie inzwischen ganz fest glaubte, dass Sabine absichtlich von der Brücke gestoßen worden war. Und sogar, dass ihr Freund Severin sich nicht meldete.

»Mach dir wegen Bernd keine Gedanken«, sagte Paul. »Er ist ein guter Junge. Sonst hätten wir ihn nicht aufgenommen. Aber was deine anderen Sorgen anbelangt, stimme ich dir zu: Wirklich sicher bist du nur am Festland. Und was Severin betrifft: Die Wahrheit wirst du vermutlich erst erfahren, wenn du wieder in Köln bist.«

Das hatte sie sich auch schon gedacht. Nur wie dahin kommen? »Wie … Wie ist es, wenn man durchs Watt läuft?«, fragte sie vorsichtig.

Paul überlegte. »Ich weiß es nicht. Ich bin erst einmal, im letzten Sommer, im Watt gewesen. Es ist natürlich wichtig, dass man nicht von der Flut überrascht wird. Jetzt muss man nur vorsichtig sein, dass man nicht ausrutscht, denke ich mir. Was die Wasserstände anbelangt, da dürfte eigentlich nichts passieren. Das Eis bewegt sich schließlich nicht.«

»Wie lange dauert es, bis man drüben ankommt?«

»Schätze mal, so zwei Stunden. Das geht also. Man kann schließlich direkt rüberlaufen und muss nicht auf die Tiefe der Priele achten, da sie zugefroren sind.«

Das war logisch. Doch alleine durchs Watt? Sie wusste nicht recht. Das wäre bei dem starken Wind bestimmt nicht angenehm. Der würde einem jedes Fitzel Wärme aus den Knochen treiben. Sie lächelte. Eine irre Vorstellung, wie eine Eisstange in Neßmersiel anzukommen. Ein Schubser und man brach klirrend auseinander.

Ein Schubser. Genau wie bei Sabine. Nur dass die tot war. Die Wirklichkeit hatte Antonia eingeholt. Sie stand auf. »Danke, dass ich alles bei dir abladen konnte. Das hat mir sehr geholfen.«

»Kein Problem. Schließlich habe ich viel mit Menschen zu tun und höre so manches, wenn die bei mir auf dem Behandlungstisch liegen. Ich bin Zuhören gewohnt.« Paul hatte sich kaum bewegt, die Hände lagen noch immer auf seinem Bauch, als sie sich verabschiedete und sein Büro verließ.

»Sollte es was zu essen geben, sagen wir Bescheid«, rief er hinter ihr her.

*

»Ist es besser, wenn wir sie von dort wegschaffen und woanders unterbringen?«, überlegte Marvin Lingenberg. »Wenn ich euch korrekt verstanden habe, hat die Gohres richtig Angst. Und wenn die jetzt zufällig mitbekommt, dass der Bernd Hagener kein unbeschriebenes Blatt ist …«

»Sie weiß, dass sie sich jederzeit bei uns melden kann. Also wird es wohl nicht allzu schlimm sein.« Michael Röder öffnete die Keksdose. Sie war leer. Hatte Sandra nicht angekündigt, dass sie backen wollte? Oder hatte sie wollen, aber nicht können, weil ihr einige Zutaten gefehlt hatten, die leider nicht mehr in den Märkten vorhanden gewesen waren? Er erinnerte sich vage an ihren vorwurfsvollen Satz: »Du hättest heute Morgen mitkommen sollen und tragen helfen. Aber wer war wieder mal nicht da?«

Da hatte es wohl nichts genützt, sie auf wichtige Ermittlungen hinzuweisen. Die leere Keksdose war der Beweis. Oder die Strafe? Er würde Sandra lieber nicht danach fragen. »Ich schlage vor, wir sprechen morgen früh mit ihr. Wenn sie unbedingt will, besorgen wir ihr eine andere Unterkunft. Ist auch mir ehrlich gesagt lieber.«

»Wie sieht es mit Hubschraubertransporten aus? Tut sich da was?«, fragte Arndt Kleemann ihn.

»Der Flugplatzchef hat mir Bescheid gegeben, dass morgen die ersten Flüge stattfinden. Offensichtlich haben einige Gäste in den Geldbeutel gegriffen und einen Platz gebucht.«

»Was ist, wenn Müller und seine Truppe weg wollen?« Marvin Lingenberg warf einen sehnsüchtigen Blick auf die Keksdose. »Und das wollen die mit Sicherheit. Brauchen wir sie hier für die Ermittlungen?«

Arndt zögerte. »Eigentlich können die fahren. Auch wenn sie weiterhin zum Kreis der Verdächtigen gehören. Aber was sollen wir hier noch machen?«

»Und wie ist es mit uns? Bleiben wir?«, fragte Marvin.

»Mal sehen, was der Tag morgen bringt«, erwiderte Arndt. »Ich lege mich ab. Der Tag war lang genug. Zumindest für Michael und mich. Kommst du mit, Marvin?«

Marvin nickte. »Selbst schuld, wenn ihr mich nicht weckt und frühmorgens alleine auf Tour geht.«

Die beiden Männer waren gerade aus der Tür, als Röders Telefon klingelte. Bitte nicht jetzt, dachte er genervt. Wer will denn nun wem an den Kragen?

Wieder war es Gereon Müller. »Was kann ich für Sie tun?«, fragte Röder und er hoffte, dass seine Stimme so rüberkam, wie es sich für einen allseits einsatzbereiten Polizisten gehört: freundlich und geduldig.

»Sie müssen sofort kommen. Vor meinem Fenster, also vor meinem Küchenfenster, da war ein Pinguin. Der hat reingeschaut. Britta kann es bezeugen. Nun kommen Sie schon.«

Röder versprach es, rief seine Kollegen zurück und berichtete, was Müller gesehen hatte. »Wir werden sehen, ob wir den Pinguin erwischen. Holt eure Jacken.«

Als sie bei Gereon Müller ankamen, fanden sie das Haus hell erleuchtet. Im Schein der Außenlampen spiegelten sich die Schneekristalle. Müller stand vor der Tür und winkte ihnen aufgeregt zu. »Hier, gleich um die Ecke. Da hat er gestanden.«

Michael Röder folgte ihm und schaute sich die Stelle an. »Haben Sie gesehen, in welche Richtung er sich entfernt hat?«

»Nein. Ich bin rausgerannt, aber da war er schon wieder weg.«

»Gibt es hier endlich Ruhe? Machen Sie das Licht aus. Da kann ja kein Mensch bei schlafen.« Hansgerd Ulrichs stand am Fenster des Nachbarhauses. Der hatte Röder gerade noch gefehlt.

»Moin, Hansgerd. Hast du ums Haus rum in der letzten halben Stunde etwas Ungewöhnliches bemerkt?«, rief er zurück.

»Nein. Bis darauf, dass der Müller plötzlich laut schreiend ums Haus tobte, eigentlich nichts. Könntest du dem mal sagen, dass Insulaner ihren Schlaf brauchen? Die müssen am Tage nämlich arbeiten, um ihr Geld zu verdienen.«

Natürlich. Besonders Hansgerd. Der war schon seit fünf Jahren Rentner. Aber dies war der falsche Zeitpunkt für eine Grundsatzdiskussion. »Falls dir oder deiner Frau etwas einfällt: Du weißt, wo du mich findest.« Röder wandte sich wieder Müller zu, der sich erstaunlicherweise nicht in das Gespräch eingemischt hatte. Stattdessen fuhr er mit dem Finger über den festgefrorenen Schnee.

»Er war hier«, murmelte er. »Ich bin ganz sicher. Und wenn er Britta nicht bei mir gesehen hätte, dann wäre ich jetzt tot. Dann hätte er das zu Ende gebracht, was er Rosenmontag nicht geschafft hat.«

Auch Röder sah sich suchend auf dem Schnee um, doch selbst im Lichtkegel seiner Taschenlampe konnte er nichts entdecken, was auf den Besuch des Pinguins hinwies.

»Gehen wir erst einmal rein«, forderte er Müller auf.

»Arndt und ich schauen uns ein wenig weitläufiger um. Bis gleich«, entschied Marvin Lingenberg. Damit verschwanden die Kollegen in der Nacht.

In der Küche saß Britta Warth, vor sich ein Glas Rotwein, und schaute die Männer zweifelnd an. »Haben Sie was gefunden?«

»Erst einmal nicht«, erwiderte Röder. »Berichten Sie mir, wie sich der Abend abgespielt hat.«

Doch Müller redete dazwischen. »Wir waren hier und haben was getrunken.«

»Wer ist wir?«, fragte Röder.

»Britta und ich.«

»Und Herr Ollrich? Wo war der?«

Britta Warth zuckte mit den Schultern. »Wir haben zu dritt etwas gegessen. Dann ist Hennes in sein

Zimmer. Natürlich nicht ohne einen seiner launigen Sätze. Zumindest glaube ich, dass er in sein Zimmer gegangen ist. Wir wollten, dass er mit uns ein Glas Wein trinkt. Wir haben ein paarmal an seine Tür geklopft. Der hat sich aber nicht gemeldet. Also haben wir es aufgegeben.«

»Ha! Gegessen! Das nennst du essen?« Gereon Müller schlug mit der Faust auf den Tisch. »Die Reste, die von des Herren Tische fielen. Ich bin zum Supermarkt. Wollte Schweinefilet und Rumpsteak kaufen. Und was habe ich bekommen? Eine Packung Miracoli.«

Michael Röder konnte sich ein Lachen kaum verkneifen. Die Mitarbeiter im Markt schienen die besten Sachen wirklich für ihre Stammkunden aufzuheben. Er hatte zwar keine Plätzchen in der Dose gefunden, aber zum Mittagessen hatte Sandra einen leckeren Nackenbraten aufgetischt. »Und was war danach?«

»Wie gesagt, Hennes war weg. Wir haben eine Flasche Wein geöffnet. Die gab es immerhin. Wenn auch keine besonders gute Qualität.« Müller schüttelte schon wieder den Kopf. »Wenn ich geahnt hätte …«

»Und dann, was war dann?«, versuchte Röder, ihn wieder auf die Spur zu bringen.

»Dann war er plötzlich da. Der Pinguin. Britta, sag du mal was.«

Britta Warth blickte nach unten, dann gab sie sich einen Ruck: »Ich habe nichts gesehen. Ich saß hier, wo ich jetzt sitze. Den ganzen Abend. Das Fenster ist hinter mir …«

»Aber ich konnte ihn genau …«

»Herr Müller, bitte. Lassen Sie Frau Warth reden.«

»Als Gereon aufsprang und schrie, habe ich mich natürlich sofort umgedreht. Aber da war nichts«, erklärte sie ruhig.

Michael Röders Blick fiel auf die leere Weinflasche

neben der Spüle. Mit dem Inhalt dieser Flasche im Magen konnte man durchaus etwas durcheinandergeraten.

»Ich bin nicht betrunken, verdammt. Britta und ich haben uns die Flasche geteilt. Davon sieht man keine weißen Mäuse.«

Das nicht, dachte Röder.

»Und keine Pinguine. Ich habe aber einen gesehen. Warum rufen Sie nicht gleich jede Menge Leute zusammen und suchen den Kerl? Da läuft ein Mörder frei herum und Sie sitzen hier in der Küche und glauben mir nicht!« Gereon Müllers Gesicht war dunkelrot angelaufen und kleine Speichelfäden liefen ihm das Kinn herunter.

»Herr Müller, ich weiß nicht, ob ich es Ihnen bereits sagte: Lassen Sie uns unsere Arbeit tun.« Röder war klar, dass es nichts brachte, den Mann zurechtzuweisen. Aber manchmal musste es eben sein.

»Herr Röder, ob wir noch einmal bei Hennes klopfen könnten?« Britta Warth war aufgestanden und schaute ihn bittend an. »Ich habe so ein komisches Gefühl. Das ist echt nicht seine Art, sich völlig zurückzuziehen.«

»Natürlich. Kommen Sie.«

Gereon Müller reagierte nicht. Er blieb einfach auf seinem Stuhl sitzen.

Britta Warth ging voraus, die Treppe hoch, bis zur letzten Tür auf dem schmalen Flur. Sie klopfte. Noch einmal. Diesmal kräftiger. »Hennes?«, rief sie, doch es kam keine Reaktion aus dem Zimmer.

»Lassen Sie mich mal.« Röder schob die Frau zur Seite und klopfte ebenfalls. Wieder nichts. Er dachte kurz darüber nach, die Tür einzutreten, sah Müllers wutverzerrtes Gesicht vor seinem geistigen Auge und versuchte es zunächst einmal mit der Klinke. Die Tür war nicht abgeschlossen. Er drückte sie auf. Fassungslos starrte Britta Warth auf das Bild, das sich ihnen in Ollrichs Schlafzimmer bot.

Hennes Ollrich saß an seinem Laptop und schien konzentriert zu arbeiten. Er trug eine weiße Strumpfhose, rote Halbschuhe mit einer großen Schnalle darauf und einen Dreispitz mit einer langen Feder daran. Der Oberkörper war nackt bis auf eine Kette, an der ein mächtiger goldener Orden hing. Aus seinem MP3-Player kam leise Musik.

»Hennes, was um alles in der Welt machst du da?«, rief Britta Warth schrill.

Der Mann zuckte zusammen, nahm seine Brille ab und rieb sich durch die Augen. Dann zog er ein Paar Stöpsel aus den Ohren. »Ich schreibe. Eine ganz neue Seite mit Informationen über den Kölner Karneval. Hier, sieh mal.« Er winkte Britta Warth zu sich. »So habe ich das aufgeteilt. Geschichte – Musik – Dreigestirn – Schull- und Veedelszöch.« Er drehte sich zu Michael Röder um. »Das sind die Umzüge der Schulen und Stadtteile«, erklärte er vergnügt. »Wussten Sie schon, dass bereits 1823 der erste Karnevalsumzug in Köln stattgefunden hat? Beeindruckend, oder?«

Michael Röder war sich in diesem Moment nicht ganz sicher, wie beeindruckend er das fand. Also schwieg er vorsichtshalber.

»Könntest du mir bitte sagen, warum du in diesem Aufzug hier rumsitzt?« Britta Warth schaute verwirrt auf ihren Kollegen.

Er lächelte und drehte die Musik lauter. »Einmal Prinz ze sing in Kölle am Rhing«, sang er mit. »Oder zumindest Jungfrau oder Bauer sein zu dürfen. Das ist mein größter Wunsch. Auch wenn ich weiß, dass da niemals etwas von wird.«

»Aber … Aber der Prinz trägt nicht nur eine Strumpfhose, der hat auch dieses weiß-rote Oberteil … Wäre sonst schließlich ziemlich kalt im Winter ... Also beim Straßenumzug, meine ich.« Britta Warth konnte sich kaum beruhigen.

»Entspann dich, Britta. Meine Strümpfe sind wenigstens ein Anfang. Und es inspiriert mich. Wenn ich schon in dieser Jahreszeit nicht in Köln sein kann, sondern auf dieser Insel gefangen bin.«

»Herr Ollrich, jetzt muss ich wirklich die Frage stellen, warum Sie überhaupt mit auf die Insel gekommen sind, wenn Sie sowieso vorhatten, Ihren Arbeitgeber zu wechseln?«, fragte der Inselpolizist verwundert. »Da waren Sie dem Herrn Müller nichts schuldig.«

Ollrich drehte die Musik wieder leiser, zog sich ein Oberhemd an und sagte bestimmt: »Meinen Sie, ich lasse den Kerl mit drei Frauen alleine? Ich weiß, was der mit denen treibt. Ich habe genug mitbekommen in den letzten Jahren. Allerdings – das muss mal gesagt werden – habe ich nicht die blasseste Ahnung, warum Frauen das in diesem Jahrhundert in Deutschland mitmachen. Aber sie tun es eben. Da ist es gut, wenn einer da ist, der auf sie aufpasst. Ich habe keine Ahnung, wie es bei dir ist, Britta«, wandte er sich an seine Kollegin, »du bist selbstbewusst und kannst dich wehren. Aber ich bin mir sicher, dass Antonia, genau wie alle anderen Praktikantinnen, ihr Bewerbungsgespräch auf der Couch geführt hat. Und Sabine, Gott hab sie selig, ist nicht durch eine Selbstbefruchtung schwanger geworden. Das weißt du genauso gut wie ich.«

»Sie wissen es also?«, fragte Röder.

Ollrich nickte. »Wir haben es uns ehrlich gesagt nur zusammengereimt. Sie hat zum Beispiel vorgestern keinen Alkohol getrunken. Und sonst war sie einem Prosecco nie abgeneigt.«

»Und mir hat sie gesagt, sie habe ein Geheimnis«, ergänzte Britta Warth. »Außerdem – ein bisschen exzentrisch war sie ja schon immer, aber wie sie sich in der Kneipe benommen hat – da konnte nur eine Hormonumstellung dran schuld sein. Aber Genaues wissen wir nicht. Und weil unser Chef sich alles herausnimmt bei den Frauen, hat Hennes sich geopfert und ist mit auf die Insel gefahren, anstatt an seiner Bewerbung für das Kölner Dreigestirn zu arbeiten. Das ist echt klasse von ihm.«

Sie wandte sich wieder ihrem Kollegen zu. »Aber vielleicht solltest du dir jetzt wieder etwas, sagen wir mal, Neutrales anziehen, bevor der Müller dich sieht. Das wäre dann nämlich schneller in Köln rum, als du denken kannst.«

Da konnte ihr Röder nur beipflichten, doch eine Frage trieb ihn noch um. »Haben Sie draußen eine Person, verkleidet mit einem Pinguinkostüm, gesehen? So in der letzten halben Stunde?«

Hennes Ollrich schüttelte den Kopf. »Ich war ganz auf meine Arbeit konzentriert. Da vergesse ich Raum und Zeit.«

»Dabei haben Sie mir eben erklärt, auf Ihre Kolleginnen aufpassen zu wollen, und dann lassen Sie Frau Warth mit Herrn Müller allein in der Küche sitzen?«, wunderte sich Röder.

»Meine Güte, ich kann nicht jede Sekunde dabei sein. Aber ich denke, dass, wie soll ich sagen, allein meine grundsätzliche Anwesenheit ausreicht, den Müller gehörig unter Druck zu setzen«, versuchte Ollrich eine Erklärung.

Michael Röder hatte jedoch im Moment nicht das Gefühl, dass von dem Mann, der mit Schnallenschuhen und Strumpfhosen vor ihm stand, auch nur ansatzweise eine moralische Kompetenz ausging. Aber wie hatte neulich Sandra ganz richtig gesagt, als sie im Fernsehen Bilder von einem Wrestler gesehen hatten? War der nicht mal Fußballprofi gewesen? Genau! Man solle nicht vom Äußeren auf das Innere schließen.

Er schob Britta Warth aus dem Zimmer und schloss die Tür hinter sich.

Sie atmete tief durch, als sie die Treppe heruntergingen. »Meine Güte, was für ein seltsamer Haufen sind wir doch. Abgesehen von mir natürlich.«

Röder wollte ihr zustimmen, war sich aber nicht ganz sicher. Wer weiß, was bei der Warth ans Tageslicht kommt, dachte er zweifelnd. Aber wenn, dann bitte nicht mehr heute Nacht. Es war spät. Sein Bett rief. Mörder hin oder her. Außerdem – er glaubte einfach nicht an Müllers Geschichte. Der wollte nur von sich selbst ablenken. Immerhin stand die Tatsache, dass Müller Sabine Schäfer in der Rosenmontagnacht gefolgt war, nach wie vor im Raum. Pinguin hin oder her.

In der Küche sah Röder seine Kollegen. Und Müller, der auf sie einredete. Er warf seinem Freund Arndt einen Blick zu, der *Lass uns gehen* andeuten sollte, und Arndt verstand ihm. Zum Glück. Er unterbrach Müller und verabschiedete sich. Marvin folgte den beiden ohne Zögern.

Erst als sie wieder die Wache erreicht hatten, fragte Röder: »Habt ihr Anhaltspunkte?«

Seine Kollegen verneinten. »Es gibt keine Spuren auf dem festgefrorenen Schnee. Menschen waren nicht unterwegs«, erklärte Arndt.

»Nur ein Gartenzwerg saß auf dem Nachbargrundstück von den Ulrichs.« Marvin lachte. »Der war aber wohl unschuldig. Selbst strenge Nachfragen meinerseits haben kein Schuldeingeständnis gebracht. Er stand einfach da und schwieg.«

»Stand zufällig ein Futterhäuschen neben dem Zwerg?«, fragte Röder ruhig.

Marvin zögerte. »Jetzt, wo du es sagst … Da war eines. Aber ohne Futter drin. Ein rotes mit einem blauen Dach, soweit ich es erkennen konnte.«

»Also genau so eines, wie es mir die gute Frau am Telefon beschrieben hat, die ihres vermisst. Echter Fahndungserfolg. Auf der Suche nach einem Pinguin finden wir stattdessen einen Gartenzwerg und ein Futterhäuschen.«

»Immerhin etwas«, murmelte Marvin. »Tut mir leid, dass ich nicht gleich geschaltet habe. Aber das Telefonat war mir echt aus dem Sinn gegangen. Soll ich hinfahren und die Sachen sicherstellen?«

»Wäre ganz sinnvoll«, überlegte Arndt. »Außerdem sollten wir morgen bei dem Ulrichs nachhaken, ob der weiß, wie die Sachen auf das Grundstück neben ihm gekommen sind.«

»Das machen wir«, bestätigte Marvin. »Aber gleich hole ich erst einmal den Zwerg in die Wärme der Wache. Er hat nämlich ganz traurig geschaut, als ich ihn allein zurückgelassen habe. Mit einem Futterhäuschen redet es sich so schlecht! Aber um wieder auf den Ernst des Lebens zurückzukommen – was war eigentlich mit Ollrich?«

Röder berichtete, wie sie Hennes Ollrich vorgefunden hatten. »Er sah aus wie ein schwuler Karnevalsprinz, der sich verlaufen hat.«

»Nun mal Vorsicht, Kollege.« Marvin Lingenbergs Gesicht versprach schon wieder nichts Gutes. »Dann wäre der Mann bei der Rosa Sitzung in Köln und hätte in der *Alten Liebe* nicht Alaaf, sondern Aloha gerufen. Und frag mich nicht, woher ich das weiß. Das erzähle ich euch mal, wenn es mir passt. So, ich gehe einen Gartenzwerg retten und dann schlafen. Und wenn möglich, möchte ich bis morgen durchpennen.«

Das konnte Röder zwar nicht versprechen, wünschte ihm aber trotzdem eine gute Nacht.

Donnerstag

»Müller macht jetzt Dampf wegen des Fluges.«

Antonia lachte. Das waren mal ganz neue Seiten, die sich da bei ihrem Chef auftaten. Wie gut, dass sie gleich nach dem Aufwachen ihre Kollegin angerufen hatte. Das waren wenigstens nette Neuigkeiten.

»Ich sage dir sofort Bescheid, wenn es losgeht«, versicherte Britta ihr. »Nun muss ich dir aber erzählen, was hier heute Nacht passiert ist.«

Je länger sie jedoch Britta zuhörte, desto entsetzter war sie – und umso mehr erleichtert darüber, dass sie sich rechtzeitig aus Müllers Haus abgesetzt hatte. Im Gegensatz zur Polizei, die offensichtlich Zweifel an dem von Müller beschriebenen Hergang hatte, war Antonia fest davon überzeugt, dass etwas Unheimliches vor sich ging.

Sie versprach, sich eine Stunde später erneut zu melden, und legte das Telefon auf den Nachttisch. Hoffentlich kriegte der Chef genügend Plätze im Hubschrauber. Sie zog Hose und Pullover an und hoffte auf ein paar aufgewärmte Brötchen und eine Tasse Kaffee. Die zwei Scheiben Brot am Abend hatten den Magen nicht nachhaltig gefüllt. Mitten in der Nacht war sie mit heftigem Hunger aufgewacht. Gleichzeitig war ihr gewesen, als hätte sie eine Tür schlagen gehört. Sie hatte einen Riegel Schokolade genascht und war wieder eingeschlafen.

Antonias Freude hielt sich in Grenzen, als sie Bernd in der Küche vorfand. »Hallo, sieht man dich auch mal wieder?«, begrüßte sie ihn abwartend.

»Sag nur, du hast mich vermisst?«, antwortete er.

Komisch, wenn er lächelte, hatte er so gar nichts von einem, der schon vor einem Richter gestanden hatte.

»Ich bin früh schlafen gegangen«, erklärte sie ausweichend.

»Ich habe endlich in der *Alten Liebe* unsere Schulden bezahlt. Der Wirt war tatsächlich ein wenig sauer. Verständlich. Ich war mit Jens da.«

»Und du hast nicht zufällig einen Pinguin gesehen?«, fragte Antonia.

»Hä? Wie kommst du darauf?« Bernds Hand zitterte, als er sich einen Kaffee einschenkte. »Ist wieder was passiert?«

Antonia erzählte ihm, was sie von Britta erfahren hatte. Und dass sie schnellstmöglich die Insel verlassen wollten. »Aber vorher, das hab ich mir überlegt, möchte ich mich bei euch erkenntlich zeigen. Dafür, dass ihr mich aufgenommen habt. Ich habe gedacht, wo Paul und Helga doch so beschäftigt sind, ob ich mich bis zu meiner Abreise nicht im Haushalt nützlich machen kann.«

»Und was hast du dir da vorgestellt?«, fragte Bernd und legte sich eine dicke Scheibe Schinken auf seine Brötchenhälfte.

Sie zögerte kurz, dann erzählte sie ihm, dass sie eine ganze Zeit mit Paul zusammengesessen und sich ihren Frust von der Seele geredet hatte. »Da sind mir die dicken Hundehaare aufgefallen. So kam ich auf die Idee, bei euch zu putzen.«

»Ich wette, Helga wird schwer begeistert sein«, meinte Bernd. »Hausarbeit hasst sie.«

»Gut«, sagte Antonia, »ich lege gleich nach dem Frühstück los.«

»Alles klar, bis später. Meine Tante hat mir mal wieder einen Einkaufszettel aufs Auge gedrückt. Mal schauen, was davon zu haben ist. Sehen wir uns nachher?«

Sie nickte. Warum nicht? Er würde ihr schon nicht an die Gurgel gehen. Als Bernd gegangen war, aß sie genussvoll das übrig gebliebene Brötchen. Dann räumte sie das benutzte Geschirr in die Spülmaschine und stellte die Lebensmittel in den Kühlschrank. Als Erstes nehme ich mir die Küche vor, überlegte sie, und ließ Wasser ins Waschbecken laufen.

Bernd hatte nichts von dem Mann erzählt, mit dem er in der Küche gesessen und über seine Vergangenheit geredet hatte. Sie hatte nicht nachgehakt. Obwohl sie nur zu gern gewusst hätte, weswegen Bernd verurteilt worden war. Aber eigentlich ging es sie nichts an. Und man hörte ja immer wieder von Fehlurteilen.

»Was wird das hier?«

Erschreckt drehte Antonia sich um und erklärte an diesem Morgen zum zweiten Mal, was sie vorhatte.

Helga Schorz-Küfler blickte sie erstaunt an. »Das musst du aber nicht.«

»Ich weiß. Aber es lenkt ab. Ich kann es kaum erwarten, hier wegzukommen. Ich meine – nicht von euch, aber von der Insel. Da ist es mir echt egal, wie viel Geld ein Platz im Hubschrauber kostet. Ich werde eben meine Eltern fragen, ob sie mir …«

»Nun mal langsam.« Helga legte den Arm um ihre Schulter. »Euer Chef hat euch hierher gelotst. Obwohl er eigentlich hätte wissen müssen, dass die Möglichkeit des Einfrierens besteht. Also soll er dafür geradestehen. Das ist nicht mehr als korrekt.«

Antonia lachte auf. »Wenn du meinen Chef kennen würdest, kämst du nicht einmal ansatzweise auf die Idee, er würde bezahlen.«

»Na gut, du musst es wissen. Aber putzen, das ist wirklich nicht nötig. Mach lieber einen Spaziergang.« Helga zeigte nach draußen. »Allerdings lädt das Wetter nicht gerade ein. Es friert noch immer wie verrückt.

Aber stell dir vor: Die haben heute in den Nachrichten gesagt, es soll vielleicht wärmer werden. Halte ein paar Tage bei uns aus und du wirst ganz normal mit dem Schiff nach Neßmersiel fahren können.«

Eine Hoffnung. Immerhin. Allerdings in sehr weiter Ferne. »Ich putze und denke darüber nach«, entschloss sie sich.

»Ich werde den Polizisten ein wenig auf die Nerven gehen. Die hätten mir mitteilen sollen, dass gestern Nacht der Pinguin wieder aufgetaucht ist. Das interessiert die Öffentlichkeit!« Damit war Helga verschwunden.

Antonia räumte das benutzte Geschirr in die Spülmaschine und wusch die Töpfe und Pfannen mit der Hand ab. Solche Sachen haben in der Maschine nichts zu suchen, hatte ihre Mutter immer behauptet. Neben dem Wasserhahn lag ein Tuch. Nicht ganz sauber, aber brauchbar. Sie spülte es ordentlich durch und wischte dann über alle glatten Flächen. Es musste doch mit dem Teufel zugehen, wenn sie hier nicht wieder Ordnung reinbekäme. Putzen hatte sie bei ihrer Mutter gelernt. Wenn auch so manches Mal unter Protest. Ihrem Protest natürlich.

Woher wusste Helga das mit dem Pinguin eigentlich? Antonia hatte es ihr nicht erzählt.

Sie fegte, dann saugte sie den Flur bis zu der Tür, die in die Praxis führte. Ob Paul arbeitete? Antonia schaltete den Sauger aus und horchte. Kein Laut kam aus dem Behandlungszimmer. Sollte sie es wagen? Sie klopfte und als darauf keine Reaktion erfolgte, öffnete sie die Tür. Der Behandlungsraum war leer und auch das Empfangsbüro. Und noch etwas war nicht da. Die Hundehaare. Da war Paul wohl schneller gewesen. Sie zog den Sauger in das Zimmer, machte sich über die Spinne her, die nach wie vor unbeweglich an derselben

Stelle hing, und verschwand aus der Praxis. Gerade hatte sie das Gerät wieder in den breiten Flurschrank gestellt, als ihr Handy sich bemerkbar machte. Eine Nachricht. Von Severin. Endlich.

Wo steckst du? Bin morgen Köln. Disco? Dann ich paar Tage nach Spanien.

Das war es also. Wenn sie nicht auf dem schnellsten Wege nach Köln kam, würden wieder Tage vergehen, bis sie Severin in die Arme schließen konnte. Sie musste unbedingt runter von dieser Insel. Jetzt sofort. Ob Britta schon ein Abreisetermin bekannt war? Sie rief ihre Kollegin an, doch die konnte ihr nicht weiterhelfen.

»Der Hubschrauber, den Gereon gebucht hatte, kann nicht starten«, sagte Britta. »Irgendein Defekt. Wir sollen jetzt einen größeren mit besserer technischer Ausrüstung bekommen. Kostet natürlich mehr. Was Gereon wohl gerne vermieden hätte.«

Enttäuscht verabschiedete sich Antonia. Was um alles in der Welt sollte sie tun? Severin wartete auf sie. Und hier auf der Insel war sie nach wie vor nicht sicher. Wem sollte sie trauen? Ihrem Chef? Bestimmt nicht. Bernd? Sie hatte keine Ahnung. Vielleicht war es keiner von beiden gewesen, sondern jemand, den sie gar nicht auf der Rechnung hatte. Der einzige Ort, an dem sie sicher war, war Köln. Und eine Abreise mit dem Schiff war nicht möglich. Außerdem nervte Helgas Fragerei.

Entschlossen ging sie auf ihr Zimmer, stellte die Reisetasche auf das Bett und packte das Nötigste ein. Sie würde Britta bitten, ihren Koffer von hier abzuholen und mitzubringen, sollten die es jemals von diesem Flecken herunterschaffen. Erst einmal musste Antonia weg von der Insel.

Sie zog eine dicke Strumpfhose an, ihre Jeans darüber und über T-Shirt und Pulli ihre Fleece-Jacke. Nun die Winterjacke, Mütze, Schal und Handschuhe und natürlich ihre hohen Stiefel, das musste reichen. Sie war heilfroh, dass ihre Mutter, die immer so nervtötend stolz auf ihren praktischen Verstand war, ihr vorgeschlagen, nein, sie quasi gezwungen hatte, die derben Wanderstiefel einzupacken. Die ohne Absatz, die Antonia sich supergünstig mal für eine Tour nach Berchtesgaden gekauft hatte und die seitdem ein einsames Schrankleben führten. Sie hätte natürlich viel lieber dieses coole Paar mit dem hohen Absatz in die Tasche gesteckt, aber ihre Mutter war unerbittlich gewesen und hatte sie beim Packen nicht aus den Augen gelassen. Jetzt hätte Antonia sie dafür umarmen können. Aber ihre Mutter war nicht da. Tränen stiegen ihr in die Augen. Dann gab sie sich einen Ruck. Je eher sie losging, desto eher konnte sie ihre Mutter sehen. Und Severin.

Es konnte nicht so schwierig sein. Paul hatte gesagt, dass das Überqueren des Watts im Moment viel einfacher war als im Sommer. Antonia schaute aus dem Fenster. Die Sicht war einigermaßen klar. Ab und zu blinzelte sogar die Sonne zwischen den Wolken hindurch. Und das war das Wichtigste: Sie musste ihr Ziel vor Augen behalten können, das Festland mit seinen Windrädern, die sich am Horizont abzeichneten.

Sollte sie sich von Helga verabschieden? Nein. Die Frau würde nur versuchen, sie von ihrem Vorhaben abzubringen.

Antonia verließ das Haus und stand gleich darauf vor einem Problem. Die Hellerwiesen, die sie vom Watt trennten, waren eingezäunt. Wie also sollte sie dahin gelangen? Über den Zaun zu klettern, wäre ziemlich auffällig. Aber irgendwo musste es doch eine Öffnung geben! Links runter, gen Osten? Oder rechts Richtung Flugplatz und Hafen? Sie hatte keine Ahnung, nur die Gewissheit, dass sie weg wollte. Antonia entschloss sich, zum Hafen zu gehen. Als sie mit ihrem Chef dort gestanden hatte, hatte sie gesehen, dass ein schmaler Pfad an dem Teil des Hafens vorbeiführte, in dem im Sommer die kleinen Boote lagen, von denen Müller ihr erzählt hatte.

Hin und wieder kam ihr jemand entgegen, doch kein bekanntes Gesicht war darunter. Sie war froh, denn sie hatte keine Lust, sich eine Erklärung für die Reisetasche ausdenken zu müssen, deren Riemen schon jetzt unangenehm auf ihre Schultern drückten. Die Hafenstraße erschien ihr erheblich länger als in ihrer Erinnerung. Hinter dem Gebäude der Reederei bog sie links ab. Tatsächlich. Da war ein Weg. Er schien sich in der Weite des Wattenmeeres zu verlieren. Kein Zaun trennte sie mehr von dem Wunsch, endlich das Festland zu erreichen.

In der Ferne, zwischen der Insel und dem Festland, meinte sie Menschen zu sehen, die sich leicht hin und her bewegten. Also bin ich wenigstens nicht alleine, dachte sie erleichtert und stapfte los. Sie spürte festen Boden und hin und wieder eine Eisplatte, die sie sorgsam umging. Es machte ihr Mut, wie schnell sie vorwärts kam. Wenn das so bliebe, dann würde sie nie im Leben mehr als zwei Stunden brauchen. Und dann? Sie lächelte in ihren Schal. Festland. Köln. Severin. Sollten die anderen bleiben. Sie wäre zurück in der vertrauten Umgebung.

Immer wieder schaute sie nach vorne, Richtung Festland. Stapfte weiter. Geriet ins Schwitzen. Wo waren die Windräder? Hatte sie die falsche Richtung eingeschlagen? War die Sicht schlechter geworden? Oder waren ihre Gläser beschlagen? Sie wischte sich mit dem Handschuh über die Brille und da war er, der Streifen Land, den sie erreichen wollte.

Unter ihren Füßen knackten nun Schollen, die erheblich größer waren als die, die sie zu Beginn ihrer Wanderung gespürt hatte. Als eine unter ihrem Gewicht mit dumpfen Poltern zerbrach, stolperte Antonia. Beinahe wäre sie der Länge nach hingeschlagen. Sie fing sich, hielt an und atmete tief durch. Sie war jetzt schon geschafft. Antonia blickte sich um. Eigentlich hatte sie die Insel noch gar nicht richtig verlassen. Sogar den Glockenturm der Kirche glaubte sie zu erkennen. Sie merkte, wie sich Schweiß unter ihrer dicken Jacke ansammelte. War sie doch zu warm angezogen? Egal. Jacke ausziehen und in die Reisetasche stopfen ginge immer. Dafür war Platz.

Sie musste weiter. Nicht zurückblicken, nach vorne schauen, versuchte sie sich einzureden. Wenn nur die Reisetasche nicht immer schwerer würde.

Wieder brach eine Eisscholle auseinander, gerade, als sie ihren Fuß darauf setzen wollte. Und dann sah sie das Wasser, das unter der Platte hervorquoll. Wie konnte das sein? Es war einige Grade unter Null. Das Wasser musste doch frieren? Woher kam es? Sie rutschte aus, konnte sich kaum halten und suchte verzweifelt nach einer leichteren Route. Doch genau vor ihr verhinderte eine Mauer aus aufgeschobenem Eis, wohl einen halben Meter hoch, ihr Weiterkommen. Die zu umgehen war nicht möglich, scheinbar endlos zog sie sich durch das Watt. Es nützte nichts, Antonia musste darüberklettern, wollte sie an ihr Ziel kommen. Sie hob das rechte Bein über die Kante, kam zum Stehen und ließ das linke nachfolgen. Geschafft. Weiter. Immer wärmer wurde ihr. Doch sie wagte nicht, ihre Jacke auszuziehen. Der Wind war eisig. Wieder rutschte sie aus. Wie lange sie wohl schon unterwegs war? Wo waren die Windräder? Verdammt. Immer weiter schlidderte sie, verlor die Kontrolle erst über ihre Füße, dann über ihren Körper. Rutschte und rutschte und landete dann unsanft auf dem Rücken.

Erschöpft blieb sie liegen, zugleich wissend, dass sie

aufstehen, sich bewegen musste. Sie stemmte sich ab, zog die Knie unter ihren Körper. Wieder knackte es unter ihr. Aber diesmal war es nicht das Eis. Ihr Handy war bei dem Sturz aus der Tasche gefallen und soeben hatte sie ihm den letzten Tritt versetzt. Und nicht nur das: Es lag genau dort, wo sich auf dem Eis eine kleine Pfütze gebildet hatte. Mittendrin. Das konnte sie vergessen, das war klar. Ihre Verbindung zur Außenwelt war damit erledigt. Sie steckte das Handy in die Tasche. Wäre sie erst in Köln, würde sie es bestimmt reparieren lassen können. Jetzt gab es Wichtigeres.

Antonia richtete sich auf, schaute sich um und es war, als wäre die Welt stehengeblieben. Als ob außer ihrer Rutschpartie nichts auf der Welt passiert wäre. Die Eisschollen, die Stille, die nur hin und wieder von dem Krächzen der großen Vögel mit dem grau-weißen Gefieder unterbrochen wurde, und ganz hinten die Räder, die sich im Wind drehten. Sonst nichts.

Sie würde weitergehen. Wenn nur die Reisetasche … Antonia zog den Riemen von ihrer Schulter und ließ die Tasche kraftlos fallen. Sie musste Gewicht loswerden. Wieder kreiste eine Möwe krächzend über ihr und ging ein paar Meter in den Steilflug. Antonia wollte schreien, um Hilfe rufen, aber ihre Stimme versagte. Sie musste weiter. Dorthin, wo das Leben sie erwartete. Sie leckte Salz von ihren Lippen. Waren es Tränen? Sie wusste es nicht. War ihr auch egal. Wo verdammt, waren die Menschen, die sie gesehen hatte? Ganz zu Anfang, als ihr die Wattfläche wie eine Einladung zu einer Fahrt in die Heimat erschienen war? Hatte sie lediglich die Bäume mit den nach oben gebundenen Ästen gesehen? Genau so einer lag vor ihr, schräg, vom Eis abrasiert. Sie krabbelte auf ihn zu, ergriff ihn. Er war als Wanderstock viel zu groß, aber sie würde es versuchen. Er würde ihr Halt geben. Sie durfte nicht stehen bleiben. Es konnte doch nicht so lange dauern, den Neßmersieler Hafen zu erreichen.

Antonia stolperte, rutschte, knickte immer wieder um und je weiter sie lief, desto kälter wurde ihr. Der auffrischende Ostwind nahm Besitz von der eben noch warmen Feuchtigkeit unter ihrer Jacke und sie hatte das Gefühl, dass sie langsam aber unerbittlich von einer Eisschicht eingehüllt wurde. Ihre Nase fing an zu laufen. Sie brauchte Taschentücher. Unbedingt. Auch um ihre Brille abzuwischen. Sie hatte einige Päckchen in ihre Reisetasche gepackt. Ihre Tasche. Wo war ihre Reisetasche? Sie hatte sie einfach an der Eisbarriere liegen lassen. Sollte sie zurück? Um nichts in der Welt. Alles war ersetzbar, bis auf – das Äffchen! Sie brach in haltloses Schluchzen aus und stolperte mehr als sie lief. Zurück, dorthin, wo ihre Tasche lag, den Stock hinter sich herziehend.

*

»Wir nehmen uns die Truppe noch einmal vor, bevor sie wegfährt«, schlug Marvin Lingenberg vor. Die drei Kommissare saßen in der Wache und berieten über die Ereignisse der letzten Tage.

»Warum nicht«, erwiderte Arndt Kleemann. »Wir haben jetzt beinahe jedes Haus hier durch und keiner der Bewohner hat etwas Auffälliges bemerkt.«

»Was natürlich trotzdem heißt, dass einer von den Ureinwohnern die Sabine Schäfer geschlagen und von der Brücke gestürzt haben könnte«, sagte Marvin. »Aber ich tendiere einfach mehr zu ihrem engeren Umfeld. Der Müller ist nicht echt. Den sollten wir viel mehr in die Zange nehmen. Diesen Blödsinn mit dem Pinguin vor dem Küchenfenster glaubt ihm doch kein Mensch.«

»Was ist denn mit Ollrich?« Michael Röder spielte gedankenverloren mit einem Kugelschreiber. »So, wie der uns heute Nacht gegenüberstand, wirkte sein Auftritt ziemlich schräg, aber glaubhaft. Allerdings könnte es genauso gut sein, dass er sich mit einer Pinguin-Maske auf dem Kopf draußen aufgehalten hat, aus welchem Grund auch immer. Dann ist er schnell nach oben und hat sich so verkleidet, dass wir nicht misstrauisch werden. Vielleicht waren seine Klamotten nass und er hat keine Gelegenheit gehabt, sich rechtzeitig etwas Vernünftiges anzuziehen, bevor wir kamen.«

»Natürlich sind da noch die beiden Damen. Obwohl mir die den normalsten Eindruck machen. Verdammt …« Arndt sprang auf. »Wir haben bis auf Müllers schlichte Erklärung zu seinem Abgang aus der Kneipe keinerlei Anhaltspunkte. Keiner hat irgendwas Relevantes in der Nacht gesehen. Und dass Bernd Hagener vorbestraft ist, hilft uns auch nicht weiter. Auf geht's, Leute. Marvin, du bringst deinen Freund, den Gartenzwerg, und das Futterhäuschen zum rechtmäßigen Besitzer zurück und schaust dir dann die Schränke der Kölner von innen an. Wenn sie dich lassen und nicht schon abgereist sind. Ich spreche mit Antonia Gohres und eventuell mit Hagener. Und du, Michael …«

»Ich würde mich gerne eine Stunde ausklinken. Der Bürgermeister hat sich gemeldet. Gleich soll eine weitere Sitzung vom Katastrophenstab stattfinden. Könnte wichtig sein.«

»Gut. Hinterher wieder hier. Zum Gedankenaustausch. Mehr bleibt uns im Moment nicht übrig, oder?« Arndt Kleemann packte sich dick ein und seine Kollegen taten es ihm nach.

»Viele Grüße an meine Freundin Schorz-Küfler«, rief sein Freund und Inselkollege ihm zu, als sie sich am Rathaus trennten.

Wir werden wohl in absehbarer Zeit die Segel streichen müssen, wenn sich nicht bald neue Hinweise ergeben, überlegte Arndt Kleemann auf dem Weg ins Ostdorf. Sie konnten sich die Kölner noch einmal vornehmen, die Insulaner immer wieder befragen, aber ohne einen Anhaltspunkt stocherten sie im Nebel.

In Höhe des Spielteiches kam ihm ein Pferdegespann entgegen. Er wunderte sich. Erstens gab es mit ziemlicher Sicherheit nichts zu transportieren, wenn kein Schiff fuhr, und zweitens: Rutschten die Pferde nicht aus, wenn sie auf dem festgefrorenen Schnee unterwegs waren? Wenigstens fiel im Moment kein Schnee, so dass erkennbar war, wo der gepflasterte Weg entlangführte und an welcher Stelle man unweigerlich ins Gras rutschte. Als er näher kam, sah er, dass auf dem Anhänger Matratzen, Möbel aus der Zeit der Nierentische und anderes Zeug aufgestapelt war. Da räumte wohl jemand sein Haus aus. Auf die neuen Möbel würden die Besitzer jedoch warten müssen. Arndt Kleemann bremste. Auf dem schmalen Weg wollte er keinen Unfall riskieren. Nicht auszudenken, wenn das Gespann ins Rutschen kam.

Er grüßte freundlich und der Kutscher grüßte zurück. »Keine Sorge, die Pferde haben Stollen drunter. Die laufen sicher.«

So, dann wusste er das jetzt auch. Für Pferde gab es also so etwas wie Winterreifen. Interessant. Trotzdem wartete er, bis der Wagen vorbeigezogen war. Man konnte nie wissen.

Vor dem Haus stand Helga Schorz-Küfler und es fühlte sich an, als würde sie ihn bereits erwarten. Sie sagte ohne eine Begrüßung: »Das muss Gedankenübertragung sein. Ich wollte gerade zu Ihnen kommen. Haben Sie Neuigkeiten? Ich habe gehört, dass jemand mit einem Pinguinkostüm um das Haus von Müller herumgestrichen ist.«

»Darf ich erst einmal reinkommen?«, sagte er statt einer Antwort.

Sie nickte und hielt ihm die Haustür auf. »Aber gerne. Sie wissen: Meine Leser wollen informiert werden.«

Er folgte ihr in die Küche, wohl ahnend, dass er um ein paar Informationen nicht herumkam. Genauer gesagt: Richtigstellungen. Er konnte besser im Vorfeld mit ihr reden, als dass sie sich Weisheiten aus den Fingern sog, die mit der Realität nichts zu tun hatten. Allerdings war das, was er anzubieten hatte, eher nichtssagend. Keine Action weit und breit. Nur ein Pinguin. Und selbst der konnte Müllers Fantasie entsprungen sein.

»Also, was gibt es Neues? Sie kommen nicht ohne Grund zu mir«, sagte sie und zeigte auf die Kaffeemaschine.

»Lieber ein Glas Wasser. Ehrlich gesagt, wollte ich eigentlich mit Frau Gohres sprechen. Ist sie da?«

»Sie wird in ihrem Zimmer sein. Sie hat angeboten, hier sauberzumachen. Als Dankeschön. Davon konnte ich sie leider nicht abbringen. Doch damit scheint sie durch zu sein. Oder sie hat gar nicht angefangen. Auch möglich. Ich war unterwegs. Übrigens habe ich bei Ihnen an der Wache geklopft. Hat aber keiner geöffnet.«

Der Hauptkommissar konnte sich kaum ein Lächeln verkneifen. Wahrscheinlich hatten sie gerade bei Sandra in der Küche gesessen. Dienstgespräch. Natürlich.

»Anrufen wollte ich nicht«, erklärte die Journalistin. »Macht auch nichts. Jetzt sind Sie da. Also, was gibt es Neues? Ich sage nur – Pinguin!«

Arndt Kleemann bestätigte das angebliche Auftauchen des Pinguins, dann schwieg er.

Helga Schorz-Küfler trommelte ungeduldig auf den Küchentisch. »Was heißt das? Was steckt dahinter?«

»Wir ermitteln. Mehr kann ich dazu nicht sagen«, antwortete der Kommissar.

»Wollen Sie nicht oder können Sie nicht? Ich brauche Hintergründe, davon lebt eine Geschichte.«

»Spekulationen gehören nicht ins Netz, obwohl ich weiß, dass die Realität anders aussieht«, versuchte er ihr klarzumachen. »Und für Tatsachen ist es im Moment zu früh. Die Veröffentlichung wäre definitiv kontraproduktiv.«

»Gibt es Insulaner, die für den Mord in Frage kommen?« Es war, als hätte die Frau seine Erklärung nicht zur Kenntnis genommen. Eifrig tippte sie etwas in ihren Laptop.

»Nein. Und nun hören Sie auf zu schreiben.« Langsam wurde Arndt Kleemann ungeduldig. Merkte die nicht, dass sie nervte? »Rufen Sie stattdessen Frau Gohres, wenn Sie so nett wären.«

Zögernd stand Helga Schorz-Küfler auf. »Noch ein Glas Wasser?«, fragte sie und ging gemächlich zum Kühlschrank.

»Nein danke«, erwiderte er. »Wenn Sie jetzt bitte…? Oder soll ich selber gehen? Kein Problem.«

»Schon gut. Ich hole sie.« Ohne das Tempo wesentlich zu verschärfen, verließ Helga Schorz-Küfler die Küche, nur um gleich darauf wieder vor ihm zu stehen. »Sie ist nicht da. Ich habe ihr heute Morgen zu einem Spaziergang geraten. Aber ich sehe ihre Reisetasche nicht und der Koffer liegt gepackt auf dem Bett. Na gut, gepackt ist vielleicht etwas zu nett ausgedrückt. Ihre Klamotten hat sie einfach …«

»Frau Schorz! Wo ist ihr Zimmer?« Er war laut geworden. Hatte es nicht verhindern können. Aber was die Frau hier machte, grenzte an Behinderung der Ermittlungsarbeiten. Mit der würde sein Kollege in den nächsten Jahren bestimmt viel Spaß haben.

»Kommen Sie. Hier.«

Tatsächlich machte das Zimmer einen Eindruck, als ob jemand kurz davor stand, auszuziehen. »Wissen Ihr Mann und Ihr Neffe, wo sich Frau Gohres aufhalten könnte?«

Sie hatte sich bereits umgedreht und an eine Zimmertür getrommelt. Nichts rührte sich dahinter. »Bernd ist nicht da. Ich denke, er hat einen Abstecher zu seinem Freund Jens gemacht. Ich rufe ihn sofort an.«

»Bevor Sie anrufen – wie kann ich Ihren Mann erreichen?«

Sie zeigte auf eine Tür am Ende des Ganges. »Da geht es zur Praxis. Aber Vorsicht – er kann es gar nicht leiden, wenn er während seiner Behandlung gestört wird.«

»Das ist mir im Moment ziemlich egal«, schnauzte Arndt Kleemann und öffnete die Tür zur Praxis, ohne anzuklopfen. Paul Schorz fuhr aus seinem Bürosessel, als wäre er gerade aus tiefstem Schlaf gekommen, als er den Kommissar vor seinem Schreibtisch auftauchen sah.

»Was gibt es, dass Sie mich erschrecken?«, fragte er mühsam.

»Ich suche Antonia Gohres«, erklärte Arndt Kleemann. »Wissen Sie, wo sie ist?«

»Ist sie weg?«, fragte Schorz undeutlich und fuhr fort: »Logisch. Sonst würden Sie nicht nach ihr suchen.« Er schüttelte den Kopf. »Ich habe sie heute Morgen nicht gesehen. Hatte viel zu tun. Die Insulaner machen offensichtlich das Beste daraus, dass sie eingefroren sind. Anstatt ans Festland zu fahren, kümmern sie sich um ihr Wohlbefinden und lassen sich von mir massieren. Im Moment allerdings habe ich eine Pause. Dann meditiere ich. Das schafft neue Kraft, wenn man ungestört bleibt.«

»Entschuldigen Sie, aber es ist wirklich wichtig. Hat Sie Ihnen gesagt, dass Sie weg wollte?«

»Sie hat gestern Abend lange mit mir gesprochen. Was genau, werde ich Ihnen nicht mitteilen. Das fällt unter Patientenschutz. Wissen Sie, die Menschen würden jegliches Vertrauen zu mir verlieren, wenn sie mitbekämen, dass ich ihre Probleme weitergebe.«

»Klar«, erwiderte der Hauptkommissar, »dann schweigen Sie man schön weiter und lassen uns suchen. Ist auch bequemer für Sie. Aber wehe, wenn wieder was passiert, dann sind Sie so was von dran. Verlassen Sie sich drauf!« Ohne eine Antwort abzuwarten, verließ er die Praxis. Er würde sich ihre Sachen genau ansehen, um festzustellen, ob nicht doch mehr darauf hindeutete, dass sie nur einen Spaziergang machte. Denn wenn sie mit dem Hubschrauber wegwollte, hätte sie mit Sicherheit ihren Koffer mitgenommen.

Eine andere Möglichkeit, die Insel zu verlassen, gab es zurzeit schließlich nicht.

*

»Wenigstens schneit es nicht.« Tino Middelborg schaute aus dem Fenster auf den freien Platz vor der Feuerwehrfahrzeughalle. »Aber mit der Schiffsverbindung klappt es immer noch nicht. Wie schaut es bei euch aus?«, fragte er den Leiter des Flugplatzes.

»Ein Hubschrauber ist bereits gelandet. Weitere sind avisiert. Solange sich das Wetter hält, dürfte es also kein Problem sein, die Fluchtwilligen von der Insel zu bekommen. Ein paar Insulaner mit dringenden Terminen haben sich ebenfalls bereits angemeldet.«

Dann werden die Kölner sicher auch bald verschwunden sein, dachte Röder. Er war gespannt, ob Marvin neue Erkenntnisse mit zur Polizeiwache brachte.

»Eigentlich schade, dass alle wegwollen«, sagte Axel Meinders. »Ein paar Ostdorfer haben unterhalb der Aussichtsdüne in den letzten Tagen, als der Schnee noch nicht so festgefroren und verharscht war, schwer an einer Schneebar gearbeitet. Dort sollen heute und morgen Abend kalte und warme Getränke ausgegeben werden.« Der Gemeindebrandmeister lächelte. »Wir haben ja sonst nichts zu tun.« In diesem Moment machte sich sein Meldeempfänger bemerkbar. Aufmerksam registrierte er die Nachricht von der Leitstelle in Wittmund. »Verstanden«, antwortete er. »Wir rücken aus. – Ein Hubschrauberpilot hat eine hilflose Person im Watt gemeldet. Die Person bewegt sich zwar, dem Piloten kam die Sache jedoch trotzdem seltsam vor«, erklärte er.

Wie auf Befehl waren alle aufgestanden. Der Polizist, die Ärztin, der Mann vom Flugplatz.

»Wie gehen wir vor?« Michael Röder schaute in die Runde. »Nächste Frage, wie sollen wir sie finden? Das Watt ist groß.«

»Nach Aussage des Piloten läuft sie direkt auf die Müllumschlagstation zu. Sie ist zwischen der Insel und dem Priel unterwegs. Eine Frau, soweit er es von oben beurteilen konnte.«

»Ich weiß natürlich nicht, wie lange sie bereits unterwegs ist«, überlegte Ellen Neubert, die Ärztin, »aber ich gehe mal davon aus, dass sie stark unterkühlt ist. Wir müssen sie da rausbringen und zeitgleich einen Rettungshubschrauber auf die Insel beordern, damit sie sofort ins Krankenhaus geschickt werden kann.«

»Kann der Hubschrauber nicht im Watt landen?«, fragte Röder. »Das erspart uns und der Patientin wichtige Zeit.«

»So ein Rettungshubschrauber kann zwar einiges ab, aber er braucht eine vernünftige Landefläche. Gerade, trocken und fest. Das ist im Watt sicher nicht ideal. Um nicht zu sagen, es ist einfach viel zu gefährlich«, erklärte der Mann vom Flugplatz. »Ich besetze den Tower. Könnte reger Betrieb heute werden.«

»In Kürze werden weitere Kameraden hier sein. Wir fahren mit einem Fahrzeug und dem KTW so weit raus, wie wir es verantworten können«, schlug der Gemeindebrandmeister vor. »Vielleicht ist die Person schon wieder auf der Insel angekommen. Wenn nicht, werden wir uns zu Fuß auf den Weg ins Watt machen.

Sollten wir einen der Wattführer benachrichtigen, die auf der Insel sind?«

»Gute Idee«, bestätigte Röder. »Ich rufe sie an. Sie sollen direkt hinter die Müllstation kommen. Aber noch einmal: Sollen wir uns nicht doch Hilfe aus der Luft holen? Die Kollegen können uns im besten Fall direkt zu der Person hinleiten. Es ist gut möglich, dass sie viel zu weit weg ist, um sie von der Insel aus orten zu können. Ich setze mich mit dem Polizeihubschrauber in Verbindung.«

Die Ärztin und die anderen Männer nickten.

Die Eingangstür schlug, fast im gleichen Moment wurden die Tore der Fahrzeughalle nach oben geschoben. Axel Meinders versammelte seine Leute um sich und erklärte, wie sie vorgehen wollten. »Zieht euch warm an«, sagte er zum Schluss.

»Der lange Hinni ist immer dabei«, antwortete einer der Männer.

»Bei mir nicht«, sagte die Ärztin und an den Fahrer des Rettungswagens gewandt: »Maik, wir müssen bei mir vorbei, eine Schicht Wolle abholen. Ich will auch ein paar Wärmflaschen aus der Praxis mitnehmen. Die helfen bei Unterkühlung«

Ehe der Inselpolizist sich versah, war der Rettungswagen vom Hof gefahren. Er wunderte sich, dass das Fahrzeug ohne Probleme die glatte Schräge hochkam. Doch wie hatte Meinders vor zwei Tagen gesagt? Räumen, streuen und Schneeketten. Das half.

Röder nahm sein Telefon aus der Tasche und rief Hilko Brehmer, einen der Wattführer, an.

Der versprach, sofort zu kommen. »Mein Mitstreiter ist übrigens nicht auf der Insel. Der macht Urlaub im Harz«, sagte er.

Nun gut. Wenigstens war einer der beiden Fachleute für das Wattenmeer vor Ort. »Vergiss dein Fernglas nicht«, bat Röder, bevor er das Gespräch beendete. Der

Satz war natürlich überflüssig, das hätte der sowieso mitgenommen.

Jetzt musste Röder erst einmal mit Arndt telefonischen Kontakt aufnehmen. Die anderen wunderten sich sicher schon, dass er noch nicht zu ihnen gestoßen war.

Arndt Kleemann begrüßte ihn mit einem knappen: »Ja, Michael, was ist?«

Röder stutzte. Was war seinem Freund denn über die Leber gelaufen? »Arndt, ich bin in einem Sucheinsatz eingebunden. Hilflose Person im Watt.«

»Ach, da ist sie also. Wie dämlich muss man eigentlich sein, um einfach in diese Eiswüste zu laufen?«, polterte Arndt.

»Von wem redest du?«

»Von der Gohres. Sie ist verschwunden. Mit Reisetasche, aber ohne Koffer. Hier im Haus weiß keiner, wo sie steckt, und bei ihren Kollegen ist sie nicht. Ich habe gerade mit Marvin gesprochen. Es kam mir gleich so komisch vor. Verrückte Göre. Wie kommt sie auf diese blöde Idee? Und wir haben jetzt die Last damit. Als wenn wir nichts anderes zu tun hätten!«

»Ist gut«, versuchte der Inselpolizist seinen Freund zu beruhigen. »Ich weiß, dass du dir Sorgen machst. Aber wir haben alles angeworfen. Es wird nicht lange dauern, dass wir sie kuschelig warm eingepackt wieder hier haben.«

»Dein Wort in Gottes Ohr«, schnaubte Arndt. »Ich bin gespannt, wie sie auf diesen Trip gekommen ist. Von selbst bestimmt nicht.«

Da war sich Röder nicht ganz sicher. Und ebenfalls nicht, ob die junge Frau nach ihrer Rettung in der Lage war, zu reden. Mit Unterkühlung war nicht zu spaßen. Das konnte schnell, ganz schnell, zum Herzstillstand führen.

Außerdem – es war zum jetzigen Zeitpunkt nicht

davon auszugehen, dass es sich bei der Person im Watt überhaupt um Antonia Gohres handelte. Eine genaue Beschreibung hatte der Pilot nicht liefern können.

»Wir starten südlich von der Müllstation. Unterrichtest du Marvin und kommst dann zu uns?«

»Natürlich«, versicherte Arndt, »bin schon fast auf dem Weg.«

Danach besprach Röder mit seinem Kollegen von der Rettungsleitstelle das weitere Vorgehen. Dann schloss er die Tür der Feuerwache hinter sich und machte sich mit seinem Fahrrad auf den Weg zur Müllstation.

Als er auf den Weg bog, der zum Heller führte, sah er eine junge Frau auf die Straße laufen. »Warten Sie«, rief sie mit heller Stimme.

Er wollte nicht, doch er bremste. »Was kann ich für Sie tun?«, fragte er knapp.

»Wir sind hier. Auf Urlaub. Wir wollten gestern schon gefahren sein. Aber das Wetter. Sie wissen …«

Ja, er wusste. Und er hatte keine Zeit, sich über das Wetter zu unterhalten. »Also. Was liegt an?«

»Der Kinderroller von unserem Jüngsten. Er ist weg. Einfach weg. Wir hatten ihn vor der Tür stehen. Unser Vermieter hat uns hoch und heilig versichert, dass auf der Insel nichts geklaut wird. Und nun ist er weg.« Ihre Stimme war, wenn möglich, noch schriller geworden.

»Fehlt Ihnen sonst noch was?« Er wollte weiter. Ein Menschenleben im Watt war wichtiger als ein eventuell geklauter Roller.

Sie überlegte, schaute sich um, dann schüttelte sie den Kopf. »Ich glaube nicht. Bis auf – warten Sie. Genau. Im Bollerwagen hier lag eine Baltrumflagge. Die ist auch nicht mehr da.«

Der Inselpolizist zog sein Notizbuch aus der Tasche, ließ sich den Namen der Frau geben und versprach, sich im Laufe des Tages zu melden.

Er nahm die Abkürzung über den Flugplatz. Das laute Blubbern von Rotoren ließ ihn schneller in die Pedale treten. Er wollte nicht in den Wirbel der Rotorblätter geraten. Vor der Müllstation bog er rechts ab. Die Einsatzfahrzeuge standen in Höhe des Bootshauses.

»Wir fahren nicht weiter raus«, begrüßte ihn Axel Meinders. »Auf dem unebenen Gelände ist das zu heikel, besonders, weil wir nicht einschätzen können, was sich unter Schnee und Eis verbirgt. Da nützen die besten Schneeketten nichts.«

Vor dem Vereinsgebäude des Baltrumer Bootsclubs waren viele Boote aufgebockt. Im Sommer lagen die im Wasser, im Herbst jedoch wurden sie in einer gemeinschaftlichen Aktion der Besitzer herausgeholt und an Land gesichert. Genau wie die Holzstege, an denen die Boote befestigt wurden, wenn sie im Wasser lagen.

Hilko Brehmer, der Wattführer, war bereits vor Ort. Michael Röder stellte sein Fahrrad ab, begrüßte ihn und schilderte kurz die Lage. »Wie ist es? Gehst du voraus? Der Polizeihubschrauber ist unterwegs. Er wird uns zu der Person leiten. Meinders und seine Kameraden mit Trage und Decken und die Ärztin werden mit im Team sein.«

»Kein Problem«, nickte Brehmer. Sorgsam suchte er den Eingang zum Wattenmeer auf Bewegung ab. »Bis dort können wir schon einmal vorausgehen«, er deutete mit dem Finger auf einen Punkt irgendwo in der Weite der Eisfläche.

»Einen Moment noch«, bat Röder. Arndt Kleemann und Marvin Lingenberg tauchten neben dem Haus der Deutschen Gesellschaft zur Rettung Schiffbrüchiger auf. Auch ihnen berichtete er, wie sie vorgehen wollten. »Was ist mit den Kölnern?«, fragte er Marvin.

»Ehrlich, großkotziger als dieser Müller geht kaum. Er telefoniert sich gerade die Finger wund nach einem neuen Heli, nachdem das mit dem alten nicht geklappt hat. Ist stinkesauer und brüllt seine Leute an. Echt nicht zu ertragen«, erwiderte Marvin.

»Bei mir war es kaum besser«, sagte Arndt. »Aber das können wir später besprechen. Marvin und ich bleiben hier.« Er zeigte auf seine Schuhe. »Nicht geeignet für Eisgang. Du gehst mit, Michael.«

»Alles klar. Übrigens – falls ihr nichts zu tun habt – ich hätte da was für euch.« Er berichtete in groben Zügen, was ihm die Gastdame über den geklauten Roller und die Flagge mitgeteilt hatte.

»Bin gespannt, wo die Sachen wieder auftauchen«, überlegte Marvin Lingenberg. »Ist doch bekloppt. Da habe ich gerade erst den Gartenzwerg zurückgebracht, da wird ein Roller geklaut. Ich habe langsam das Gefühl, da will uns jemand von unseren Ermittlungen ablenken. Unsere Kräfte anderweitig binden. Und wenn ich mir die Gesamtlage anschaue, dann komme ich immer mehr zu der Annahme, dass die Person in dem Pinguinkostüm und der Rollerdieb ein und dieselbe Person sind. Und zwar eine Person mit einem äußerst absonderlichen Sinn für Humor.«

Ob sein Kollege recht hatte? Es wäre zumindest ein neuer Ansatzpunkt. »Wir sollten darüber nachdenken«, stimmte Röder zu. »Aber jetzt liegt erst einmal anderes an.« Er deutete auf die Feuerwehrleute, die mit der Ärztin darauf warteten, dass er sich ihnen anschloss.

Sie stapften los. Gut zehn Minuten waren sie gelaufen, als Röder den Polizeihubschrauber über sich sah. Schon hörte er die Stimme des Piloten in seinem Funkgerät.

»Wir haben sie.« Der Pilot meldete die Richtung und Röder gab die Daten an den Wattführer weiter. »Ich kreise über der Person, bis ihr da seid. Sie trägt übrigens eine knallrote Mütze und ist in Bewegung. Sie zieht etwas Schwarzes hinter sich her. Von hier oben ist sie gegen die weiße Fläche gut zu erkennen.«

Im gleichen Moment hörte Röder Brehmer rufen. »Da ist sie. Wir laufen direkt auf sie zu.«

Jetzt sah auch er den roten Punkt. Im Sommer wäre sie ihnen auf dem flachen Gelände mit Sicherheit viel eher aufgefallen. Aber jetzt, da sich immer wieder das Eis zu kleinen Hügeln aufgeschoben hatte, war die Sicht ziemlich eingeschränkt.

»Los, kommt, etwas schneller bitte. Jede Sekunde zählt«, forderte die Ärztin die Männer auf, doch Axel Meinders widersprach.

»Es ist uneben genug. Wenn wir mit gebrochenen Haxen zu einem weiteren Notfall werden, hilft das der Person da hinten nicht weiter.«

Ellen Neubert ersparte sich eine Antwort, wurde jedoch nicht langsamer. Die Männer mit der Trage schnauften hinter ihr her, bis sie die junge Frau erreichten.

Antonia Gohres fiel Ellen Neubert in die Arme. Als ob sie sich bis gerade eben mit letzter Energie aufrecht gehalten hätte und nun jegliche Kraft aus ihr wich. Sie zitterte am ganzen Körper.

»Ganz ruhig. Bleiben Sie ganz ruhig. Wir sind bei Ihnen«, sagte die Ärztin und gab den Feuerwehrleuten das Zeichen, die Trage auseinanderzuklappen. »Sie legen sich hin und bekommen eine schöne kuschelige Decke über. Wie wäre es damit?«

Antonia nickte schwach. »Meine Tasche. Würden Sie meine Tasche ...«

»Darüber machen Sie sich keine Sorgen. Jetzt sind Sie erst einmal dran. Ihre Tasche haben wir sicher.« Michael Röder gab dem Piloten des Polizeihubschraubers ein Zeichen und bedankte sich per Funk. Kurz darauf drehte der Helikopter ab. »Oder wollen und können Sie laufen?«, fragte er die junge Frau.

»Weiß nicht. Geht sicher auch.«

»Nichts da. Sie legt sich hin und ihr wechselt euch mit dem Tragen ab.« Ellen Neuberts Ton ließ keine Widerworte zu. »Axel, bitte«, forderte sie den Gemeindebrandmeister auf, und behutsam halfen sie Antonia Gohres auf die Trage. »Nicht bewegen. Nicht die Beine oder Arme hochnehmen«, bat sie die Frau, dann nahm sie die Decken, die Maik Bernhard ihr entgegenhielt, und legte sie über den zitternden Körper.

»Zugleich!« Die Männer hoben die Trage an und alle machten sich auf den beschwerlichen Rückweg. Nach gut zehn Minuten wechselten sie sich ab. Die Ärztin redete währenddessen beruhigend auf Antonia ein, die immer wieder fahrig nach ihrer Tasche fragte.

»Was ist denn so Wichtiges darin?«, fragte Ellen Neubert.

»Mein – mein Äffchen!«, schluchzte Antonia.

»Aber das habe ich eben, als Sie sich auf die Trage gelegt haben, aus Ihrer Anoraktasche schauen sehen.« Michael Röder griff unter die Decke. »Entschuldigung, das muss jetzt sein«, sagte er, als er merkte, wie Antonia Gohres zusammenzuckte. Und auch Ellens erstaunter Blick war ihm nicht entgangen. Aber dann hielt er ein braunes Plüschäffchen in der Hand. »Haben Sie das gemeint?«

Ungläubig starrte Antonia das Äffchen an, dann flüsterte sie: »Es hat auf mich aufgepasst. Und ich dachte schon, ich hätte es verloren.« Jetzt weinte sie hemmungslos.

»Frau Gohres, bitte nicht. Beruhigen Sie sich.« Michael Röder schob ihr das Äffchen unter die Decke. »Es passt weiterhin auf Sie auf. Ganz bestimmt«, sagte er mit rauer Stimme, dann übernahm er die Trage von Axel Meinders.

Sie kamen zügig voran. Als jedoch einer der Männer auf einer Eisplatte ins Rutschen geriet und die Trage bedenklich schaukelte, schrie Antonia auf. Beruhigend legte die Ärztin eine Hand auf die Decke. »Nichts passiert«, sagte sie und wischte der jungen Frau die Tränen aus dem Gesicht. »Wir haben es gleich geschafft.«

Die Ärztin hatte recht. Michael Röder sah bereits die Einsatzfahrzeuge vor sich. Es konnte sich nur um Minuten handeln, bis Antonia wieder in der Wärme war. Und er auch. Tatsächlich fror er wie selten in seinem Leben. Als er morgens von zu Hause losgefahren war, hatte er nicht damit gerechnet, dass ihm dieser Tag eine Wattwanderung bescheren würde.

Arndt Kleemann erwartete ihn, als er ein wenig später wieder das harte Pflaster wohltuend unter seinen Stiefeln spürte. »Wo bringt ihr sie hin?«, fragte der Inselpolizist die Ärztin.

»In die Praxis. Aufwärmen und versorgen. Dann werde ich sehen, wie ich weiter vorgehe«, antwortete Ellen Neubert. Sie schoben Antonia Gohres in den Krankenwagen. Ihre Tasche stellten sie in die Fahrerkabine.

»Wenn möglich, möchte ich ein paar Fragen loswerden, bevor ihr sie rüberbringt«, sagte Röder. »Bitte gib mir Bescheid, wann es passt.«

»Mache ich. Obwohl mir die Gesundheit meiner Patientin wichtiger ist, das muss ich dir nicht erklären.« Sie stieg in den KTW und schlug die Tür zu. Im gleichen Moment setzte sich das Fahrzeug in Bewegung.

Michael Röder bedankte sich bei dem Wattführer, dann verabschiedete er sich von Axel Meinders und seinen Leuten. »Hat prima geklappt«, sagte er. »Wer weiß, ob sie das alleine geschafft hätte. Wenigstens war sie so klug, wieder zurückzulaufen und nicht weiter geradeaus Richtung Festland.«

»Dann wäre der Einsatz sicher nicht so glimpflich verlaufen. Wir können von Glück sagen, dass der Pilot sie entdeckt hat«, erwiderte der Gemeindebrandmeister. »Mich würde wirklich interessieren, was die dazu getrieben hat, alleine da rauszulaufen. Das kann wirklich nur einem unerfahrenen Festländer passieren.«

Röder war sich nicht ganz so sicher. Von Selbstüberschätzung und Gründen, die einem selbstverständlich gar keine andere Wahl ließen, konnten sich sicher auch einige Insulaner nicht freisprechen. Zumindest hoffte er jedoch, dass der Wattausflug der Gohres für eine nachhaltige Abschreckung sorgte. Bei wem auch immer.

»Arndt, was meinst du, was ich jetzt am liebsten möchte?«

»Eine Tasse Kaffee und ein Stück Apfelkuchen?«

»Genau. Und eure Berichte.«

»Richtig gemütlich habt ihr es hier.« Marvin Lingenberg machte einen vergeblichen Versuch, seine Bommelmütze noch tiefer ins Gesicht zu ziehen, und nahm sein Fahrrad vom Zaun. »Bei uns in Aurich müssen wir unsere Berichte in einem nüchtern eingerichteten Büro abliefern. Ohne Kaffee und Kuchen.«

*

Sie saßen bei Sandra in der Küche. Den Wunsch nach Kaffee und Kuchen hatte sie erfüllen können. Allerdings gab es nicht ihren heißbegehrten Apfelkuchen. Im *Inselmarkt* war nämlich weit und breit kein Apfel mehr im Regal zu finden gewesen und auch im *Frischemarkt* nicht. Stattdessen hatte sie einen Marmorkuchen gebacken.

»Mehl und Backpulver und Kakao waren noch da«, erklärte sie trocken. »Selbst eine Tafel Schokoladenkuvertüre habe ich gefunden.« Sie schnitt ein weiteres Stück ab und legte es Michael auf den Teller.

»Wattwandern macht echt hungrig«, sagte er und biss genussvoll hinein.

»Unsere Ermittlungen, wenn man sie überhaupt so

nennen kann, eher weniger«, sagte Marvin Lingenberg. Trotzdem griff auch er beherzt nach seinem dritten Stück. »Ich bin bei den Kölnern gewesen. Glaubt mir, da stimmt was nicht. Allerdings habe ich nicht rausgefunden, was es ist. Dass die sich bekriegen, wissen wir. Aber warum die bis jetzt in einem Haus zusammenhocken, ist mir ein Rätsel. Wenn ich meinen Chef so wenig leiden kann, dann setze ich mich ab, oder? Außerdem ist mir schleierhaft, warum der Müller es bis gerade nicht geschafft hat, einen neuen Hubschrauber zu organisieren. Der will doch unbedingt weg! Und wenn ich da eins und eins zusammenzähle: Das seltsame Verhalten der Leute und dieser schräge Humor bei unseren rätselhaften Fällen, da kann ich einfach nur darauf kommen, dass die Kölner da ganz tief drinstecken! «

»Ich stoße bei der Schorz-Küfler ebenfalls an meine Grenzen«, begann Arndt Kleemann. »Die Frau macht einen auf Journalistin. Der Mann schweigt sich aus. Und der Neffe tauchte gar nicht erst auf. Wahrscheinlich aus gutem Grund.«

»Vorsicht, mein Freund ...«, unterbrach Röder ihn.

»Natürlich. Keine Vorverurteilung«, lenkte Arndt ein. »Außerdem wurde Hagener nicht wegen eines tätlichen Angriffes, sondern wegen wiederholter Graffiti-Schmierereien verurteilt. Aber es wäre sehr schön, wenn wir weiterkämen. Da klammert man sich unvorsichtigerweise schon mal an einen, wenn auch noch so kleinen, Anhaltspunkt. Aber wem sage ich das. Wir sind auch nur Menschen. Marvins Argumentation scheint mir stattdessen tatsächlich nicht so ganz weit hergeholt.«

Sandra hörte den Männern zu, goss Kaffee nach, holte frische Milch aus dem Kühlschrank, dann sagte sie: »Ich habe mit meiner Freundin Bettina gesprochen. Euer Notfall kann bei ihr wohnen, sofern Ellen beschließt, dass sie nicht ins Krankenhaus muss.«

»Wunderbar«, sagte Röder, »dann haben wir wenigstens eine Ausweichunterkunft. Immerhin besteht die Möglichkeit, dass sie in ihrer jetzigen Bleibe von irgendetwas derart erschreckt wurde, dass sie meinte, die Flucht ergreifen zu müssen.«

»Schrecken, dein Name sei Schorz-Küfler«, sinnierte Marvin.

»Ich bin jedenfalls froh, dass ich ihr das mit der neuen Unterkunft mitteilen kann.« Michael Röder schaute auf die Uhr. »Sie ist jetzt seit einer guten halben Stunde in Behandlung. Ich denke, dass sich die Ärztin gleich melden wird.« Er stand auf und schaute in den Himmel, der sich den ganzen Tag schon in einem kräftigen Blau zeigte. Hin und wieder schoben sich ein paar weiße Wölkchen darüber. In unregelmäßigen Abständen konnte er das Brummen von Rotoren hören. Die meisten Gäste verließen jetzt wohl die Insel. Was vielleicht gut war. Sollte es länger dauern, dass sie von der Außenwelt zumindest auf dem Wasserwege abgeschnitten waren, würde es mit der Versorgung unter Umständen wirklich schwierig werden.

»Wisst ihr was?«, überlegte Röder. »Ich komme auf dem Weg in die Praxis direkt am Haus von Müller vorbei. Mir lässt die Frage, die Marvin eben aufgeworfen hat, auch keine Ruhe. Warum setzen der Ollrich und die Warth sich nicht von ihrem Chef ab? Und auf eine zweite Frage habe ich bisher ebenfalls keine befriedigende Antwort bekommen: Warum ist der Kerl über Karneval hier, anstatt in Köln die Sau rauszulassen? Wenn er das Fest doch so liebt. Verstehe ich echt nicht.«

»Ich komme mit. Dann können wir uns zur Not aufteilen, wenn der Anruf der Ärztin kommt«, sagte Arndt.

»Was ist mit mir?«, fragte Marvin und es klang ein wenig beleidigt.

»Es wäre sicher sinnvoll, wenn du dich um den verschwundenen Roller kümmerst«, antwortete Arndt. »Mit den Bestohlenen sprechen, das Übliche eben. Wenn deine Überlegungen stimmen sollten, gibt es vielleicht Schnittstellen und die sollten wir finden. Außerdem ist es bestimmt nicht unwichtig, die Wache besetzt zu halten in diesen unruhigen Zeiten. Hast du eigentlich Herrn Ulrichs wegen des Gartenzwerges befragt?«

»Er hat nichts mitbekommen. Das Nachbarhaus wird nur im Sommer bewohnt und zu der Stelle, wo der Zwerg stand, hatte er keinen direkten Blick. Was er natürlich außerordentlich bedauert hat«, berichtete Marvin Lingenberg. »Die Sachen habe ich ordnungsgemäß wieder abgeliefert und einen Menschen sehr glücklich gemacht. Aber auch da werde ich noch einmal genauer nachhaken, ob den Besitzern nicht doch etwas aufgefallen ist.«

*

»Hast du nicht ebenfalls gerade so ein Gefühl, als ob Frühling in der Luft liegt?« Michael Röder streckte sich zur Sonne.

»Ich habe eine ganze Menge Gefühle, aber Frühling ist nicht dabei.« Arndt klopfte gegen das Thermometer neben der Haustür. »Wir haben minus acht Grad. Da hilft nur Warmarbeiten.«

Sie nahmen ihre Räder und versuchten, auf ihrem Weg zu Müller nicht auszurutschen oder in Spurrillen eingeklemmt zu werden. Wo der Schnee auf den roten Klinkersteinen festgefroren war, kein leichtes Unterfangen. »Wir hätten genauso gut laufen können«, brummte Röder, als er in der Kurve bei *Stadtlander* ins Schlingern geriet.

»Richtig. Aber da hinten wird es besser«, antwortete Arndt. »Zumindest glaube ich es. Dort, an der Kirche vorbei Richtung Schule, ist die Straße einfach viel mehr befahren.«

Der Inselpolizist schaute seinen Kollegen zweifelnd an. »Viel mehr befahren? Du glaubst, wenn Fahrräder über die Eisschicht donnern, schmilzt sie schneller? Vergiss nicht, uns fehlen die Auspuffgase.«

»Korinthenkacker«, murmelte Arndt Kleemann und stieg vom Rad. Vor Müllers Haustür verharrten sie kurz. Aufgebrachte Stimmen, wirr durcheinander, drangen durch das halb geöffnete Fenster nach draußen. Zu gern hätte Röder den genauen Wortlaut verstanden. Sie nickten sich zu, dann klopften sie energisch an die Tür. Es dauerte nur ein paar Sekunden, dann stand Britta Warth vor ihnen, das Gesicht gerötet, die Haare die Haare wirr, als hätte sie ein elektrischer Schlag getroffen.

»Alles klar? Geht es Ihnen gut?«, fragte Röder statt einer Begrüßung.

»Nein, mir geht es nicht gut«, sagte sie wütend. »Und es wird Zeit, dass Sie erfahren, warum.«

Sie folgten der Frau in die Küche. Hennes Ollrich lehnte an der Arbeitsplatte und Gereon Müller spielte an seinem Handy. Er schaute nicht einmal auf, sagte nur: »Sie schon wieder.«

»Was ist hier los? Können wir helfen?«, fragte der Inselpolizist energisch. »Worum geht der Streit?«

Doch statt eine Antwort zu geben, schoss Hennes Ollrich auf Gereon Müller zu, riss ihn vom Stuhl und schleuderte ihn in eine Ecke.

»Aufhören!«, brüllte Arndt Kleemann und versuchte, die beiden Männer zu trennen. Aber erst mit Hilfe seines Kollegen gelang es, Hennes Ollrich von seinem Opfer wegzuziehen.

»Schluss mit dem Theater!«, donnerte der Hauptkommissar. »Wir gehen auf Ihr Zimmer!« Er zog Hennes Ollrich aus dem Raum. Der Mann folgte ihm widerstandslos.

Michael Röder umfasste Müllers Arm. »Können Sie aufstehen?«

Müller nickte und stützte sich vom Fußboden ab.

»Was war das eben? Warum ist Ihr Mitarbeiter so aufgebracht?«

Gereon Müller ließ sich auf einen Stuhl fallen und zuckte mit den Schultern. »Keine Ahnung. Stress. Klaustrophobie. Was weiß ich. Fragen Sie ihn selbst.«

»Darauf können Sie sich verlassen«, bestätigte Röder. Er schaute Britta Warth an. Sie hatte den ganzen Vorfall schweigend angesehen. So, als ob sie das alles nichts anginge. Doch jetzt kam auch sie ihrem Chef beängstigend nahe.

»Frau Warth, bleiben Sie stehen.« Röder schob sich vor Gereon Müller. Es war, als ob die Frau ihn nicht hörte. Immer näher kam sie, langsam schlurfend mit einem Blick, der, so hatte Röder das Gefühl, nicht mehr von dieser Welt war. Ihre Hände hatte sie auf den Rücken gelegt, die Schultern klappten nach vorne und immer näher kam sie, ganz langsam, aber unaufhaltsam. »Gehen Sie weg«, flüsterte sie Röder zu. »Gehen Sie weg.«

»Nein, das werde ...«

Sie nahm ihre Arme vom Rücken. In der Hand hielt sie ein Küchenmesser, silbrig blinkend, spitz und mindestens zwanzig Zentimeter lang.

»Gehen Sie weg«, wiederholte sie.

Sein Telefon machte sich bemerkbar. Er beschloss, es zu ignorieren. Kein Ergebnis rationaler Überlegungen. Britta Warth hatte im Moment nur einfach die besseren Argumente. »Frau Warth, machen Sie sich ...« Beinahe hätte er so etwas wie ›Machen Sie sich nicht unglücklich‹ gesagt. Doch das erinnerte ihn sehr an einen Krimi, den er erst kürzlich mit Sandra im Fernsehen verfolgt hatte. »Machen Sie keinen Fehler!« Klang auch nicht besser.

»Glauben Sie mir: Auf einen Fehler mehr oder weniger kommt es jetzt nicht mehr an«, sagte sie. »Gehen Sie zur Seite. Ich will nichts von Ihnen. Ich will nur, dass dieses Arschloch hinter Ihnen die Wahrheit sagt. Mehr nicht.« Ihr Atem roch nach Alkohol.

Röder versuchte, Blickkontakt herzustellen, doch ihre Augen zuckten unruhig von einer Ecke des Zimmers in die andere. Wieder machte sie einen Schritt auf ihn zu, das Messer so fest umklammert, dass ihre Fingerknochen sich unter der Haut weiß abzeichneten. Würde sie es wagen? Er konnte es nicht einschätzen. Jetzt stand sie direkt vor ihm und die Spitze des Messers folgte jeder seiner Bewegungen. Konnte er sie abwehren? Oder war sie trotz ihres Alkoholpegels den verdammten Bruchteil schneller? Er wagte keinen Versuch. Röder spürte die Messerspitze bereits durch seinen Dienstanorak. Reden musste er. Reden, bis ihm die Argumente ausgingen. »Ich gehe erst, wenn Sie mir das Messer übergeben haben. Ich verspreche Ihnen, dass Sie dann Herrn Müller die Meinung sagen können. Aber eher nicht!«

Sie lachte höhnisch auf. »Was glauben Sie denn? Dass der auf meine Fragen antwortet, wenn ich ihn höflich bitte? Nein. Es ist vorbei mit der Höflichkeit. Machen Sie Platz. Jetzt ist er dran.«

»Frau Warth, bitte, das lässt sich auch alles anders lösen«, wagte Röder einen neuen Versuch. »Offensichtlich haben Sie schon genug Ärger am Hals. Machen Sie es doch nicht noch schlimmer.« Der Druck der Messerspitze verstärkte sich immer mehr.

»Ich will ...« Britta Warths Stimme erfüllte bedrohlich und dunkel die Küche, »ich will, dass Sie die Schnauze halten und Platz machen. Dieser Feigling wird sich nicht selber hervorwagen.«

Das war es dann wohl mit der Deeskalation. Warum hörte Arndt ihn nicht, verdammt noch mal? Aber wie konnte der, wenn er sich mit Ollrich oben in dessen Zimmer befand? Was jetzt? Ausfallschritt wäre die schlechteste aller Möglichkeiten. Müller wäre dann ungeschützt und er selbst würde im wahrsten Sinne des Wortes ins offene Messer laufen. Besser sich bemerkbar machen. Aber wie? Langsam formte sich ein Plan in seinem Kopf. Wie wäre es mit einem Schritt zurück? So kräftig, dass Müller mit seinem Stuhl nach hinten kippte. Eine eventuelle Verletzung des Mannes musste er in Kauf nehmen. Klar. Besser als einen gezielten Messerstich. Der Lärm würde Arndt nach unten holen und in diesem Gewirr hatte er die Chance, Britta Warth zu entwaffnen.

Michael Röder musste zugeben, dass das Wort Feigling in Zusammenhang mit dem Mann, der hinter ihm auf dem Küchenstuhl kauerte, nicht ganz unberechtigt war. Aber es nützte nichts. Es war seine Aufgabe, ihn zu beschützen. Wenn nötig, mit seinem Leben. »Keine Chance. Frau Warth, ich habe Sie als die Vernünftigste in dieser Gruppe hier kennengelernt. Noch einmal: Messer weg und wir reden.« Verdammt, wo blieb Arndt! Sie war so nah an ihm dran, doch er konnte nichts tun, ohne Müller zu gefährden.

»Nein! Hände nach oben! Und Ihre Waffe bleibt, wo sie ist! Ich gebe nicht auf. Nicht jetzt! Dieser Idiot macht sich gerade vor Angst in die Hosen. Er soll reden. Soll endlich mit der Wahrheit rausrücken!«

Was war nur mit der Frau los? Wie sollte er die wieder erden? Sie schien völlig neben der Spur zu sein. »Frau Warth, ich bitte Sie …«

»Verdammt, nein. Hier wird jetzt endgültig …«

In diesem Moment klopfte es an die Küchentür. »Hallo, ist hier jemand?«

Michael Röder wollte, nein, durfte die Warth nicht aus den Augen lassen. Trotzdem drehte er sich reflexartig um und erblickte das verwunderte Gesicht von Hansgerd Ulrichs. »Raus hier«, zischte er. Bloß nicht noch ein potentielles Opfer. Im gleichen Moment konzentrierte er sich wieder auf die Frau, die mit dem Messer vor ihm stand.

»Ich ... Ich wollte nur fragen«, stotterte Ulrichs, »ob Müller die Wippe heute braucht. Ich wollte nämlich ...«

Für einen Moment hatte sich auch Britta Warth von dem unerwarteten Besucher ablenken und verwirrt das Messer sinken lassen. Sofort griff Röder zu, umklammerte ihren Arm und nahm es ihr aus der Hand. Sie ließ es erstaunlich gleichmütig mit sich geschehen. Dann legte er ihr Handschellen an.

»Michael, kannst du mal raufkommen? Es gibt Neuigkeiten«, hörte er Arndts Stimme aus dem ersten Stock.

»Bei mir auch«, antwortete er. »Komm du besser runter.«

»Was ist hier los?« Hansgerd Ulrichs machte keine Anstalten, seinen Beobachtungsposten an der Küchentür zu verlassen. »Also, ich wollte eigentlich nur wegen der Wippe ...«

»Du kannst sie haben.« Gereon Müller war aus seiner Schockstarre erwacht. »Ich brauche sie heute nicht. Und jetzt geh!« Fast hatte seine Stimme wieder normale Lautstärke erreicht.

Doch erst als Röder Müllers Aufforderung wiederholte, schlich sich der Nachbar mit sichtlichem Bedauern nach draußen.

Eins war Röder klar: Was Ulrichs mitbekommen hatte, würde der in Windeseile auf der Insel verbreiten. Hoffentlich hatte er selbst wenigstens die Chance, der Erste zu sein, der Sandra davon erzählte. Sie sollte sich keinen unnötigen Sorgen machen. Bevor Arndt und er die Wache verlassen hatten, hatte sie erwähnt, dass sie zum Boßeln wollte. Normalerweise war Boßeln für

Damen traditionell mittwochs. Aber in dieser Woche war es verschoben worden.

Komisch, dachte er, was einem so durch den Kopf geht. Ich sollte mich besser um meine Kontrahenten kümmern. Zurück also in Müllers Küche mit der Aufmerksamkeit! »Frau Warth, setzen Sie sich und beruhigen Sie sich. Dann erklären Sie mir, was dieser Auftritt eben sollte.«

»Ich zeige die an. Die hat mich umbringen wollen!«, schrie Müller dazwischen.

»Halten Sie die Klappe!« Dieser Gereon Müller ging ihm fürchterlich auf den Nerv. Natürlich war das, was Britta Warth veranstaltet hatte, kein Kavaliersdelikt. Es war klar, dass der Angriff Folgen haben würde, auch wenn keiner ernsthaft verletzt worden war. Er zog sein Handy aus der Tasche. Wie er vermutet hatte, war es Ellen Neubert gewesen, die ihn hatte sprechen wollen. Er musste dringend zurückrufen, aber zuerst wählte er seinen Kollegen an: »Marvin, ich brauche deine Hilfe. In Müllers Haus.«

»Hattest du Besuch?« Arndt Kleemann war heruntergekommen.

»Ja, genau im richtigen Moment.« Röder informierte seinen Kollegen darüber, was sich abgespielt hatte, immer wieder unterbrochen von Gereon Müller. Plötzlich sprang der Mann auf, lief auf Britta Warth zu, die zusammengekauert am Tisch saß, und holte mit geballter Faust aus.

Röder war eine Sekunde schneller. Kurz bevor Müllers Faust im Gesicht der Frau landete, griff er zu und drehte ihm den Arm auf den Rücken. Müller ging in die Knie und stöhnte. »Loslassen, verdammt. Loslassen!«

»Ich lasse hier gar keinen los. Hinlegen, aber dalli.«

Müller gehorchte und der Inselpolizist fixierte den Mann. Diesmal waren es die Handschellen seines

Kollegen. Langsam wurde das Material knapp. »Jetzt können Sie wieder aufstehen.«

»Weißt du was? Allmählich wird es Zeit, dass unser Chef ein paar mehr Leute schickt«, bestimmte Arndt Kleemann. »Es wird unübersichtlich. Oben habe ich ein paar interessante Dinge in Erfahrung gebracht, bevor wir unterbrochen wurden. Ollrich wird uns bestimmt gleich ganz ausführlich erzählen, warum die wirklich hier sind.«

»Gute Idee. Wird auch Zeit, dass wir die Truppe trennen«, bestätigte Röder. »Frau Warth ist ohnehin festgenommen. Marvin wird in Kürze hier sein. Dann bringen wir sie aufs Revier. Dort kann sie so lange warten, bis der Polizeihubschrauber da ist.«

»Ich habe ... Es ist doch gar nichts passiert«, weinte die Frau und schaute Michael Röder an. »Es tut mir leid. Ich wollte Sie nicht ... Echt nicht.«

»Das können Sie dem Untersuchungsrichter erzählen, Frau Warth. Wenn der Nachbar nicht gekommen wäre, dann wäre die Sache hier nämlich eskaliert. Dann hätten Sie bestimmt nicht mehr rechtzeitig darüber nachgedacht, dass Sie das eigentlich alles gar nicht wollten. Sorry, da kenne ich keinen Spaß.«

»Und ich auch nicht«, schrie Müller.

»Klappe, verdammt, sonst können Sie gleich mitfahren! Wollen Sie das?«

»Ist ja schon gut.« Das hätte eigentlich versöhnlich klingen können, aber Müller hatte nichts als Aggression in seinen Augen. Er lehnte starr vor Anspannung am Besenschrank. Sie durften ihn nicht eine Sekunde unbeobachtet lassen.

Michael Röder hörte die Haustür, dann Marvins Stimme. Er atmete auf. Jetzt waren sie wenigstes zu dritt, um in diesem Irrgarten aufzuräumen. Und dann warteten die Ärztin und ihre Patientin.

*

Und aufräumen war genau das, was sie taten. Arndt Kleemann telefonierte mit seinem Chef in Aurich. Nach dem Gespräch kündigte er sich bei Ellen Neubert an. Britta Warth brachten sie in die kleine Zelle in der Wache. Einen Moment hatten sie überlegt, ihr diesen Gang zu ersparen. Aber sie waren einfach zu wenige, um zu gewährleisten, dass die Kölner sich nicht wieder an die Gurgel gingen, wenn sie ihnen den Rücken zukehrten. Und die Messerattacke bewies durchaus, dass Gefahr im Verzuge war. Mochte die Frau unter normalen Umständen auch sehr sympathisch dahergekommen sein.

Gereon Müller hatte eindringlich darum gebeten, mit dem Polizeihubschrauber die Insel verlassen zu dürfen. Das allerdings mussten sie ihm verweigern. Es fehlte schlicht die Notwendigkeit. Und Röder hoffte sehr, dass Müller nicht aus Verzweiflung eine Straftat beging, nur um wegzukommen.

Hennes Ollrich packte gerade seinen Koffer, als sie bei ihm klopften.

»Wohin wollen Sie?«, fragte Arndt Kleemann.

»Ich habe mich gestern ein wenig umgesehen und eine Vermieterin gefunden, die mir zugesagt hat, mich für meine hoffentlich letzte Nacht auf dieser Insel aufzunehmen.«

»Gut«, nickte Arndt Kleemann. »Wenn wir hier mit Ihnen fertig sind, verraten Sie bitte, wo Sie wohnen werden. Bis dahin erzählen Sie meinem Kollegen und mir, was Sie hergebracht hat. Wir werden es zu Protokoll nehmen und hoffen, dass wir endlich Licht in die Sache bekommen.«

»Geht in Ordnung.« Hennes Ollrich klappte den Deckel seines kleinen braunen Reisekoffers zu und stellte ihn auf den Boden gleich neben die Tür. »Wie ich Ihrem Kollegen bereits gesagt habe, stellt sich die

Sachlage folgendermaßen dar: Unser Chef Gereon Müller hat in einer Zeit, in der er angeblich kurzfristig knapp an flüssigen Mitteln war, von Britta und mir Geld bekommen. Wir haben es ihm geliehen, mit der Bitte, er möge es so schnell wie möglich zurückzahlen. Das ist drei Jahre her. Er ist Innenausstatter und es ist nun mal so, dass gerne gerade die, die das Geld haben, um so einen Menschen zu beschäftigen, oftmals sehr zögerlich diese Dienstleistung entlohnen. Dazu kam, dass der Chef seinen eigenen Deal mit dem Lieferanten, also den Möbelgeschäften oder Teppichhäusern, hatte.«

»Moment«, unterbrach ihm Röder, »das erklären Sie uns bitte genauer.«

«Tja, normalerweise ist es so, dass der Innenarchitekt die Leute beim Kauf berät. Die Leute bezahlen und die Ware wird geliefert. Richtig?«

Die Polizisten nickten.

»Aber manchmal läuft das eben anders«, fuhr Ollrich fort. »Wenn sich nämlich der Herr Müller mit ein oder zwei Angestellten solch eines Möbelgeschäftes sehr gut versteht, dann gilt die Absprache, dass Müller bezahlt. Er kauft die Ware günstiger ein als auf dem Preisschild ausgewiesen und berechnet dem Kunden natürlich den vollen Preis. Was den Gewinn des Chefs so nebenbei ganz schön aufgestockt hat, wenn Sie verstehen.«

»Das verstehe ich durchaus«, erwiderte Arndt Kleemann. »Aber Ihnen ist klar, dass es nicht von Vorteil für Sie ist, wenn Sie davon gewusst haben? Gibt es noch mehr Tricks, von denen wir wissen sollten?«

»Zunächst einmal«, protestierte Ollrich, »bei uns heißt das nicht Trick, sondern *Kölsche Klüngel* und das ist nur strafbar, wenn es rauskommt!«

»Bitte, Herr Ollrich, erzählen Sie weiter«, drängte Röder.

»Das funktioniert eben auch, wenn man Tapeten,

Gardinen und Fußbodenbelag kauft. Nur leider klappt das Ganze nicht, wenn man finanziell auf wackeligen Füßen steht und der Endkunde mit der Begleichung der Rechnung wartet«, erklärte Ollrich. »Wir haben uns immer wieder vertrösten lassen. Selbst wenn das Gehalt mal nicht pünktlich überwiesen werden konnte – wir haben die Schnauze gehalten. Denn eigentlich hat uns unsere Arbeit Spaß gemacht. Doch Fakt ist, dass wir unser Geld bis heute nicht zurückbekommen haben. Fakt ist ebenfalls, dass er uns nicht erzählt hat, dass er hier ein Häuschen hat. Und raten Sie mal, wie lange schon?«

»Drei Jahre?«, versuchte es der Hauptkommissar.

»So sieht es wohl aus. Ich begreife bis heute nicht, wie er das vor uns geheim halten konnte.« Ollrich schüttelte resigniert den Kopf. »Stellen Sie sich vor: Der hat immer behauptet, er würde nach Juist fahren, wenn wir ihn auf seinen Urlaub angesprochen haben. Er habe dort eine Ferienwohnung. Wie sollten wir darauf kommen, dass er sich stattdessen ein Haus auf Baltrum zulegt? Die Insel passt überhaupt nicht zu ihm. Familieninsel, Ruhe und Erholung – das ist nicht sein Ding. Ich könnte mir gut vorstellen, dass da etwas anderes hintersteckt.«

»Wie haben Sie das mit dem Haus herausgefunden?«, fragte Röder.

»Ich habe ein Telefonat belauscht. Da hat er davon gesprochen. Auch darüber, dass er das Haus verkaufen wolle. Und es klang so, als habe er einen sehr interessierten Käufer am Haken. Da haben wir uns geschworen, dass wir ihn nicht aus den Augen lassen würden. Selbst wenn wir die Karnevalstage nicht in Köln verbringen könnten. Stellen Sie sich vor, er hätte dieses Häuschen hier verkauft und wäre mit dem Geld verschwunden! – Dass er von der Insel nicht mehr wegkonnte, hat der Kerl ja nicht geahnt. Das hat ihm natürlich einen Strich durch die Rechnung gemacht. Und wie ich es einschätze, ist der potentielle Käufer, mit dem er sich still und heimlich treffen wollte, wegen der Wetterlage nicht mehr erschienen.«

»Jetzt sagen Sie mir aber noch eines: Wie haben Sie es geschafft, dass er sie überhaupt mitgenommen hat? Es müsste doch in seinem Interesse gelegen haben, dass Sie nie von seinem Eigentum hier erfahren?«, wunderte sich Arndt Kleemann.

Ollrich lächelte. »Tja, das war so: Wir haben überlegt, wie wir ihm schonend beibringen, dass wir mitkommen, und quasi im gleichen Moment hat der uns eingeladen. Et kütt wie et kütt, haben wir gedacht und nix wie wech nache Insel. Hier hat er dann einen auf ›Gemeinschaftsgefühl wecken‹ gemacht. Aber ehrlich gesagt liegt das seinem Charakter so fern wie der Nord- vom Südpol. Warum der tatsächlich wollte, dass wir mitkommen – keine Ahnung.«

Michael Röder schaute auf seine Uhr. Sie mussten los. Die Zeit drängte. Ellen Neubert wartete jetzt bereits eine gute Stunde in ihrer Praxis. »Aha. Das alles werden wir uns natürlich von Herrn Müller bestätigen lassen. Sie können jetzt umziehen. Halten Sie sich aber zur Verfügung. Wir werden bestimmt Fragen haben. Es wäre übrigens sehr sinnvoll für uns gewesen, wenn Sie uns das alles gleich erzählt und uns nicht das Märchen vom Frauenbeschützer aufgetischt hätten. Dann wäre uns und Ihnen nämlich viel Stress erspart geblieben.«

*

Als sie bei der Praxis eintrafen, stand die Ärztin vor der Tür. »Na endlich«, sagte sie und bat die beiden herein.

»Was ist mit der Kleinen?«, fragte Röder.

»Sie hat ihre Wanderung erstaunlich gut weggesteckt. Vermutlich, weil sie so wetterfest angezogen war. Ich konnte sie nur mit Mühe davon überzeugen, dass es besser sei, hier auf euch zu warten, während sie auftaute. Aber mir ist es wichtig, ihren Kreislauf nachhaltig zu überprüfen. Darum habe ich sie verdonnert, liegen zu bleiben. Immerhin hatte sie ihr Äffchen dabei.«

Röder grinste seinen Kollegen an. »Das kann nie schaden, oder?«

»Was willst du damit sagen, mein Freund?« Arndt Kleemann schüttelte verwundert den Kopf.

»Ein bisschen mehr Ernsthaftigkeit, meine Herren«, sagte Ellen Neubert, bevor sie die beiden Männer ins Behandlungszimmer führte.

Antonia Gohres, dick in eine Decke eingewickelt, lächelte ihnen von der Liege aus entgegen. Allerdings hatte Röder das Gefühl, dass aus diesem Lächeln keinerlei Fröhlichkeit sprach.

»Wie geht es Ihnen?«, fragte er.

»Danke. Langsam wird mir wieder warm«, antwortete sie müde.

Er fasste nach seinem linken Oberarm. Der schmerzte. Hatte er ihn verdreht im Eifer des Gefechtes? Er konnte sich nicht erinnern.

»Was ist los?« Ellen Neubert schaute ihn aufmerksam an. »Zeig mal her.«

Röder zog den Reißverschluss seiner Dienstjacke auf und schälte sich aus dem Ärmel. Auf seinem Hemd zeichneten sich dunkelrote Flecken ab. Blut. Er erschrak. Wie kam das dahin? Natürlich! Britta Warth hatte ihn mit dem Messer attackiert und er hatte in der Aufregung nicht gemerkt, dass sie ihn wirklich getroffen hatte.

»Komm mal mit in das andere Behandlungszimmer«, forderte Ellen ihn auf. »Ich desinfiziere die Wunde und verbinde sie.«

»Das wird ein Höhepunkt deiner Karriere sein«, flüsterte Arndt ihm zu. »Ich kenne diese Frau.«

Noch ehe er seinen Freund nach dem Sinn dieser Worte fragen konnte, winkte ihm die Ärztin energisch zu. Ihm blieb nichts anderes übrig, als ihr zu folgen. Als sie das Tuch mit der bläulichen Flüssigkeit tränkte und dann auf seine Wunde legte, wusste Röder, was Arndt gemeint hatte. Es brannte wie die Hölle. Dafür kriegt die Warth mindestens zwei Jahre mehr, schwor sich Röder, bevor der Schmerz wieder nachließ und die Ärztin ihm ein großes Pflaster aufklebte.

»Ist nichts passiert«, lächelte sie. »Wir brauchen nicht mal zu nähen.«

Michael Röder glaubte, einen Ausdruck des Bedauerns in ihrem Gesicht zu entdecken. Obwohl sie lächelte. Er zog Hemd und Jacke wieder an, dann gingen sie zurück in den Raum, in dem Antonia Gohres lag. Sie kam ihm klein und verloren vor, wie sie unter der Decke hervorblinzelte.

»Möchten Sie uns erzählen, warum Sie so verzweifelt waren, dass Sie ins Watt gelaufen sind?«

Antonia legte den Kopf zur Seite, dann flüsterte sie: »Severin. Er wartet in Köln auf mich.«

»Wer ist Severin?«

»Mein Freund. Er hat sich endlich gemeldet und ich konnte ihn doch nicht …«

Meine Güte, das durfte nicht wahr sein. Er hatte gedacht, dass dieses Mädel erwachsen war. Aber da hatte er sich gründlich getäuscht. »Haben Sie sich denn keine Gedanken gemacht, dass das gefährlich sein könnte?«

»Ich weiß nicht«, flüsterte sie. »Ich wollte einfach nur weg. Außerdem hat Paul gesagt, im Winter kann das Wasser nicht steigen und fallen, weil alles zugefroren ist, und da bin ich losgelaufen.«

»Paul? Welcher Paul?« Arndt Kleemann beugte sich vor. »Und bitte, sprechen Sie etwas lauter. Man kann Sie kaum verstehen.«

»Paul Schorz. Ich habe mit ihm geredet und er hat gemeint ...«

»Das ist nicht wahr, oder?«, unterbrach Röder sie. »Warum sagt der Kerl, der quasi ein Inselneuling ist, so etwas? Dem werde ich ...«

»Nein. Bitte nicht.« Antonias Aufschrei hörte sich an wie das Kreischen eines Kätzchens in höchster Not. »Er kann nichts dafür. Wie sollte er ahnen, dass ich einfach loslaufe?«

»Trotzdem werden wir ihn uns vornehmen. Darauf können Sie sich verlassen.«

»Bitte. Bitte nicht. Er war so nett zu mir.« Sie klammerte sich an Arndt Kleemanns Jacke.

»Schluss jetzt. Sie braucht Ruhe.« Ellen Neubert schob den Hauptkommissar zurück und legte beruhigend die Hände auf Antonias Schultern. »Tut eure Arbeit. Ich mache meine. Nämlich Blutdruck messen. Habt ihr noch Fragen? Dann aber schnell.«

Michael Röder zog einen Zettel aus der Tasche. »Hier. Bettina Suckows Adresse. Dort können Sie unterkommen, Frau Gohres, falls Sie nicht mehr bei Familie Schorz-Küfler bleiben möchten.«

»Ich überlege es mir.« Sie nahm das Stück Papier, dann schaute sie Röder bittend an. »Versprechen Sie mir, dass Sie Paul in Ruhe lassen?«

»Keine Sorge«, antwortete Arndt Kleemann. »Wir fragen nur. Ganz freundlich. Versprochen.«

Im Rausgehen sagte Röder zur Ärztin: »Ist es wirklich okay, dass sie hierbleibt? Also nicht ins Krankenhaus muss?«

»Glaube mir, ich mache das schon ein paar Jahre. Ihre Werte sind stabil. Ich kann das beurteilen«, antwortete die Ärztin spitz.

»Natürlich. Ich wollte deine Kompetenz nicht anzweifeln. Ich mache mir nur Sorgen. Wenn ihr Hilfe braucht, melde dich«, entschuldigte sich Röder. Und an seinen Freund Arndt gewandt: »Lass uns eine kleine Runde drehen. Einmal den Kopf freipusten.«

»Na gut, wir nehmen aber eine Strecke, die nicht glatt ist«, schlug Arndt vor.

»Okay, folge mir einfach.«

Es war jedoch nicht leicht, die Spur zu halten. Noch immer waren die Wege teilweise von festgefrorenem Schnee bedeckt. Sie fuhren an der Evangelischen Kirche vorbei und wollten gerade zum Nationalparkhaus abbiegen, als Arndt Kleemann von einem kräftigen Schlag ausgebremst wurde. Sein Vorderrad rutschte weg und er landete, das Rad zwischen seinen Beinen, unsanft auf dem Pflaster. Wütend schrie er auf. »Verdammt, was war das?«

Röder erschrak. Daran hätte er denken müssen. Die Boßelfrauen waren unterwegs. Und tatsächlich. Neben Arndts Rad lag eine dicke, schwarze Holzkugel.

»Arndt. Bist du verletzt?«, hörte Röder seine Frau Sandra. Die Gruppe kam schnell näher. Der Schreck stand den Frauen im Gesicht. »Wir haben euch nicht gesehen. Ihr wart einfach zu schnell.« Sandra beugte sich zu Arndt Kleemann hinunter. »Komm, ich ziehe dich hoch. Geht es?«

Auch die anderen streckten ihre Arme aus, um dem Kommissar aufzuhelfen.

»Danke. Nichts passiert«, stöhnte Arndt Kleemann. »Jedenfalls nichts, was einen Aufenthalt bei der Ärztin nötig macht, falls jemand das vorschlagen wollte.« Er wischte sich ein paar Eisbrocken von der Jacke und holte tief Luft. »Ist nicht so einfach heute, die Kugel auf der Straße zu halten, oder?«

»Reine Glückssache«, bestätigte eine der Frauen. »Aber uns geht es um den Spaß und die Zeit an der frischen Luft.«

»Am Sonntag sind die Männer dran, und was die können, schaffen wir schon lange«, sagte eine andere.

»Außerdem kann hier nicht viel passieren. Am Festland sieht das anders aus, wenn so eine Kugel mit einem Auto kollidiert. Das ist echt kritisch. Aber hier? Da trifft es höchstens mal einen Fußgänger. Oder Radf…« Sandras Freundin Bettina schlug nach einem Blick in Arndts Gesicht die Hände vor den Mund.

Röder winkte seine Frau zur Seite und erzählte ihr in knappen Worten, was im Haus von Gereon Müller passiert war. Die anderen schauten neugierig zu ihnen herüber. Bestimmt hofften sie auf Aufklärung, sobald Arndt und er weitergefahren waren. Da würden sie bei Sandra allerdings auf Granit beißen.

»Und dir ist wirklich nichts geschehen?«, fragte sie.

»Nein. Bis auf den kleinen Kratzer ist alles okay. Und den hat Ellen versorgt.«

»Gut, dass du es mir gesagt hast. So weiß ich wenigstens, woran ich bin, wenn die Geschichte die Runde macht. Die Frau sitzt jetzt ein?«

»Ja, Marvin hat ein Auge drauf und gleich wird sie abgeholt. Dann sind wir die Warth wenigstens schon mal los. Kann später werden heute Abend«, sagte Röder.

»Alles klar, wir ziehen weiter«, erwiderte Sandra. »Du weißt ja, der Weg zum Turnerbund und zurück wartet auf uns. Wenn wir es bis dahin heute schaffen. Der Wind hat zwar nachgelassen, trotzdem – es ist nicht kuschelig. Die Jacken lassen wir auf jeden Fall an.«

Röder wusste, was sie meinte. Die richtigen Boßelprofis ließen es sich nicht nehmen, bei jedem Wurf, egal wie kalt es draußen war, erst ihre Jacke auszuziehen und neben sich zu legen, bevor sie Anlauf nahmen, ausholten und die Kugel, die auch Kloot genannt wurde, mit Kraft die Straße entlangschossen. So ein Jackenärmel konnte unter Umständen das Schwungholen und die

Zielgenauigkeit empfindlich stören. Es war nun mal das Wichtigste am Boßeln, die Kugel möglichst lange auf der Straße zu halten. Zumindest länger als der Werfer aus der Gegenpartei. Aber oft genug fand die Kugel nach kurzem Aufenthalt auf der Straße ihren Weg in einen Graben, der längs der Straße verlief. Dann musste sie mit dem Klootsucher, einem extra für diese Sportart angefertigten Gerät, wieder aus dem Modder gefischt werden.

Auf Baltrum war der Spielteich natürlich das bevorzugte Ziel der Kugeln. Allerdings hatten sie zurzeit keine Chance, abzutauchen. Der Teich war zugefroren. So hat das Wetter wenigstens in diesem Fall etwas Gutes, dachte Röder. Außerdem war er sich ganz sicher, dass die Frauen bei dieser Straßenlage nie und nimmer bis zum Turnerbund kommen würden. Die schwarze Kugel diente ganz bestimmt lediglich als Alibi, um gemeinsam einen netten Nachmittag zu verbringen. Die Frauen würden spätestens nach dem viertnächsten Wurf die Straße für unbespielbar erklären und sich dann zu einem Glühwein ins warme Wohnzimmer einer der Spielerinnen zurückziehen.

»Wie sieht es aus? Können wir weiter? Fahrer und Fahrzeug unversehrt?«, fragte er seinen Freund und der nickte.

»Ein paar blaue Flecke und Schnee in der Hose, aber sonst geht es. Wir sollten jetzt zurück zur Wache und uns um den Abtransport der Warth kümmern.«

Sie winkten der Boßelgruppe zu und fuhren vorsichtig zurück zur Polizeistation, wo Marvin Lingenberg sie lächelnd empfing. »Ich habe mich sehr angeregt mit Frau Warth unterhalten.«

»Und, was gibt es Neues?«, fragte Röder gespannt.

»Nichts. Nur dass ihre Familie auch aus Friedrichroda stammt. Lustig, nicht?«

Röder stöhnte. Total lustig.

»Ach ja, und dass deine Frau beim Boßeln ist, soll ich dir ausrichten.«

»Das habe ich bereits schmerzlich erfahren müssen«, schaltete sich Arndt ein und rieb sich seine Kehrseite.

»Ich habe mit der Frau gesprochen, deren Roller weg war«, berichtete Marvin. »Leider haben sich während des Gesprächs keine Auffälligkeiten ergeben. Doch ratet mal, was wir fanden, als ich mich gerade verabschieden wollte? Ihr glaubt es nicht. Da stand der Roller wieder vor der Tür. Und die Fahne lag im Bollerwagen! Echt irre, nicht? Wäre ich nur fünf Minuten eher gegangen, dann hätte ich den Boten bestimmt erwischt. War das nun Zufall oder Berechnung?«

»Lass uns später darüber nachdenken.« Arndt Kleemann schüttelte den Kopf. Standen diese Diebstähle in Zusammenhang mit dem Mord? Marvin schien davon überzeugt zu sein. »Ich muss dringend den Schorz kontaktieren.«

Er war fast ein wenig erstaunt, dass er den Mann gleich am Telefon hatte. Arndt hatte eigentlich erwartet, dass der damit beschäftigt war, insulare Verspannungen zu lösen.

Auf seine Frage, ob Paul Schorz Antonia gegenüber bekräftigt habe, dass eine Wattwanderung im Moment eher harmloser Natur sei, folgte ein kurzes Schweigen, bevor Schorz empört losbrüllte: »Wie sollte ich ahnen, dass dieses dumme Ding tatsächlich den Versuch macht, das Watt zu überqueren?«

Arndt Kleemann gab ihm heimlich recht, doch ehe er eine weitere Frage stellen konnte, fragte Schorz: »Wie geht es ihr? Hat sie es überlebt?«

»Ja. Es geht ihr entsprechend«, beruhigte ihn der Hauptkommissar.

»Ist sie im Krankenhaus? Kann ich sie sehen?«, fragte Paul Schorz ungeduldig.

»Erst einmal ist sie in der Obhut der Ärztin. Wie es weitergeht, werden wir sehen.« Erstaunlich, wie nahe Antonias Wattausflug dem Mann geht, dachte Arndt Kleemann. Schließlich hatte der nicht unwesentlich dazu beigetragen, dass das Ganze überhaupt passiert war. Aber vielleicht genau deswegen.

Er beendete das Gespräch, dann rief er seinen Chef an. Sollten weitere Kollegen kommen? Fakt war: Britta Warth würde zeitnah am Festland zu einem Gespräch mit dem Untersuchungsrichter gebeten werden. Der würde entscheiden, wie weiter vorzugehen war. Antonia Gohres erhielt Unterschlupf bei Sandras Freundin und Hennes Ollrich zog ebenfalls aus. Nur Gereon Müller würde in seinem Haus zurückbleiben. Der Mann ging fest davon aus, dass er am nächsten Tag die Insel verlassen konnte.

Sie verabredeten, dass Arndt Kleemann noch einmal Kontakt mit Müller aufnehmen und sich danach mit seinem Kollegen beraten sollte. Dann würden sie ein weiteres Mal den Ermittlungsstand bewerten.

*

Als Arndt Kleemann in Müllers Küche dem Mann gegenüber saß, war er allerdings nicht mehr von dessen schneller Abreise überzeugt. So, wie der herumdruckste, gab es nämlich nicht nur das Problem, überhaupt einen der begehrten Plätze zu bekommen, nein, das größere Problem war für ihn wohl, diesen Platz zu bezahlen. Was Hennes Ollrich ihnen über Müllers finanzielle Situation berichtet hatte, schien zu stimmen. Aber das war offensichtlich nur die Spitze des Eisberges.

»Ich bin bedroht worden«, erklärte Müller. »Wissen Sie … Ich kenne Leute, die es sich durchaus erlauben können, mir gewisse Typen auf den Hals zu hetzen. Und das ausgerechnet vor Karneval. Die haben genau gewusst, wo es am meisten wehtut.«

»Jetzt erklären Sie mir bitte die Umstände genauer«, bat der Hauptkommissar. «Was verstehen Sie unter ›gewisse Typen‹ und ›bedroht‹?«

Müller schwieg einen Moment, dann sagte er mit ungewohnt leiser Stimme: »Was ist daran nicht zu verstehen? Gut, ich erkläre es Ihnen. Es fängt mit einem Mahnschreiben an. Dann folgt das nächste. Dann wieder eines. Und irgendwann kommt ein Anruf, der an Deutlichkeit nichts zu wünschen übrig lässt. Das ist der Moment, in dem Sie sich dabei ertappen, wie sie sich erst einmal vorsichtig umschauen, wenn Sie das Haus verlassen. Und bei jedem Geräusch zusammenzucken, das Ihnen fremd vorkommt.«

Arndt Kleemann war versucht, den Mann zu unterbrechen, ihn zu fragen, ob er sich keine Hilfe hätte holen können, aber er ließ ihn weiterreden.

»Dann tauchen plötzlich zwei Männer neben Ihnen auf, wenn Sie gerade ins Auto steigen wollen, einer links und einer rechts, ganz dicht, Sie haben keine Chance, abzuhauen, und einer von denen flüstert Ihnen etwas ins Ohr. So etwas wie: ›Du hast noch drei Tage!‹ Können Sie sich vorstellen, wie die Angst in Ihnen hochsteigt? Wie Sie sich fast in die Hose machen?« Müller lachte schrill. »Fast, haha, fast! Wenn es das nur gewesen wäre! Und dann, genau dann nähert sich einer deiner alten Kunden und schaut erstaunt an dir herunter. Können Sie sich das vorstellen? Ja? Nein. Natürlich nicht.«

»Und das alles passierte, weil Sie ein paar Schulden hatten?«, unterbrach der Hauptkommissar jetzt doch den Mann. Er konnte sich viel vorstellen, hatte schon eine Menge in seiner Berufspraxis erlebt, aber derartige Einschüchterungsversuche nur wegen einiger unbezahlter Rechnungen? Da musste noch mehr dahinterstecken. »Ihr Mitarbeiter Ollrich berichtete mir, Sie seien es gewesen, der unter Außenständen gelitten hätte. Wieso also schickt man Ihnen die Geldeintreiber auf den Hals?«

»Weil ich trotz der Außenstände ein paar Einkäufe gemacht habe.«

»Als da wäre …?«

»Ein neues Auto zum Beispiel«, sagte Müller. »Klamotten. Schicke Uhr. Ist doch klar: Wenn man mit betuchten Kunden zu tun hat, muss man selber wie aus dem Ei gepellt rumlaufen, sonst geht da gar nichts. Es war also eine Investition ins Geschäft, wenn Sie so wollen. Und dazu gehört nun mal Schuldenmachen.«

»Klar. Aber auch zurückzahlen. Trotzdem – sind Sie sicher, dass sie außer für die eben genannten Dinge nicht noch andere Rechnungen offen haben?«

Wieder zögerte der Mann, dann gab er sich einen Ruck. »Es passiert eben. Man baut sich etwas auf, dann gibt es eine Durststrecke, weil die Gelder nicht fließen. Man denkt, es wird bald wieder besser. Wird es aber nicht. Und dann wird man anfällig. Anfällig für Typen, die deine Notlage zu riechen scheinen und dir bereitwillig anbieten, dir da rauszuhelfen. Natürlich nicht kostenlos. Versteht sich.«

»Wie heißt die Firma? Wo finde ich etwas über die?«, fragte Kleemann.

»*Geldfürdich*. In einem Wort. Und wissen Sie, wie der Werbeslogan weitergeht? ›Wir lassen Sie nicht im Stich‹. Sie finden sie im Internet mit ihren vollmundigen Versprechungen.«

Arndt Kleemann notierte sich den Namen. Er würde Marvin darauf ansetzen, etwas über diese Firma herauszufinden. »Weiter, bitte.«

»Wenn man jedoch nicht wie vereinbart zurückzahlen kann, kennen die keinen Spaß«, fuhr Müller fort. »Wie gesagt, kurz nach der ersten Mahnung stehen die Männer in den schwarzen Anzügen neben dir. Oder sitzen neben dir. Stellen Sie sich vor, Sie haben einen Tisch im Restaurant bestellt. Gute Kunden schätzen nun mal diese Einladungen. Sie sitzen da also, ins Gespräch vertieft, blicken zur Seite und wer belegt den Nebentisch? Zwei Männer in Schwarz und die schauen dich maßlos arrogant an. Und zwar so intensiv, dass sogar schon meine Kunden unruhig werden. Die haben sich ziemlich schnell verabschiedet. Tja, das war's dann mit dem Geschäft. Und so geht das immer weiter. Wo immer du bist, tauchen die Männer in Schwarz auf mit ihren Drohungen. Endergebnis: Zum Schluss triffst du Entscheidungen, die du mit klarem Kopf niemals getroffen hättest. So, jetzt wissen Sie alles.«

Arndt Kleemann war sich da nicht so sicher. Klar, der Mann hatte trotz seiner ansonsten überheblichen Art erstaunlich freimütig ausgepackt. Vielleicht aber ein wenig zu freimütig. Er konnte es nicht einschätzen. »Zum Beispiel die Entscheidung, Ihre Mitarbeiter mitzunehmen? Obwohl denen dann sofort bei der Ankunft hier klar sein musste, dass Sie nicht pleite sind, sondern über Besitz verfügen?«

»Es sollte eben nicht nach Flucht aussehen, sondern nach Dienstausflug zur Stärkung des Gemeinschaftsgefühls. Damit meine Verfolger keinen Verdacht schöpfen, wenn ich weg bin. Und ich habe gedacht, auf der Insel bin ich sicher. Besonders, wenn ich nicht alleine bin«, sagte Müller. »Ich war so verzweifelt und so voller Angst und hielt es für die beste Lösung.«

»Mit anderen Worten: Um die eigene Haut möglichst zu retten, haben Sie Ihre Mitarbeiter ebenfalls der Gefahr ausgesetzt. Frau Schäfer hat es dann getroffen. Und Sie haben weiter geschwiegen«, erwiderte der Hauptkommissar. »Außerdem wundert es mich sehr, dass Sie in der Rosenmontagsnacht so ganz allein aufgebrochen sind, angeblich, um Frau Schäfer zurückzuholen.«

»Mein Gott«, schrie Müller, »wie konnte ich denn wissen, dass die Verfolger schon hier sind?«

»Falls sie hier sind«, murmelte Kleemann. Diese Argumentation passte vorne und hinten nicht. Entweder stimmte die Geschichte und Müller hatte wirklich vor Angst die Hosen voll, dann wäre er aber nicht alleine losgezogen. Inselsicherheit hin oder her. Oder all das, was Arndt in den letzten Minuten gehört hatte, war erstunken und erlogen und etwas völlig anderes trieb diesen Mann um.

Müller schien plötzlich wieder ganz der Alte zu sein. Die Unruhe, die Angst, die Arndt soeben noch in den Gesichtszügen des Mannes wahrgenommen hatte, waren verschwunden, als er schneidend fragte: »Was haben Sie gesagt?«

»Ich sagte: *Wenn* sie hier sind. Noch habe ich nur Ihr Wort.«

»Und die Tatsache, dass Sabine tot ist.«

»Stimmt. Jetzt müssen wir nur herausfinden, warum. Kommen wir noch einmal auf Frau Schäfers Schwangerschaft zurück. Sie glauben nicht, dass das Kind von Ihnen ist?«

Müller schlug mit der Faust auf den Tisch. »Wie soll ich das denn wissen? Ich habe nicht mal eine Ahnung, ob sie wirklich schwanger war. Und schon gar nicht, von wem. Für mich ist das Thema jetzt erledigt!«

Arndt Kleemann konnte kaum fassen, wie viel Kälte aus diesen Worten sprach. Oder doch zumindest ein kleines bisschen Trauer? Zweifel? Nein. So, wie der Mann mit übereinandergeschlagenen Beinen am Küchentisch saß, ein halb ausgetrunkenes Bier vor sich und die Hände hinter dem Kopf gefaltet, war bei ihm kein Mitgefühl zu spüren. Jedenfalls nicht für Sabine Schäfer. Das einzige Mitgefühl, das der Hauptkommissar bei Müller festgestellt hatte, hatte dem Mann selber gegolten.

»Ist Ihnen irgendjemand aufgefallen, der in Ihren Verfolgermodus passen würde?«

Gereon Müller überlegte, dann schüttelte er den Kopf. »Nein, eigentlich nicht. Wenn ich mal unseren Nachbarn ausschließe. Von dem kann man sich echt verfolgt fühlen, aber eben – anders. Nein, bis auf – ja, natürlich: Dieser Typ, der hinter Antonia her war. Der ließ sie überhaupt nicht mehr aus den Augen. Vermutlich ein Ablenkungsmanöver. Den sollten Sie sich vornehmen.«

»Herr Müller, ich werde leicht nervös, wenn man mir sagt, was ich tun soll. Bleiben Sie einfach bei sich und sagen mir, was ich wissen sollte«, sagte Arndt Kleemann bestimmt.

Gereon Müller aber schwieg. Er trank den Rest aus seiner Flasche, dann stand er auf und holte sich ein weiteres Bier aus dem Kühlschrank. »Wenigstens habe ich davon ein Sechserpack bekommen.« Er öffnete die Flasche und nahm einen tiefen Zug. »Mir fällt gerade etwas ein: Wie wäre es, wenn Sabine nur über die Brücke gestoßen wurde, um mir eins auszuwischen? Nach dem Motto: Wir nehmen ihm die Freundin, damit er gewarnt ist, verstehen Sie?«

»Nur, dass die Frau nach Ihren Aussagen gar nicht Ihre Freundin war, oder?«

»Aber verdammt, das wussten die vielleicht nicht, so, wie die sich immer an mich rangeschmissen hat«, schrie Müller.

Arndt Kleemann reichte es. Spielte dieser Mann mit ihm oder war was dran an seiner Geschichte? Wie und wann sollten die Inkasso-Eintreiber auf die Insel gekommen sein? Das letzte Schiff war die Fähre gewesen, mit der auch Müller und seine Leute gekommen waren. Wären die Eintreiber damit gefahren, mussten die noch auf der Insel sein. Es sei denn, die hätten wirklich einen der raren Plätze in einem Helikopter ergattert.

Er glaubte nicht an Müllers Geschichte. Trotzdem würde er versuchen, zu ermitteln, wer die Insel seit heute auf dem Luftweg verlassen hatte.

»Aber jetzt erklären Sie mir, was es Ihren Gläubigern nützt, wenn man Sie umbringt. Davon bekommen die ihr Geld auch nicht. Und noch eins – waren Ihre Schulden wirklich derart hoch, dass man es in Kauf nimmt, kriminelle Eintreiber auf Sie anzusetzen? Das kann ich mir selbst in Köln nicht vorstellen.«

Gereon Müller schaute den Kommissar aufmerksam an. »Was glauben Sie denn? Immerhin bin ich eine bekannte Persönlichkeit in Köln. Wurde sogar als potentieller Bewerber für den Posten als Karnevalsprinz gehandelt. Jawohl. Da steht man einfach im Fokus der Öffentlichkeit. Umso mehr wirkt die Abschreckung.«

Arndt Kleemann stand auf. »Herr Müller, ich muss los. Sie hören von uns. Definitiv.«

»Vielleicht steckt aber in Wirklichkeit dieser Ulrichs dahinter. Mein Nachbar. Könnte doch sein, dass der meint ...«

»Herr Müller ... danke schön.« Fluchtartig verließ der Hauptkommissar das Haus.

Das Schlimme war: Eigentlich ergab sich für die Ermittler dasselbe Dilemma wie für Müller: Auch sie konnten sich momentan die Karten legen, warum alles so passiert war.

Er wollte weiter zu Antonia Gohres. Michael hatte ihm beschrieben, wo Bettina Suckows Haus zu finden war. Der Tag war wie im Flug vergangen. Jetzt wurde es langsam dunkel.

Auf der Höhe des Sportplatzes musste er ausweichen. Zwei Fußgänger nahmen die ganze Breite der Straße ein. Er klingelte, aber die beiden reagierten nicht. Sollte er absteigen? Er hatte keinerlei Lust, seinen bereits vorhandenen blauen Flecken weitere hinzuzufügen. Er klingelte erneut, dann versuchte er vorsichtig, an den beiden vorbeizukommen. Fast hatte er es geschafft, da stockte sein Vorderrad vor einer kleinen Schneewehe und der Lenker berührte einen Arm. Verdammt. Arndt Kleemann erwartete ein: »Können Sie nicht aufpassen?«, als er gezwungenermaßen abstieg, doch der Mann schwieg und rückte ein wenig zur Seite.

»Entschuldigung. Ich hätte vorsichtiger sein sollen«, sagte Arndt bedauernd.

Er erhielt keine Antwort. Die beiden, ein Mann und eine Frau, beide etwa zwischen vierzig und fünfzig Jahren, sahen ihn nicht einmal an, blickten nur angespannt auf den Boden. Vermutlich hatten auch sie Sorge, dass sie auf der immer noch glatten Straße ausrutschen könnten.

Erst als er wieder aufstieg und gerade losfahren wollte, hörte er, wie die Frau etwas sagte. Er konnte es nicht verstehen, nur dass sie nicht Deutsch gesprochen hatte, war offensichtlich. Und noch etwas fiel ihm bei näherem Hinschauen auf: Sie sahen aus wie Fremde. Absolut nicht inseltypisch. Aber warum eigentlich? Er überlegte, konnte es nicht genau festmachen. Doch. Sie waren einfach anders gekleidet. Es fehlte dieses Wetterfeste, Praktische der insularen Kleidung. Sie trugen Wollmäntel und nicht gerade schneesichere Schuhe. Die Frau nicht mal eine lange Hose, sondern einen Rock über schwarzen Nylonstrümpfen.

Er fuhr weiter, vor dem Friedhof links ab. Dann das dritte Haus links gegenüber der Einfahrt zur *Ponte Rosa*. So hatte Michael es gesagt. Eine hohe Hecke trennte das Haus von der Straße. Arndt schob sein Rad durch einen schmalen Einlass auf das Grundstück und stellte es neben einem Strandkorb ab, der dort offensichtlich auf bessere, sprich wärmere, Zeiten wartete. Vor der Haustür lagen Holzbohlen. Er ermahnte sich zur Vorsicht. Aber zu seiner Überraschung waren sie nicht glatt. Arndt nahm sich vor, Frau Suckow zu fragen, wo sie die gekauft hatte. So etwas suchten er und seine Frau Wiebke dringend für ihr Haus in Aurich.

Er klopfte ein, zwei Mal. Als keine Reaktion kam, drückte er die Klinke herunter und öffnete die Tür. »Kleemann. Polizei Aurich«, rief er in den Flur. Und zwar laut und deutlich, so, wie Sandra es ihm empfohlen hatte.

»Sie ist ein wenig schwerhörig«, hatte sie erklärt, »aber sie weigert sich, etwas daran zu ändern.«

Er hatte Glück. Im gleichen Moment tauchte Bettina Suckow vor ihm auf. »Ich kenne Sie doch, Herr Kommissar. Ich war eine von den Boßlerinnen. Wollen Sie mich jetzt verhaften, oder kann ich Ihnen anderweitig helfen?«

Er lachte. »Eigentlich wollte ich mit Frau Gohres sprechen.«

»Kommen Sie rein. Sie ist auf ihrem Zimmer.«

Er folgte der Frau durch einen Flur, an dessen Wänden Strandbilder hingen, eines einladender als das andere. *Zimmer 7* stand an der Tür, die Bettina Suckow vorsichtig öffnete. »Frau Gohres, dürfen wir reinkommen?«

Das Zimmer strahlte die gleiche warme Freundlichkeit aus wie der Eingangsbereich. Weiße Möbel, gepaart mit Auflagen aus hellem Holz. Blau-weiße Tapeten und hier und da ein paar maritime Schmuckstücke. Perfekt für einen Inselurlaub. Dass allerdings die junge Frau, die mit blassem Gesicht auf dem Bett lag, das ebenso empfand, wagte er zu bezweifeln. »Wie geht es Ihnen?«

»Langsam besser.« Sie strich sich schlapp die Haare aus dem Gesicht.

»Warum sind Sie nicht bei Familie Schorz-Küfler geblieben? Was hat Sie bewogen, nicht dorthin zurückzukehren?« Diese Frage beschäftigte Arndt Kleemann, je länger er darüber nachdachte. Alles andere hatten sie soweit geklärt, nur dies stand für ihn offen.

»Weil es mir peinlich war. Ich konnte dem Paul nicht mehr in die Augen sehen. Sie haben ihn sicher ganz schön angemacht, oder?«

Arndt Kleemann schwieg. Ja, sie hatten ihn zur Brust genommen, aber letztlich war es die junge Frau vor ihm auf dem Bett, die die Entscheidung getroffen hatte, das zugefrorene Watt als Fluchtweg zu nutzen.

»Sehen Sie? Da konnte ich nicht ... Und wissen Sie was? Paul hat mir sogar meinen Koffer gebracht.«

Arndt Kleemann horchte auf. Woher wusste der Schorz, wo Antonia wohnte? Natürlich. Inselfunk. Schneller als der Schall. »Und – haben Sie miteinander gesprochen?«

»Nein«, schaltete sich Bettina Suckow ein. »Ich habe Herrn Schorz an der Tür abgefangen und ihm den Koffer abgenommen. Frau Gohres steht unter meinem Schutz und sie war einfach zu erschöpft, um Besuch zu empfangen.«

»Passen Sie gut auf sie auf«, sagte er und wollte sich gerade verabschieden, als Antonia Gohres ihn am Ärmel packte.

»Bringen Sie mich hier weg. Ich meine von der Insel. Ich will wieder nach Köln. Zu Mama und Papa. Und Severin«, schluchzte sie. »Es ist einfach grässlich hier. Also nicht hier bei Bettina, sondern auf der Insel. Ich stelle mir immer vor, dass mein Chef, dieses Ekel, hier plötzlich auftaucht. Wenn Paul schon weiß, wo ich wohne, warum soll Müller es nicht auch rauskriegen?« Und nach einer kleinen Pause murmelte sie: »Nur Bernd, der kommt bestimmt nicht.« Dann richtete sie sich auf. »Muss er auch nicht. Schließlich habe ich Severin. Und zu dem will ich hin. Unbedingt.«

Er legte seine Hand auf ihre, zögerte einen Moment und schaute sie aufmerksam an. »Ich verspreche Ihnen, dass ich alles dafür tun werde, dass Sie morgen fahren können.« Sollte er ihr erzählen, was im Haus von Müller passiert war? Warum nicht? Sie würde es sowieso erfahren. Behutsam teilte er ihr in groben Zügen mit, warum sich ihre Kollegin Britta bereits am Festland befand.

Als er wieder auf seinem Fahrrad saß, hoffte er, dass er sich nicht zu weit aus dem Fenster gelehnt hatte. Einen Platz im Hubschrauber konnte sich Antonia offenbar nicht leisten, obwohl der wirklich nicht die Welt kostete. Das war klar. Schiffe fuhren nicht. Und ein kostenloser Flug im Polizeihubschrauber? Er würde die Sache dringend machen. Und zur Not eine Fahrkarte für den Zug besorgen. Er lächelte. Wie hatte neulich ein Kollege von ihm, Gero Schonebeck, gesagt: Wir sind eben Diener des Volkes. Manchmal war es wohl so.

Dennoch hoffte er auf einen ruhigen Feierabend. Er spürte jeden Knochen im Leib. Arndt war sich sicher, dass er unzählige blaue Flecken entdecken würde, wenn er sich schlaffertig machte. Aber bis dahin dauerte es. Zuerst würden er und seine beiden Kollegen zum *Seehund* gehen und eine Kleinigkeit zu sich nehmen. Dann vielleicht ein Bier trinken. Spätestens danach würde er todmüde ins Bett fallen. Das war er ihm schon jetzt klar.

Ob einer der Märkte wohl noch offen hatte? Wahrscheinlich nicht. Er meinte sich zu erinnern, dass Sandra etwas von siebzehn Uhr gesagt hatte. Nur im Sommer waren die Läden länger geöffnet.

Vor der *Volksbank* hielt er an. Auch hier war drinnen der Schalter geschlossen. Ein angeklebter Zettel sagte ihm, dass der erst wieder öffnete, wenn für den Mitarbeiter, der sonst täglich vom Festland herüberkam, die Insel wieder erreichbar sei. Hoffentlich war genug Geld im Automaten. Seine Karte verschwand im Schlitz, er gab die Geheimzahl und seinen Auszahlungswunsch ein und wusste nach kurzem Warten, dass sein Abendessen gesichert war. Den beiden Frauen, die nach ihm den Schalterraum betraten, wünschte er, dass auch für sie etwas Bargeld übrig geblieben war.

Auf dem Weg zur Wache kam ihm eine Idee. Nicht neu, aber durchaus effektiv. Manchmal. Er würde sie mit seinen Kollegen besprechen, bevor sie zum Essen gingen.

Freitag

Helga Schorz-Küfler öffnete verschlafen die Küchentür. »Paul? Bist du da?« Sie erhielt keine Antwort. Da war sie schon so früh aufgestanden und trotzdem war Paul bereits weg. Was vielleicht nicht verkehrt war. Der Mann war in den letzten Tagen sowieso ziemlich grummelig dahergekommen. Bei vorsichtigem Nachfragen ihrerseits hatte er etwas von ›schwierigen Patienten‹ gemurmelt. Sie hatte es aufgegeben.

Sie schüttelte die Thermoskanne, die neben einem gebrauchten Becher, einem Teller voller Krümel und einer geöffneten Butterdose auf dem Frühstückstisch stand. Verdammt, da gehörte ein Deckel drauf und die Dose in den Kühlschrank! Sie hasste matschig warme Butter.

Zufrieden hörte sie das Gluckern in der Kanne. Wenigstens hatte Paul ihr noch eine Tasse voll drin gelassen. Sie nahm ihren Lieblingsbecher mit dem Mainzer Dom aus der Anrichte. »Und heiß ist der Kaffee auch«, flüsterte sie dankbar, nachdem sie den ersten Schluck probiert hatte.

Allerdings machte ihre Dankbarkeit beim Anblick des benutzten Geschirrs auf dem Tisch ziemlich zügig einem gewissen Groll Platz. Essen konnte der Mann, aber nicht abräumen. Sie hatte den Kampf inzwischen aufgegeben und ließ seine Hinterlassenschaften oftmals einfach stehen. Wie nett es in einer aufgeräumten Küche aussehen konnte, war ihr jedoch wieder einmal bewusst geworden, nachdem Antonia sich der Sache angenommen hatte. Gut, auch sie, Helga, war nicht die Ordentlichste. Es gab wichtigere Dinge im Leben. Zum Beispiel ihre Seite im Internet. Oder eine Tasse Kaffee, ohne die ein Tag grundsätzlich keine Struktur bekam.

Sie nahm den letzten Schluck aus Tasse und stellte sie mit Pauls vollgekrümeltem Teller in die Spülmaschine. Helga öffnete die Tür des kleinen Schrankes, der unter dem Waschbecken eingebaut war. Hier lagerten ihre Reinigungsmittel. Das Paket mit den Spülmaschinentabs stand vornean. Als sie den kleinen Pappkarton anhob, um eine der Tabletten herauszunehmen, klapperte es und ihre Gartenschere rutschte ihr auf dem Schrankboden entgegen. Was machte die denn hier? Und dann auch noch in zwei Teilen? Da steckte bestimmt wieder einer ihrer Männer hinter. Dass etwas kaputtging, konnte immer passieren. Aber wenigstens hätte die Schere ordnungsgemäß im Restmüll entsorgt werden können. Und noch wichtiger – der Bedarf einer neuen hätte dringend auf ihrem Einkaufszettel notiert werden müssen. Wie oft hatte sie das Thema ›Lagerhaltung‹ ihren Männern schon gepredigt? Und wie oft hatten die es vergessen und dann mit erstauntem Gesicht vor der geöffneten Kühlschranktür gestanden und verwundert gefragt, warum denn kein Käse mehr da sei? Sie würde beim Mittagessen ein ernstes Wort mit den Männern wechseln müssen. Als wenn sie nicht genug anderes zu tun hätte.

Ihre Leser warteten gespannt darauf, zu erfahren, wie das Leben auf einer von der Außenwelt abgeschnittenen Insel funktionierte. Einer ihrer Fans vom Festland hatte ihr bereits geschrieben, dass sich beim Lesen eine für ihn völlig fremde Welt erschließe, und sich sehr bedankt. Da musste sie also unbedingt dranbleiben.

Und dann war da noch ihre Seite *Sport und Kultur*.

Sie hatte sich in den letzten Wochen den Übungsplan des Kultur- und Sportvereins vorgenommen und eine Gruppe nach der anderen besucht. Die Leute beim Fitness-Training, die Tennisspieler, die vom Bodystyling und all die anderen. War ständiger Gast in der

Turnhalle gewesen. Und was hatte es genützt? Wenn sie ehrlich war, nicht viel. In den letzten Tagen war ihre Bildausbeute nicht sonderlich groß gewesen. Das mit dem Veröffentlichen solle sie man lieber lassen, hatte man ihr zu verstehen gegeben. Das sei entschieden zu privat fürs Internet. Dabei hatte sie so sehr auf Bilder der Sportler gehofft, um damit die eine oder andere Firma auf sich und ihre Seiten aufmerksam zu machen. Werbung brachte Geld und das konnte sie gut gebrauchen. Also würde sie da dranbleiben.

Außerdem plante sie etwas mit dem Thema *Vereint im Verein*. Schließlich gab es davon genügend auf der Insel, die dringend vorgestellt werden mussten. *Der Bootsclub. BaltrumAktiv. Gode Tied.* Sie konnte sich inzwischen nicht mehr über Langeweile beklagen.

Ihr Hauptthema war im Moment natürlich der Mord. Für heute hatte sie Neuigkeiten von dem Fall angekündigt und deshalb einen Termin mit einem der ermittelnden Kommissare gemacht. Sie war sehr gespannt darauf, was der Mann zu berichten hatte. Sie brauchte Informationen, denn auch bei diesem Thema zeigten sich die Insulaner relativ zugeknöpft. Ihr Nachhaken hatte bisher zu nichts geführt. Zum Beispiel der Versuch, aus Hansgerd Ulrichs etwas herauszukitzeln – negativ. Obwohl Paul sich ein wenig mit dem Mann angefreundet hatte, man sich also kannte und Hansgerd bestimmt nicht als Redemuffel galt, hatte er kaum auf ihre Fragen geantwortet und war gleich darauf in seinem Haus verschwunden.

Auch Antonia Gohres war leider nicht mehr als Informantin bei ihr im Haus. Aber ehrlich gesagt war aus dem Mädchen ohnehin nicht allzu viel herauszuholen gewesen. Etwas dümmlich war die Kleine ihrer Meinung nach. Auch wenn Bernd das anders sah. Gut, er hatte sich nicht sehr um Antonia gekümmert. Hatte lieber mit seinem Freund Jens abgehangen. Warum auch immer. Nur mit Paul schien die Kleine sich gut zu verstehen. Dass der sie ermuntert hatte, durchs Watt zu laufen, erschien Helga allerdings recht kurios. Hatte ihr Mann denn nicht gemerkt, was für ein einfaches Gemüt die Frau besaß? Er war sonst sehr einfühlsam. Beim Abendessen hatte Paul ihr von seinem Gespräch mit Antonia erzählt und so, wie er es wiedergab, wäre Helga niemals auf die Idee gekommen, den bloßen Gedanken in die Tat umzusetzen. Aber Antonia schon.

Paul hatte sich heftige Vorwürfe gemacht, hatte sogar den Koffer zu der Suckow gebracht. »Eine Patientin hat mir gesagt, dass sie dort unterkommt. Bettina Suckow ist eine Nachbarin von der«, hatte er erklärt.

Auf dem Weg ins Schlafzimmer hielt sie kurz bei der Praxistür an. Sie horchte, dann rief sie halblaut: »Paul?« Wieder erhielt sie keine Antwort. Entweder lag ein Patient mit nacktem Rücken auf der Behandlungsliege und genoss die Massage oder ihr Mann war wirklich nicht zu Hause. Sollte sie nachsehen? Quatsch.

Sie zog sich warme Sachen an und fuhr ins Westdorf. Zumindest machte sie den Versuch. Denn als sie von ihrem Grundstück auf die Straße einbiegen wollte, musste sie bremsen. Auf dem Weg standen zwei Rehe und schauten sie mit großen Augen an. Wo war ihr Fotoapparat? Das musste sie unbedingt für ihre Leser auf der Seite *Naturpur* festhalten. Ein einmaliger Anblick. Ganz langsam griff sie hinter sich zu ihrer Tasche, die im Fahrradkorb lag, zog sie nach vorne, öffnete den Reißverschluss und nahm den Apparat heraus. Das würde das Bild des Monats abgeben. Die Tiere bewegten sich nicht, schauten sie nur unverwandt an. Sie drückte ab. Einmal. Zweimal. Dreimal. Dann endlich drehten sich die Rehe um und schlenderten gemächlich weiter.

Versonnen blickte Helga Schorz-Küfler hinter ihnen her. Das war einer der Gründe, warum sie auf die Insel gekommen waren. Nicht die Rehe an sich. Aber das, wofür sie standen. Die Nähe der Natur. Das Erfühl- und Erlebbare. Zumindest für sie.

Andere hielten diese Tiere, die vermutlich einmal ausgesetzt worden waren, für Fremdkörper, die alles abfraßen, was nicht eingezäunt war. Ihr machte das nichts aus. Sie bewunderte die Schönheit dieser Tiere.

Sollten diese selbsternannten Naturschützer sich man eher um den Plastikmüll kümmern, der den Strand täglich aufs Neue verdreckte. Denn auch diese Seite gab es auf Baltrum. Gut sichtbar für Augen, die sehen wollten. Teile von Fischernetzen, Plastikbänder, die an zerfetzten Luftballons hingen, und vieles mehr, was in den Mägen der Vögel und Fische viel Unheil anrichtete. Und letztendlich in den Mägen der Menschen. Und trotzdem – sie liebte die Naturnähe auf der Insel. Bei einem Vergleich mit dem zubetonierten Mainz schnitt dieses Fleckchen Erde einfach besser ab.

Natürlich fehlte ihr die Heimat manchmal. Die Altstadt. Der Dom. Die vielen Straßencafés. Und natürlich der Karneval. Sie liebte Karneval. Die Session von November bis zum Umzug an Rosenmontag, in der alles auf den Beinen war. Seit sie denken konnte, hatte sie am Fastnachtsbrunnen gestanden und gejubelt, wenn die bunten Wagen und die Schwellköppe vorbeizogen.

Paul hasste es. Obwohl er ein waschechter Meenzer Bub war. Er war froh, die Insel für sich entdeckt zu haben. Erst am letzten Freitag war er wieder kopfschüttelnd aus dem Wohnzimmer verschwunden, als sie es sich mit einer Flasche Sekt, einer Schachtel Pralinen und einer Tüte Salzbrezeln vor dem Fernseher gemütlich gemacht hatte. Das war so ein Abend, der nur ihr gehörte. Denn es lief *Mainz bleibt Mainz, wie es singt und lacht*, seit Jahrzehnten ihre Lieblingssendung. Paul fand die einfach nur schrecklich.

Sie fuhr am Spielteich vorbei. Der Weg war rutschig. Sie musste aufpassen. Neben ihr wurde ein dumpfes Blubbern in der Luft immer lauter. Der erste Hubschrauber des Tages. Heute würden es sicher ein paar mehr werden. Auch die letzten Karnevalsflüchtlinge würden die Insel verlassen.

Dann konnten alle, die über die Woche ihre Geschäfte geöffnet hatten, wieder in den Winterschlaf fallen. Ostern war erst im April, also in gut zwei Monaten.

Vor der Wache sah sie Michael Röder. Sie winkte ihm zu. Nicht, dass der wieder verschwand, bevor sie ihre Fragen losgeworden war.

Doch er blieb stehen, wartete auf sie und begleitete sie in den kleinen Dienstraum. Ihr Hinweis auf die Pressefreiheit neulich schien genützt zu haben.

»Wie kommen Sie voran?« Auch die beiden anderen Kommissare waren da, grüßten und wandten sich wieder vermutlich hochinteressanten Dingen auf dem Bildschirm ihres PCs zu. So etwas liebte sie. Nur Michael Röder tat so, als interessiere er sich für ihre Anwesenheit.

»Also, was gibt es Neues?«, machte sie einen erneuten Versuch. Diesmal etwas lauter.

»Es kann sein, dass die Tote im Vorfeld beobachtet, verfolgt und gezielt getötet wurde«, sagte Röder. »Warum auch immer. Oder sie wurde Opfer einer Verwechslung, da sie das Kostüm eines anderen trug. Wir wissen es nicht. Eines ist aber sicher: Sie wurde von der Brücke gestoßen.«

»Also Mord?«

»Mord. Totschlag. Wir müssen es herausfinden.« Arndt Kleemann hatte sich von seinem Computer abgewandt und blickte sie an. »Und jetzt brauchen wir Ihre Hilfe.«

Das klang vielversprechend. Solange sie sich nicht in Gefahr begab, würde sie alles machen. Und solange sie darüber berichten konnte. »Natürlich. Was soll ich tun?«

»Es wäre wünschenswert, wenn Sie Folgendes veröffentlichen: Das Labor hat eindeutig belegt, dass der Stock, mit dem Frau Schäfer geschlagen wurde, nicht nur mit dem Fell des Igels in Berührung gekommen ist, sondern es wurden weitere Fellreste und andere Spuren sichergestellt, die hoffen lassen, bei entsprechendem Vergleichsmuster damit den Täter zu stellen«, sagte Arndt Kleemann. »Die Polizei denkt darüber nach, einen Gentest bei den Insulanern durchführen. Den Täter also einzukreisen.«

»Und wenn es kein Insulaner war, sondern einer der Gäste?«, fragte sie.

»Kann natürlich sein«, bestätigte Röder. »Aber die meisten Gäste sind gemeldet. Die würden wir dann zu Hause aufsuchen und um ihre Mithilfe bitten. Und noch etwas: In der Nacht des Todes von Frau Schäfer wurde von mehreren Zeugen eine Person in einem Pinguinkostüm gesehen. Wir sind gerade dabei, anhand der Zeitangaben und der Orte, an denen er aufgetaucht sein soll, ein Bewegungsprotokoll zu erstellen. Es möchte sich bitte jeder melden, dem in dieser Nacht etwas Ungewöhnliches aufgefallen ist.«

»Ich gehe also davon aus, dass Sie den Täter oder die Täterin nervös machen wollen? Und wer nervös ist, macht Fehler, nicht wahr? Alte Ermittlerweisheit, oder?« Sie konnte sich ein verschwörerisches Lächeln kaum verkneifen.

Der Inselpolizist blieb jedoch ernst. »Das lassen Sie unsere Sache sein«, erwiderte er nur.

Helga Schorz-Küfler stand auf. »War es das? Nicht noch irgendeine klitzekleine Hintergrundinformation?«

»Das müsste erst einmal zur Veröffentlichung reichen«, schaltete sich Arndt Kleemann wieder ein.

Ihr war klar, dass sie im Moment nicht weiterkommen würde. Also ran an den Computer. »Ich werde Ihnen freundlicherweise den Text schicken, bevor ich ihn veröffentliche«, schlug sie vor.

»Gute Idee«, erwiderte der Mann aus Aurich.

»Dann verabschiede ich mich einstweilen. Wenn Sie Neues haben …«

»Herr Röder wird es Ihnen mitteilen«, war die knappe Zusage des Kommissars.

*

Helga verließ die Wache. Sie musste dringend etwas bei *Stadtlander* besorgen, war sich aber nicht sicher, ob der Laden geöffnet hatte. Die Öffnungszeiten der Baltrumer Geschäfte waren im Winter eine Wissenschaft für sich. Einige hatten morgens geöffnet, andere nachmittags, andere wiederum gar nicht. Manche nur an den Karnevalstagen.

Sie stellte ihr Rad in den Fahrradständer. Auf der Tafel vor dem Laden wurde der neue Baltrumkrimi angekündigt. *Frisch erschienen* stand dort, dick unterstrichen. Als wenn wir nicht schon genug mit der Realität zu kämpfen hätten, dachte sie.

Das Deckenlicht brannte. Es war offen. Der Chef füllte den Zigarettenbestand auf. »Ich hole gerade die letzten aus dem Schrank«, sagte er lächelnd. »Ich habe für den Winter kaum Reserve und wenn ich jetzt was brauche, bekomme ich nichts. Die armen Raucher.«

»Schlimmer wird es, wenn die wirklich wichtigen Lebensmittel knapp werden«, erwiderte Helga Schorz-Küfler. »Aus den Märkten tragen die Insulaner raus, was sie kriegen können.«

»Die Leute sind es eben nicht gewohnt, Lagerhaltung

zu betreiben«, sagte er. »Kein Mensch rechnet mehr damit, dass so etwas passiert. Unsere Vorfahren dagegen konnten lange überleben. Sie hatten früher selbst bei guter Wetterlage nicht so oft die Gelegenheit, ans Festland zu fahren. Die Verbindung ging über Norddeich und die Überfahrt dauerte ewig und Autos hatten die Insulaner nicht. Da blieb denen gar nichts anderes übrig, als zu bunkern. Sie hatten die Speisekammern voll mit echten Baltrumer Sandkartoffeln. Die waren so lecker, dass sie auch am Festland äußerst begehrt waren. Dann gab es Kohl, Möhren und aufgetrocknete Bohnen. Die wurden auf einen Bindfaden gezogen und an einer trockenen Stelle aufgehängt. Vor dem Verzehr mussten die sehr lange eingeweicht werden. Auch Schollen wurden getrocknet. Und im Herbst wurde geschlachtet. Die Insulaner wussten also, wie man nicht verhungert. Leider ist dieses Wissen in Zeiten der Gefriertruhe verloren gegangen.« Nach dieser ausführlichen Erklärung atmete der Mann hinter der Kassentheke erst einmal tief durch, bevor er die letzten Schachteln einsortierte.

»Klar. Und die, die sonst alles am Festland kaufen, beschweren sich dann, wenn es im Notfall in den Baltrumer Geschäften nicht das gibt, was sie unbedingt haben wollen«, fügte sie hinzu.

»Am schlimmsten war es allerdings in den Siebzigern, bei der sogenannten Schneekatastrophe. Das Schiff hätte zwar fahren können, so kalt war es nicht. Aber der Anleger in Neßmersiel und die Straße dorthin waren nicht geräumt. Da lag meterhoch Schnee. Also war es ziemlich sinnlos, dass der Kapitän die Leinen löste. Aber das den Einwohnern hier klarzumachen, war nicht einfach.«

Helga Schorz-Küfler lachte. »Das war lange vor meiner Zeit. Aber immer wieder interessant zu hören. –

Nun zum Grund meines Kommens. Ich brauche Papier für meinen Drucker.«

Der Mann überlegte. »Im Laden habe ich keines. Aber ein Reservepaket im Büro. Warte, ich hole es.« Er ging los, doch nach ein paar Schritten blieb er stehen. »Aber es gibt auch Leute hier, die aus der Wetterlage das Beste machen.«

Neugierig schaute sie ihn an. »Wie meinst du das?«

»Na, als ich heute Morgen meine Runde mit dem Hund drehte, hatte jemand auf dem Deich hinten bei der *Strandburg* einen großen Stapel Holz zusammengelegt, wie um ein Feuer anzumachen. Daneben stand ein Campingstuhl mit einer Decke und einem Kissen darauf. Das Ganze hätte sehr gemütlich wirken können, aber dazu war es in Wahrheit viel zu kalt.«

Helga Schorz-Küfler lachte. »Da hat sich jemand richtig Mühe gegeben.«

»Tja, aber als ich mit meinem Hund zurückkam an die Stelle, auf dem Nachhauseweg, da war alles schon wieder weg.«

»Schade. Ich wäre gern hingefahren und hätte ein Foto davon gemacht. Für meine Fans.«

»Da bist du wohl zu spät. Jetzt hole ich aber dein Papier.« Damit verschwand er in den hinteren Räumen.

Sie schaute sich um. Der Rundständer, in dem sonst die Tageszeitungen standen, war leer. Und bei näherem Hinsehen stellte sie fest, das auch die Wochenzeitungen älteren Datums waren.

»Die neuen sind nicht geliefert worden und die alten konnte ich nicht zurückschicken. Also habe ich sie im Regal gelassen«, erklärte der Chef, als er mit dem Paket in der Hand zurückkam.

Sie nickte. »Klingt logisch. Was bekommst du?«

»Vier Euro.«

Sie bezahlte, bedankte sich und verließ mit dem Papier

in ihrem Einkaufskorb den Laden. Nun nichts wie nach Hause. Sie musste den Text für die Polizei aufsetzen. Je eher desto besser.

Es geschehen Zeichen und Wunder, dachte sie, als sie in ihrer Küche Paul und sogar Bernd erblickte. Beide hatten eine Tasse Kaffee vor sich und unterhielten sich angeregt.

»Wo kommst du her, was hast du an Neuigkeiten mitgebracht?«, fragte Bernd.

»Erstens: Auf der Straße vor unserer Tür standen zwei Rehe. Völlig unbeeindruckt.« Sie zeigte den beiden die Aufnahmen. »Das kommt gleich online. Und mein Besuch bei der Polizei hat Folgendes ergeben: Die können nachvollziehen, wo der Pinguin nachts hingelaufen ist, und außerdem haben sie Spuren, die sie durch einen DNA-Test abgleichen wollen. Das stelle ich gleich ins Netz. Mit höchst polizeilicher Erlaubnis.«

Eine Tasse klirrte. Paul hatte sie, gerade noch am Mund, mit einem Ruck auf den Tisch gestellt, so dass der Kaffee sich auf dem Tisch verteilte. Er war kreidebleich. »Das – das sollst du wirklich tun?«, stammelte er.

»Ja. Warum nicht? Es kann nur helfen, den Typen zu erwischen, der in dem Kostüm steckte.« Sie stand auf und holte einen Putzlappen. »Bei meinen Recherchen unter den Insulanern bin ich bis jetzt ziemlich gegen die Wand gelaufen, das muss ich leider zugeben. Aber ich werde nicht aufgeben, jetzt, wo die Polizei mich als Journalistin in ihre Arbeit einbindet. Im Laufe des Tages werde ich mit Uwe, dem Wirt der *Alten Liebe*, sprechen, ob dem etwas eingefallen ist.«

Paul riss ihr das Tuch aus der Hand und wischte hektisch über den Tisch. Dabei fegte er beinahe auch Bernds Tasse um.

»Paul, was ist mit dir los?«, fragte Helga erstaunt.

»Ach, nichts. Gar nichts. Es ist nur – so ein DNA-Test

ist ein tiefer Eingriff in die Privatsphäre. Man kann sich kaum wehren, wenn man sich nicht verdächtig machen will. Man wird also gezwungen!«

Bernd hatte bis jetzt geschwiegen und die Tischplatte angestarrt.

»Und – was sagst du dazu?«, fragte sie ihn.

Er zuckte mit den Schultern. »Ich kenne das Prozedere. Habe ich schon mitgemacht. Damals – als bei uns der Vergewaltiger von dem Mädchen gesucht wurde. Beim Schützenfest. Meine Daten haben die also schon. Mal schauen, ob ich mich beteilige.« Bernd stand auf, stellte seine Tasse in die Spüle und verschwand. »In der Tür drehte er sich um. »Ist doch klar, dass da nicht nur Männer, sondern auch Frauen antanzen sollen, oder? Schließlich ist es auch für eine Frau kein Problem, in ein Pinguinkostüm zu schlüpfen und jemanden von der Brücke zu werfen.«

»Natürlich«, erwiderte sie. »Es betrifft jeden, der sich zurzeit hier aufhält.«

Sie sah, wie Paul aufatmete. »Wenigstens das«, sagte er.

»Hast du heute Morgen schon Kunden gehabt?«, fragte sie, um ihn auf ein anderes Thema zu lenken. Er aber schaute sie nur verwirrt an.

»Und – hast du?«, wiederholte sie.

»Ich ... nein ... Ja, eine Kundin. Gleich erwarte ich noch einige Leute und heute Nachmittag geht es weiter. Reicht dir das fürs Erste?«

Sie schaute hinter ihm her, als er die Küche verließ. Was war nur in ihren Mann gefahren? Warum regte der sich über den Gentest so auf? Natürlich hasste er es, wenn ein Außenangriff auf seine Privatsphäre stattfand. Das wusste sie. Aber manchmal ließ es sich einfach nicht vermeiden. Da musste man eben das Große und Ganze sehen.

Sie setzte sich an ihren PC und schrieb. Dann schickte

sie den Text zur Begutachtung an die Polizeiwache. Noch einmal stellte sie sich die Frage, warum sie so sehr an der Aufklärung des Todes von Frau Schäfer interessiert war. Und wenn sie ehrlich war, hatte es nichts mit Jagdfieber zu tun. Auch nicht mit dem Wunsch, die Polizisten vorzuführen. Sie wollte eigentlich nur ankommen auf dieser Insel. Ein Teil von ihr sein. Etwas Gutes beitragen. Aber sie hatte im gleichen Moment das Gefühl, dass es wichtiger wäre, erst einmal bei sich selber anzukommen. Alles andere würde sich dann schon ergeben.

*

Antonia hörte ein vorsichtiges Klopfen an der Tür ihres Zimmers. »Herein«, bat sie und band sich mit gekonntem Schwung die Haare zusammen, aber die Tür öffnete sich nicht.

»Das Frühstück ist fertig«, schallte Bettina Suckows Stimme durch den Flur.

Antonia schaute auf die Uhr. Halb zehn. Gute Zeit. Sie hatte geschlafen wie ein Bär und fühlte sich zum ersten Mal fit, seit sie auf der Insel war. Fast ein bisschen unternehmungslustig. Ihren Ausflug, wie sie ihn bereits bezeichnete, hatte sie bis auf ein leichtes Zittern in den Beinen anscheinend bestens überstanden.

»Ich komme«, rief sie zurück.

Am Abend hatte Bettina bei ihr am Bett gesessen und von alten Zeiten erzählt. Wobei ›alte‹ wohl etwas übertrieben war. So alt war ihre Wirtin schließlich nicht. Aber sie hatte die Inselschule besucht, in der immer zwei Klassen in einem Raum saßen, bevor sie nach der vierten Klasse ans Festland auf das Gymnasium gegangen war. Fünfzig Schüler in der ganzen Schule – das war in Köln unvorstellbar.

»Hast du deine Eltern erreicht?«, fragte Bettina Suckow, als Antonia in die Küche kam.

Sie nickte. »Ja, heute Morgen. Sie haben mir Geld auf mein Konto überwiesen. Für die Übernachtungskosten bei Ihnen, äh, bei dir. Und ich kann den Platz im Hubschrauber, das Taxi nach Norden und den Zug bezahlen. Muss nur alles organisiert werden.« Es fiel ihr schwer, Bettina Suckow zu duzen, aber die Frau hatte gestern darauf bestanden.

»Wenn wir schon hier zusammen wohnen«, hatte sie argumentiert.

Genau das hatte Helga ebenfalls gesagt, als sie dort eingezogen war. Schien auf der Insel wohl so üblich zu sein. Antonia hatte sich gefragt, ob alle Gäste von den Insulanern mit Vornamen angesprochen wurden.

»Das Organisieren ist kein Problem«, sagte Bettina. »Wir schmeißen den Computer an und dann geht's los.«

Antonia zögerte. »Lieber etwas später. Der Kommissar, dieser Kleemann, hat versprochen, mir zu helfen. Ich will zuerst mit ihm sprechen. Nicht, dass da was doppelt läuft.«

»Okay, dann ruf ihn an. Wo mein Telefon steht, weißt du inzwischen«, sagte die Wirtin.

»Nein, ich gehe zu ihm. Ich denke, es ist richtig, wenn ich mich persönlich von denen verabschiede. Danach können wir uns sofort an die Arbeit machen.« Als Antonia in ihr Brötchen biss, merkte sie erst, wie hungrig sie war. »Aber erst ein weiteres Brötchen, wenn es okay ist«, sagte sie mit vollem Mund.

Als sie eine gute halbe Stunde später das Haus verließ, fühlte sie sich rundum satt und zufrieden. Nur ein kurzer Gedanke daran, ob Sabines Mörder wohl noch frei auf dieser Insel herumlief, ließ sie zusammenzucken. Aber ebenso schnell, wie der Gedanke gekommen war, verflüchtigte er sich wieder.

Links von ihr lagen die Hellerwiesen. Und dahinter? Sie mochte gar nicht hinschauen. Dort, in der eisigen

Weite des Wattenmeeres, war sie gestern herumgelaufen. Und dort würde sie vermutlich immer noch umherirren, wenn dieser Hubschrauberpilot sie nicht entdeckt und die Ärztin und die Feuerwehrleute sie nicht rausgeholt hätten. Inzwischen war ihr klar, wie dämlich sie gewesen war. Aber eben verzweifelt. Wenn man das als guten Grund anführen durfte. Zumindest hatte Bettina das behauptet. Wenn auch nicht gebilligt.

Vor der Wache sah Antonia zwei Fahrräder stehen. Sie hatte Glück. Arndt Kleemann und ein anderer Mann waren da und begrüßten sie freundlich.

»Wie geht es Ihnen?« Arndt Kleemann lächelte sie an.

»Danke, gut.« Sie erzählte, warum sie gekommen war. Dass ihre Eltern dafür gesorgt hatten, dass sie die Insel verlassen konnte und dass sie von Bettina Suckow so gut aufgenommen worden war.

»Es freut mich sehr, Sie so fit hier vor mir sitzen zu haben. Ihrer Abreise steht nichts im Wege, oder, Marvin?«

Der Kollege schüttelte den Kopf. »Wir haben für eventuelle Nachfragen Ihre Adresse in Köln. Werden Sie sich von Familie Schorz-Küfler verabschieden?«

Antonia überlegte. »Nein. Ich glaube nicht. Mir ist die Sache mit dem Watt ziemlich peinlich. Nur weil Paul diesen Satz gesagt hat, bin ich abgehauen. Und jetzt kriegt er die Schuld.«

»Nun machen Sie sich keine Gedanken.« Arndt Kleemann stand auf. »Ist ja alles gut gegangen. Wenn Sie Hilfe brauchen, melden Sie sich bitte.« Er gab ihr einen Zettel. »Hier habe ich ein paar Telefonnummern. Hubschrauberfirmen, Taxiunternehmen aus Norden und so weiter. Ist vielleicht nützlich. Und noch etwas – es könnte sein, dass eine Rechnung auf Sie zukommt. Für den Einsatz. Denn ein gewisses Selbstverschulden lässt sich nicht abstreiten, oder?«

»Das ist wohl wahr.« Sie zögerte. »Dann müssen

meine Eltern ran. Meine Praktikantenstelle bei Müller hat leider bis jetzt nichts abgeworfen. Machen Sie es nicht zu teuer.«

»Wir werden sehen, was wir tun können«, versprach Arndt Kleemann.

Sie dankte, steckte den Zettel ein und verabschiedete sich. Jetzt nichts wie weg. Nein, vorher würde sie dem Strand Tschüss sagen. Ihr erster Gang hatte sie dorthin geführt, als sie vor fast einer Woche auf der Insel angekommen waren. Sie dachte an den Streit zwischen Müller und Sabine. Dort unten am Strand war es gewesen, wo er die Kollegin so angefaucht hatte.

Antonia ging die Stufen hinunter, spürte den Sand unter ihren Schuhen. Fest, unnachgiebig. Die Wand aus Eis, die das Wasser mit jeder Tide weiter aufgeschoben hatte, wirkte wie eine Festungsmauer. Es gab keine Chance mehr, direkt bis zur Wasserkante durchzudringen. Auf dem schwarzen Ding, das wie ein riesiger Finger ins Meer ragte, saßen Hunderte von Möwen. Wie hatte Müller die steinernen Teile genannt? Buhnen? Genau.

Britta war damals gar nicht erst mitgelaufen. Hatte sich strikt geweigert.

Wo sie jetzt wohl war? Der Polizist hatte nur etwas von einem Zwischenfall erwähnt. Und dass Britta ans Festland gebracht worden sei. Das musste furchtbar sein, in einer Zelle zu sitzen. So eng und ungemütlich. Hoffentlich kam Britta bald wieder raus. Was immer sie getan hatte, hatte sie bestimmt nicht böse gemeint. Britta musste verdammt verzweifelt gewesen sein. Aber das war bei einem Chef wie dem Müller kein Wunder. Antonia schoss die Szene durch den Kopf, wie er versucht hatte, sie aufs Sofa zu zerren.

Auf einer der Eisschollen lag etwas Schwarzes, Glänzendes. Einige Vögel machten sich daran zu schaffen.

Vorsichtig ging sie ein paar Schritte darauf zu. Tatsächlich. Es war ein Seehund. Oder das, was von ihm übriggeblieben war. Der dicke Körper war übersät mit Löchern, wo die Möwen und Krähen zugeschlagen hatten. Wo einmal der Kopf gewesen war, sah sie nur ein paar abgefressene Knochen. Der muss doch tiefgefroren sein, so im toten Zustand, überlegte sie. Da ist es für die Vögel bestimmt nicht einfach, an ihre Nahrung zu kommen.

Sie schaute auf die Uhr und erschrak. Eigentlich hatte sie längst weg sein wollen und nun stand sie hier an der Strandmauer, als ob sie gar nichts vorhätte.

So zügig, wie die Straßenverhältnisse es zuließen, machte sie sich auf den Rückweg.

In ihrer Pension wurde sie bereits sehnlichst erwartet. »Ich habe schon die Zugverbindungen rausgesucht. Jetzt müssen wir nur einen Platz im Helikopter buchen und das Taxi bestellen«, erklärte Bettina.

Antonia lächelte ihre Vermieterin an. »Du willst mich wohl loswerden?«

»Was hast du gesagt?«

»Ich sagte: Du willst mich wohl loswerden«, wiederholte Antonia laut und deutlich.

Sie setzten sich an den PC, telefonierten und schauten sich danach zufrieden an. »Um Viertel vor drei geht es los. Dann hast du genügend Zeit, den Zug in Norden zu bekommen. Und bis dahin packst du deinen Koffer und wir trinken zum Abschluss eine schöne Tasse Tee mit Kluntje und Sahne.«

Antonia stieg die Treppe hoch in ihr Zimmer. Es gab nicht viel zu packen. Die restlichen Dinge aus dem Badezimmer mussten in die Tasche und natürlich das Äffchen. Ohne ihren kleinen Freund wären die letzten Tage unerträglich geworden. Da war sie sich sicher.

Sollte sie sich von Gereon Müller verabschieden?

Nein. Sie würde nie wieder in seine Firma zurückkehren. Dann lieber bei *Kik* an die Kasse. Bernd? Der Mann, der sich anfangs ganz nett, dann aber immer weniger um sie gekümmert hatte? Nee, musste nicht sein. Aber Hennes, dem würde sie Bescheid sagen. Sie ging zum Wohnzimmer, nahm Brittas Telefon und wählte seine Nummer. Ihr Handy war seit ihrem Ausflug ins Wattenmeer schließlich nicht mehr zu gebrauchen.

*

»Was sagst du? Tropfsteinhöhle? Ich komme.« Michael Röder verständigte seine Kollegen, dann machte er sich auf den Weg zu dem kleinen Haus nahe der Inselglocke. Der Nachbar, Peter Fürst, hatte festgestellt, dass dicke Eiszapfen an den Fenstern hingen. Von innen.

Der Mann empfing ihn vor dem Haus. »Schön, dass du da bist. Ich war mir nicht ganz sicher, wie ich mit der Lage umgehen sollte. Ich denke mir, da ist irgendein Bauschaden aufgetreten. Könnte aber Vandalismus oder so was vorliegen. Darum habe ich dich angerufen.«

Röder stellte sein Rad an den Zaun und auch ihm wurde bald klar, was der Mann mit ›Tropfsteinhöhle‹ gemeint hatte.

Dicke, wohl einen Meter lange Eiszapfen, in denen die Gardine wie eingewebt wirkte, hingen von der Decke. Es sah beeindruckend aus. Wie nannte man diese Dinger, wenn sie in Höhlen hingen? Stalaktiten? Waren das die, die von oben nach unten wuchsen? Oder waren das die Stalakmiten? Er verwechselte die Namen immer. Hängt wohl damit zusammen, dass ich mich so selten in Tropfsteinhöhlen aufhalte, sinnierte er. Dabei hatte ihm Sandra doch vor längerer Zeit eine Eselsbrücke genannt. Wie war das noch? Stalakmiten wachsen von unten nach oben. Werden also immer höher. Genau wie die Mieten mit *ie*.

»Wer hat den Schlüssel?«, fragte er den Nachbarn.

»Ich bin mir nicht sicher. Die Besitzer sind im Winter selten hier. Ich glaube, die Firma *Saubär* hat da die Finger drin. Soll ich die anrufen?«, fragte Fürst.

»Das wäre gut. Wir müssen nachsehen, was da drinnen los ist.«

Peter Fürst verschwand in Haus nebenan. Der Inselpolizist nutzte die Zeit und umrundete das Häuschen. Er prüfte die Hintertür und schaute sich die Fenster kritisch an. Er konnte jedoch keine Einbruchsspuren entdecken.

Eigentlich hatte er sich am heutigen Morgen mit Sandra zum Einkaufen verabredet, doch dies war ein Notfall. Es war richtig gewesen, dass Fürst ihn benachrichtigt hatte. Vielleicht würden sie die Hilfe der Feuerwehr benötigen. Aber erst mussten sie Zutritt haben, dann würden sie weitersehen.

Es dauerte nicht lange, dann war der Nachbar wieder bei ihm. »Es kommt gleich jemand«, sagte er.

Kurz darauf hörten sie Wendt Bärmann, den Chef der Firma *Saubär*, mit klimperndem Schlüsselbund die Schräge herunterkommen. »Was liegt an? Eiszapfen im Haus? Das kann ja wohl nicht«, rief er von Weitem. Doch als er näher kam, sah auch er, dass etwas ganz und gar nicht stimmen konnte. Wortlos schloss er die Tür auf.

Röder und Peter Fürst folgten ihm.

Im Haus war es kalt. Und was Röder sah, ließ ihn zusätzlich erschauern. Alle Wände waren vereist. Die Tapeten hingen nicht mehr an der Wand, sondern lagen als steifgefrorene Platten auf dem Fußboden.

»Vorsicht. Es ist glatt«, warnte Fürst, als sie die Küche betraten.

Ein grotesker Anblick, fuhr Röder durch den Sinn. Wie ein filigranes Kunstwerk, so bot sich die Küche dar.

Jedes Teil war von einer glänzenden, zentimeterdicken, glitzernden Schicht überzogen. Kaffeemaschine, Toaster, eine vergessenen Tasse in der Spüle – alles vereist.

Auch das Wohnzimmer und das Schlafzimmer, sogar die Betten, waren unter dem Eis erstarrt. Es erinnerte ihn an einen Bericht kürzlich im Fernsehen. Dort war ein Eishotel in Finnland vorgestellt worden. Bei dem waren die Wände aus Eis, aber wenigstens die Betten nicht. Trotzdem wäre es kein bevorzugtes Urlaubsziel für ihn. Und für Sandra ebenfalls nicht.

»Wir sollten nach oben gehen. Das Wasser muss von dort gekommen sein«, sagte Fürst.

Der Chef der Reinigungsfirma nickte nur. Er schien ebenfalls erstarrt.

Unter größter Vorsicht zogen sich die drei Männer, das Geländer fest im Griff, die Treppe hoch. Im Obergeschoss bot sich ihnen das gleiche Bild. Auch hier war alles spiegelglatt.

»Wenn ich den erwische, der den Wasserhahn hat laufen lassen und die Heizung ausgestellt, den bringe ich um«, tönte Wendt Bärmanns Stimme dumpf durch die Etage. Doch im Bad war es erstaunlicherweise trocken.

Fürst zeigte auf eine Wand im Kinderzimmer. Dort sah es aus, als hätte man die Niagarafälle im Winter nachgebildet. »Das Wasser kommt aus der Wand. Tippe auf ein defektes Rohr.«

»Da liegt also der Hase begraben. Ich werde ein paar Handwerker mobilisieren, die die Wand aufstemmen. Das habe ich schon mal gehabt«, sagte Wendt Bärmann. »Bei Häusern, die nicht mehr ganz jung sind, hat man früher häufig zwei Rohre, zum Beispiel Heizungsrohr und Wasserrohr, das eine aus Zink, das andere aus Kupfer, nebeneinander verlegt. Im Laufe der Jahre korrodieren die dann. Das heißt, die Metalle vertragen sich nicht und, wie soll ich sagen, die fressen einander auf. Das hat übrigens nichts mit der Kälte draußen zu tun. Das hätte auch im Sommer passieren können.«

»Nur, dann hätten wir es vermutlich schneller bemerkt«, überlegte Fürst.

»Das stimmt wohl. Jetzt müssen wir erst einmal sehen, dass wir die Bude warm kriegen.«

»Solltest du nicht vorher dafür sorgen, dass du so viel Eis wie möglich nach draußen schaffst?«, schlug Fürst vor. »Wenn das alles hier drinnen taut – darüber möchte ich echt nicht nachdenken.«

Bärmann nickte. »Da brauche ich jetzt jede Hand. Der Mist muss raus, die Wand aufgekappt und der Leckschaden behoben werden, damit nichts nachfließt. Und dann müssen wir sehen, dass wir die Bude trocknen. Der Besitzer wird sich freuen, wenn ich ihm davon erzähle. Hier ist wirklich alles hinüber.«

Der Inselpolizist versuchte den Rückzug. Nicht dass Bärmann auf die Idee kam, auch auf seine helfende Hand zurückgreifen zu wollen. Es war gut, dass Fürst ihn dazugeholt hatte. Schließlich war die Lage etwas unklar gewesen. Aber nun konnte er die Männer alleine lassen. »Ich verabschiede mich. Das ist jetzt hier die Sache von Spezialisten. Meine Kollegen warten.«

»In Ordnung«, erwiderte Fürst. »Gut, dass du gekommen bist. Hat sich schon was Neues mit der Suche nach dem Pinguin ergeben?«

Röder gab genau das wieder, was auch die Journalistin auf ihrer Seite veröffentlichen würde, mit der Bitte, es auf der Insel weiterzutragen. »Auch die Gäste in den Ferienwohnungen, die du betreust, sollten es wissen«, wandte er sich an Bärmann. »Mach es dringend.«

Wendt Bärmann versprach, sich darum zu kümmern. »Ich hab ja sonst nichts zu tun«, seufzte er.

*

Michael Röder schaute vom Bildschirm auf. »Die Schorz-Küfler hat es bereits eingestellt. Ich bin echt gespannt, ob der Bericht etwas bringt.«

Arndt lächelte. »Ich auch. Zumindest schadet er nicht.«

»Na gut, warten wir es ab.« Der Inselpolizist nahm seine Jacke von der Garderobe. »Ein Termin am Flugplatz wartet, liebe Kollegen. Die kleine Gohres will uns verlassen.«

»Da vorne, vor dem Tower, stehen sie«, sagte Michael, als sie dort ankamen. Er sah Antonia Gohres und Bettina Suckow. Auch Hennes Ollrich war da. Ob sich der Mann auch ans Festland verabschieden wollte? Gesagt hatte er nichts.

Die Begrüßung ging im Schlagen der Rotoren eines Hubschraubers unter, der vollbeladen startete. Als die Maschine über Norderney abdrehte, versuchte Röder es noch einmal. »Sie wollen jetzt weg?«

In ihren Augen leuchtete es. »Ja, wie gesagt: Bettina hat mir geholfen und gleich geht es los.«

»Jeder is sich selvs der nökste«, war Ollrichs Kommentar, bevor er seinen Arm um Antonia Gohres' Schultern legte.

»Dann möchten wir uns verabschieden. Ihre Adresse haben wir, falls wir Fragen haben. Gute Heimfahrt«, sagte Arndt Kleemann. Er wandte er sich an Hennes Ollrich: »Wie ist es mit Ihnen? Wie lange bleiben Sie?«

»Eigentlich wollte ich bleiben, bis Müller abfährt. Aber ich denke, ich werde mich morgen auf den Weg machen. Ich kann den Kerl schließlich nicht den Rest seines Lebens überwachen. Das ist mir bewusst geworden. Ich werde ein weiteres Mal Kontakt mit ihm aufnehmen und ihm klarmachen, was Britta und ich von ihm erwarten, und das war's dann. Sie kennen das Lied: *Schiri, wir wissen, wo dein Auto steht!* So ähnlich ist es. Ich weiß, wo er in Köln wohnt, und werde entsprechende Maßnahmen ergreifen.«

»Aber nur legale, wenn ich bitten darf«, konnte sich Marvin nicht verkneifen.

Hennes Ollrich antwortete nicht, blickte nur Antonia Gohres an und sagte: »Wenn du Hilfe brauchst, zum Beispiel bei der Suche nach einer Praktikantenstelle, melde dich. Ich habe gute Verbindungen.«

Wieder dröhnte die Luft. Der nächste Hubschrauber näherte sich von Osten und setzte zur Landung an. Antonia Gohres winkte den Polizisten zu, Hennes Ollrich hob ihren Koffer in den Helikopter und es dauerte nicht lange, bis das schwere Gerät zu seinem Flug nach Neßmersiel startete.

»Ob es richtig war, dass wir sie haben gehen lassen?«, fragte Marvin Lingenberg, als sie wieder in den Ort einbogen.

»Keine Ahnung«, sagte Arndt Kleemann. »Aber die Kölner Kollegen sind informiert. Wenn sich hier neue Anhaltspunkte ergeben, die sie belasten, haben die ganz schnellen Zugriff. Gilt übrigens auch für Britta Warth. Mein Chef sagte mir heute, sie haben sie entlassen. Fluchtgefahr besteht nach deren Ansicht wohl nicht.«

»Aber sie wird um eine gesalzene Strafe nicht herumkommen. Schließlich hat sie sich mit mir angelegt«, sagte Röder und wich einem dicken Eisklumpen aus. »Eine Verurteilung wegen gefährlicher Körperverletzung ist das Mindeste.« Die Wunde verheilte bereits, aber schmerzte, wenn er den Arm unbedacht bewegte.

»Das sehe ich genauso«, sagte Marvin. »Aber ich hätte da eine Frage: Hast du das kleine weiße Ding, das da auf dem Flugplatz steht, wirklich Tower genannt? Also da stellt sich mir echt die Frage, ob du schon mal einen richtigen Tower bestaunt hast. Also ich meine, auf einem richtigen Flugplatz? Als ich mit meiner Okka letztes

Jahr von Köln in die Karibik geflogen bin, da habe ich mir nämlich …«

»Lass es gut sein«, lachte Röder. »Aber sage mir bitte, wie ich das Ding sonst nennen soll.«

Marvin Lingenberg schwieg einen Moment, dann sagte er: »Wenn ich es mir recht überlege, sieht es aus wie die Datsche meiner Eltern in Friedrichroda. Natürlich hatten die keine die Funkmasten auf dem Dach.« Er lachte. »Das wäre sicher nicht lange gut gegangen, oder was meinst du?«

*

Es gab zwei gute Gründe, warum er immer noch auf dieser gottverdammten Insel hockte.

Der eine war, dass er erst für den Samstagmittag einen bezahlbaren Platz in einem der Hubschrauber bekommen hatte. Der Typ, mit dem er verhandelt hatte, war nicht sehr freundlich gewesen. Natürlich hatte Gereon den Preis drücken wollen. Das machte man so. Außerdem blieb ihm gar keine andere Möglichkeit, wenn er an die Leere auf seinem Konto dachte. Doch Sätze wie: »Herr Müller, wir schnallen Sie an den Rotorblättern fest. Dann können Sie umsonst mitfliegen«, waren einfach überflüssig gewesen.

Der zweite Grund hatte mit dem Mann zu tun, der sich für sein Haus interessierte. Sie hatten bereits einige Male miteinander telefoniert. Der Eisgang hatte das verabredete Treffen zwar verhindert, der Mann hatte jedoch zugesagt, dass er kommen würde, sobald die Fahrrinne wieder frei war.

Mit jedem Tag, mit jedem Grad Temperaturanstieg, war Gereon Müllers Hoffnung ein wenig größer geworden, doch er musste sich eingestehen, dass es womöglich eine ganze Weile dauern würde, bis das Schiff wieder fuhr.

Er nahm einen Schluck aus der letzten Flasche Bier, die er im Kühlschrank gefunden hatte, und knallte sie zurück auf den Tisch.

Gereon weigerte sich, es zuzugeben, aber ihm war langweilig. Sie waren einmal zu viert gewesen. Jetzt saß er allein in der Küche und konnte kaum glauben, dass er seine Mitarbeiter vermisste.

Er war gespannt, ob sich die Leute am Wochenanfang wieder zur Arbeit melden würden, aber wenn er ehrlich war, hatte er da so seine Zweifel. Britta würde er sowieso mit dem Hintern nicht mehr ansehen, nachdem die wie eine Furie auf ihn und den Polizisten losgegangen war. Antonia? Mit dieser verklemmten Zicke war er natürlich fertig. Wenn die einfach die Seiten wechselte und auszog, musste sie mit den Konsequenzen leben.

Und Hennes? Ein guter Mann. Er konnte schlecht auf ihn verzichten. Aber der hatte bereits im Auto angekündigt, dass er gehen würde.

Das Einzige, was Britta und Hennes noch an ihm festhalten ließ, war das Geld, das er ihnen schuldete. Umso wichtiger, dass er sein Haus auf Baltrum verkaufte. Nicht, dass er zwingend moralische Gründe sehen würde, nein, er hatte lediglich Angst vor den Konsequenzen. Ein guter Ruf war schnell ruiniert. Also musste etwas passieren. Und das möglichst sofort. Wäre er erst wieder in Köln, wäre es echt lästig, wenn er ein paar Tage später wieder an die Küste fahren müsste. Und teuer wäre es auch. Aber er konnte das Verkaufsgespräch keinem anderen überlassen. Er musste unbedingt selber vor Ort sein und rausholen, was ging.

Mühsam stand er auf. Er würde eine Inselwanderung machen und sich den Kopf freipusten lassen.

Als er nach oben ging um seine Jacke zu holen, sah er, dass Brittas Zimmer ganz und gar leergeräumt war.

Hennes hatte alles, was die Polizei nicht mitgenommen hatte, rübergeschafft in sein neues Zuhause.

Prima, dann muss ich den Koffer von der alten Hippe wenigstens nicht mitschleppen, dachte er zufrieden. Ein Problem weniger. Die braucht im Knast ja sowieso nur Anstaltskleidung.

Als er vor die Haustür trat, bedauerte er seinen Entschluss schon fast wieder. Vom Nachbargrundstück blickte ihn, auf einen Schneeschieber gestützt, Hansgerd Ulrichs an. »Na, haben Sie den Schreck überwunden?«, rief der über den Zaun.

»Danke.« Zu mehr konnte sich Müller nicht aufraffen, wäre auch sinnlos gewesen, weil das Brummen von Rotoren ein Gespräch zum Erliegen brachte.

Doch Ulrichs gab nicht auf. Er lehnte sein Arbeitsgerät an die Hauswand und winkte Müller zu. »Wie lange bleiben Sie? Ich frage nur wegen der Wippe«, schrie er.

»Morgen«, schrie Müller zurück.

Hansgerd Ulrichs zeigte in die Luft. »Mit dem Flieger dort oben kommen bestimmt die Kinder. Die, die am Festland zur Schule gehen. Die haben jetzt Wochenende. Aber manche bleiben bestimmt am Festland. Wegen der Wetterlage.«

Wie konnte sein Nachbar es für möglich halten, dass er sich für die Angelegenheiten Baltrumer Kinder interessierte? Gereon Müller atmete tief durch, dann brummte er so etwas wie: »Bis dann« und stiefelte los. Egal wohin. Es machte keinen Unterschied. Überall auf dieser Insel war es weiß, die Wege vereist, die Geschäfte bis auf ein paar Ausnahmen zu und Menschen waren kaum mehr zu sehen. Wenn es nur schon Samstag wäre.

Er ging an der Kirche vorbei Richtung Hafen. In einer Kurve sah er einen Plakataufsteller: *Heimatverein heute geöffnet.*

Alle Kneipen hatten zu, aber das Museum des Heimatvereins, das hatte offen. Was man dort wohl zu sehen bekam? Viel konnte es nicht sein. Eine kleine Insel mit relativ wenigen Einwohnern hatte bestimmt kaum Geschichte zu bieten. Er lächelte. Ein Stück von einem Fischernetz, das ein Vorfahr vor vielen Jahren aus dem Wasser gezogen hatte? Oder das Holzscheit, mit dem die ersten Ureinwohner ein Feuer angezündet hatte? Solche Dinge würden bestimmt in den Vitrinen liegen. Wenn es denn überhaupt Vitrinen gab. Nee, musste er nicht haben. Gut, eigentlich war er generell kein Fan von Museen. Nur einmal war er als Kind mit der Schulklasse im *Museum Ludger* oder *Ludwig* gewesen, was schlimm genug gewesen war. Und natürlich vor ein paar Jahren im Kölner Karnevalsmuseum, was wiederum klasse gewesen war. Aber sonst?

Ihm war kalt. Gereon steckte die Hände tiefer in die Taschen seines Anoraks. Dämliche Idee, bei diesen Temperaturen draußen rumzulaufen. Er würde brav zurückwandern in seine warme Stube und die Beine hochlegen. Er ging den schmalen Weg durch zum *Frischemarkt* und bog dann rechts ab. In der Höhe der *Schatzinsel* sah er eine bekannte Gestalt.

Hennes kam direkt auf ihn zu. Sein Gesicht war verkniffen. »Na, Bude schon verkauft?«, sagte er statt einer Begrüßung.

Sollte er antworten? Der würde sein Geld schon kriegen. Vermutlich jedenfalls.

»Reg dich nicht auf. Ich habe alles im Griff«, versuchte er Hennes zu beruhigen, doch er sah dessen Miene an, dass der Versuch gründlich misslungen war.

»Ich werde dich keinen Moment länger als nötig aus den Augen lassen, bis ich mein Geld habe.« Hennes' Stimme war laut geworden. »Morgen früh komme ich bei dir vorbei. Ich habe einen Vertrag aufgesetzt und den unterschreibst du, ob es dir passt oder nicht.«

Zwei Frauen, die sich gerade noch miteinander unterhalten hatten, horchten nun aufmerksam auf das, was Hennes von sich gab. Ärgerlich.

»Ist ja gut, mache ich. Nur keine Sorge. Muss jetzt aber weiter.« Gereon Müller ließ Hennes Ollrich stehen. Er hatte eigentlich einen kölschen Spruch von seinem ehemaligen Mitarbeiter erwartet, aber dem hatte es wohl die Sprache verschlagen.

Als er die Haustür öffnete, kam ihm eine Idee. Er würde diesen Schorz anrufen, ob ein Massagetermin frei wäre. Das wäre wenigstens ein leidlich krönender Abschluss eines völlig vermasselten Ausflugs.

*

Die letzte Installation. Bernd war gespannt. Sein Freund Jens hatte ihn vor einer Viertelstunde angerufen und gesagt, dass er nur bis neun Uhr abends Zeit hatte. Das war ärgerlich. Natürlich war es früh dunkel, trotzdem konnten immer noch ein paar Leute unterwegs sein. Aber sie würden es durchziehen. Die anderen Bilder waren großartig geworden und sie hatten bereits unzählige Clicks darauf bekommen.

Als er die Tür zu Jens' Bude öffnete, saß sein Freund vor dem PC und grinste. »Es sind schon wieder mehr geworden. Das ist Werbung pur, oder?«

Bernd nickte. »Klar doch.« Auch er hatte sich die Bilder angesehen, bevor er sich auf sein Fahrrad gesetzt hatte. »Was meinst du, sollen wir?«

Jens schaute auf die Uhr. »Noch ein Viertelstündchen. Dann geht es los. Hast du eine Idee?«

»Habe ich. Ich hoffe, du auch. Ich würde diesmal das Thema ›Entspannung‹ wählen. Dafür unsere obligatorischen Schneemänner nehmen. Diesmal aber liegend auf einem bunten Kuschelhandtuch.«

Jens lachte. »Geile Idee. Das Handtuch nehmen wir

von hier mit. Und ein paar Dinge, die meine Mutter so rumstehen hat. Badesalz, Duschlotion, Peeling. Was die Frauen so brauchen.«

»Und wo sollen wir das aufbauen? Wieder im Ort? Dürfte ein wenig auffällig sein«, überlegte Bernd.

»Wie wäre es mit dem Rosengarten oder einer anderen ruhigen Stelle in den Dünen?«

»Wäre machbar. Dann zieh mal deine Winterstiefel an. Auf geht's.«

»Momentchen. Erst muss ich das Badezimmer leerräumen. Netterweise ist meine Mutter nicht da. Kaffeeklatsch oder so. Die würde ganz schön hyperventilieren, wenn die bemerkt, dass ihre Sachen weg sind. Aber bis sie wieder da ist, haben wir die Utensilien längst wieder dort platziert, wo sie hingehören.« Jens schnappte sich eine Plastiktüte und verließ den Raum.

Bernd sah sich um. Gemütlich hatte es sein Freund. Er war sich nur nicht ganz sicher, ob Jens so etwas überhaupt bemerkte. Der saß den ganzen Tag vor dem PC. Zumindest im Winter. Im Sommer half er in einem der Hotels im Service.

Er hatte allerdings neulich erzählt, dass es wohl sein letzter Winter zum rumchillen sei. Im Herbst wollte Jens ans Festland gehen. In die Alpen. Er hoffte dort auf eine Festanstellung, das ganze Jahr durch. »Außerdem kann ich dann snowboarden«, hatte er gesagt. »Komm doch mit.«

»Ich bin so weit«, schreckte ihn Jens aus seinen Gedanken. Vergnügt schwenkte er die nun volle Tüte. »Jäckchen an und los.«

Es war ruhiger, als sie gedacht hatten. Vermutlich bereiteten sich die Insulaner und Gäste auf den Feierabend vor. Im Zweiten Programm begannen gleich die Nachrichten. Ein Signal für die meisten, es sich im Sessel bequem zu machen. Dazu kam die Kälte, die den beiden jungen Männern unangenehm ins Gesicht fuhr.

»Wir sind die Einzigen, die unterwegs sind«, keuchte Bernd. »Unsere Aktion müsste eigentlich glattgehen. Unbemerkt von jedermann.«

Doch als sie am Rosengarten ankamen, sahen sie auf einer der Bänke den Schattenriss eines Menschen. Bernd konnte es kaum glauben, schaute intensiver. Tatsächlich. Da saß jemand. Bewegungslos. War der echt? Oder hatte sich jemand einen Scherz erlaubt und eine Strohpuppe drapiert? »Moin«, rief er hinüber. Die Gestalt bewegte sich. »Wir wollen Sie nicht stören«, rief Bernd. Wieder erhielt er keine Antwort. Die Person stand auf und ging ein wenig unsicher – zumindest meinte Bernd es so zu erkennen – über den Muschelweg an ihnen vorbei, öffnete die Pforte und war verschwunden.

Er blickte Jens fragend an. »Sollen wir jetzt und hier …?«

Jens schüttelte den Kopf. »Zu viel Risiko. Wenn diese Type eins und eins zusammenzählt, falls sie die Bilder sieht, nee, lieber nicht. Lass uns hinter die Aussichtsdüne fahren. Wenn der Weg zugänglich ist. Sonst suchen wir uns ein anderes Dünental.«

Meine Güte, was aufregend. So kann man auch dem langweiligsten Inselwinter spannende Momente abgewinnen, dachte Bernd. Er richtete den Schein seiner Taschenlampe auf die Straße vor ihm. Sein Vorderlicht funktionierte nicht, wie das der meisten Insulaner. Aber der Trick mit der Taschenlampe klappte einigermaßen. Allerdings dann entschieden besser, wenn die Wege nicht vereist und verschneit waren. »Hast du alles dabei?«, zischte er Jens zu.

»Alles in der Tüte. Sogar mein schönstes blaues Badehandtuch«, bestätigte sein Freund.

Bei ihrem ersten Treffen war Bernd gerade mal zwei Tage auf der Insel gewesen. Er und Jens hatten sich auf Anhieb verstanden. Hatten die gleichen Ideen und Interessen. So manche Nacht hatten sie vor dem Computer verbracht. Mit einem Getränk und einer Tüte Chips. Manchmal auch zwei. Sie konnten sich köstlich über Dinge amüsieren, die andere Leute ins Netz stellten. Irgendwann waren sie auf die Idee gekommen, selber etwas zu machen. Etwas Künstlerisches. Etwas, das die Menschen auf die Insel neugierig machte. Und liebevoll sollte es sein. Nach ein paar weiteren Getränken waren sie sich sicher gewesen, dass sie das unbedingt durchziehen wollten.

Nach ihrem allerersten Versuch mit der Sektflasche, den beiden Gläsern und der Rose hätten sie jedoch beinahe aufgegeben. Aber nachdem sie sich am nächsten Abend gegenseitig Mut zugesprochen hatten, waren sie wieder losgezogen und hatten das Ding mit dem Gartenzwerg auf den Weg gebracht. Und es sah einfach nur großartig aus. So mussten sie weitermachen.

»Hier ist es okay.« Jens machte einen halbherzigen Bremsversuch. Genauer gesagt: Jens bremste, sein Fahrrad gehorchte jedoch kaum. Kurz vor einer Straßenlaterne kam er zum Stehen.

»Mensch, pass auf. Du gefährdest unser Projekt«, raunte Bernd ihm zu. »Sollen wir die Räder zurücklassen und zu Fuß weitergehen?«

Jens überlegte. »Schieben müssen wir sowieso. Da können wir die Räder auch hier lassen. Klauen wird die hoffentlich keiner. Ich habe nämlich keinen Schlüssel.«

Bernd lachte. »Ich habe nicht mal ein Schloss, so alt ist das Teil. Wer das klaut, hat die Arschkarte gleich mit gezogen.«

Sie ließen die Räder neben der Straße an einer etwas abschüssigen Stelle liegen. Auch hier im Ostdorf, unterhalb der Aussichtsdüne, war es ruhig. In den Fenstern des Fischgeschäftes waren die Rollos heruntergelassen.

»Wir gehen rechts an der Düne vorbei, dann wieder

rechts.« Auch Jens hatte seine Taschenlampe eingeschaltet. »Dort ist ein lauschiges Plätzchen. Im Sommer wachsen hier Unmengen von Brombeeren. Wenn ich mal nicht arbeiten muss, schickt meine Mutter mich immer mit dem Eimer zum Pflücken her. Echt lästig. Aber die Marmelade ist einfach nur gut.«

Bernd lachte. »Du hast recht. Marmelade auf dem Frühstückstisch ist bestens geeignet für Männer Anfang Zwanzig. Brombeerstrauchstacheln aus den Händen operieren dagegen nicht.« Er hielt sich dicht hinter Jens. Er war vorsichtig, wollte unbedingt vermeiden, dass er ausrutschte und hinfiel. Schließlich trug er die Kamera. Nicht auszudenken, dass ihr Kunstwerk fertig war und die Kamera versagte ihren Dienst. Mal ganz abgesehen davon, dass das ein ganz teures Gerät war. Sonst hätten sie das mit den Nachtaufnahmen niemals so gut hinbekommen.

Jens leuchtete den Weg entlang, über die Dünenkuppen, dann in einen Garten. Oder das, was bei dieser Wetterlage davon übrig war. Neben einem Eingang, der nach unten führte, stand ein hölzerner Bottich mit einer Kelle darin. »Da, schau mal. Ein Saunabottich für Aufgüsse«, flüsterte er. »Der würde ganz wunderbar in unser Bild passen.«

Bernd zögerte. Es war schon ein Glück, dass die Ausleihaktionen neulich nicht aufgefallen waren. Zumindest hatte er nichts gehört. Die Sachen hatten auf ganz eigenen Wegen ihre Besitzer wiedergefunden, nachdem sie sie hatten zurücklassen müssen.

»Okay. Ich nehme ihn mit. Es wird großartig«, flüsterte er zurück, stieg über den Zaun, schnappte sich den Bottich, aus dem es ganz leicht nach Lavendel duftete, und kehrte zu Jens zurück. Gerade als er den Zaun ein zweites Mal überstieg, ging das Außenlicht an. »Los, weg hier«, schnaufte er, den Bottich fest unter den Arm geklemmt.

Sie stolperten über gefrorene Grasbüschel, spürten Stacheln von schneebeschwerten Zweigen hartnäckig um ihre Beine schlagen. Kaninchenlöcher, von Schnee bedeckt, wurden zu Stolperfallen. Dann zeigte Jens auf eine Fläche, die sich glatt und gleichmäßig aus dem Wildwuchs hervorhob. »Wir sind da. Was hältst du davon?«

Genau der richtige Platz. Jens hatte bereits das Handtuch ausgebreitet und ordnete die Tuben und Tiegel darauf an. Dann stellte er den Kübel dazu und schmückte ihn mit ein paar Zweigen, an denen der Winter einige rote Beeren übrig gelassen hatte.

»Raus mit der Kamera«, forderte sein Freund ihn auf, als sie ein Geräusch hörten. Links von ihnen knackte es, als ob jemand sich einen Weg durch die Büsche bahnte. Jens und Bernd blieben wie erstarrt vor ihrem Kunstwerk stehen und horchten. Wieder knackte es, diesmal etwas weiter weg. Dann war Ruhe. Langsam löste sich der Schreck aus ihren Gliedern.

»Jetzt schnell.« In Jens' Stimme schwang Nervosität.

»Ich mache ja. Aber etwas Kunst muss auch sein. Sonst hätten wir das hier alles gar nicht aufzubauen brauchen«, erwiderte Bernd. »Taschenlampe an.«

Jens folgte Bernds Anweisungen und beleuchtete die Szene von allen Seiten mit den beiden LED-Lampen. Erstaunlich, was die für ein Licht gaben. Ein ums andere Mal drückte Bernd auf den Auslöser, bis er nach guten zehn Minuten abwinkte. »Das war's«, sagte er und packte die Kamera wieder in seine Tasche.

Jens nahm die Tuben und alles, was er so sorgsam auf dem Handtuch drapiert hatte, und steckte alles zusammen zurück in die Plastiktüte. »So, das soll's wirklich gewesen sein. Gleich laden wir die Bilder auf meinen PC, bearbeiten sie und dann beschriften wir das letzte Kunstwerk.«

Bernd konnte trotz der Dunkelheit das Lächeln im

Gesicht seines Freundes sehen. »Ich nehme den Saunabottich. Dass wir nur nicht vergessen, ihn wieder zurückzubringen.«

Sie rutschten und schlidderten mehr als sie liefen, doch bald kam das Haus in Sicht, wo vor kurzem ein Bottich gestanden hatte und ab sofort wieder stehen würde.

Bernd hob sein Bein über den Zaun und erstarrte mitten in der Bewegung. Aus der Dunkelheit schob sich eine Person, die ihn aufmerksam anblickte. Heiseres Hundegebell verschluckte die ersten Worte des Mannes. Bernd hörte nur noch: »Begleiten Sie mich bitte mit zur Wache. Sie auch, Herr Wallenstein.«

Scheiße. Das war's dann wohl. Wo kam der Polizist so schnell her, verdammt? Bernd stellte den Bottich genau dort wieder ab, wo er ihn vor einer guten halben Stunde weggenommen hatte. »Er war – er war nur ausgeliehen«, stammelte er.

»Wissen Sie eigentlich, wie unangenehm es ist, wenn Körper und Geist sich auf einen Aufguss vorbereiten und man dann gerade noch sieht, wie ein Typ mit dem Bottich abhaut?«, kam eine Stimme aus dem Keller. Ein Mann im rot-weiß quergestreiften Bademantel und weißen Plastiklatschen erschien in der Tür.

Bernd schauderte es. So, wie der Mann da stand, klein und dick in Querstreifen, traf es sein Gespür für Ästhetik bis ins Mark. Wenn es wenigstens Längsstreifen gewesen wären.

»Es tut mir leid«, sagte Bernd. »Soll nicht wieder vorkommen.« Im gleichen Moment wurde ihm klar, wie flapsig dieser Satz klingen musste, und er fügte schnell hinzu: » Bitte nicht böse sein. Ich kann alles erklären. Soll ich …?«

»Jetzt kommen Sie beide erst einmal mit«, schaltete sich der Polizist ein und deutete auf die Plastiktüte, die Jens in der Hand hielt. »Was ist da drin?«

»Duschbad. Von meiner Mutter«, stammelte Jens.

Der Polizist schaute ihn ungläubig an. »Von Ihrer Mutter? Das klingt nicht sehr überzeugend. Ehrlich.« Dann drehte er sich zu dem Mann im Bademantel um. »Wir melden uns. Danke, dass Sie Bescheid gegeben haben.«

»Wenn's der Täterfindung dient … Normalerweise rufe ich wegen eines verschwundenen Eimers ja nicht gleich die Polizei an. Aber wo in den letzten Tagen schon so viel weggekommen ist, dachte ich, es ist besser …«

»Sie haben alles richtig gemacht!«, erwiderte Michael Röder, bevor er sich wieder an die Jungs wandte. »Wo stehen Ihre Fahrräder? Und dass Sie mir ja nicht über Flucht nachdenken!«

Bernd lachte und auch Jens stimmte ein. Polizeikontakt konnten sie gar nicht gebrauchen, aber wenigstens schien dieser Mann Humor zu haben. Fluchtgefahr – zu komisch.

Je näher sie der Polizeistation kamen, desto eindringlicher ging Bernd die Frage durch den Kopf, welche Erklärung sie den Polizisten liefern sollten. Die Wahrheit? Dass sie lediglich im Namen der Kunst die Dinge ausgeliehen hatten? Was würde Jens denken? Eines war klar – die Polizisten würden alle Bilder sehen wollen. Auch das mit der Sektflasche. Trotz der Kälte brach ihm der Schweiß aus. Nein, sie durften auf keinen Fall erzählen, was sie in den letzten Nächten getan hatten.

»Wenn wir zu mir fahren, kann ich Ihnen zeigen, warum wir unterwegs waren«, hörte er Jens' Stimme. Das durfte nicht wahr sein. Der knickte tatsächlich ein. Genau das hatte Bernd verhindern wollen. Die Polizisten würden sofort einen Zusammenhang zwischen ihnen und der Toten unter der Brücke herstellen. Logisch. Auf einmal schien ihm der Gedanke an Flucht gar nicht mehr so abwegig.

»Warum nicht? Ich bitte einen Kollegen von mir dazu und dann bin ich gespannt«, antwortete Röder.

*

Ungläubig schaute Frau Wallenstein sie an, als die drei Männer hereinkamen. »Ist was passiert?«

»Keine Sorge«, sagte Röder. »Ihr Sohn möchte mir etwas zeigen. Mein Kollege kommt gleich.«

»Kann es sein, dass es etwas damit zu tun hat, dass mein Duschbad und ein paar andere Dinge verschwunden sind?«, fragte sie und blickte ihren Sohn misstrauisch an.

Jens Wallenstein nickte. »Ist hier alles in der Tüte. Kannste wiederhaben.«

»Später«, winkte Röder ab. »Dann können Sie mir auch bestätigen, ob es Ihre Sachen sind.«

»Meinen Sie etwa, dass ich Diebesgut verschwinden lasse?« Jens Wallenstein war laut geworden.

»Immer mit der Ruhe. Wir gehen jetzt auf Ihr Zimmer, warten auf den Herrn Lingenberg und dann sehen wir weiter.«

Oben angekommen startete der junge Mann seinen PC, loggte sich in seine Datenbank ein und deutete dann auf seinen Bildschirm. »Unser erstes Bild.«

Röder schaute genau hin, und was er sah, ließ ihn staunen. Er sah zwei Sekttulpen, eine Flasche und eine Rose. Genau das, was er nach der Mordnacht in der Nähe des Tatortes gefunden hatte. Beziehungsweise, was Amir gefunden hatte. Unter dem Bild stand in Großbuchstaben: DIE INSEL GENIEßEN. Und noch etwas sah er: Einen Schneemann mit Miesmuscheln als Augen und einer Schwertmuschel als Nase.

»Der macht unsere Installation erst vollkommen«, erklärte Jens Wallenstein. »Wir haben ihn jedes Mal reinkopiert. Er gibt dem Bild so etwas Maritimes und zugleich Vertrautes. Gemütliches.«

Röder fand, dass dem Schneemann eher etwas Trauriges, Melancholisches anhaftete, wie er mit seinen dunklen Miesmuschelaugen die Installation, wie die beiden Männer ihr Kunstwerk nannten, dominierte. Hätten die nicht etwas Fröhlicheres in den Weiten des Netzes finden können? Aber über Kunst ließ sich eben nicht streiten.

»Und hier ist das nächste.«

Sollte er warten, bis sein Kollege da war? Die Neugier gewann. Tatsächlich. Er sah genau das, was er erwartet hatte: den Gartenzwerg, das Futterhäuschen und den Schneemann mit den traurigen Augen. Darunter stand: INSEL DER FÜRSORGE.

»Und …«

Er winkte ab. Schritte kamen näher, dann klopfte es und Marvin Lingenberg stand im Raum. »Schau dir das an und dann sage mir, was du davon hältst.«

Jetzt beugte sich auch Marvin neugierig zum PC herüber. Wallenstein öffnete erneut das erste Motiv. »Das ist doch …« murmelte der Kollege.

«Pass auf, wie es weitergeht.«

Beim zweiten Bild rief Marvin: »Genau die Dinge habe ich im Garten neben dem Haus von Ulrichs gesehen. Als der behauptet hat, ein Pinguin hätte durch das Fenster geschaut.«

Unter dem dritten Bild mit Kinderroller und Baltrumflagge lasen sie: INSEL DER KINDER, und unter dem vierten, diesmal mit einem Campingstuhl mit Kissen und einem Holzstapel: AUCH BEI KÄLTE BEHAGLICH.

»Darf ich fragen, wo Sie den Stuhl und das Zubehör geklaut haben?« Marvin konnte eine gewisse Ironie nicht verhehlen.

»Die haben wir mitgebracht. Genau wie die Sektgläser am Montag und für heute Abend das Duschzeug.

Und so sieht unser Kunstwerk aus.« Bernd Hagener holte sein Handy aus der Jacke und zeigte den beiden Polizisten, was er aufgenommen hatte. »Da sollte etwas wie INSELVERWÖHNURLAUB drunter.«

Es sah wirklich einladend aus. Er musste es zugeben. Das blaue Handtuch mit dem Saunabottich, daneben die Öle und Badezusätze, da konnte man fast den weiß verschneiten Hintergrund vergessen. Nicht schlecht. Röder war jedoch klar, dass es zu diesem Zeitpunkt ziemlich kontraproduktiv gewesen wäre, das zu erwähnen. »Aha. Und was wollten Sie damit bezwecken?«, fragte er stattdessen.

»Sehen Sie das nicht? Werbung. Reine, coole Werbung. Wir dachten, das ist endlich mal eine neue Art, auf unsere Insel aufmerksam zu machen«, erklärte Jens Wallenstein. »Natürlich wird unser Schneemann reinkopiert. Wegen des Wiedererkennungsmerkmals!«

»Verstehe«, wandte sich Marvin Lingenberg an Bernd Hagener. »Schließlich sind Sie Künstler. Das schüttelt man nicht mit einem Ortswechsel so leicht ab, oder?«

Hagener blickte den Oberkommissar wütend an. »Daher weht der Wind. Einmal verurteilt, immer verurteilt. Ja, ich bin Künstler. Und dies ist eine Superidee. Modern, geheimnisvoll durch die Nachtaufnahme. Das wird jede Menge Aufmerksamkeit erregen.«

»Die Nachtaufnahmen sind doch wohl eher entstanden, damit Sie leichter an das Diebesgut herankamen«, wandte Marvin Lingenberg ein.

»Wir haben, verdammt noch mal, nichts geklaut. Wir konnten ein paar Sachen nur nicht so schnell wieder zurückbringen, weil uns sonst jemand bemerkt hätte«, schimpfte Jens Wallenstein.

»Mit anderen Worten: Sie haben die Sachen in edler Absicht mitgenommen, natürlich in der festen Überzeugung, sie nur auszuleihen? Wie Sie es mit dem

Duschzeug Ihrer Mutter taten?« Röder konnte ein gewisses Maß an Zynismus nicht verbergen.

»Genau so!«, erwiderte Wallenstein. »Den Kübel haben wir schließlich auch wieder …«

»Dann öffnen Sie bitte Ihre Tüte und legen Sie alles auf den Tisch.«

Mit einem Ruck kippte Jens Wallenstein die Tuben und Tiegel auf den Tisch. Eine der Flaschen rollte herunter und landete mit einem dumpfen Knall auf dem Parkettfußboden.

Es sah tatsächlich aus, als würden all diese Dinge in Frau Wallensteins Badezimmer gehören. Michael Röder konnte nichts Außergewöhnliches zwischen dem Badezubehör entdecken. Außer, dass mit den Tiegeln auch Haare und Stoffreste, gemischt mit Krümeln und Sand, aus der Tüte fielen. Frau Wallenstein würde sich freuen. »Womit wir wieder bei dem ersten Bild sind. Öffnen Sie es bitte noch einmal.«

Wallenstein schaute Marvin Lingenberg erstaunt an und Bernd Hagener sagte: »Was soll der Quatsch? Wir haben Ihnen alles erzählt!«

Michael Röder hatte das Gefühl, dass der junge Mann immer nervöser wurde, je länger das Gespräch dauerte.

Das Bild erschien auf dem Schirm. »Ihnen ist klar, dass diese Installation …«, Marvin Lingenberg betonte das Wort *Installation*, »… was Ort und Zeit angeht, in direktem Zusammenhang mit dem Tod von Frau Schäfer steht?«

Bernd Hageners Gesicht war weiß vor Anspannung.

»Und das zweite Kunstwerk ist genau dort entstanden, wo nachts der Pinguin ein zweites Mal gesichtet wurde.«

»Wir haben damit nichts zu tun!«, schrie Wallenstein.

»Sind Sie auch der Meinung?«, fragte Röder leise Bernd Hagener. Der nickte nur und schwieg.

Jens Wallenstein klopfte auf den Bildschirm. »Spätestens morgen hätten wir es Ihnen erzählt.«

»Wissen Sie was? Ihr dummes Gerede geht mir auf den Sack«, sagte Marvin Lingenberg. »Sie begleiten uns jetzt zur Wache, wo wir Satz für Satz ausführlich und in aller Ruhe zu Protokoll nehmen. Haben Sie verstanden?« Er schaute die beiden Männer auffordernd an. »Und falls Sie nichts mehr ohne einen Anwalt sagen wollen – kein Problem! Dann bleiben Sie bis morgen in unserer Zelle! Vielleicht haben Sie ja Glück, dass ein Rechtsbeistand hergeflogen kommt.«

Michael Röder war nicht ganz sicher, ob sein Kollege seine Drohung ernst gemeint hatte, oder ob der die beiden nur einschüchtern wollte, hielt sich aber zurück. Vielleicht führte diese Maßnahme wirklich zu neuen Erkenntnissen im Todesfall Schäfer.

*

Frau Wallenstein schaute hinter ihnen her, als sie mit den beiden jungen Männern das Haus verließen, schwieg aber.

Auf der Wache wartete Arndt Kleemann bereits. Wieder einmal wurde es etwas eng, aber vielleicht war das gar nicht so verkehrt, wenn sie Jens und Bernd auf die Pelle rücken wollten. Im übertragenen Sinne natürlich. Michael Röder dachte an einen Fall am Festland, in dem Kollegen bei der Wahrheitsfindung einen Befragten an die Wand der Wache gedrückt und ihm beinahe die Luft zum Atmen genommen hatten. Nur weil ein anderer Kollege in den Raum gekommen war, hatten die Ermittler von dem Beschuldigten abgelassen. Ihm war in seiner Laufbahn so etwas bisher nicht passiert. Aber er hatte sich schon manches Mal die Frage gestellt, wie er reagieren würde, wenn Menschenleben von einer Aussage abhingen. Er wusste nicht, wie weit er gehen würde.

»So, jetzt zur Sache.« Marvin Lingenberg hatte sich vor

den beiden aufgebaut, wie Röder es in dem einen oder anderen Fernsehkrimi gesehen hatte. Die Hände hatte er auf den Tisch gestützt und sich leicht vornübergebeugt. »Beginnen wir mit der Rosenmontagsnacht.«

»Okay«, begann Jens Wallenstein. »Tagelang haben wir nachgedacht, was wir machen sollten, bis uns diese Idee mit der Nacht-Installation kam. Ich wollte alles zum Aufbau mitbringen und Bernd die Kamera.«

»Das war übrigens der Grund, warum ich in der Nacht Antonia allein in der *Alten Liebe* gelassen habe«, fügte Bernd Hagener hinzu, »weil ich eine Verabredung mit Jens hatte. Was ich ihr aber nicht erzählen konnte.«

»Tja, wenn die Kunst ruft«, seufzte Marvin Lingenberg. »Aber jetzt weiter.«

»Erst war alles gut. Wir haben die Dinge arrangiert und wir machten die Bilder«, sagte Bernd Hagener. »Aber gerade, als wir fertig waren, sahen wir diesen riesigen Igel auf dem Höhenweg über uns ankommen. Den hatte ich schon in der *Alten Liebe* gesehen und wusste, dass er zu der Kölner Truppe gehörte. Also sind wir abgehauen. Wenn die Frau, die da drin steckte, mich erkannt hätte, hätte sie bestimmt alles weitererzählt. Erst Antonia und dann den anderen.«

»Also hatten Sie einen guten Grund, die Frau von der Brücke zu stoßen«, erwiderte Michael Röder.

»Wir wollten das unbedingt durchziehen, verstehen Sie? Etwas Tolles schaffen. Unerkannt«, bestätigte Jens Wallenstein die Aussage seines Freundes. »Darum konnten wir die Flasche und die Gläser nicht mehr mitnehmen. Das hätte bestimmt geklirrt beim Einpacken und dann hätte die uns bemerkt. Aber wir haben die Frau nicht von der Brücke gestoßen!«

»Dann stellt sich mir natürlich die berechtigte Frage, warum Sie uns nicht davon erzählt haben«, überlegte Arndt Kleemann laut. »Freiwillig und eher meine ich.

Es handelt sich hier um eine Ermittlung, bei der wir auf jeden Hinweis angewiesen sind, falls Ihnen das noch nicht aufgefallen ist. Und Sie sind keine dreizehn mehr!«

»Weil diese üble Geschichte mit uns nichts zu tun hat.« Jens Wallenstein wollte aufstehen, aber Marvin Lingenberg schob ihn zurück auf seinen Stuhl.

»Streichen Sie mal den Ausdruck ›üble Geschichte‹ und ersetzen Sie ihn durch ›Mord‹. Damit Ihnen die Lage ein wenig bewusster wird.«

»Kommen wir zu der Person im Pinguinkostüm, die sich am Haus von Herrn Müller gezeigt hat«, sagte Arndt Kleemann. »Und zwar genau in der Nacht, als Sie Ihre Installation zwei Grundstücke weiter aufgebaut haben. Sie glauben nicht im Ernst, dass wir das für einen Zufall halten?«

»Wir haben bereits Ihren Kollegen mitgeteilt, dass wir damit nichts zu tun haben. Es war Zufall. Ende.« Jens Wallenstein wischte sich mit dem Handrücken den Schweiß von der Stirn. »Da war keiner in einem Kostüm.«

Sagte der Mann die Wahrheit? Michael Röder hegte immer noch leise Zweifel, ob es den Pinguin wirklich gab. Natürlich, Klaar hatte ihn gesehen und Müller angeblich auch. Aber stimmte das? Die Nacht veränderte schon einmal die Wahrnehmung. Immerhin hatten Hagener und Wallenstein zugegeben, bei ihrem ersten Kunstversuch vom Sabine Schäfer im Igelkostüm überrascht worden zu sein. Dass sie einen Pinguin gesehen hatten, sowohl auf dem Höhenweg, als auch in Müllers Garten, stritten sie indessen ab.

*

Eine ganze Weile setzten die Polizisten die Befragung fort, doch die beiden blieben dabei: Sie hatten die zweite Fotoserie in der Nähe von Müllers Haus gemacht, aber sie hatten nichts damit zu tun, dass ganz in der Nähe ein Pinguin aufgetaucht war. Es müsse ein reiner Zufall gewesen sein. Und sie seien auch nicht im Besitz eines Pinguinkostüms!

»Dann erklären Sie uns bitte, warum Sie die Zutaten für Ihr Kunstwerk haben stehen lassen und auch die Dinge, die sie in der dritten Nacht so nötig brauchten, nicht sofort wieder zurückbrachten.«

»Also, es war so: Wir …«

»Berichten Sie uns auch gleich, warum Sie sich ausgerechnet diesen Garten, ganz in der Nähe von Müllers Anwesen, auf dieser schönen Insel ausgesucht haben«, unterbrach Marvin Lingenberg Bernd Hagener.

»Also: Wir hatten den Gartenzwerg und das Vogelhäuschen aufgebaut und Fotos gemacht. Dann hat nebenan plötzlich jemand aus dem Fenster geschrien«, begann Bernd Hagener erneut. »Da wurde uns das zu heikel. Daher konnten wir die Sachen bei unserem vorzeitigen Abgang leider nicht mitnehmen und zurückbringen. Als wir dann später danach geschaut haben, waren sie weg. Den Roller und die Flagge von unserer dritten Installation haben wir zurückgebracht, wie Sie wissen. Nur leider nicht ganz zeitnah. Wir wollten die Sachen nicht behalten.« Er lächelte. »Aber wir hatten erst etwas anderes vor und da hat es sich so ergeben.«

»Was denn? Mit einem Pinguinkostüm noch einmal Leute erschrecken, oder was?«, fuhr Marvin Lingenberg dazwischen, aber Jens Wallenstein winkte ab.

»Hören Sie nicht auf meinen impulsiven Freund. Wir waren nur gespannt darauf, ob die Fotos mit dem Roller und der Flagge etwas geworden waren. Die Kamera hat nämlich etwas gesponnen und es hätte sein können, das wir mit meiner die Fotos hätten noch einmal machen müssen. Darum haben wir die Sachen ein wenig versteckt und sind erst nach Hause und haben sie uns auf dem PC genauer angesehen. Die Bilder sind übrigens gut geworden. Sie haben sich bereits davon überzeugen können. Nur der Roller und die Flagge, die sind in der Nacht leicht in Vergessenheit geraten. Am nächsten Tag haben wir sie dann ordnungsgemäß abgeliefert.«

»Und der Ort?«, hakte Lingenberg nach. »Warum genau dieser Garten für das Zwergenbild?«

Jens Wallenstein und Bernd Hagener sahen sich an. »Es hat sich so ergeben. Wir hatten den Zwerg und das Häuschen als ideales Motiv und genau bei diesem Haus erschien es uns, als sei es ein ruhiges Plätzchen. Das war es auch, bis nebenan das Fenster geöffnet wurde und wir abgehauen sind.«

»Und der Gartenstuhl aus Ihrem vierten Kunstwerk?«

»Der gehört meinem Onkel und steht wohlbehalten wieder bei uns im Stall«, sagte Bernd Hagener knapp.

»Nehmen Sie es mir bitte nicht übel, aber da sind ein wenig zu viele Zufälle für meinen Geschmack drin«, sagte Arndt Kleemann, als ein lautes Klopfen alle zusammenzucken ließ.

Noch ehe jemand *Herein* sagen konnte, stand Helga Schorz-Küfler im Raum. »Was geht hier vor?«, wollte sie mit energischer Stimme wissen. Michael Röder schaute sie erstaunt an. Ein dickes dunkelrotes Veilchen prangte mitten auf ihrer Stirn.

»Tante Helga!« Bernd Hagener war mit hochrotem Kopf aufgesprungen. »Was willst du hier? Das ist meine Sache. Halt dich da bitte raus!«, schrie er sie an.

Michael Röder nahm Bernd Hageners Arm fast liebevoll und drehte ihn leicht nach hinten. »Wir wollen doch nichts überstürzen«, flüsterte er ihm ins Ohr.

»Lassen Sie meinen Neffen los.« Jetzt war es die Journalistin, die wütend näher kam. Röder warf einen suchenden Blick zu seinen Kollegen. Zufrieden bemerkte er, dass Marvin Lingenberg ihm leicht zunickte.

Sie würden es zu verhindern wissen, dass die beiden zum Angriff übergingen. Auf wen auch immer.

»Bleiben Sie stehen und sagen mir kurz und knapp, was Sie herführt. Ich entscheide dann, ob es wichtig genug ist, dass ich die Befragung unterbreche«, schnitt Arndts Stimme durch den Raum. Fast hatte Röder das Gefühl, dass der Ton von den Wänden aufgefangen und wieder zurückgeworfen wurde.

»Natürlich ist es wichtig, sonst wäre ich nicht hier. Schließlich geht es um meinen Neffen«, schleuderte Helga Schorz-Küfler zurück.

»Tante Helga! Raus hier!«

Röder konnte kaum fassen, dass es noch lauter ging.

»Ruhe im Saal!«, donnerte Arndt Kleemann. Und tatsächlich: Für einen winzigen Moment schwiegen alle, bis ein Quietschen, dass immer lauter wurde und in einem irren Lachanfall endete, die Aufmerksamkeit der Kommissare auf sich zog. Es war Jens Wallenstein, der sich vor Lachen auf seinem Stuhl krümmte.

»Ich … es … das ist zu komisch«, wimmerte er. »Haben Sie so was öfter hier?«

Michael Röder wartete, bis sich der junge Mann beruhigt hatte, dann sagte er ernst: »Einen Mord? Einmal im Jahr. Doch dass darüber jemand so ausgiebig gelacht hätte – nein. Das ist das erste Mal.«

Jens Wallenstein schwieg auf der Stelle.

»Er hat es nicht so gemeint. Bestimmt nicht«, sagte Bernd Hagner. »Es war doch nur – wegen meiner Tante.«

Die Tante hatte sich inzwischen auf den Stuhl des Inselpolizisten gesetzt und klopfte ungeduldig mit den Fingern auf den Tisch.

»Lassen Sie das. Sie sind gleich dran«, forderte Marvin Lingenberg sie auf. »Wieso wissen Sie eigentlich, dass Ihr Neffe hier ist?«

»Frau Wallenstein hat mich angerufen. Ganz einfach. Also was ist …?«

Die Frau schien nie aufzugeben. Aber das war wohl Journalistenlos. Und ganz besonders bei denen, die sich nur dafür hielten.

»Frau Schorz-Küfler«, wandte sich Arndt Kleemann an die Frau. »Wenn es wichtige Neuigkeiten gibt, werden wir uns mit Ihnen in Verbindung setzen. Was in den letzten Nächten abgelaufen ist – darüber kann Ihnen Ihr Neffe Auskunft geben. Und zwar zu Hause. Familienintern und nicht für die Öffentlichkeit. Wenn er will. Er ist volljährig. Nur zur Erinnerung. Er hat übrigens ein paar nette Beweisfotos.«

»Genau«, fuhr Bernd Hagener dazwischen. »Und dass du es weißt, liebe Tante. Die Bilder haben wir auch für dich gemacht. Um deine Seite etwas aufzupeppen.«

»Da bin ich aber gespannt«, erwiderte Helga Schorz-Küfler knapp.

Jens Wallenstein schaute seinen Freund ungläubig an. »Ach, das wusste ich gar nicht. Ich dachte, das wäre unser alleiniges Kunstprojekt. Außerdem würde ich jetzt gerne gehen. Ich habe eine Verabredung.«

Michael Röder ahnte, dass die Situation in Kürze wieder eskalieren würde. Das wollte er unbedingt verhindern. »Meine Herren, wir haben für den Moment tatsächlich alles besprochen. Es sei denn, Sie haben etwas zu sagen.«

»Können Sie mich nicht lieber in der Zelle behalten?« Bernd Hagener schaute Arndt bittend an.

Da musste selbst der Kommissar lächeln. »Dafür sehe ich im Moment keinen Handlungsspielraum. Aber ich versichere Ihnen, dass wir Sie und Herrn Wallenstein im Auge behalten. Sie sind aus der Sache noch nicht raus, verstanden? Sie können jetzt gehen. Die Bilder werden Sie übrigens erst dann ins Internet stellen, wenn sie freigegeben sind. Sie sind Teil der Ermittlungen, verstanden? Die Besitzer der von Ihnen entwendeten Sachen haben übrigens keine Anzeige erstattet, falls Sie mich danach fragen wollten. Ich halte es allerdings für angemessen, dass Sie sich bei den Leuten entschuldigen.«

Michael Röder fiel auf, wie unterschiedlich Menschen ihre Jacken anzogen. Bernd zögernd, als wolle er seinen Abgang verlängern, Jens Wallenstein tat es eher unbeteiligt, lächelnd, und Helga Schorz-Küfler riss ungeduldig an ihrem Reißverschluss, als könne sie es gar nicht erwarten, ihren Neffen zur Brust zu nehmen. »Frau Schorz-Küfler, bevor Sie gehen – darf ich fragen, was passiert ist?« Röder deutete auf ihre Stirn.

»Ich habe mein Fahrrad aus dem Stall geholt und wollte eine Besorgung machen«, antwortete Bernds Tante. »Nach gut drei Metern leicht abschüssiger Fahrt merkte ich, dass meine Bremskabel nicht dort waren, wo sie hätten sein sollen. So habe ich die Erde geküsst. Aber glauben Sie nicht, dass mich das von meiner Aufgabe abhält. Mich nicht!«, rief sie zornig und folgte ihrem Neffen und Jens Wallenstein nach draußen.

»Es hätte nicht viel gefehlt und ich hätte in die Luft geschossen, um hier Ruhe reinzukriegen«, ächzte Marvin Lingenberg, als sich die Tür endgültig geschlossen hatte und die drei Kommissare wieder allein waren.

»Keine schlechte Idee. Das Loch in der Decke wäre dann wenigstens ein Zeichen für alle Nachfolgenden, nur zu reden, wenn sie gefragt werden«, überlegte Röder.

»Habe ich es euch nicht gleich gesagt?« Marvin klopfte auf die Tischplatte, wie um seine Worte zu unterstreichen. »Der Mord und die Diebstähle hängen eng zusammen.«

»Nur, dass wir es nicht beweisen können. Zumindest bis jetzt nicht«, erwiderte Arndt.

Samstag

Es klopfte. Dann drehte sich ein Schlüssel im Schloss. Arndt Kleemann stöhnte. Es war wohl tatsächlich Zeit, aufzustehen. Sein Kollege stand bereits unter der Dusche, wenn er das Rauschen des Wassers richtig deutete, und es würde nur Sekunden dauern, bis sein Freund Michael nach ihm rufen würde.

»Arndt, Frühstück ist fertig.«

Er hatte es gewusst. Er musste aufstehen. Andere Leute hatten es besser. Die konnten wenigstens am Wochenende ausschlafen. Und er? Er war auf Mörderjagd. Und kein Ende in Sicht. »Ich bin gleich so weit. Marvin ist schon seit einer Stunde im Badezimmer«, rief er zurück. Mochte Michael es glauben oder nicht.

»Gut. Dann fange ich schon mal mit dem Rührei an«, schallte es unten aus dem Flur.

Jetzt wurde es tatsächlich Zeit. Sandras Rührei war legendär. Fast so legendär wie ihr Apfelkuchen. Er zog den Schlafanzug aus und mit der gleichen Bewegung Socken, Hose und Hemd an. »Marvin, darf ich endlich mal ans Waschbecken?«

Es dauerte eine geraume Weile, bis sich die Badezimmertür öffnete und ein heftig nach Rasierwasser duftender Kollege mit feuchten Haaren vor ihm stand.

»Immer mit der Ruhe. Der Täter wird uns nicht entkommen«, sagte Marvin lächelnd. »Ich habe nämlich eine Idee.«

»Aber nicht vor dem Frühstück«, bat Arndt und schob sich an seinem Kollegen vorbei in das Bad der Dienstwohnung. Feuchtigkeit stand in dem kleinen Raum und hatte den Spiegel beschlagen lassen. Egal. Mit einem Handtuch wischte er ihn trocken und betrachtete die

Person, die ihm entgegenblickte. Er hatte tatsächlich schon einmal besser ausgesehen.

Marvin, Michael und er hatten am Abend zuvor zusammengesessen, die Lage besprochen und das eine oder andere Glas Wein getrunken. Er wusste, dass er eigentlich keinen Wein vertrug. Aber er hatte nicht widerstehen können. Doch er hatte rechtzeitig die Notbremse gezogen und war ins Bett gegangen. So hielten sich die Kopfschmerzen in erträglichen Grenzen. Schnell machte er sich klar für den Tag. Das Rührei wartete.

Als er in Sandras Küche trat und den Duft des Frühstücks einatmete, ging es ihm schlagartig besser. Ein Tag, der so anfing, konnte nur gut werden. Michael, Marvin und Sandra hatten bereits angefangen.

»Ist echt erstaunlich, dass ihr überhaupt etwas auf den Tisch bringt bei der Lebensmittelknappheit«, sagte er voller Freude.

»Die Hubschrauber bringen jetzt einiges mit. Wenn man zur passenden Zeit im Laden ist, kann man etwas bekommen. Ich hatte gestern richtig Glück. Was nicht im *Inselmarkt* vorrätig war, gab es im *Frischemarkt* «, berichtete Sandra. »Außerdem sind die meisten Gäste nun weg. Da bleibt für uns Insulaner mehr übrig.«

»Ich hätte sonst vorgeschlagen, dass ihr wieder Lebensmittelkarten einführt. Wegen der gerechten Verteilung«, sagte Marvin.

Sandra schaute ihn prüfend an. »Das ist keine schlechte Sache. Werde es das nächste Mal dem Bürgermeister vorschlagen«, erwiderte sie nachdenklich. »Was ich zu Anfang in den Geschäften erlebt habe, war nicht von schlechten Eltern.«

»War das die Idee, von der du heute Morgen geschwärmt hast?«, wandte sich Arndt an seinen Kollegen.

»Nein. Die hatte mit unseren Ermittlungen zu tun«,

sagte Marvin. »Es kreist seit gestern bei mir im Kopf, dass an dem Stock, den wir am Tatort gefunden haben, Haare festgestellt wurden. Gestern Abend in der Tüte waren wieder schwarze Haare. Wahrscheinlich ein riesengroßer Zufall, aber wenn nicht?«

»Zumindest sollten wir uns darum kümmern«, überlegte Arndt. »Schließlich waren die beiden Jungs in der Tatnacht ganz in der Nähe.« In seinem Magen kribbelte es und das hatte nichts mit dem Wein vom Abend vorher zu tun. Es hatte etwas damit zu tun, dass er plötzlich das Gefühl hatte, auf eine ganz heiße Spur geraten zu sein. Er sah, dass es seinen beiden Kollegen ähnlich ging. Es war, als ob sie plötzlich voller Energie steckten. »Sollen wir los?«

»Moment. Dürfen wir bitte zu Ende frühstücken?«, fragte Marvin.

Arndt nickte. Er musste sich getäuscht haben. Das mit der Energie lag wohl eher an der netten Versorgung als an der aufkeimenden Hoffnung. Doch kurze Zeit später waren sie fahrbereit.

*

Es war nicht mehr ganz so kalt wie in den Tagen zuvor. Zumindest empfand es der Kommissar aus Aurich so, als er mit seinen beiden Kollegen zum Ostdorf fuhr. Es mochte vielleicht auch daran liegen, dass der Wind, der immer steif aus Ost geweht hatte, nun auf Nordwest gedreht hatte und ihnen zumindest auf dem Hinweg zum Anschub verhalf.

Auf der Höhe des Deichscharts mussten sie bremsen. Bettina Suckow war vor ihnen aufgetaucht. Vorsichtig lief sie in der Mitte der Straße und reagierte nicht auf Michaels Klingeln. Erst als sie die Frau fast überholt hatten, machte sie einen Ausfallschritt zur Seite. »Könnt ihr euch nicht bemerkbar machen?«, rief sie empört.

»Haben wir, liebe Bettina«, rief Michael zurück, »haben wir. Gibt es Neuigkeiten von Frau Gohres?«

»Sie ist abends wieder zu Hause bei ihrer Familie gewesen. Hat wohl alles einigermaßen gut geklappt. Sie sagte, sie sei fix und fertig. Es wäre schließlich alles dabei gewesen. Erst ein Hubschrauber als Fortbewegungsmittel, dann ein Taxi von Neßmersiel nach Norden, weiter mit dem Zug von Norden nach Köln und zuletzt mit dem Bus nach Hause. Wenigstens haben nicht nur ihre Eltern sie begrüßt, sondern auch ihr Freund Severin.«

»Na, dann ist wenigstens für sie die Welt in Ordnung.«

Arndt Kleemann wollte gerade wieder auf sein Fahrrad steigen, als Bettina Suckow sagte: »Gestern hat sich Antonias Kollege, der, der mit beim Hubschrauber war, als sie abgefahren ist, mit einem Mann auf offener Straße aber so was von gestritten!«

»Wissen Sie, wer der andere Mann war?«, fragte Arndt Kleemann.

»Nein, aber nach Antonias Beschreibung könnte es wohl ihr Chef gewesen sein«, antwortete Bettina Suckow.

»Worum ging es? Haben Sie das mitbekommen?«, fragte Marvin Lingenberg.

Sie überlegte. »Ich denke, ich habe etwas von Verträgen gehört. Und dass dieser Hennes heute Morgen bei dem Mann vorbeikommen wolle. Bevor der abreist. Also, die Sandra, die sagt ja immer, ich sei schwerhörig, aber die Männer waren so laut, das konnte man gar nicht überhören. Hat Wanda auch gesagt. Die war nämlich bei mir. Einen richtigen Schreck haben wir gekriegt.«

»Wanda Eiben?«, fragte Michael.

Sie nickte. »Jetzt muss ich aber weiter. Einkaufen. Ist im Moment das Wichtigste zum Überleben.«

»Vielen Dank für Ihre Aufmerksamkeit«, rief Arndt

Kleemann hinter der Frau her, die sich vorsichtig, aber zügig entfernte. »Wie gehen wir nun vor?«, fragte er seine Kollegen.

»Wir teilen uns auf. Du fährst zu Müller, bevor wieder ein Unglück passiert«, schlug sein Inselkollege vor.

Und Marvin fuhr fort: »Wir kümmern uns zuerst um Jens Wallenstein und die Tüte. Dann nehmen wir uns der Schorz-Küfler samt Familie an.«

Arndt Kleemann stimmte zu. Sie würden ihm zeitnah von ihren Ermittlungen berichten. Genauso wichtig war es, der Aussage von Bettina Suckow nachzugehen. Er wendete sein Rad und musste feststellen, dass es gegen den Wind doch nicht so kuschelig war, wie er auf der Hintour angenommen hatte. Es dauerte eine gute Viertelstunde, bis er vor Müllers Haus stand.

Er klopfte, horchte, rüttelte an der Klinke, klopfte noch einmal – nichts tat sich. Arndt schaute durch das Küchenfenster, konnte jedoch kaum etwas erkennen. Nur an einer Stelle, dort, wo die Sonne ein Stück des Küchentisches beschien, lag etwas. Es sah aus wie ein Bogen bedruckten Papiers. Er war leicht zerknüllt und dicke Flecken zeichneten sich darauf ab. Auch auf dem Küchentisch und sogar entlang des Tischbeins sah er dunkle Spritzer. Was konnte das sein? Hatte jemand seinen Kaffee verschüttet? Nein, wohl nicht. Was dort klebte, war eher dickflüssig. Dunkel. Hier stimmte etwas nicht. Wo war der Mann? Wo war Müller?

»Wen suchen Sie denn?« Der Nachbar, Hansgerd Ulrichs, stand am Zaun und schaute interessiert herüber.

»Haben Sie Herrn Müller weggehen sehen?«, fragte Arndt Kleemann statt einer Antwort.

Ulrichs schüttelte den Kopf. »Habe ich nicht. Nur den anderen Mann. Von hinten. Einer von denen, die hier gewohnt haben und dann ausgezogen sind.«

Aha. Dann war Hennes Ollrich also dagewesen.

Arndt Kleemann spürte den dringenden Wunsch, in dieses Haus zu gelangen, und als ob Ulrichs es geahnt hätte, sagte er: »Wollen Sie rein? Müller hat mir mal einen Schlüssel gegeben. Damit ich mich um das Haus kümmern kann. Habe ich bis jetzt jedoch vermeiden können. Von Bezahlung fürs Kümmern hat er nämlich nichts gesagt.«

Es war eindeutig Gefahr im Verzuge, beschloss der Hauptkommissar. »Es wäre nett, wenn Sie mir helfen würden.«

Ulrichs verschwand und kehrte nach kurzer Zeit zurück, den Schlüssel in der Hand. »Ich komme am besten mit rein«, sagte er voller Vorfreude, doch Arndt Kleemann winkte ab.

»Danke nein, geht schon. Ich bringe Ihnen den Schlüssel später zurück.«

Beleidigt murmelte der Nachbar vor sich hin, machte jedoch keine Anstalten, zu gehen. Dann sollte er eben dort stehen bleiben. Mit ins Haus kam der jedenfalls nicht. Arndt schloss auf, rief nach dem Hausherrn, doch nur Stille antwortete ihm. Weder in Müllers Schlafzimmer noch in den anderen fand sich eine Spur von ihm.

In der Küche bestätigte sich sein Verdacht. Die dunklen Flecken waren Blutspritzer. Zumindest, wenn er das vom bloßen Hinschauen beurteilen sollte. Auf dem Boden lag eine zerschmetterte Kaffeetasse und auch die Glaskanne der Kaffeemaschine lag in Scherben in der Spüle. Was war hier passiert? Wo war Müller?

Vielleicht konnte Ollrich ihm weiterhelfen. Denn dass auch der zu dem Durcheinander in der Küche beigetragen hatte, da war sich Kleemann sicher. Mitten in diesem Durcheinander lag das Papier und darauf stand mit energischen Buchstaben *Vertrag*. In diesem Fall hatte sich Sandras Freundin tatsächlich nicht verhört. Jetzt zu Ollrich. Hoffentlich war der wenigstens aufzutreiben.

Allerdings, wenn der für das Blut in der Küche verantwortlich war, würde er bestimmt seine Koffer gepackt haben und auf dem Weg zum Flugplatz sein.

Doch der Mann aus Köln würde schnell einsehen müssen, dass das Prinzip *Nichts wie weg hier* im Moment auf der Insel nur äußerst schwierig umzusetzen war.

Arndt hinterließ Müller eine Nachricht, dass er sich bitte auf der Wache melden möge, war sich aber im Klaren darüber, dass dieser Mann genau das nicht machen würde. Ansonsten ließ er alles so liegen, wie er es vorgefunden hatte, schloss das Haus ab und steckte den Schlüssel ein. Sollte es nötig werden, konnte sich die Spurensicherung mit dem Chaos beschäftigen. Auf jeden Fall würde er im Laufe des Tages schauen, ob der Mann wieder in seiner Wohnung eingetroffen war.

*

Zu seinem Erstaunen fand er Hennes Ollrich in dessen Unterkunft. Mit dem Kofferpacken hatte er nicht so sehr danebengelegen: Der Mann war gerade dabei, seinen Kulturbeutel zu verstauen, als er Arndt Kleemann begrüßte.

Ollrich wandte sich zu ihm um und Kleemann sah einen tiefen Kratzer, der unterhalb des rechten Auges begann und sich bis zum Hals zog. In der Mitte klebte ein blutdurchtränktes Pflaster. »Das war Müller«, sagte Ollrich und fuhr sich vorsichtig über die Wunde.

»Erzählen Sie mir, was passiert ist. Und wo Müller sich aufhält.«

»Wo Müller ist, weiß ich nicht. Interessiert mich auch nicht. Ich bin zu ihm, weil ich etwas zu klären hatte. Er hat mich geschlagen. Das war's.« Hennes Ollrich wandte sich wieder seinem Koffer zu.

»Moment, Herr Ollrich. So einfach geht es nicht. In Müllers Küche sieht es aus, als hätte eine Schlacht stattgefunden. Sie sind verletzt und der Mann ist verschwunden. Das ist die Realität. Und darum möchte ich jetzt ganz schnell wissen, was Sie mit dem Mann gemacht haben«, sagte der Hauptkommissar energisch.

»Ich? Nichts? Gucken Sie mich an! Der hat mich geschlagen. Nicht umgekehrt. Gut, das Geschirr geht auf mein Konto. War ein großer Fehler. Die Wunde habe ich nämlich einer der Scherben zu verdanken. Ich wollte gerade abhauen, da hat Müller sie genommen und mich damit verletzt. Ich wusste erst gar nicht, was los war, bis ich sah, dass ich anfing, die ganze Küche vollzubluten. Und dann hat der gesagt – dass müssen Sie sich mal vorstellen – der hat gesagt: ›Et gitt kei größer Leid, als wat der Minsch sich selvs andät.‹ Dann bin ich weg.«

Das muss echt ein Schock für den Mann gewesen sein, dachte Arndt Kleemann, da nimmt ihm einfach jemand seine Sprüche weg. Und bei diesem wusste er sogar, was der bedeutete. Den gab es nämlich auch in Ostfriesland. Erst kürzlich, als er über die Steinplatte in seinem Garten gestolpert war, hatte seine Frau Wiebke lachend gesagt: »Dat gifft keen grötter Leid, als wat den Minsch sük sülms andeiht.« Nur weil er es die letzten drei Monate nicht geschafft hatte, die Stolperfalle zu beseitigen.

»Und Sie sind ganz sicher, dass das Blut ganz allein von Ihnen stammt?«, hakte er nach.

»Ja«, antwortete Ollrich ruhig. »Und nun muss ich packen. Ich fliege gleich.«

»Das werden Sie definitiv nicht, bevor wir Gereon Müller gefunden haben. Haben Sie seine Handynummer?«

Hennes Ollrich nickte. Er nahm sein Telefon, wählte, dann schaute er den Kommissar an. »Er geht nicht ran.«

»Gut. Ich rufe jetzt meine Kollegen an. Es würde die Sache erheblich verkürzen, wenn Sie mir die Wahrheit sagen würden.« So, wie das in Müllers Küche aussah, musste mehr passiert sein.

Hennes Ollrich schwieg.

*

Michael Röder und Marvin Lingenberg stellten ihre Räder ab und klopften. Kurze Zeit später öffnete Jens Wallenstein verschlafen die Tür. »Was wollen Sie denn jetzt schon wieder?«

»Wir hätten ein paar Fragen«, sagte Marvin Lingenberg.

»Jens, wer ist da?«, hörten die Kommissare die helle Stimme von Frau Wallenstein.

»Alles in Ordnung«, war die ausweichende Antwort, dann wandte der junge Mann wieder an die Polizisten. »Also, worum geht's?«

»Um die Plastiktüte«, sagte Marvin. »Wo ist sie? Haben Sie sie schon entsorgt?«

»Hä?«

»Die Tüte. Die Sie gestern Abend mit den Dingen aus dem Badezimmer gefüllt hatten. « In Marvins Stimme klang Ungeduld. »Drücke ich mich nicht eindeutig aus? Wir würden gerne reinkommen.«

»Von mir aus. Die Tüte liegt in meinem Zimmer. Allerdings ist sie jetzt leer.«

Hoffentlich meint der mit ›leer‹ nur, dass die Tiegel seiner Mutter raus sind, hoffte Röder. Es wäre zu dumm, wenn Wallenstein die Tüte einer gründlichen Reinigung unterzogen hätte. Oder wäre gerade das ein Hinweis auf eine Beteiligung des jungen Mannes an Sabine Schäfers Tod?

Sie folgten ihm.

»Ich habe zwar keine Ahnung, was das soll, aber hier ist sie.« Wallenstein nahm die zusammengefaltete Tüte vom Regal und warf sie ihnen zu.

Marvin Lingenberg öffnete sie, schaute hinein und nickte. »Danke. Das war's«, sagte er leichthin.

»Haben Sie die Tüte schon länger in Gebrauch? Woher kommt sie?«, fragte Röder.

Jens Wallenstein stöhnte. »Woher soll ich das wissen? Was soll die blöde Frage? Meinen Sie, ich mache mir Gedanken über Herkunft, Lebensdauer und Verbleib von Plastiktüten, verdammt?«

Nein. Vermutlich nicht. Röder musste zugeben, dass auch er selten über Lebensläufe von Plastiktüten nachdachte. Sollten sie gehen? Er nickte seinem Kollegen zu, doch Marvin schüttelte den Kopf und setzte sich auf die Kante des Sessels. »Fällt Ihnen wirklich nichts zu dieser Tüte ein? Bitte denken Sie nach.«

Jens Wallenstein schwieg einen Moment, dann sagte er: »Ich weiß es jetzt. Bernd hat vorgestern ein paar Flaschen mitgebracht. Und zwar genau in dieser Tüte. Das Bier haben wir in der Nacht ausgetrunken und die Flaschen zum Leergut gestellt.« Er deutete auf eine Ecke hinter der Tür, in der sich bereits einiges an Flaschen angesammelt hatte.

»Danke.« Marvin Lingenberg steckte die Tüte in einen Sicherungsbeutel. »Wir benötigen Ihre Fingerabdrücke. Bitte kommen Sie in gut zwei Stunden zur Wache.«

»Was hat das denn nun mit der Tüte auf sich?«, hakte Wallenstein nach, als er sie nach draußen brachte. »Gehen Sie jetzt zu Bernd? Muss der auch seine Fingerabdrücke …«

»Tschüss, Herr Wallenstein. Wir sehen uns …«

»Halt«, rief der junge Mann hinter ihnen her. »Was ist eigentlich mit den Sektgläsern? Die fehlen meiner Mutter in der Sammlung. Kann ich die dann gleich wieder mitnehmen?«

Die beiden Polizisten schauten sich an, schüttelten die Köpfe und stiegen wieder auf ihre Räder. Der Inselpolizist lächelte. Die kugelige Gestalt seines Kollegen aus dem Osten auf dem Fahrrad sah einfach umwerfend aus. Wenn da nicht der Gesichtsausdruck gewesen wäre. Marvin wirkte unter seiner gelb-schwarzen Pudelmütze wie ein Kampfhund, der sich in etwas verbissen hatte, und Röder hatte das Gefühl, dass es niemanden gab, der diesen Biss lösen konnte.

»Hoffe mal, dass wir alle antreffen. Nicht, dass unsere Journalistin wieder auf Geschichtenfang ist«, keuchte Michael. Trotz seines Umfangs und der drohenden Rutschgefahr hatte sein Kollege ein Tempo drauf, mit dem Röder kaum mithalten konnte. Der schien tatsächlich auf Fährte zu sein.

»Die hat bestimmt mit der Story über ihren Neffen und seine Bilder genug zu tun. Scheiße, wenn man berichten muss, dass der eigene Neffe einen Saunabottich geklaut, ich meine ausgeliehen, hat. Bin echt gespannt, wie sie damit umgeht«, keuchte Marvin zurück.

*

Bernd Hagener führte die beiden Kommissare in die Küche. Er sah ebenso verschlafen aus wie sein Freund Jens. »Setzen Sie sich.«

»Und Sie setzen sich zu uns«, forderte Michael Röder ihn auf. »Es wäre nur schön, wenn Sie vorher Ihre Tante und Ihren Onkel dazubitten würden.«

Bernd Hagener zögerte. »Ich muss schauen, wo sie sind. Meine Tante wollte zu irgendeiner Versammlung und mein Onkel ist in seiner Praxis. Er hat einen Patienten, glaube ich.«

»Dann sagen Sie mir bitte, wie die Haarbüschel in die Tüte kamen, die Sie bei Ihrem Freund Jens vergessen haben.« Marvin Lingenberg zog den durchsichtigen Beutel mit der Plastiktüte aus seiner Anoraktasche.

»Keine Ahnung«, sagte Bernd Hagener ratlos. »Ich

habe die Tüte hier aus dem Küchenschrank genommen. Da sind all unsere Tüten.« Er öffnete eine der Schubladen und zeigte auf einen wild zusammengequetschten Haufen Plastik. »Warum?«

Das fragte sich Michael Röder auch, so offen, wie dieser junge Mann sie anschaute. Da war keinerlei Zeichen von Unruhe, kein Zucken im Gesicht oder gar Angst festzustellen. Lagen sie tatsächlich richtig, wenn sie diese Spur weiter verfolgten? Endgültige Gewissheit würden sie erst dann haben, wenn sie die Reste, die sich in der Tüte befanden, ans Festland zur Untersuchung gegeben hatten und ein entsprechendes Ergebnis einen Zusammenhang bestätigte.

Aber ihm war klar, dass Marvin nicht lockerlassen würde. Noch nicht. »Bitte versuchen Sie, Ihren Onkel aus der Praxis zu holen.«

»Der wird stinksauer …«

»Kann ich mir denken. Ist aber wichtig.«

Bernd Hagener verließ die Küche nicht ohne ein Stöhnen.

»Eigentlich ganz gemütlich hier«, sagte Marvin.

Röder musste ihm zustimmen. Die geblümten Vorhänge, die Tapete in einem warmen Beige und ein Regal mit alten Töpfen und Schalen, all das war weitaus gemütlicher als die Küche von Sandras Freundin Bettina, auch wenn es seinem Gefühl nach etwas aufgeräumter hätte sein können. Bei Bettina dagegen war alles hochmodern in mattem Silber gehalten, Vorhänge gab es nicht und kein Teil stand einfach so herum.

Auch Sandra mochte Bettinas Küche nicht leiden. »Wie in einem Weltraumlabor«, hatte sie einmal gesagt.

»Sie sollten mitkommen!« Bernd Hagener stand in der Tür, weiß wie der Rahmen, der ihn umgab.

»Was ist los?« Die beiden Polizisten sprangen wie auf Kommando auf und folgten dem jungen Mann, der mit wackeligen Schritten den Flur entlangging, bis er vor einer offenen Tür wie festgenagelt stehen blieb.

»Da. In der Praxis.« Bernd Hagener zeigte mit zitternden Fingern in den Raum.

»Bleiben Sie hier«, forderte Röder den jungen Mann auf, dann wandte er sich an seinen Kollegen. »Übernimm du ihn. Ich gehe rein.« Er schob sich an Hagener vorbei in die Praxis. Es bot sich ihm ein fast abstraktes Bild. Auf der Liege lag reglos, nur mit einer Unterhose bekleidet, Gereon Müller. Seine Arme hingen starr an den Seiten herab, die Hände zu Fäusten geballt, sein Gesicht eine Maske, bis zur Unkenntlichkeit verzerrt vor schierer Angst. Was hatte der Mann erlebt? Was hatte ihm solche Angst gemacht?

Die Antwort saß zusammengesunken in einer Ecke des Zimmers.

In diesem Moment klingelte das Telefon des Inselpolizisten. Sollte er rangehen? Was war wichtiger? Er schaute aufs Display. Arndt. Okay, so kann ich ihn gleich herbeordern, dachte er und nahm das Gespräch an. Doch ehe er etwas sagen konnte, bat Arndt: »Falls euch Gereon Müller über den Weg läuft, bitte festhalten. Ich habe ein paar Fragen und zu Hause ist er nicht.«

»Wir haben ihn bereits gefunden, du solltest ganz schnell kommen. Alarmiere die Rettungsleitstelle. Wir brauchen die Ärztin.« Er beendete das Gespräch, ohne auf eine Antwort zu warten, und befahl dem Mann in der Zimmerecke: »Nehmen Sie den Pinguinkopf herunter und dann die Hände auf den Rücken! Stehen Sie auf.«

Als Antwort hörte er ein dumpfes Schluchzen, dann ein wimmerndes: »Ich wollte das nicht«, bevor Paul Schorz ganz langsam unter der Maske auftauchte. Seine Haare hingen in Strähnen im Gesicht.

Marvin war inzwischen ebenfalls hereingekommen

und hatte bereits den Puls des Mannes kontrolliert. Sorgsam, in aller Ruhe. Dann drehte er sich zu Röder. »Ich beginne mit künstlicher Beatmung. Macht mal Platz.«

Michael Röder nahm Schorz, der immer noch in seiner Ecke kauerte, die Maske aus der Hand. »Sie kommen mit in die Küche, damit mein Kollege und später die Rettungskräfte ihre Arbeit machen können.«

Paul Schorz reagierte nicht.

»Paul, was hast du getan?« Fassungslos starrte Bernd Hagener seinen Onkel an.

»Er hat … Er hat …« Der Rest ging in Tränen unter.

Bevor Röder eingreifen konnte, war Bernd Hagener auf seinen Onkel zugegangen und versuchte, ihn vom Boden hochzuziehen. »Los jetzt. Du hast gehört, was der Polizist gesagt hat.«

»Halt. Das übernehme ich.« Michael Röder schob Bernd Hagener zur Seite und forderte Paul Schorz erneut auf, aufzustehen.

Zögernd erhob sich der Mann und ließ sich ohne Gegenwehr Handschellen anlegen.

»Gehen Sie voran, Herr Schorz. Herr Hagener, Sie kommen ebenfalls mit.«

Gerade, als sie in der Küche ankamen, traf auch Arndt Kleemann ein. »Habt ihr schon wieder jemanden gefunden, der bei mir auf der Vermisstenliste steht?«

Röder brachte ihn auf den neuesten Stand, dann bat er: »Hilf Marvin. Falls er abgelöst werden muss. Ich kümmere mich um Schorz.«

Es dauerte nicht lange, dann stand der KTW vor der Tür und die Ärztin war da. Er informierte Ellen Neubert und die Helfer vom Rettungsdienst mit kurzen Worten über die Sachlage. »Meine Kollegen warten im Praxisraum auf euch.«

»So. Jetzt kommen wir zu Ihnen. Erzählen Sie mir,

was passiert ist«, wandte er sich an Paul Schorz. Doch der schwieg.

»Paul, mach die Klappe auf.« Bernd Hagener beugte sich über seinen Onkel und schüttelte ihn.

»Herr Hagener, zur Seite! Entweder Sie verhalten sich still und setzen sich, oder Sie verlassen den Raum«, ging Röder dazwischen. »Was Sie hier treiben, ist wenig hilfreich.« Dann versuchte er es erneut. »Herr Schorz, bitte – reden Sie!«

»Er hat mich beleidigt. Er hat gesagt, dass meine Praxiseinrichtung altertümlich ist. Gelacht hat er«, wimmerte der Mann und schlug sich die Hände vor das Gesicht.

»Und dann?«

»Dann bin ich raus und habe die Maske aufgezogen. Ich wollte ihn erschrecken.«

»Was wohl geklappt haben dürfte.« Röder wusste, dass dieser Satz in diesem Moment relativ unproduktiv war, konnte ihn sich jedoch nicht verkneifen. »Haben Sie diese Maske, beziehungsweise das ganze Kostüm, schon häufiger getragen?«

Paul Schorz wiegte sich leicht auf seinem Stuhl hin und her, die Augen immer noch von seinen Händen bedeckt.

»Herr Schorz, waren Sie auch in der Rosenmontagsnacht unterwegs?« Es war ein Schuss ins Blaue. Helga Schorz-Küfler hatte ausgesagt, dass ihr Mann bereits im Bett gewesen sei, als sie in dieser Nacht nach Hause gekommen war.

»Ich habe mich versehen«, sagte eine Stimme von der Tür her.

Röder erschrak.

Im Türrahmen stand die Journalistin. »Wir haben getrennte Schlafzimmer. In seinem war das Licht aus. Also bin ich wie selbstverständlich davon ausgegangen, dass er in seinem Bett liegen würde. Schließlich hatte er nicht mitgehen wollen in die *Alte Liebe*.«

Röder atmete innerlich auf, als auch Arndt Kleemann die Küche betrat. Zu zweit war es einfacher, die Familie Schorz im Auge zu behalten.

»Frau Schorz-Küfler, setzen auch Sie sich bitte hin«, sagte Arndt Kleemann energisch. »Und keine verbalen Angriffe geschweige denn Tätlichkeiten gegenüber Ihrem Mann oder irgendjemand anderem, verstanden?« Offensichtlich hatte Röders Kollege die gleichen Befürchtungen wie er selber. Schließlich hatten sie die Schärfe, mit der die Frau ihre Interessen durchzusetzen gewohnt war, bereits genießen dürfen.

Sie nickte und setzte sich auf die Eckbank.

»Bevor wir hier weitermachen, kläre ich Sie über Ihre Rechte auf, Herr Schorz.« Arndt Kleemann erklärte dem Mann, wie sie mit seiner Aussage umgehen würden und dass er das Recht auf einen Anwalt habe.

Bernd Hageners Gesicht war noch um eine Spur blasser geworden. So als ob er in diesem Moment erst richtig registrierte, warum die Polizisten da waren.

Auch Helga Schorz-Küfler konnte ein Zittern nicht unterdrücken. In einem kleinen Anflug von Gehässigkeit überlegte Röder, ob das, was hier gerade passierte, morgen bereits auf ihrer Seite *baltrum-liebe* nachzulesen sein würde.

Nur Paul Schorz war nicht anzumerken, ob ihm seine Lage nach Kleemanns Worten bewusst geworden war.

Er legte die Hände auf den Tisch, schaute die beiden Polizisten an und sagte: »Ich habe es nicht gewollt. Das mit der Frau auf der Brücke war ein bedauerlicher Unfall. Ich konnte nicht wissen, dass in dem Igelkostüm *nicht* der Müller steckte.«

»Woher wussten Sie denn überhaupt, dass er darin stecken könnte?«, fragte Kleemann.

»Er hat mir im Herbst, als er schon einmal bei mir in Behandlung war, erzählt, dass er ein Fan des Kölner

Karnevals ist. Und dass er ein Igelkostüm mit auf die Insel gebracht hat! Schon damals war mir der Mann unangenehm. Ich bin kein begeisterter Karnevalist. Bestimmt nicht. Aber immerhin aus Mainz. Wo man weiß, wie Fassenacht geht. Aber Kölner Jecken? Nie und nimmer.«

»Aha, deswegen haben Sie ihn von der Brücke schubsen wollen?«, fragte Arndt Kleemann.

Paul Schorz schaute den Hauptkommissar fragend an. »Deswegen? Quatsch.«

»Dann erzählen Sie uns genau, was an dem Abend passiert ist«, schlug Röder vor.

»Paul, du musst nichts sagen«, schaltete sich seine Frau ein, doch er winkte ab.

»Wenn Sie es genau wissen wollen: Ich habe mir bei meinem letzten Besuch in meiner Heimatstadt ein Kostüm gekauft. Eben das Pinguinkostüm. Als Überraschung für Helga. Weil sie doch so an Fassenacht, wie wir Meenzer sagen, hängt. Ich dachte, ich folge ihr heimlich, wenn sie in der *Alten Liebe* ist, und überrasche sie dort. Aber was sah ich, als ich ankam? Meine Frau im Arm von diesem Müller. Zumindest dachte ich, es wäre Müller. Schließlich hatte die Person das Igelkostüm an. Die haben ganz eng zusammengesessen. Der Igel und meine Frau. Die haben sich gar nicht wieder losgelassen «, erklärte Schorz.

»Und das hat Sie so sehr aufgebracht? Ich dachte, das wäre üblich in der Karnevalszeit …«, sagte Kleemann.

»Es war nicht irgendjemand. Sondern Müller. Dieses ekelige Miststück. Der außerdem ein richtiger Jeck war, wie er ständig betonte. Der Karneval liebte. Genau wie meine Frau den Karneval liebt. Ich hatte Angst, Angst, dass sie mit ihm zurück ans Festland geht, verstehen Sie? Es sah so vertraut aus, wie die miteinander umgingen.«

»Nur, dass es nicht Müller war«, warf Lingenberg

ein. »Wie sind Sie ins Westdorf gekommen? Hatten Sie da schon …«

»Nein, natürlich nicht. Ich trug ganz normale Klamotten. Eine schwarze Jogginghose und die dicke Winterjacke drüber. Sollte schließlich eine Überraschung sein, und ein Pinguin auf dem Fahrrad wäre einfach zu auffällig gewesen, verstehen Sie?«, unterbrach Schorz den Kommissar. »Ich bin die Treppe runter zur *Kajüte*. Die hatte ja zu und der Eingang liegt versteckt. Und da unten habe ich das Kostüm über Hose und Jacke gezogen. Es passte gerade. Hätte keinen Zentimeter enger sein dürfen. Ich bin dann zur *Alten Liebe* und habe durchs Fenster meine Frau beobachtet.«

»Und dann?«

»Dann habe ich gewartet. Irgendwann kam meine Frau raus. Ich wollte sie ansprechen, aber dann kam mir alles so albern vor. Ich in dem Kostüm, verstehen Sie?«

»Und dann?«

«Ich habe mich versteckt, mich in den Eingang von diesem Frisör, *Hagenström*, gedrückt, und wollte dem Müller sagen, was ich von ihm halte.«

»War ihnen nicht kalt? Immerhin war es weit unter Null«, wunderte sich Röder.

Paul Schorz schaute ihn gedankenverloren an, dann schüttelte er den Kopf. »Sie haben recht. Eigentlich hätte ich frieren müssen. Trotz des Kostüms und der dicken Klamotten drunter. Aber nein, ich habe nichts gemerkt. Auch nicht, wie die Zeit verging. Als der Igel rauskam, bin ich ihm gefolgt. Hinten bei *Wietjes* rum und dann auf den Höhenweg. Irgendwann meinte ich einmal, Stimmen zu hören, aber ich war mir nicht sicher. Dann bog der Igel ab auf die Brücke und blieb am Geländer stehen. Ich wollte ihn ansprechen, aber als ich gerade hinter ihm war, hat er sich umgedreht, er geriet aus dem Gleichgewicht und fiel runter.«

»Sie beschreiben uns hier also einen, sagen wir mal, bedauerlichen Unfall«, sagte Röder.

Paul Schorz nickte. »Natürlich. Was denn sonst?«

Tja, was denn sonst. Mit jedem Satz, den Paul Schorz von sich gab, war seine Stimme sicherer geworden.

»Und was war an dem Abend, als Gereon Müller einen Pinguin an seinem Fenster gesehen haben will?«

Jetzt lächelte Paul Schorz beinahe. Seine Frau registrierte es mit Entsetzen. Das war ihrem Gesicht deutlich abzulesen.

»Natürlich habe ich erfahren müssen, dass es nicht Müller war, der die Brücke heruntergefallen ist. Aber ich wollte wenigstens, dass er von dieser Insel verschwindet. Er ist ein arrogantes Arschloch. Sie müssten mal hören, wie der sich auf meiner Liege über seine Mitarbeiter, die Insulaner, besonders meinen Freund Hansgerd Ulrichs, und überhaupt die Menschheit ausgelassen hat. Ich wollte ihm Angst machen. Richtig Angst!«

»Und wo ist der Rest des Kostüms jetzt?«, fragte Arndt Kleemann.

»Ich habe es zerschnitten und entsorgt.«

Michael Röder nahm die Tüte vom Tisch. »Haben Sie die Reste damit transportiert? Warum haben Sie die Tüte nicht beseitigt?« Manchmal konnte Röder es nicht begreifen. Da gaben sich Täter große Mühe, ihre Spuren zu verwischen, und über solche Kleinigkeiten stolperten sie dann.

»Wie gesagt. Ich habe das Kostüm in kleine Fetzen zerschnitten. War ganz schön mühsam. Aber von dem Kopf konnte ich mich einfach nicht trennen. Dummerweise hat die Kleine ein paar Haare von der Schnippelei auf meinem Teppichboden gesehen. Ich war nicht schnell genug. Dann habe ich den Inhalt der Tüte bei der Müllumschlagstation abgeliefert. Im großen Loch entsorgt, bei all den anderen Sachen, die die Insulaner dienstags dort hinbringen. Die Tüte habe ich aufgehoben. Ist so üblich bei uns.«

»Haben Sie Antonia Gohres deswegen ins Watt geschickt? Weil sie die Haare entdeckt hat?«

Jetzt lachte Schorz tatsächlich. »Die glaubt wirklich alles. Geht bei dieser Wetterlage tatsächlich los. Aber jeder muss eben selbst wissen, was er tut. Ich habe sie schließlich nicht gezwungen.«

Röder hörte, wie Helga Schorz-Küfler scharf einatmete. Es fehlte nicht viel und sie würde ihrem Mann an die Gurgel gehen. Wie viel konnte ein Mensch aushalten, der gerade erfuhr, dass der eigene Ehemann der Täter war?

»Was ist heute Morgen passiert?«, fragte Arndt. Röder hörte die Ungeduld in der Stimme seines Kollegen.

»Zuerst eigentlich nichts«, fuhr Schorz fort. »Ich war gar nicht mehr wütend auf ihn. Aber als er wieder ausfallend wurde und an meinen Möbeln rumgemeckert hat, da habe ich mir gedacht: Jetzt machst du ihn richtig fertig. Ich bin dann raus während der Behandlung, habe den Pinguinkopf aus dem Schrank geholt und aufgesetzt. Als ich damit reinkam, hat der Mann sich so erschreckt, dass er weggekippt ist. Sie sehen: wieder ein Unfall. Ich konnte nicht ahnen, dass ihn der Anblick derart mitnehmen würde.«

»Das ist alles, was Sie zu sagen haben?«, fragte Arndt Kleemann. »Oder geht es ein wenig ausführlicher?«

»Das ist alles«, bestätigte Paul Schorz. »Alles bedauerliche Unfälle.«

Helga Schorz-Küfler war aufgesprungen. »Dann waren die durchgeschnittenen Bremskabel an meinem Fahrrad auch nur Zufall? Oder doch ein Mittel, damit ich auf die Schnauze falle und mit den Ermittlungen aufhöre? Damit ich nicht herausfinde, dass mein eigener Mann für die ganze Scheiße hier verantwortlich ist?«

Sie rannte hinaus und stieß dabei beinahe mit Marvin Lingenberg zusammen.

Der Kommissar beugte sich über Arndt Kleemann und flüsterte ihm etwas zu.

Der nickte. »Sag es ihm!«

»Herr Scholz … Herr Müller ist tot. Ich denke, es ist jetzt der richtige Zeitpunkt, meinen Kollegen zu erklären, wie die Würgemale am Hals des Toten auf Ihrer Behandlungsliege entstanden sind«, forderte Marvin den Mann auf, der auf Michael Röder einen fast unbekümmerten Eindruck machte.

Paul Schorz schwieg.

»Sie wollen uns nichts sagen?«, hakte Arndt Kleemann nach. »Auch nicht, wie die Haare vom Pinguinkostüm auf den Holzknüppel geraten sind, der auf der weißen Brücke lag?«

Auch diesmal wartete er vergeblich auf eine Antwort. Paul Schorz schaukelte leicht auf seinem Stuhl hin und her und lächelte ein wenig.

»Herr Schorz, ich verhafte Sie wegen des Verdachtes auf zweifachen Mord. Ob eine weitere Anklage erfolgt, weil Sie Antonia Gohres ins Watt geschickt haben, wird sich erweisen. Aber das dürfte im Moment wohl Ihr geringstes Problem sein. Sie begleiten uns zur Wache. Sie bleiben fixiert, solange Sie in unserer Obhut sind.«

*

Sie hatten einen langen Tag hinter sich. Paul Schorz war mit dem Polizeihubschrauber ans Festland gebracht worden, nachdem sie ihn auf der Wache weitergehend befragt hatten. Arndt Kleemann hatte ihn begleitet.

Sie hatten erst darüber nachgedacht, ob sie tatsächlich zur Schneebar fahren sollten. Michael hatte der Gedanke, in der Kälte zu stehen und Anlaufpunkt für insulare Neugierde zu sein, nicht gerade begeistert. Aber dann hatten sie sich doch auf den Weg gemacht.

Vor dem Kinderspielhaus bremste Marvin und zeigte auf das Denkmal, das in den Randdünen stand. »Was hat das zu bedeuten?«

Auch Michael Röder war stehen geblieben. »In diesen Steinen ist eine alte Geschichte verewigt. Ein Seefahrtsschüler aus Timmel wollte zu den Weihnachtstagen 1866 auf die Insel zu seiner Familie. Damals herrschte sehr dicker Nebel und der Skipper setzte den jungen Mann ab in der Meinung, Baltrum erreicht zu haben. Es war jedoch eine Sandbank und das Wasser stieg stetig. So musste Tjark Evers, so hieß der junge Mann, elendiglich ertrinken. Vorher schrieb er allerdings seiner Familie eine letzte Nachricht, steckte sie in eine Zigarrenkiste und umwickelte diese mit einem Taschentuch. Die Kiste trieb ein paar Tage später auf Wangerooge an und liegt heute hier im Heimatmuseum.«

»Und der Leichnam, hat man den gefunden?«, fragte Marvin.

»Nein, der blieb für immer in der See.«

Marvin schüttelte sich. »Liebe Güte, was gibt es für Schicksale. Mal schauen, wenn noch Zeit ist, werde ich mir die Kiste ansehen. Sonst komme ich sicher mit Okka her. Zum Urlaub machen, ohne Dienstauftrag. Und dann werden wir bestimmt ins Museum gehen.«

Bei der Schneebar war nicht allzu viel los. Marvin Lingenberg nahm einen tiefen Zug aus seiner Bierflasche und stellte sie vorsichtig auf die eisige Fläche. Dann wandte er sich an Axel Meinders, der in dicker Jacke hinter der Theke stand und gerade eine Flasche Sekt öffnete. »Wie habt ihr das nur geschafft, das alles hier so aufzubauen?«

Michael Röder hatte ihm den Gemeindebrandmeister nach dem Einsatz im Watt kurz vorgestellt.

»Tagelange Arbeit, als es noch nicht so kalt war«, erzählte Axel. »Ein paar haben den Schnee herangeschafft und andere haben daraus dieses wunderschöne Rechteck in Thekenhöhe geformt. Dann wurde es lausig kalt, aber die Theke hielt. Der Schnee fror nicht weg.« Er bückte sich und nahm eine weitere Flasche Sekt aus einem blauen Korb. »Das Tolle ist, wir brauchen keinen Kühlschrank. Wir müssen nur aufpassen, dass der Inhalt der Flaschen nicht einfriert. Darum bringen wir den Bölkstoff immer erst kurzfristig raus. Da kommt Jan mit Nachschub.« Er zeigte auf einem Mann, der mit einer Kiste Bier aus dem Haus gegenüber kam. »Nur Gläser gibt es nicht, wir haben auf Pappbecher umgestellt. Wir haben nämlich Angst, dass uns das Glas kaputtfriert.«

»Eine gute Idee«, sagte Michael und bat um ein weiteres Bier. »Uns genügen die Flaschen. Becher brauchen wir nicht.«

»Natürlich.« Axel nahm zwei Flaschen aus der Kiste und öffnete sie. »So, gleich wird der Sekt benötigt. Es kommen nämlich weitere Kunden. Die haben extra Schnee in den Dünentälern zusammengesucht und auf der Piste verteilt. War nicht einfach.« Er zeigte nach oben zur Aussichtsdüne, von der sich genau in diesem Moment ein paar Leute in Bewegung setzten. Mit lautem Jubelschrei fuhren sie in rasender Geschwindigkeit auf Skiern die Düne herunter.

»Wenn das man gut geht«, murmelte Michael. »Wenn die unplanmäßig zum Halten kommen, haben wir einen Aufreger mehr.«

Doch nach kurzer Zeit kamen die Skifahrer zufrieden lachend vor der Schneebar zum Stehen. »Wintersport auf Baltrum«, rief einer der Männer. »Das müssen wir unbedingt in den Prospekt aufnehmen. So viel zum Thema ›Verlängerung der Saison‹!«

Die beiden Polizisten atmeten auf, froh, dass nichts

passiert war. Sie entfernten sich ein paar Meter von der fröhlichen Schar an der Theke. So konnten sie in aller Ruhe reden. Eigentlich hatten sie sich vorgenommen, Dienstliches außen vor zu lassen, aber irgendwie schien es nicht möglich.

»Mord schafft keine Lösungen. Das glauben Mörder nur«, sagte Marvin voller Überzeugung.

»Da gebe ich dir recht«, erwiderte Michael. »Ich komme immer noch nicht darüber hinweg, wie cool der Schorz reagiert hat. Erst macht er einen auf verzweifelt, aber als es zur Sache ging, blieb der kaltlächelnd bei der Aussage, dass es sich um einfache Unfälle gehandelt hätte. Auch als später die Spurensicherung seinen Laden auseinandergenommen hat, hat den das überhaupt nicht berührt. Wie kann sich ein Mensch nur so verändern? Helga Schorz-Küfler hat uns bestätigt, dass er die ganzen Jahre ein netter, liebevoller Lebenspartner gewesen sei.«

»Das ist etwas, was auch seine Frau sich vermutlich noch lange fragen wird«, überlegte Marvin, »wie aus einem stinknormalen Menschen jemand wird, dem das Leben anderer völlig egal ist. Aber meine Theorie geht dahin, dass der gar nicht so cool war. Der ist einfach nur – auf ein verkehrtes Gleis geraten. Der hat sich selber auf eine falsche Spur gequatscht, weil er dachte, dass seine Frau die Biege macht. Natürlich hätte er besser mit ihr reden sollen. Das weißt du und das weiß ich. Aber manchmal läuft es eben anders. Prost.«

»Weißt du eigentlich, wer jetzt richtig arm dran ist?«, fragte Michael seinen Kollegen und gab gleich selbst die Antwort. »Der Ollrich und die Warth. Die sehen nun keinen Cent mehr. Es sei denn, Müller hätte sie vor seinem Ableben als Erben des Häuschens eingesetzt.«

»Eine nette Vorstellung«, lachte Marvin.

»Apropos Vorstellung: Ich denke gerade an den Ollrich und dein Fachwissen um den schwulen Karneval. Da bist du noch eine Erklärung schuldig«, sagte Röder.

»Also das war so – aber das bleibt unter uns …«, zögerte Marvin. »Ich bin vor einigen Jahren mit meiner Frau nach Köln gefahren. Zum Karneval. Ich hatte im Vorfeld zwei Karten für eine Sitzung gekauft und wir haben erst vor Ort, als wir in den Saal kamen, gemerkt, dass die Rosa Sitzung eine für Schwule und Lesben war. Und genau da haben die Jungs ständig *Aloha* gerufen. Daher bin ich sozusagen Experte.«

»Und«, Röder lachte, »sind die Jungs dir an die Wäsche gegangen?«

»Nee, aber ich habe unglaublich viel Spaß gehabt. Meine Frau übrigens auch.«

»Und warum darf dann keiner von deinem Ausflug erfahren? Ist doch eine nette Erfahrung«, fragte Röder, noch immer lachend.

»Weil der Abend damit endete … Nein. Ich verweigere die Aussage. Habe ich meiner Frau versprochen!«, winkte Marvin ab.

»Also los, stell dich nicht so kindisch an«, hakte der Inselpolizist nach.

»Okay, Okka und ich hatten an diesem Abend die Wirkung des Kölsch etwas unterschätzt. Es war aber auch einfach zu schön auf der Sitzung und der Abend wollte kein Ende nehmen …«

»Weiter! Wie geht es weiter …«, drängte Michael seinen Kollegen lachend.

»Als wir dann ins Hotel wollten, waren wir fest der Meinung, wir hätten im *Mercure* gebucht. Ein Taxi war nicht zu kriegen. Wir sind dann zu Fuß los und kamen an einer Wache vorbei. Da bin ich rein. Waren schließlich Kollegen. Und die haben uns erzählt, dass es gleich zwei von den Hotels gibt. Da standen wir natürlich völlig auf dem Schlauch. Die Kollegen haben sich köstlich amüsiert. Die haben uns dann eine Taxe organisieren können. Hat aber ewig gedauert.«

»Und ...?« Michael hielt es kaum noch aus.

»Leider war es weder das eine noch das andere Hotel. Das Taxi war weg und wir standen so rum. Bis mir einfiel, dass ich extra einen Zettel vom Hotel eingesteckt hatte.«

»Und?«

»Na ja, es war das *Mauritius* in der Altstadt. Wir also wieder ...«

»Aufhören! Bitte aufhören!« Michael Röder winkte ab und versuchte, sein Lachen durch einen kräftigen Schluck aus der Flasche zu bändigen, was jedoch in einem Hustenanfall endete. »Verhör momentan unterbrochen«, prustete er. »Da kommt Axel. Mal sehen, ob der Neuigkeiten hat.«

»Morgen versucht die Besatzung der *Baltrum III*, mit dem Schiff eine Rinne durch das Eis zu brechen«, berichtete der Mann, der gerade noch für die Getränkeversorgung zuständig gewesen war. »Ich habe einen Anruf von der Reederei bekommen. Hoffentlich klappt es, damit endlich wieder etwas Normalität hier einkehrt.«

»Das hoffen wir auch«, sagten Marvin und Michael fast gleichzeitig.

Ende

ULRIKE BAROW

1953 in Gütersloh geboren, lebt mit ihrer Familie im schönen Leer (Ostfriesland) und auf der Nordseeinsel Baltrum.
Sie ist gelernte Buchhändlerin.
Der erste Kurzkrimi *Baltrumer Wintermärchen* wurde in der Anthologie *Inselkrimis* (Leda-Verlag, 2006, TB 2010) veröffentlicht. Dort erschienen auch ihre Kriminalromane, die alle auf Baltrum spielen.
Endstation Baltrum (2008)
Dornröschen muss sterben (2009)
Baltrumer Bärlauch (2010)
Baltrumer Dünengrab (2011)
Baltrumer Bitter (2012)
Baltrumer Bescherung (2013)
Baltrumer Maskerade (2014)
Baltrumer Kaninchenkrieg (2015)

Außerdem ist sie in vielen Anthologien mit Kurzgeschichten vertreten, zuletzt in *Tee mit Blattschuss* (Leda-Verlag).
Sie ist Mitglied bei den *Mörderischen Schwestern e.V.* und im *Syndikat*
Weitere Informationen unter www.barow-baltrum.de.

Ulrike Barow
Endstation
Baltrum
Inselkrimi
978-939689-09-6

Ulrike Barow
Dornröschen
muss sterben
Inselkrimi – Baltrum
978-939689-14-0

Ulrike Barow
Baltrumer
Bärlauch
Inselkrimi
978-939689-31-7

Ulrike Barow
Baltrumer
Dünengrab
Inselkrimi
978-3-939689-62-1

Ulrike Barow
Baltrumer
Bitter
Inselkrimi
978-3-86412-000-8

Ulrike Barow
Baltrumer
Bescherung
Inselkrimi
978-3-86412-014-5

Ulrike Barow
Baltrumer Maskerade
Inselkrimi
978-3-86412-070-1

Ulrike Barow
Baltrumer Kaninchenkrieg
Inselkrimi
978-3-86412-083-1

Peter Gerdes
Wut und Wellen
Inselkrimi
978-3-939689-34-8

Peter Gerdes
Sand und Asche
Inselkrimi
Langeoog
978-3-939689-11-9

Peter Gerdes
Solo für Sopran
Inselkrimi
Langeoog
978-3-939689-63-8

Peter Gerdes
Der Fluch der goldenen Möwe
Inselkrimi
978-3-86412-013-8

Peter Gerdes
Langeooger
Lügen
Inselkrimi
978-3-86412-067-1

Peter Gerdes
Langeooger
Serientester
Inselkrimi
978-3-86412-092-3

Ingrid Schmitz
Spiekerooger
Utkieker
Inselkrimi
978-3-86412-097-8

Monika Detering
Witwenlust auf
Spiekeroog
Inselkrimi
978-3-86412-015-2

Monika Detering
Langeooger
Liebestöter
Inselkrimi
978-3-86412-002-2

Barbara Wendellen
Tod an der
Blauen Balje
Inselkrimi
978-3-939689-78-2

Regine Kölpin
Muschelgrab
Inselkrimi
Wangerooge
978-3-939689-59-1

Sandra Lüpkes
Die Sanddornkönigin
Der Brombeerpirat
Juist, Norderney
978-3-939689-06-5

Tatjana Kruse
Wie klaut man
eine Insel?
Inselkrimi – Borkum
978-3-934927-96-4

Regula Venske
Juist married
oder Wohin mit der
Schwiegermutter?
Inselkrimi
978-934927-85-8

Regula Venske
Bankraub mit
Möwenschiss
Inselkrimi – Juist
978-939689-18-8

Tatjana Kruse
Pizza, Pasta,
Sanddorngrog
Inselkrimi – Juist
978-3-86412-001-5

Thomas Breuer
Leander und der tiefe Frieden
Inselkrimi Föhr
978-3-86412-006-0

Thomas Breuer
Leander und die Stille der Koje
Inselkrimi Föhr
978-3-939689-82-9

Thomas Breuer
Leander und die alten Meister
Inselkrimi Föhr
978-3-86412-071-8

Thomas Breuer
Leander und der Lummensprung
Inselkrimi Helgoland
978-3-86412-084-8

Dietrich Petersen
Strandraub
Inselkrimi Fehmarn
978-3-934927-96-4

Dietrich Petersen
Todesbelt
Inselkrimi Fehmarn
978-3-86412-069-5